HET PORTRET

Gerda van Wageningen

HET PORTRET

Zomer &Keuning

ISBN 978 90 5977 038 6
NUR 301
Omslagontwerp: Julie Bergen
Omslagfoto: Yolande de Kort / Trevillion Images

www.kok.nl

HOOFDSTUK 1

Met een frons tussen haar ogen keek de oude dame de kring rond die zich deze kerstavond in haar salon verzameld had. Lieve ogen had ze, maar er was vandaag een behoorlijk stuk wantrouwen in te lezen, een wantrouwen dat er niet eerder in te bekennen was geweest.

Ze haalde eens diep adem. 'Kerstavond. Ik ben blij dat jullie daadwerkelijk allemaal gekomen zijn.'

Er werd wat geknikt, zelfs besmuikt gelachen. Maar de hoogbejaarde dame deed net of ze dat niet merkte.

Eugenie Louise Marie Amadee Ernsting zat in haar comfortabele leunstoel. Die was op leeftijd, net als zijzelf. De rollator die ze tegenwoordig helaas nodig had om zich te kunnen verplaatsen, stond vlak bij de stoel onder handbereik. De oude dag kwam met gebreken, ook al had ze lang van een goede gezondheid mogen genieten. Maar inmiddels was ze zevenentachtig, en had ze ruim een halfjaar geleden bij een val haar rechterheup gebroken. Gelukkig was ze erbovenop gekomen, al was daarvoor een zware operatie nodig geweest en had ze nu een kunstheup, waardoor het lopen nooit meer was geworden wat het vroeger was geweest, en traplopen bleek nadien nauwelijks nog mogelijk.

Maar de diepblauwe ogen stonden helder. Ze wist het als geen ander: met haar bovenkamer was nog helemaal niets mis! Al dachten de mensen die nu naar haar keken daar misschien anders over. Ze probeerde vriendelijk te kijken naar de mensen om haar heen, maar eerlijk gezegd kostte haar dat veel moeite.

'Zoals gezegd, het is mij een genoegen dat jullie allemaal tijd hebben gevonden om vanavond hier te zijn. Het is lang geleden dat we als familieleden bij elkaar waren.' Er klonk een vleugje venijn in haar stem door, maar waarschijnlijk werd dat door haar toehoorders niet eens opgemerkt.

'Dit prachtige huis, dat we allemaal kennen als de hof, is al meer dan honderdvijftig jaar eigendom van de familie Ernsting. Mijn man was er dan ook zeer aan verknocht. Helaas is ons huwelijk niet bekroond met kinderen. Mijn verleden is lang, maar mijn toekomst niet. Ik heb de laatste tijd dan ook veel nagedacht over wat er straks met de hof moet gebeuren.'

Ze werd bot in de rede gevallen door Agaath. 'Nu, dat is wel duidelijk, tante Eugenie. Ik ben uw naaste familielid.'

De oude vrouw haalde diep adem en probeerde geduldig te blijven en oude gevoelens van rancune en teleurstelling te overwinnen, en dat alles in een fractie van een seconde.

'Jullie oom Ernst, mijn dierbare echtgenoot' – zelfs nu was de spot in haar stem voor de toehoorders nauwelijks op te merken – 'was de laatste Ernsting. Ik zal de geschiedenis van de familie in het kort ophalen, voor wie het niet helemaal duidelijk weet.

De grootvader van mijn man heette David Ernsting en hij had drie kinderen. Zijn zoon Ernst werd geboren in 1904 als enige wettige zoon, en was daarmee de erfgenaam van de hof. Hij had een zuster, Helene, en een halfbroer, Evert, die weliswaar door David is erkend als zijn natuurlijke zoon, maar deze Evert werd geboren uit een buitenechtelijke verhouding en heette vanzelfsprekend geen Ernsting. Jullie zijn de nazaten van Helene en Evert, of behoren tot mijn eigen familie. Er zijn portretten van de Ernstings. We krijgen zometeen een aperitief van mijn dierbare Agnes, daarna zullen we

6

de portretten met elkaar gaan bekijken. Ik kan me niet herinneren dat jullie daar eerder belangstelling voor hebben getoond, maar nu ik binnenkort mijn testament definitief laat opmaken' – nu glimlachte de oude Eugenie zelfs een beetje cynisch – 'zullen jullie daar mogelijk wel in geïnteresseerd zijn.'

Ach, misschien was ze geen haar beter dan haar toehoorders, bedacht ze stilletjes, terwijl de pientere ogen de gezichten van haar familieleden aandachtig opnamen. 'Het wordt dus tijd om de familiebanden, hoe dunnetjes die ook zijn geworden, aan te halen. De hof is mij even dierbaar geworden als die voor jullie oom Ernst was. De hof moet straks in goede handen terechtkomen, als ik er op een gegeven moment niet meer zal zijn. Dat wilde ik een paar jaar geleden al met jullie bespreken, maar niemand had toen tijd om te komen, en daaruit heb ik opgemaakt dat jullie geen van allen belangstelling hadden voor de hof.'

Nu kon ze zwijgen en oplettend de mensen bestuderen, die nu om het hardst ontkenden uitsluitend geïnteresseerd te zijn in het mooie oude landhuis. Ach, ze had de kwestie kort na het overlijden van haar man besproken met haar toenmalige notaris. Het testament van haar man bleek te zijn opgesteld in de eerste jaren van hun huwelijk. De hof viel toe aan zijn weduwe, met het recht er de rest van haar leven te wonen, en aan zijn wettige erfgenamen. Als die er niet meer zouden zijn, zou het huis toevallen aan het naaste wettige familielid, en de rest zou worden verdeeld. Het probleem was echter dat er nooit wettige erfgenamen waren gekomen, en het testament was evenmin later herzien. De hof was van haar, maar ze had veel te lang nagelaten erover na te denken haar zaken grondig te regelen voor de toekomst.

Een paar jaar geleden was het notariskantoor overgegaan in andere handen. Er was een jongere notaris gekomen van buitenaf. Hij had zelf contact met haar opgenomen en aangedrongen op een betere regeling van haar zaken. Zijn commentaar was vooral praktisch geweest, toen hij kennis kwam maken. 'Verkoop alles en ga van dat geld comfortabel in het beste tehuis wonen dat u kunt vinden. Waarom geld nalaten aan mensen die al jaren geen greintje belangstelling voor u hebben getoond?'

Wijze woorden, dat zeker, maar ze had er moeite mee gehad en het tegen het gezonde verstand in op zijn beloop gelaten iets duidelijk te regelen. Onverstandig, dat besefte ze inmiddels overduidelijk, maar gelukkig was het nog niet te laat om dat te veranderen. Het nog altijd geldende vroegere testament vermeldde dus dat de hof na haar dood naar haar naaste familielid zou gaan. Wie zichzelf als zodanig mocht beschouwen, zou ze niet eens weten, maar de notaris zou dat voor haar uitzoeken. Ze zouden elkaar weer treffen als de feestdagen voorbij waren, halverwege de januarimaand, maar voor die tijd wilde ze de mensen leren kennen die ieder voor zich, elk op zijn eigen wijze, zouden kunnen denken dat de hof hun later toe zou vallen.

Haar uitnodiging om deze kerstavond met elkaar door te brengen en de familiebanden te hernieuwen, was zodanig opgesteld dat ze er allemaal een belofte in hadden kunnen lezen. Eugenie had laten doorschemeren dat ze haar einde dichterbij voelde komen, en dat de erfenis na haar heengaan niet onaanzienlijk zou zijn. Een beetje geflatteerd misschien, maar dat hoefde voorlopig niemand te weten.

Vanavond at ze samen met haar hele familie, en de meesten van hen had ze nooit meer gezien na de begrafenis van haar man, inmiddels alweer vijftien jaar geleden.

Ze pakte haar mobieltje. Ach ja, ze was beslist een vreemde mengelmoes van nostalgie en modern gemak! Ze zag Agaath de wenkbrauwen fronsen.

'Agnes, breng de champagne en de hapjes maar binnen. Is de galerij in orde?' Ze knikte monter toen ze het antwoord hoorde.

'Ik heb tegenwoordig nog maar twee personeelsleden,' legde ze haar toehoorders uit. Ze keken haar stuk voor stuk aandachtig aan, nu het woord testament gevallen was. 'Mijn knecht heet Andries Terdu. Hij is klusjesman, chauffeur en tuinman tegelijk. Zijn dochter Agnes is een manusje-van-alles: verzorgster, gezelschapsdame, ze regelt de huishouding en helpt zo nodig tevens met mijn administratie. Ze heeft tot ik hulp nodig had in de zorg gewerkt en is een grote steun voor me geworden. Agnes en Andries hebben speciaal voor vanavond deze prachtige kerstboom opgetuigd. De catering levert straks het diner. Ik hoop dat het jullie zal bevallen.'

'Echte kaarsjes,' zuchtte Agaath. 'Hier gaat de tijd honderd jaar terug, tante Eugenie.'

Agaath was ergens in de veertig. Ze was de kleindochter van Helene, die de jongere zuster van David was geweest. Helene was niet zo oud geworden, maar het fijne wist Eugenie daar niet van. Het probleem was dat de ouders van Agaath wel enkele jaren samenleefden voor ze elk weer hun eigen weg waren gegaan, maar nooit waren getrouwd. De vader van Agaath had daarna nog een hele serie verhoudingen gehad, en zelfs nog een zoon verwekt die in Amerika scheen te wonen, maar hij was nooit met een van zijn vele vriendinnen getrouwd. Agaath was dus geen wettige nakomeling, maar inderdaad, zoals ze had opgemerkt, waarschijnlijk wel het meest naaste familielid. Of het erfrecht haar zonder huwelijk van haar ouders zou erkennen als erfgename, moest worden uitgezocht. Ten tijde van haar geboorte was het erfrecht anders dan tegenwoordig.

De oude Eugenie knikte minzaam. 'Een boom met echte kaarsjes, zoals vroeger, dat past bij een oud huis als de hof,' merkte ze monter op en ze probeerde geen schuine blik te werpen op haar spiksplinternieuwe computer, voorzien van alle mogelijke snufjes van de moderne tijd. Ze had er een webcam bij en kon bellen met haar twee vriendinnen die nog in leven waren, zodat ze elkaar tijdens die gesprekken konden zien zonder dat ze elkaar opzochten. Gemakkelijk, als je oud was geworden en lichamelijke beperkingen het reizen er niet gemakkelijker op maakten. Naast haar stoel op het tafeltje lag haar camera. Digitaal, ja. Ze wilde deze avond vastleggen en zou haar toehoorders over een poosje verrassen met een fotoalbum over deze gedenkwaardige kerstavond, die oude tijden deed herleven en tegelijkertijd zo bepalend zou worden voor de toekomst, een toekomst waar zij niet veel langer deel van uit zou maken. De dood kon snel komen als je al hoogbejaard was, maar evengoed zou God haar nog een paar jaren willen schenken om toe te voegen aan een lang leven, dat naast hoogtepunten toch ook veel verdriet en vooral veel eenzaamheid had gebracht.

Maar vanavond was ze niet alleen. Vanavond had ze haar familie om zich heen, al dan niet gelokt door materiële verwachtingen. Daar wilde ze proberen achter te komen. Maar misschien was een avond wel te kort voor een helder oordeel? Ze zou het niet weten.

De deur ging open. Evert taxeerde de jonge vrouw die binnenkwam met een blik die Eugenie herkende. Zo had haar man altijd gekeken naar dames die hem bevielen. Nee, een dergelijke blik had hij haar nooit toegeworpen. Hun huwelijk was immers een verstandshuwelijk geweest. De familie Ernsting was verarmd geraakt na de crisisjaren dertig, waarin David was overleden, en door de oorlogsjaren veertig van de vorige eeuw, waarin de vader van haar man, ook een Ernst, was verraden en doodgeschoten. Zijzelf was in die tijd een welgestelde koopmansdochter geweest, enig kind, net als haar man. Destijds had ze het een verstandig besluit gevonden om met Ernst Ernsting te trouwen, want als kind al was ze verliefd geweest op dit prachtige huis, de hof, zoals dat werd genoemd. Het oude herenhuis had vroeger een flink eind buiten het dorp gelegen en destijds was er ook een boerderij bij geweest, die in het begin van de twintigste eeuw floreerde, maar na de oorlog vervallen was geraakt en afgebroken. De landerijen bij de hof waren verkocht. Van de opbrengst was het huis, in de eerste jaren van haar huwelijk, grondig opgeknapt en van destijds zeer moderne gemakken als centrale verwarming en twee badkamers voorzien. Tegenwoordig lag op de plaats van hun vroegere landerijen een prachtig park, en het oude huis was gaandeweg omringd geraakt door nieuwbouwwijken. Haar man had een opleiding tot ingenieur genoten en als zodanig was hij zijn hele arbeidzame leven werkzaam geweest bij een grote olie-maatschappij. Voor dat werk was hij vaak op reis geweest. Ze was veel alleen geweest, maar had nooit hoeven beknibbelen. Van haar nabestaandenpensioen kon ze een huis als de hof vanzelfsprekend niet in stand houden, en gaandeweg was het kapitaal dat zijzelf bij haar huwelijk had ingebracht, behoorlijk geslonken. Haar verdriet om haar ongewilde kinderloosheid was mateloos groot geweest. Wat zou ze graag moeder zijn geweest! Hoe heerlijk zou het zijn geweest als ze hier nu mocht inwonen bij een zoon of dochter, met kleinkinderen om zich heen, het oude huis gevuld met leven, waar het inmiddels zo stil was geworden met alleen nog een stokoude vrouw als bewoonster.

Haar ogen dwaalden naar Evert, die grinnikte naar Agnes en pro-beerde indruk te maken met een gevatte opmerking. Agnes' gezicht bleef echter in de plooi. Ze herkende de geroutineerde vrouwen-versierder blijkbaar net zo gemakkelijk als haar werkgeefster. Evert was de kleinzoon van de halfbroer van haar schoonvader en blijkbaar naar hem vernoemd. Eugenie schatte hem ver in de der-tig, misschien net in de veertig. Gevat, charmant en keurig ge-trouwd, dat wel. Zijn vrouw Lieneke was meegekomen, geblon-deerd, en botox en nepborsten waren aan haar niet voorbijgegaan. Ach, had ze nou verstand van die dingen? vroeg Eugenie zich in stil-te af. De overgrootvader van Evert was een respectabele Ernsting geweest, maar deze man was evenmin als Agaath een wettige nazaat.

Naast Evert en zijn vrouw zat zijn jongere broer David. Kennelijk was deze vernoemd naar zijn overgrootvader Ernsting, maar als jongere broer had David had nog minder rechten dan Evert.

Dan waren er nog twee mogelijke kandidaten voor de erfenis. Zij-zelf was dan weliswaar enig kind geweest, maar haar vader had wel een broer gehad. De twee mannen die naast Evert en Lieneke zaten, waren zijn zoon en zijn kleinzoon. Wettige nakomelingen van haar kant, nakomelingen van haar oom. Opgegroeid en wonend in Zee-land. Maar kwamen zij daardoor eerder in aanmerking, wettelijk gezien, dan Agaath? Eugenie zou het niet weten. Ook deze mensen, Machiel Leeuwenburg, zijn vrouw Bets en hun zoon Floris, kwamen wettelijk gezien in aanmerking als mogelijke erfgenaam. Floris had nog een broer en een zus die vandaag niet meegekomen waren. Agnes Terdu sloot de deur weer achter zich nadat iedereen in de salon was bediend. De oude Eugenie keek de kring nu glimlachend rond en hief haar glas. 'Laten we klinken op de hof en het hopelijk nog langdurige voortbestaan ervan, op een fijne maaltijd als familie bij elkaar, en op een mooi kerstfeest om de geboorte van ons aller Schepper te gedenken. Ik wens jullie bovendien een gezond Nieuwjaar.'

De champagne maakte de tongen los van de groep mensen die elkaar nauwelijks kenden. Eugenie keek vanaf dat moment stilletjes toe. Bets stond zo nu en dan op om met de hapjes rond te gaan. Steeds bood ze de schalen als eerste aan bij Eugenie, die echter slechts eenmaal iets wilde proeven. Ze at niet zo veel meer. En straks gingen ze nog dineren.

Buiten begon de schemering in te vallen. Eugenie verzocht Agaath en Bets om de vele kaarsen in de kamer aan te steken. Toen de glazen waren bijgevuld en opnieuw geleegd, stond Eugenie op.

'Op de bovenverdieping van het huis liggen de zes slaapkamers en de twee badkamers. Momenteel wordt daar vanzelfsprekend geen gebruik meer van gemaakt. Boven aan de trap deelt een brede gang de verdieping feitelijk in tweeën. Die gang noemen we al sinds mensenheugenis de galerij. Op de galerij bevinden zich enkele portretten van onze voorouders. Ik wil jullie graag uitnodigen om die te bekijken. We hebben tevens oude foto's op de muren bevestigd, van de voorouders die op de schilderijen staan, maar ook van mijn ouders en mijn jeugd, omwille van de familie Leeuwenburg, zoals mijn meisjesnaam luidde. Wil iedereen mij maar volgen?'

Met haar rollator schuifelde de oude vrouw moeizaam naar de trap. Ze voelde vele ogen in haar rug prikken. Ja, als ze liep was ze met recht een stokoude vrouw! De trap beklimmen duurde lang en ging moeizaam, gesteund door haar stok. Niemand wilde of durfde haar een arm te bieden, tot Andries langs iedereen heen stommelde en zijn werkgeefster stevig ondersteunde. Ze glimlachte dankbaar naar hem toen ze hijgend boven stond, zich omdraaide en neerkeek op de mensen die haar volgden, sommigen met mededogen in hun ogen om haar moeilijke bewegen, de anderen onverschillig of met een zekere verwachting over oude schilderijen die ze te zien zouden krijgen.

'Tjonge, die zijn wel kostbaar.' Evert was de eerste die iets opmerkte, zich er niet van bewust dat niets de oude dame ontging. 'Wie is dit, tante Eugenie?'

'Dit is een portret van de eerste Ernst Ernsting, de man die de hof liet bouwen op gronden die hij had aangekocht. Er waren toen al een boerderij en een boomgaard. Volgens de overlevering heeft hij fortuin gemaakt in de slavenhandel. Of dat waar is, weet ik niet. Wel is bewezen dat hij rond 1830 een aantal jaren in Suriname heeft gewoond en gewerkt. Hij kwam als welgesteld man terug naar het vaderland, dat hij nogal armlastig had verlaten.'

Evert grinnikte opgewekt. 'We hebben dus een boef als stamvader!' Het scheen hem mateloos te amuseren. Agaath siste hem toe dat hij niet zulke ongepaste opmerkingen moest maken.

Eugenie ging onverstoorbaar verder en toonde andere portretten. De mooiste waren van de grootouders van haar man, beiden geschilderd in deftige kleding van hun tijd. David in een deftig pak met bakkebaarden. Zijn vrouw Juliëtte was getooid met de krullenmuts, die hoorde bij de streekdracht uit die jaren. Het was een dure muts met brede randen kant, met alle gouden versierselen die daarbij hoorden en met een prachtig parelsnoer, drie rijen dik, om haar hals. Er hing een kinderportret naast, van haar zoon Ernst als drie- of vierjarig jongetje. Er waren ook nog twee medaillons van meisjes die heel jong waren overleden. Haar volwassen geworden zoon Ernst hing verderop en was samen afgebeeld met zijn vrouw Henriëtte. Dit waren de ouders van de man van Eugenie geweest. Er hingen geen verdere portretten naast, maar de oude vrouw had weleens van haar man gehoord dat zijn moeder nog enkele miskramen had gekregen. Haar man was al op zevenendertigjarige leeftijd gestorven, verraden en doodgeschoten in de oorlog.

Bets merkte zacht op dat beide vrouwen, zo mooi en welvarend geportretteerd, toch ook veel verdriet hadden gekend. De familie verspreidde zich daarna door de galerij en een enkeling vroeg zo nu en dan iets aan de oude vrouw. Ze wees hun een portret van de grootvader van haar overleden man als jonge jongen met een pony. De jonge David moest lachen, want hij had niet geweten naar zo'n deftige voorvader te zijn vernoemd. 'Maar misschien is het toeval,' peinsde hij. 'Is deze vrouw uw schoonmoeder geweest, tante?' Eugenie knikte en keek naar het portret van Henriëtte Ernsting. Haar schoonmoeder was stil en hooghartig geweest, zoals zij zich haar herinnerde. 'Ze heette Henriëtte en ik weet nog dat ze door een broer van haar, oom Louis, Jetje werd genoemd.'

'Wie is dit?' vroeg Evert wel een kwartier later. Hij stond aan het einde van de gang, waar een klein portretje hing naast het raam dat de gang van licht voorzag.

'Van dat portret is jammer genoeg niets bekend,' antwoordde Eugenie rustig. 'Het hing er al toen ik voor het eerst hier kwam, meer dan vijfenzestig jaar geleden alweer, en niemand heeft me er ooit iets over verteld. Als ik eerlijk ben, heb ik er ook nooit naar gevraagd. Ik heb altijd gedacht dat het een dochter is geweest die jong is overleden. In die tijd stierven mensen nu eenmaal vaak jong.'

'Ze draagt geen klederdracht. Aan haar kleding te zien, was ze jong aan het begin van de vorige eeuw. 1900, 1910, schat ik zo,' dacht Machiel Leeuwenburg, en zijn vrouw knikte. 'Lief toetje.'

Eugenie keek wat aandachtiger naar de jonge vrouw die was afgebeeld op het portret. Dat had ze eigenlijk nooit eerder gedaan. Ze was destijds snel gewend aan de portrettengalerij. Binnen de kortste keren keek ze nauwelijks nog naar de geportretteerde familieleden, waarvan ze verreweg de meeste nooit had gekend. Het enige wat ze lang had gevoeld, waren al die ogen, die gericht leken te zijn op mensen die de stilte van hun galerij verbraken. Zolang haar man leefde, hadden ze boven geslapen. Na zijn overlijden was ze beneden gaan slapen, in wat vroeger hun eetkamer was geweest. Vanavond aten ze dan ook gewoon in de salon. Agnes en Andries dekten daar nu de tafel. Eugenie haalde diep adem. 'Wel, iedereen heeft de voorouders kunnen aanschouwen. Ik verzoek jullie nu een poosje naar buiten te gaan om de tuin te bekijken. Degenen die willen roken, kunnen dat daar doen. In huis wil ik dat niet hebben. Er ligt een paviljoen bij de vijver, dat is open voor wie even wil zitten. Wie het koud krijgt, kan weer binnenkomen en kan zich opknappen voor het diner of zich warmen bij de brandende haard in de bibliotheek, die vroeger tevens de werkkamer was van mijn man. Ik weet niet precies hoe laat het nu is, maar om zeven uur gaan we aan tafel. Dan verwacht ik iedereen weer in de salon en zal de kerstboom branden.'

Met geroezemoes ging iedereen weer zijn weg. Het was zowaar Agaath die boven aan de trap aarzelde, omdat ze blijkbaar de oude vrouw niet alleen naar beneden wilde laten gaan.

'Kan ik u helpen om weer veilig beneden te komen, tante Eugenie?' vroeg ze aarzelend. Of ze was ontzettend gehaaid, of ze was mogelijk best aardig en bezorgd, en dan zou ze haar eerste indruk moeten herzien, dacht Eugenie stilletjes. Maar ze verried niets van haar gedachten, knikte minzaam en nam de arm van Agaath om zich te laten ondersteunen. Langzaam, heel voorzichtig voetje voor voetje, kwam ze weer beneden. Daar pakte ze haar rollator stevig vast.

'Dank je, Agaath, nu red ik me wel weer. Ik ga even rusten in mijn slaapkamer.'

Lieneke kwam bij hen staan en knikte. 'Het is een vermoeiende dag voor u, dat begrijpen we best.'

Gek genoeg was Eugenie helemaal niet moe, maar dat moest de adrenaline zijn, de kick van het bijzondere moment. In haar kamer stond Eugenie voor haar spiegel. Ze poederde haar gezicht bij en stiftte haar lippen opnieuw. Onzichtbaar voor iedereen nam ze haar medicijnen in, de pijnstiller kon ze maar al te goed gebruiken na de moeizame beklimming van de trap. Ze had de afgelopen weken een paar keer een paar treden geoefend. Ze was niet meer helemaal boven geweest nadat ze haar heup gebroken had, gevolgd door een opname in het ziekenhuis en een wekenlang verblijf in een zorghotel. De revalidatie was haar zwaar gevallen, de afhankelijkheid ook. Ze keek naar buiten, waar Agaath inmiddels taxerend rondliep in de met verschillende lampen verlichte tuin rond het huis. De waterval van de vijver klaterde. Het was kil, maar het vroor niet. Er dwarrelden enkele sneeuwvlokken naar beneden. Maar de grond was niet bevroren, dus de sneeuw bleef niet liggen. Morgen zou het Kerstmis zijn en ondanks alle onzekerheden, onderliggende spanningen en wat dan ook, werd dit de mooiste avond die ze in haar leven had meegemaakt, wist Eugenie. Een langgekoesterde droom ging vanavond in vervulling. Een kerstdiner met de hele familie.

Maar goed dat ze dat niet wisten! De aasgieren. Allemaal! Vroeger had niemand de moeite genomen om langs te komen. Vandaag wilde ze de indruk wekken dat de hof veel welvarender was dan feitelijk het geval was. Daarom zou ze vanavond flink uitpakken. Het was de beste manier om de hebzucht in te schatten van haar gasten. Ze deed een kostbare ketting om haar hals, bezet met diamanten en saffieren, ooit het huwelijkscadeau van haar schoonvader aan zijn Henriëtte. De bijpassende ring en armband deed ze eveneens om. Haar moderne Rolex paste er echter wonderwel bij, met die grote wijzerplaat zodat ze de wijzers duidelijk kon zien. Het was een automatisch horloge, dus nooit meer gedoe met batterijen die op ongelegen momenten leeg waren, waardoor de wijzers van het horloge stilstonden.

Er klonk geroezemoes uit de bibliotheek toen ze terugging naar de salon en de deur ervan zorgvuldig achter zich sloot.

Agnes was juist klaar. 'Zo goed, tante Eugenie?'

'Het is prachtig, kindje. Is in de keuken ook alles in orde?'

'De cateraar heeft alles afgeleverd en de kok die is meegekomen, maakt nu alles klaar. Zal ik pa vragen de kerstboomkaarsen aan te komen steken?'

'Graag.'

Toen dat was gebeurd en ze zich een paar minuten alleen en in stilte vergaapte aan de pracht, rechtte de oude dame haar rug en ging ze bij haar stoel staan.

De familie werd door Andries geroepen en toen iedereen zich vol verwachting voor de deur van de salon verzameld had, werd deze door hem opengedaan, nadat hij eerst had geklopt.

De familie keek. Alle geluid verstomde voor een paar momenten. Het was dan ook een adembenemend gezicht. De kerstboomkaarsjes brandden. De grote salon werd slechts verlicht door brandende kaarsen, net als in vroeger tijden het geval moest zijn geweest. Het kristal flonkerde op de lange tafel, die was gedekt met spierwit damast. Het oude familiezilver lag naast ouderwetse porseleinen borden. Het was net of ze teruggingen in de tijd, terug naar de meest glorieuze jaren van de familie Ernsting. En kaarsrecht voor haar stoel stond Eugenie.

'Welkom,' glimlachte de oude dame. 'Kom binnen en laten we Kerstmis vieren met de hele familie.'

Het was zo schemerig in de slechts door kaarslicht versierde salon, dat niemand de tranen zag die opwelden in haar ogen toen ze die woorden uitsprak.

HOOFDSTUK 2

Een enkeling was een tikje bedremmeld aangeschoven, anderen voerden het hoogste woord. Andries Terdu speelde vanavond de rol van deftige butler met verve. Misschien verbaasde een enkeling in het vreemde gezelschap, dat na enig geroezemoes toch wel verwachtingsvol aan tafel zat, zich over de man, die net zo gemakkelijk het vuilnis buitenzette als vanavond de rol van butler vervulde, een beroep dat langzamerhand toch zo goed als uitgestorven was. Er werd een witte wijn ingeschonken en zijn dochter Agnes serveerde schijnbaar al even moeiteloos een kreeftencocktail als voorgerecht. 'Ouderwets! Wie eet er nu tegenwoordig nog een cocktail?' meesmuilde Evert zachtjes tegen zijn vrouw Lieneke, maar wat er ook aan het lijf van de oude vrouw mocht mankeren, haar oren functioneerden nog prima, zij het dan met behulp van onzichtbaar achter haar oren en onder haar haren verborgen gehoorapparaatjes. 'Ik. Het mag dan ouderwets zijn, beste neef Evert, mijn man en ik aten jarenlang op kerstavond een kreeftencocktail. Het was zijn lievelingsgerecht.'

Agnes, die net de kamer uit wilde gaan, glimlachte fijntjes om deze opmerking. Ze keek de oude vrouw aan en de twee vrouwen, met een leeftijdsverschil van wel zestig jaren, verstonden elkaar alsof ze hun gedachten hardop uitspraken. De familie werd vanavond getest, al waren ze zich dat vanzelfsprekend totaal niet bewust. Eugenie Ernsting hief nogmaals haar glas. 'Ik breng graag nogmaals een toost uit op deze bijzondere familiebijeenkomst. Voor deze avond herleeft de glorietijd van de hof, mogelijk voor het laatst, gezien mijn leeftijd. Aan wie van jullie ik te zijner tijd mijn bezittingen ook zal nalaten, misschien zal er in de toekomst die ik niet meer mee zal maken ooit nog eens een bijzondere kerstavond worden gevierd in dit huis dat mij zo dierbaar is geworden, al zal het dan zijn naar de gebruiken van de moderne tijd, vanzelfsprekend. Maar deze avond, mijn lieve, dierbare familie,' de spot kon nu de toehoorders toch nauwelijks ontgaan, 'vergeet ik nooit meer, en ik geloof jullie ook geen van allen.'

Instemmend gemompel volgde. Het duurde even voor Eugenie verder kon gaan. 'Eveneens is het bij ons altijd een goed gebruik geweest de maaltijd te beginnen en te eindigen met een gebed. Ik verzoek jullie daarom allemaal om de handen te vouwen en de ogen te sluiten, ook al is dat een gewoonte die jullie misschien allang verleerd hebben.'

Ze gaf zelf het goede voorbeeld. Het werd stil. Of de anderen daadwerkelijk meebaden, wist ze niet en ze vertikte het om, net als haar vader vroeger, door haar wimpers te gluren of alle anderen wel netjes hun ogen dicht hadden gedaan en hun handen hadden gevouwen.

Haar stem klonk helder en zuiver. 'Vader in de hemel, wij danken U dat we vanavond met elkaar aan tafel mogen zitten om de geboorte van Uw Zoon te vieren. Hij was het licht der wereld, vandaar dat we nu zo veel kaarsen branden om te symboliseren dat wij allemaal, ongeacht in welke mate, ons best willen doen om ook een licht te zijn in deze wereld. Met meer of vaak minder succes, dat wel, maar ons best doen is het belangrijkste.

Ik wil U bovenal danken voor mijn lange en gezegende leven. Misschien is mij nog een klein deel van de toekomst gegund, Vader, maar dat is niet belangrijk meer. Ik begin ernaar uit te kijken, het aardse leven achter mij te laten en aan het eeuwige leven bij U te mogen beginnen. Maar U weet hoe de hof mij aan het hart ligt, en ik hoop dan ook dat een van deze mensen die vanavond hier op de hof aan tafel zitten in staat zal zijn de traditie in de toekomst in stand te houden.'

Nu aarzelde ze even, en ze sprak daarna nog een paar meer gebruikelijke zinnen uit, voor ze het gebed beëindigde met het 'Amen'. Meteen daarna nam het geroezemoes weer toe. Eugenie at langzaam. Ondertussen dacht ze enkele momenten terug aan haar overleden man. Ach, ze was sentimenteel geweest met deze kreeftencocktail. Haar man had niet van haar gehouden en zij niet van hem! Het was een kil verstandshuwelijk geweest waarin beiden hun eigen gang waren gegaan. Hij was altijd druk met zaken en met de liefjes die hij zo nu en dan had gehad. Zij had altijd vrijwilligerswerk gedaan voor de kerk, en had de hof bestierd. Tuinieren was een grote hobby geweest, en ze had mooie reizen gemaakt met haar tuinclub. Nee, ze keek zeker niet enkel en alleen om in bitterheid. Ze was iemand die wel degelijk haar zegeningen wist te tellen. Haar geloof was een grote kracht geweest in het leven, maar dat kon ze niet uitleggen aan mensen voor wie het geloof geen enkele rol in het leven leek te spelen. Haar grote verdriet was toch haar kinderloosheid geweest, maar ze had veel vriendinnen gehad, al waren de meesten daarvan ondertussen al overleden. Dat was het grootste nadeel van heel oud worden, je verloor zo veel mensen die je dierbaar waren geweest, en elk afscheid liet een niet langer te vullen leegte na.

Ze had zich vaak nuttig gemaakt bij de Hervormde Vrouwendienst. Ze had mooie reizen gemaakt en nooit geldgebrek gekend. Geld mocht dan de naam hebben dat het niet gelukkig maakte, en beter dan wie ook wist ze dat dit maar al te waar was, maar daartegenover stond dat het hebben van voldoende geld het leven wel degelijk gemakkelijker maakte. Mooie reizen kostten geld, en boden veel leniging bij verdriet, wist ze. Maar nu had ze genoeg teruggekeken.

Nu moest ze genieten van de unieke gebeurtenis van deze avond. Ze besefte dat ze nog vaak aan deze uren terug zou denken.

Aan haar pientere ogen ontsnapte niet veel, toen ze haar familieleden stuk voor stuk grondig opnam en observeerde, om te kijken of ze hun karakters een beetje kon doorgronden. Uiteindelijk zou ze na deze avond beslissen wie na haar dood de hof zou erven, al wist niemand dat, behalve zijzelf, Andries en Agnes. Natuurlijk, die twee waren op de hoogte van vrijwel al haar besognes, en ondanks het leeftijdsverschil en de verstandhouding van werkgever en werknemer werd vooral Agnes door Eugenie beschouwd als bijna een vriendin, en zeker als haar vertrouweling.

Evert was al te luidruchtig. Zijn vrouw was een oppervlakkige pop, met een onnatuurlijk uiterlijk waarvan de oude vrouw niet kon begrijpen dat ze dacht er mooier op te zijn geworden na zo'n algehele verbouwing. Evert en Lieneke hoefden nooit meer een voet op de hof zetten, als het aan haar lag. Er was weliswaar een bloedband, maar wettige rechten zou dit echtpaar daar nooit aan kunnen ontlenen. Gelukkig maar.

Agaath, over haar moest ze goed nadenken. Die zat gecompliceerder in elkaar. Agaaths grootmoeder was Ernsts tante Helene geweest. De zoon van Helene had wel samengewoond met de moeder van Agaath, maar was nooit officieel met haar getrouwd. Agaath was vandaag alleen gekomen en had niet over een gezin gerept. Zodra het even wat stiller werd, richtte Eugenie haar aandacht daarom op de vrouw die ze met een beetje goede wil kon beschouwen als een achternicht.

'Vertel me eens, Agaath, ik schat je ergens rond de veertig,' met stroop ving een mens nu eenmaal meer vliegen dan met azijn, 'en je bent alleen gekomen. Je bent een mooie vrouw, Agaath. Heb je geen man? Geen kinderen?'

Even verstilde de verder nogal praatgrage vrouw. 'Ik ben twee jaar geleden gescheiden, tante Eugenie, na een huwelijk dat twaalf jaar heeft geduurd. Er is inmiddels wel weer een man in mijn leven, maar dat is nog geen stabiele en duurzame relatie. Misschien wordt het dat nog, maar misschien ook niet. Daarom ben ik alleen gekomen. Ik heb wel een tweeling van tien jaar. Ze vieren dit jaar Kerstmis met hun vader ergens in Oostenrijk.'

'Woont hun vader daar?'

'Nee tante, ze zijn er met vakantie. Mijn ex-man woont in Amsterdam. Hij is kunstschilder en heeft er een galerie, waar we ook altijd boven gewoond hebben. Ikzelf woon nu met de kinderen in een rijtjeshuurhuis in Diemen.'

'Dus je moet werken voor de kost?'

'Zeker, maar dat moeten vandaag de dag ook getrouwde vrouwen. Ik werk op een gerenommeerd advocatenkantoor, drie dagen in de week. Het is geen vetpot, maar ik ben onafhankelijk. Mijn ex moet vanzelfsprekend alimentatie betalen voor de kinderen, maar dat doet hij zelden. Als hij al geld verdient, jaagt hij dat er al te gemakkelijk doorheen en die eigenschap was een van de belangrijkste oorzaken van onze vele ruzies. En ja, van een kale kip kun je nu eenmaal niet plukken.'

'Maar… hij kan blijkbaar wel een dure vakantie betalen,' antwoordde Eugenie hoofdschuddend.

'Inderdaad, maar ik stel daar niet langer vragen over. Ik zorg wel voor mezelf. Ik heb nooit over me heen laten lopen, maar na alles wat ik heb meegemaakt, laat ik zeker nooit meer de kaas van mijn brood eten.'

Dat had ze gemerkt, bedacht de oude vrouw. Misschien was ze te snel geweest in haar eerste oordeel over deze Agaath? Blijkbaar had ze veel meegemaakt, en wie kon beter begrijpen dan zijzelf hoe eenzaam een mens kon zijn in een liefdeloos huwelijk?

Agnes keek om de hoek van de deur en even later haalden zij en Andries de glazen van de cocktail weg. Die zou worden gevolgd door mosterdsoep, dat was haar lievelingssoep. Eugenie verheugde zich daarop. Ze at niet veel meer nu ze zo oud was geworden, ze had een kleinere cocktail gekregen dan de anderen en haar soepbord zou ook slechts met een klein beetje worden gevuld. Waarschijnlijk zou dat niemand opvallen en zij zou niemand daarop wijzen. Naast Agaath zat David, de stillere en jongere broer van Evert. Dat leek haar wel een aardige jongeman. Eugenie richtte haar aandacht nu op hem. Blijkbaar was hij even stil als zijn broer graag de boventoon voerde, want nu zat die Evert alweer te lachen om een van zijn eigen platte grappen.

'Vertel me eens wat jij doet?' vroeg ze geïnteresseerd.

David bloosde zelfs een beetje. 'Ik ben huisarts in een Drents plattelandsdorp, tante Eugenie,' antwoordde hij bescheiden. 'Ik ben niet getrouwd, maar heb een vriend.'

'En die hebben we vanavond niet uitgenodigd. Ik houd daar niet van,' bralde Evert.

Meteen keek zijn tante hem streng aan. 'Jij bepaalt vanavond niet wie er bij mij aan tafel zit. Jammer, David, dat je broer last heeft van een dergelijk vooroordeel. Ik ga ervan uit dat God ons allemaal heeft geschapen. Ik ben nog niet aftands en koester de overtuiging dat mensen met een dergelijke geaardheid geboren worden, en dan moet God er dus een bedoeling mee hebben.'

'Denkt u ook zo mild over pedoseksuelen, tante Eugenie?' Evert liet zich zeker niet zonder meer de mond snoeren. 'Zij worden ook zo geboren, ziet u. Moeten ze dan maar hun gang kunnen gaan omdat ze er toch niets aan kunnen doen?'

'Niemand mag een ander mens beschadigen, zeker niet als het om seksuele behoeften gaat. Ik veroordeel bijvoorbeeld wel degelijk heteroseksuele mannen die hun gang maar gaan en vrouwen beschouwen als niet veel waard en een soort prooi die ze willen veroveren, soms zelfs met dwang. Twee homoseksuele mannen kunnen wel degelijk oprechte liefde voor elkaar voelen. Liefde, daar draait het om in het leven. God is liefde, dat leert de Bijbel ons ook.' Ze keek weer naar de jongste van de beide broers. 'Als je nog eens op de hof komt, David, en je hebt een duurzame relatie, neem je partner dan gerust mee.'

'Dank u, tante. Misschien mogen we u eens een keertje ophalen om bij ons te komen logeren? We hebben een slaapkamer gelijkvloers en Drenthe is erg mooi.'

'Dank je. Ik zal het onthouden, maar je begrijpt dat ik op mijn leeftijd niet lichtvaardig meer op reis ga.'

David glimlachte en nu keek Eugenie naar Bets. Zij leek haar een lieve vrouw toe, moederlijk, een kilootje of tien te zwaar, stevig gebouwd, goed gekleed, maar zeker niet overdadig.

'Jullie wonen dus in Zeeland.'

'In Zierikzee om precies te zijn, tante Eugenie. We hebben daar al jarenlang een boekhandel, zoals u misschien nog weet. Onze oudste zoon Jos werkt eveneens in het bedrijf en neemt de zaak zo langzamerhand over, terwijl wij ons terug gaan trekken. Machiel is drieenzestig. Nu wonen we nog boven de zaak, maar we hebben inmiddels een appartement gekocht in Burgh-Haamstede. Er wordt nog aan het complex gebouwd, dus we wonen daar nog niet. Jos had vandaag verplichtingen aan zijn schoonfamilie en is daarom niet meegekomen.'

'Boeken, ik houd van boeken,' glimlachte Eugenie.

'Vanzelfsprekend bent u van harte welkom om een keertje in onze zaak te komen kijken.'

'Dat had ik jaren geleden al moeten doen, maar het contact is verloren gegaan. Mijn vader en zijn broer konden niet goed met elkaar overweg. Jouw vader was een nakomertje. Ik herinner me nog uit mijn kindertijd een knallende ruzie tussen die twee die een familievete tot gevolg heeft gehad.'

'Inderdaad,' bemoeide Machiel zich ermee. 'Mijn vader kon het bloed van zijn broer wel drinken en het contact tussen die twee is nooit hersteld. Maar Bets en ik zijn destijds toch op de begrafenis van uw vader geweest. Toen waren we pas getrouwd.'

'Ik herinner het me niet,' antwoordde de oude vrouw. 'Jammer.' Ja, ook vanbinnen vond ze dat jammer. Ze was zo vaak eenzaam geweest. Het was haarzelf echter te verwijten dat ze nooit eerder de moeite had genomen om te achterhalen wat er destijds was gebeurd en het contact te herstellen. Maar goed, het verleden kon niet ongedaan worden gemaakt.

Ten slotte keek ze naar haar laatste gast, Floris, de andere zoon van Bets en Machiel, die inmiddels in een aangenaam gesprek was verwikkeld met David, die hij vanzelfsprekend nooit eerder had ontmoet. Beide jongemannen – ze verschilden duidelijk niet veel in leeftijd – hadden waarschijnlijk niet eens van elkaars bestaan geweten tot vanavond.

'En jij, Floris? Wil je me iets over jezelf vertellen?'

Ze werden gestoord door Agnes, die de soepterrine binnenbracht en kalm de borden van de gasten vulde, terwijl Andries rondging met een mandje kleine warme broodjes.

'Ik woon nog thuis bij mijn ouders boven de boekwinkel, tante Eugenie.' Hij sprak dat 'tante' wat onwennig uit, merkte de oude vrouw. 'Maar ik werk in Goes. Ik ben bouwkundige en werk bij een grote aannemer. Zeg maar als toezichthouder bij grotere bouwwerken.'

'Interessant. Wat denk je in die hoedanigheid van de hof?' glimlachte Eugenie.

'U heeft het familie-erfgoed in een uitstekende staat onderhouden,' prees hij glimlachend.

'Dank je. Het is niet goedkoop, een dergelijk huis in goede staat te houden.'

'Inderdaad. U heeft vast wel aanbiedingen gekregen van grote bedrijven, die een dergelijk mooi pand graag als kantoor zouden willen gebruiken.'

'Dat zal ik niet ontkennen, maar door de jaren heen ben ik verknocht geraakt aan het huis, en ik wil het slechts verlaten met mijn voeten vooruit tussen zes planken. Maar ja, in deze tijd is dat bijna niet meer mogelijk.'

'Als u ooit advies nodig mocht hebben over de hof, mag u mij gerust bellen.'

'Het heeft moeite gekost om de adressen te achterhalen van Machiel, Agaath en Evert. Jullie doen mij een plezier als David en Floris hun eigen adressen vanavond willen achterlaten,' liet Eugenie weten. 'Dan krijgen jullie volgend jaar een kerstkaart, of mogelijk eerder een uitnodiging om mijn begrafenis bij te wonen. Uiteindelijk ben ik al stokoud.'

Er volgde een golf van ontkenningen, opmerkingen dat ze ervoor wilden tekenen zelf ooit zo oud te mogen worden en dan natuurlijk het liefst in goede gezondheid.

Ze nam dat alles minzaam glimlachend in ontvangst. 'Ik wil ook graag de adressen van jullie andere zoon Jos en van jullie dochter,' liet ze aan Bets weten.

'Ik heb verder niemand meer,' liet Agaath weten.

Eugenie keek weer naar haar. 'Je vader heeft met verschillende vrouwen samengeleefd, maar is nooit getrouwd geweest, heb ik begrepen.'

'Inderdaad, tante.'

'Leeft je vader misschien nog?'

'Niet meer. Hij is al vroeg dement geworden en leefde de laatste jaren in een verpleeghuis. Korsakov, dementie dus, als gevolg van drankmisbruik.'

'O. Dat spijt me voor je.'

De soepborden, wijnglazen en dergelijke werden zwijgend door Andries en Agnes weggeruimd en even later werden de kalkoenrollade, aardappeltjes en groenten opgediend in schalen.

'Machiel, mag ik jou als oudste aanwezige man vragen het vlees voor te snijden?' vroeg Eugenie minzaam. 'Jij hebt dus je leven lang met je neus in de boeken gezeten?'

'Inderdaad, tante, ik ben een echte lettervreter. Ik heb uw bibliotheek dan ook al bewonderd. Bets heeft me altijd geholpen in de zaak. Toen de kinderen klein waren, stond de box soms zelfs gewoon in de winkel.'

'Je hebt nog een zoon en een dochter die niet zijn meegekomen.'

'Zoals ik al zei, de winkel was vandaag open en daarna ging Jos met zijn vrouw en kinderen naar zijn schoonouders. Mijn dochter is verpleegkundige en heeft dienst, zodat ze met oud en nieuw vrij is.' 'Ik hoop dat je mij hun adressen wilt geven, zodat ik ze kan vragen mij op een ander tijdstip alsnog op te komen zoeken.' 'Daar zullen ze beslist graag gehoor aan geven.' Hij was opgestaan en sneed plakken van de rollade zoals haar man dat in het verleden had gedaan. Ineens overviel de oude vrouw een golf van ontroering. Hoe vaak had ze niet samen met haar man kerst gevierd en dan stil getreurd om de kinderen die nooit waren geboren. Om familie die er niet was, omdat er onmin was geweest, omdat contacten verloren waren gegaan door verschil in karakter of door situaties zoals buitenechtelijke verhoudingen met kinderen als gevolg, die destijds vanzelfsprekend niet werden erkend en meer nog, gewoon werden weggemoffeld en buiten de familie werden gehouden. En nu zat ze hier, omringd door hen die ze met een beetje goede wil toch haar familie mocht noemen. Nee, ze maakte zich geen illusies. De meesten zouden zichzelf maar al te graag benoemen tot haar erfgenaam. Evert was een duidelijke aasgier, ze zag het aan zijn blik toen ze de portretten boven hadden bekeken, waarvan sommige inderdaad kostbaar waren. Maar hij zou ze niet koesteren, zoals zij had gedaan. Hij zou ze zonder meer verkopen en van het geld een nieuwe dure auto aanschaffen, of iets dergelijks. Gelukkig kwam hij zeker niet in aanmerking om haar erfgenaam te worden. Maar er was een bloedband, dat wel degelijk, en daarom zat hij vanavond hier met zijn opgedirkte vrouw aan haar tafel.

'De wijn is uitstekend, tante,' prooste Machiel en hij hield zijn met rode wijn gevulde glas hoog.

'Dank je,' glimlachte de oude vrouw minzaam.

'Net als alles, tante,' liet zijn vrouw zich horen. 'Ik vind dit een van de meest bijzondere kerstdiners die ik in mijn leven heb meegemaakt.' Bets was overduidelijk onder de indruk van de welstand en de sfeer.

'Voor mij eveneens. Jammer dat ik niet twintig jaar geleden op de gedachte ben gekomen jullie allemaal uit te nodigen,' glimlachte Eugenie rustig. 'Maar toch, beter laat dan nooit.'

'Heeft Agnes zo uitstekend gekookt?' wilde David onder de indruk weten.

De jonge vrouw, die net binnenkwam om de lege borden af te ruimen, glimlachte rustig. 'Nee hoor, alles komt van de cateraar, en de kok die is meegestuurd door dat bedrijf heeft net de laatste hand gelegd aan het dessert.'

'Breng hem onze complimenten over,' lachte Agaath. 'Ik heb werkelijk heerlijk gegeten.'

'Dat zal ik doen.'

'Vraag hem om even binnen te komen,' stelde Eugenie voor. 'Dan kan ik hem persoonlijk bedanken.'

'Ik zal hem vragen zelf het dessert binnen te brengen, mevrouw.' Nu, met al die gasten die ze niet kende, noemde ze de oude dame niet vertrouwelijk tante Eugenie, zoals ze anders deed.

'Dat is een uitstekend idee.'

Zo gebeurde. De parfait was verrukkelijk. De man glom van genoegen bij alle bedankjes en keek verwonderd en zichtbaar onder de indruk om zich heen. 'Het is mij een eer aan deze bijzondere kerstmaaltijd te hebben mogen bijdragen,' liet hij weten.

'Nog iemand die onder de indruk is van al die kaarsen en stokoud zilver en servies,' mompelde Lieneke. 'Maar eerlijk is eerlijk, het is prachtig.'

Eugenie tikte tegen haar glas. 'Ik begin moe te worden. Agnes, we hadden afgesproken dat jij ons voor zou lezen uit de Bijbel, het kerstevangelie uit Lucas.'

De jonge vrouw ging bij een kandelaar met vijf brandende kaarsen zitten, niet aan de tafel bij de familie, maar in de leunstoel van de oude mevrouw, en haar heldere stem deed de anderen eerbiedig zwijgen toen ze hun het oeroude kerstverhaal voorlas.

Toen ze na het verhaal weer was verdwenen, keek Eugenie naar de oudste man aan tafel. 'Machiel, wil jij zo vriendelijk zijn om hardop het Onze Vader voor te bidden? Wie mee wil doen, mag vanzelfsprekend hardop meebidden.'

Het moest haar verrassen dat nog zo veel stemmen het oude gebed leken te kennen. Na dit amen stond ze moeizaam op. 'Agaath, wil je mij helpen bij de piano te komen? Ik heb altijd graag gespeeld. Met jullie samen wil ik graag 'Stille nacht, heilige nacht' zingen en daarna besluiten met 'Ere zij God'. Als we dat hebben gedaan, ga ik naar bed, en krijgen jullie in de bibliotheek nog koffie of thee voor het tijd wordt om weer te vertrekken.'

Zo gebeurde het. Na bedolven te zijn onder bedankjes trok Eugenie zich terug. Andries doofde de kaarsen. Agnes voorzag in de bibliotheek iedereen van koffie en thee, Evert vroeg zelfs ronduit om een goed glas cognac erbij.

Wat het gezelschap niet wist, was het luisterend oor in het kleine bediendenkamertje dat achter de grote boekenwand verborgen lag. Agnes en Andries hadden de deur achter zich gesloten om de familie onder elkaar te laten. De oude vrouw was weliswaar moe, maar niet zo erg dat ze meteen naar bed moest. Ze stond in dat geheime kamertje en luisterde ongegeneerd naar wat er in de andere kamer werd gezegd door de familie, die zich eindelijk onbespied en onder elkaar waande.

HOOFDSTUK 3

Ze hoefde niet lang te wachten.

'Aan wie zou ze de tent nalaten?' klonk het plompverloren en door de lach die volgde hoefde ze er niet eens aan te twijfelen wie dit had gezegd. 'Ik zou er zelf niet willen wonen, maar het zal bij verkoop ongetwijfeld een lieve duit opbrengen. Daar kan een mens toch heel leuke dingen mee doen.'

Wel, Evert en zijn opgedirkte vrouw Lieneke waren hier vanavond voor het eerst geweest, maar wat haar betreft ook voor het laatst, althans, zolang zij nog ademhaalde, besefte Eugenie. Toch voelde ze een steek van pijn en verdriet in haar borst bij die woorden. Ach, ze had zwaar geleden onder gevoelens van eenzaamheid, zeker sinds ze niet meer zo mobiel was als ze vroeger was geweest. In die tijd was Agnes teruggekomen naar de hof en de jonge vrouw was haar steun en toeverlaat geworden. Agnes was een lieve, rustige jonge vrouw. Eugenie vertrouwde tegenwoordig nog meer op haar dan op Andries, hoewel die al vijfentwintig jaar voor haar werkte.

'Het is nogal duidelijk dat dit alles mij toekomt.' Dat was de stem van Agaath. 'Uiteindelijk ben ik haar achternicht en niemand anders heeft een vergelijkbare nauwe bloedband met de familie Ernsting aan wie dit alles al zo lang toebehoort. Jouw grootvader,

Evert, was de onechte broer van mijn grootmoeder en zij was wel wettig. Dus heb ik meer rechten.'

Dat was waar, wist Eugenie. Maar dat nam niet weg dat ze minstens vijftien jaar geen ander teken van leven van Agaath had ontvangen dan een mager kaartje met de kerstdagen. Ze was nooit eens langsgekomen, ze had nooit eens opgebeld om te informeren hoe het met haar ging.

'Dat neemt niet weg dat je vader niet met je moeder was getrouwd, lieve kind.' Dat was de stem van Machiel Leeuwenburg. 'Onze banden met tante Eugenie zijn tenminste wettig.'

'Maar jullie heten geen Ernsting. Jullie zijn van de kant van tante Eugenie, Leeuwenburg.'

'Niemand van ons heet Ernsting. Als dat wel zo was, hoefden we dit hele gesprek niet eens te voeren. Dan was het duidelijk wie de erfgenaam was. Ik denk,' merkte David op, 'dat dit in zijn geheel een overbodige discussie is. Als ik de oude dame was, liet ik al mijn bezittingen na aan een goed doel om dit soort gekrakeel te voorkomen. Jullie kijken allemaal met berekenende ogen in het rond, en mij zou dat verdriet doen als ik wat na te laten had.'

'Nou, nou, hoor hem! Jij hebt gemakkelijk praten, met je mooie oude boerderij in Drenthe.'

'Ian en ik werken allebei hard om de hypotheek ervan op te kunnen brengen, Evert.'

'Wel, het zou weinig zin hebben als tante op de onzalige gedachte zou komen de hele boel hier aan jou na te willen laten, lieve zwager,' grinnikte Lieneke schel. 'Jij plant je uiteindelijk niet voort.'

'Tegenwoordig zijn er genoeg homostellen die een soort relatie aangaan met een lesbisch stel dat graag moeder wil worden. Misschien doen Ian en ik zoiets ook nog wel, in de toekomst.'

'Laat me niet lachen! Jij vindt kinderen alleen interessant als ze met een snottebel of pukkels op je spreekuur komen! Maar Evert en ik hebben wel kinderen. Een zoon en een dochter nog wel. Dat betekent dus continuïteit, als het op een erfenis aankomt. Ach, ze hebben mijn lichaam voor altijd getekend. Maar toch ben ik blij met ze.'

Evert knikte heftig. 'Het is waar dat mijn overgrootvader een beetje te veel een vrouwenliefhebber was, in zijn tijd was dat echter niet ongebruikelijk voor heren uit de betere stand. Maar mijn grootvader was wel degelijk een zoon van David Ernsting! De schoonvader van tante Eugenie was weliswaar wettig en kreeg op zijn beurt ook weer een zoon, de man van tante. Haar man en zij bleven echter kinderloos. Misschien moet ik er werk van gaan maken om mijn naam te laten veranderen. Ik had het eigenlijk aan de oude dame moeten vragen.'

'Flauwekul. Tegenwoordig kan er veel, maar je kunt niet iets veranderen dat berust op wetten van jaren geleden. Ik wil trouwens niet eens Ernsting gaan heten,' meende zijn vrouw.

'Ook niet omwille van een grote erfenis?'

'Nou, vergeet het maar! Mijn tweeling heeft er meer recht op,' kibbelde Agaath en vanuit haar verborgen plekje kon Eugenie de kattige ondertoon in die stem duidelijk horen. 'We zouden het trouwens goed kunnen gebruiken.'

Aasgieren, zuchtte Eugenie stilletjes, en ineens was het kerstgevoel van die avond ver te zoeken en werd ze overmand door een allesomvattend gevoel van verdriet. Ach, had ze soms iets anders verwacht?

'Jullie voeren een discussie die er niet eens zou mogen zijn,' hoorde ze een stem die Eugenie na enig nadenken kon plaatsen als die van Floris Leeuwenburg. 'Geen van ons heeft de laatste jaren ooit aandacht aan de oude vrouw besteed, laten we eerlijk zijn. Ik kan me de dag niet eens herinneren dat ik met mijn ouders hier op bezoek ben geweest.'

'Toen waren jullie nog klein,' hoorde Eugenie zijn moeder Bets zeggen. 'We hadden misschien meer aandacht aan haar moeten besteden, maar ja, die familievete, hè? Mijn schoonvader wilde niet dat we contact met haar zochten, zo bitter was hij over iets waarvan wij het fijne niet eens weten.'

'Waar ging die ruzie eigenlijk over? Grootvader was dus gebrouilleerd met zijn broer, waardoor hun contact bijna helemaal verloren is gegaan?' vroeg Floris.

'Mijn ouders zijn wel op de begrafenis van haar man geweest, dat herinner ik me goed,' peinsde Machiel. 'Toen was tante Eugenie een deftige vrouw en ik herinner mij hem als een gedistingeerd man die als twee druppels water op mijn vader leek.'

'Je bent wel degelijk een wettige nakomeling van tante Eugenie.'

Ach, dacht die vanuit haar verborgen plekje. Bets, die zich vanavond zo aardig en belangstellend had getoond, bleek toch niet ongevoelig voor alle luxe die ze vanavond had gezien.

Ineens kreeg Eugenie een paar verraderlijke tranen in haar ogen. Ach, ze was oud, ze was sentimenteel en ze had haar leven lang getreurd om haar kinderloosheid en het ontbreken van de grote, fijne familie waar ze als opgroeiend meisje altijd van had gedroomd. De werkelijkheid was een kil huwelijk geweest, in een mooi huis weliswaar, maar toch was het leeg, koud en verdrietig geweest en had ze altijd troost gezocht in het iets betekenen voor andere mensen. Ze had, besefte ze scherper dan ooit tevoren, altijd goed willen zijn voor een ander, bijna als om toch een beetje liefde te verdienen in het leven. En wat er vanavond was gebeurd, was dat nu echt iets meer dan een loze illusie? Ze moest wijzer zijn! Natuurlijk niet!

Haar hond glipte het verborgen kamertje in en stak zijn snuit in haar handen, als wilde hij haar troosten. 'Brave hond. Ja Karel,' mompelde ze zachtjes.

Er klonk geroezemoes. 'De oude taart slaapt,' hoorde ze Evert op zijn platte manier van uitdrukken zeggen. 'Kom, Lieneke. We gaan haar binnenkort gewoon nog een keer opzoeken. Een beetje aandacht kan geen kwaad. Ze had het over een testament. Gezien haar leeftijd moet ze opschieten als ze iets wil wijzigen, en zoals gezegd, ik ben haar achterneef.'

'Maar ik ben haar achternicht, en met meer recht van spreken dan jij.'

'Mannen gaan voor, dat is al duizenden jaren zo.'

'Tegenwoordig niet meer, en niemand van ons zal ooit Ernsting heten, dus dat telt niet. Ik ga maar eens op huis aan.'

Wel, Agaath was dus verontwaardigd omdat Evert aanspraken meende te hebben, zij stapte daarom als eerste verbolgen op, was de conclusie vanaf het onzichtbare plekje. Karel was inmiddels rustig aan haar voeten gaan liggen.

'Wedden dat jij haar eveneens op gaat zoeken,' beet de stem van Evert haar na, toen de deur van de bibliotheek al geopend was en Agaath blijkbaar aan Agnes opdroeg haar jas te gaan halen.

'Natuurlijk, net als jij gaat doen. We gaan beiden ons best doen om de oude dame wat aandacht te geven,' grinnikte Agaath. 'De oude dame lijkt me niet gek. Ze heeft het best door, hoor. En jouw buitenechtelijke status zal haar ervan weerhouden om domme dingen te doen. Je bent slechts heel in de verte familie van haar.'

'Beste Agaath.' Was die nu van sarcasme druipende stem werkelijk die van David, die vanavond zo aardig en meelevend had geleken? 'Je bent geen haar beter dan mijn broer. Jullie kijken naar het huis en de rijkdom die vanavond is geëtaleerd, maar ik zag voornamelijk een eenzame vrouw die haar familie jarenlang heeft moeten missen.'

'Jij bent geen haar beter dan wij,' merkte Machiel Leeuwenburg op. 'Wie zat haar als eerste te paaien, door een logeerpartijtje in Drenthe voor te stellen?'

'Houden jullie nu eens op! Stel dat tante Eugenie weer wakker wordt, en ons hoort bekvechten over wie na haar dood alles zal erven,' bromde Floris Leeuwenburg. 'We zouden ons allemaal de ogen uit het hoofd moeten schamen!'

Er klonk gemompel en gestommel. Eugenie hoorde de vertrouwde stem van Andries bij de voordeur. Zonder dat ze het had gemerkt, waren er een paar tranen over haar wangen gekropen.

Ineens keek Agnes haar bezorgd aan. 'Dit is niet goed voor u, tante Eugenie. Ik zal u overeind helpen. U bent helemaal koud geworden. Kom, het is lekker warm in uw slaapkamer. U moet daadwerkelijk in bed gaan liggen om weer warm te worden.'

'Ik wil nog een glas goede port, lieve kind. Zeg dat maar tegen je vader. Ik heb het inderdaad koud gekregen, maar nergens is het zo koud als om mijn oude hart.' Ze zuchtte en kwam moeizaam overeind. 'Ik had vanaf dit plekje inderdaad heel andere dingen willen horen. Ach, verhelderend was het wel, dat zeker.'

'U heeft toch een mooie avond beleefd, als u het slot ervan vergeet.'

'Jij hebt misschien gehoord wat er is gezegd?'

'Jazeker. Pa en ik hebben ordinair achter de deur meegeluisterd.'

Ze hielp de oude vrouw geroutineerd naar bed en merkte de vage schaduw van een glimlach op, die om de gerimpelde mond gleed. 'Mooi. Ik wil er wel met jullie over praten, als ik weer warm en uitgerust ben.'

'Ik maak een warmwaterzak voor aan uw voeten,' besloot de jongere vrouw terwijl de oude vrouw, vermoeider dan ooit, misschien wel van teleurstelling om de hebzucht van haar familie, in de kussens achteroverleunde, wachtend op de warme kruik en de port. Karel kwam weer bij haar liggen, want hij was de hele avond bij de visite weggehouden, maar nu waakte hij over het vrouwtje.

Er brandde vuur in de haard. De oude vrouw zag niet langer zo bleek nadat ze enkele keren aan haar thee had genipt. Ze was die morgen met een vervelende hoofdpijn opgestaan en vroeg Agnes haar opnieuw een tablet paracetamol te brengen, voor ze later die middag aan het kerstdiner zou gaan beginnen. Buiten sneeuwde het inmiddels licht. 'Te weinig voor een witte kerst,' mompelde ze hoofdschuddend voor zich uit. Ze strekte haar handen uit naar het vuur. De televisie stond aan, maar er was niets wat haar vandaag kon boeien. Ze wilde niet piekeren. Morgen, morgen was er tijd genoeg. Nu moest ze blij zijn met het tweetal dat zo goed voor haar zorgde dat ze er ook vandaag, op de eerste kerstdag, waren. Maar de gedachten bleven door haar hoofd tollen en lieten zich niet zo eenvoudig negeren. Ze zuchtte eens diep.

'Weet u zeker dat u vanavond met ons drieën wilt eten?' vroeg Agnes nog eens voor alle zekerheid. 'Pa en ik zijn maar personeel en wij eten altijd in de keuken.'

De oude vrouw nam een slokje. 'Jullie kennen mij beter dan wie dan ook.'

'Morgen laten we u in de steek en moet u uw eten warm maken in de magnetron.'

'Morgen hebben jullie een vrije dag. Het is nota bene Kerstmis!'

'Maar we zijn dan allebei tegelijk weg, omdat we gaan eten bij mijn tante, en Pieta kan ook niet komen.'

'Lieve schat, het is jullie van harte gegund. Ik ben heus niet slechter af dan zo veel andere oude mensen die alleen zijn en die op tweede kerstdag hun maaltijd in de magnetron schuiven omdat ze niet meer in staat zijn om zelf te koken.'

'Ik maak de lunch klaar voor we weggaan en zet het bord in de koelkast. En u kunt Karel gewoon in de tuin laten als hij naar buiten wil, want we doen de poort achter ons dicht. Hij blaft altijd bij de keukendeur als hij weer naar binnen wil.'

'Die rollators zijn handiger dan ik vroeger wilde geloven. Ik kan er mijn bord mee van de keuken naar de kamer rijden. Ach, vroeger mocht ik graag koken en...'

'Vroeger is helaas voorbij.'

'Ja kind, het meest bittere van de oude dag is dat je steeds opnieuw moet inleveren, en dat je één ding zeker weet: verbetering zit er niet meer in, alleen maar verdere achteruitgang, tot de dag eindelijk komt dat de Here ook mij thuis wil halen.'

De oudere vrouw was daar vast van overtuigd, ze was diepgelovig. Agnes glimlachte. 'Smaakt de chocola?'

'Heerlijk. Gelukkig kan ik van dergelijke dingen nog erg genieten, en vooral gelukkig is dat mijn geest zo helder is gebleven.'

'Dat is inderdaad een groot goed, tante Eugenie. De moeder van Pieta is dement, dat weet u.'

Pieta was de werkster, die twee keer in de week een dag kwam. Op maandag ruimde ze op en deed ze de was, op donderdag werd het hele huis gestofzuigd en kreeg het sanitair een goede beurt. Agnes zelf hield de keuken schoon en aan kant. Agnes deed daarnaast de boodschappen en zorgde voor de maaltijden. Ook las ze de oudere dame voor of nam haar mee in de auto. De jonge vrouw zorgde ook voor het bijhouden van de administratie. Soms was Eugenie bang voor de dag dat Agnes een leuke kerel zou ontmoeten en een ander leven zou willen leiden. Als ze geluk had, maakte ze dat niet meer mee, maar aan de andere kant zou ze zich erop kunnen verheugen als het meisje een leuk gezin kreeg. Alles was onzeker, maar dat was vanzelfsprekend het hele leven.

'U wordt vast negentig of nog ouder,' lachte de jonge vrouw optimistisch. 'Kijk maar naar dit jaar. Veel oude mensen die vallen en een heup breken, overleven dat niet lang.'

'Ik ben sterk, dat weet ik.'

'Mooi zo. Zakt de hoofdpijn al een beetje?'

Eugenie schudde langzaam het hoofd. 'Er zitten te veel gedachten in,' bromde ze.

'Zet die dan maar liever aan de kant.'

'Het is een grote zorg dat ik moet gaan beslissen wat er in de toekomst met de hof gaat gebeuren. Een beslissing die ik al veel te lang voor me uit geschoven heb.'

'Ik vind de raad van uw notaris zo slecht nog niet. Verkoop alles en geniet zelf nog zo veel mogelijk van het geld dat de hof zal opbrengen. Maak een luxe wereldreis, met een duur cruiseschip de hele wereld over of zo. En maak zo veel mogelijk op! Of geef het weg bij leven. Geven met een warme hand en niet met een koude, zo noemen ze dat toch?'

'Ik heb er veel voor over om het erfgoed van de familie in stand te houden. Ik voel me er zelfs min of meer toe verplicht. Maar ik weet niet of dat nog wel op een verantwoorde manier kan. Daar wilde ik op kerstavond achter zien te komen, maar het is er niet duidelijker op geworden.'

'Veel geluk heeft de familie Ernsting u niet gebracht, dat is duidelijk.'

'Dat is waar, lieve kind, maar de hof was wel een heerlijke plek om te wonen. Stel dat er een groot kantoor in het huis komt, en dat ze de tuin vol grind en stenen storten vanwege het gemakkelijke onderhoud. Ik moet er niet aan denken!'

'Dus zit u nu aldoor te piekeren wie van de gasten van gisteravond het genoegen ten deel zal vallen eveneens van een leven hier op de hof te mogen gaan genieten.'

'Ja, dat weet je.'

'U moet er wel bij bedenken dat het erg veel geld kost om een dergelijk oud huis met een grote tuin naar behoren te onderhouden, dat de lasten van gemeente en elektriciteit ervan niet onaanzienlijk zijn. Een timmerman zal dat nooit op kunnen brengen.'

'Dat ben ik mij bewust. Er is nog wat kapitaal, maar dat zijn geen tonnen meer en dat zal snel genoeg opraken als er onvoldoende binnenkomt. Wie zou jij het nalaten, als je in mijn schoenen stond?'

'Aan niemand,' grinnikte Agnes. 'Maar ik ken ze nauwelijks.'

'Ik evenmin, maar ik heb er heel wat van opgestoken ze stiekem af te luisteren.'

'Dat was stout van u, hoor.'

'Natuurlijk! Maar wel leerzaam.'

'Wel, neem er de tijd voor om tot een weloverwogen beslissing te komen, dat is de beste raad die ik u geven kan. Ik ga mijn vader roepen. Dan gaan we eten.'

'Graag. En o, vraag je vader even naar boven te lopen om dat portretje mee te nemen dat naast het raam hangt. Evert vroeg wie dat was, en ik zou het werkelijk niet weten. Ik wil er nog eens goed naar kijken, want ik heb er nooit veel aandacht aan besteed.'

Het portret werd naast haar stoel gezet. Even later zat de oude dame opnieuw aan een mooi gedekte tafel, in een veel kleiner gezelschap weliswaar dan de avond ervoor, maar wel een veel aangenamer gezelschap.

HOOFDSTUK 4

Het was heel stil in huis. Ze had het portret op haar rollator gezet, en wel zo dat het daglicht er goed op viel. Eugenie staarde naar de jonge vrouw die de schilder lang geleden had vereeuwigd. Ondertussen gingen haar gedachten op volle toeren. Het portret had altijd in de galerij gehangen, was haar eerste reactie geweest. En dat was ook zo. Ze kon zich niet herinneren dat het er ooit was opgehangen. Ze zocht in haar herinneringen of haar man er ooit iets over had gezegd, maar er schoot haar niets te binnen. Ze boog zich voorover. Het zou een lid van de familie Ernsting moeten zijn, geboren als zodanig of anders aangetrouwd, want boven in de galerij hingen alleen maar portretten van familieleden. De voorvaderen kende ze wel, kinderen stonden soms op schilderijen samen met hun ouders, of er waren kleine portretjes, gemaakt kort voor of na een vroegtijdig overlijden. Mensen stierven vroeger nu eenmaal vaak in hun kindertijd. Nee, ze wist bij lange na niet alle namen, maar door hun plaats in de galerij was het eigenlijk altijd duidelijk bij wie ze hoorden. Alleen dit portret had apart gehangen, naast het raam. Er moest ergens een stamboom van de familie zijn, ze had er Ernst weleens over gehoord, maar zelf had ze nooit een bijzondere belangstelling op kunnen brengen voor mensen die al zo lang geleden waren overleden, zodat er niet veel meer van hen bekend was dan de data van hun geboorte, hun huwelijk en hun overlijden. Van enkele familieleden bestonden nog papieren, maar die gingen dan waarschijnlijk over dingen die de hof zelf betroffen, of over huwelijkscontracten en dergelijke. Gek eigenlijk. In het huis waar ze zelf al meer dan zestig jaar woonde, hadden zo veel andere mensen gewoond en geleefd. Ze waren hier gelukkig geweest of hadden juist veel verdriet te verwerken gekregen, ze waren hier geboren of gestorven en ze wist er nauwelijks iets van. Er moesten ergens nog wel gegevens zijn, ze herinnerde zich dat Ernst die familiepapieren in een doos bewaarde, lang, lang geleden.

Ze zuchtte en boog zich voorover om het gezichtje te bestuderen. Het was een jonge vrouw met blond haar en blauwe ogen, een glimlach tekende zich af om haar lippen. De blik in de geschilderde ogen was rustig. Een mooie vrouw, peinsde Eugenie, maar dat kon de schilder geflatteerd hebben om zijn opdrachtgever te plezieren. Geen idee wie die opdrachtgever was geweest en waarom dit meisje was geportretteerd. Ze leek niet op haar schoonmoeder Henriëtte als jong meisje. Ze leek evenmin op andere geportretteerde vrouwen. Eugenie kon niet als vroeger even de trap op lopen om de andere vrouwengezichten in de galerij nog eens te bekijken. Ze boog zich voorover en keek aandachtig. Het meisje scheen gezond. Het was dus geen dochter of zuster die werd weggemoffeld omdat ze een gebrek had of geestelijk niet helemaal goed was, iets wat vroeger nogal eens gebeurde omdat men dacht dat er in de familie zwaar gezondigd moest zijn als men een dergelijk kind kreeg. Dan schaamde men zich, wilde men de begane zonden verdoezelen, al wist men misschien zelf niet eens waaruit die zonden hadden bestaan. Tegenwoordig wist men beter. Alles kon in de genen zitten, maar mensen konden ook in de war raken omdat ze veel hadden meegemaakt of na een ziekte of ongeluk misschien niet helemaal goed meer functioneerden.

De oude vrouw haalde diep adem en keek op toen Agnes haar een kopje verse koffie kwam brengen.

'Ik breek er mijn hoofd maar over wie dit toch zou kunnen zijn,' verzuchtte ze.

Agnes keek nauwlettend naar het portretje. 'Aan de kleding te zien, leefde ze rond de vorige eeuwwisseling of in de eerste jaren van die eeuw,' meende de jonge vrouw. 'In ieder geval is de afgebeelde kleding van voor de Eerste Wereldoorlog.'

'Waarom denk je dat?'

'Een hoge kraag, donkere kleuren, een medaillon om de hals. Ze draagt haar haar los, dus waarschijnlijk gaat het om een ongetrouwde jonge vrouw.'

'Vroeger staken jonge vrouwen hun haar op als ze op hun achttiende jaar belijdenis hadden gedaan,' herinnerde de oude vrouw zich. 'Hoewel mijn moeder zo verdorven was dat ze in de jaren twintig van de vorige eeuw de knot voorgoed verbande en haar haren kort liet knippen. Schande werd daarvan gesproken destijds, dat vertelde ze me meermalen, en dan nog wel met een glimlach om de lippen.'

'Kan ik verder nog iets voor u doen, tante Eugenie? Pa is klaar, hij start de auto al.'

'Ga maar, meisje, ik red me best vandaag.'

'Er staat in de koelkast een bord met een gesmeerd boterhammetje klaar voor vanavond. Ik heb er rosbief op gedaan en er nog een plakje kaas bij gelegd. Er is een mandarijntje gepeld, de partjes staan in een schaaltje naast het bord. De maaltijd die u tussen de middag warm kunt maken kan zo in de verpakking in de magnetron.'

'Je bent een schat. Heus, ik red me best. O wacht, dat schiet me nog te binnen. Mijn man had een doos, een grote archiefdoos met het opschrift 'familie', waarin hij brieven en zo bewaarde. Weet jij zo uit je hoofd waar die doos is?'

'Nee, die zal wel op zolder zijn opgeborgen. U bent zelf altijd nogal van het opruimen geweest.'

'Dat is waar. Help me herinneren dat die oude doos binnenkort een keer opgezocht moet worden. Ik wil toch proberen of ik iets kan achterhalen over de geschiedenis van dit raadselachtige meisje.'

Agnes grinnikte. 'Dat zal ik zeker doen. Ik word er zelf ook nieuwsgierig naar. Misschien is de doos snel boven water. Ik zal pa vragen er een dezer dagen naar te zoeken.'

'Dank je, lieve kind. Wel, veel plezier vandaag, hoor.'

'Dank u. Weet u zeker dat u zich redt? Ik heb mijn telefoon als altijd bij me. Als er iets is, moet u echt bellen, hoor.'

'Jullie gaan helemaal naar Doorn. Dan ben je niet in tien minuten thuis.'

'Ik ben pas gerust als u belooft me te bellen als er iets is.'

'Goed, goed! Ga nu maar.'

Toen de deur even later dichtviel en ze de autobanden op het grind hoorde knerpen, keek Eugenie toch even aangeslagen. Nu was ze alleen. Echt helemaal alleen achtergebleven op de hof, en andere mensen vierden deze tweede kerstdag. Nu ja, het gebeurde vroeger wel vaker dat ze een poosje alleen in het huis was. Nu was dat anders, omdat Agnes gekomen was. Als Agnes vrij was, was haar vader dat niet en andersom. Ze werkten allebei vijf dagen in de week. Meestal was Agnes op maandag en donderdag vrij, omdat Pieta er dan was die voor het eten kon zorgen, en haar vader op zaterdag en zondag. Feitelijk waren beiden er samen maar drie dagen per week. Zo ongeveer één keer per maand had Agnes bovendien een vrij weekeinde, ze was uiteindelijk een jonge vrouw die plezier wilde maken met vriendinnen. Ze had kort voor ze terugkwam naar de hof een paar maanden een vriend gehad, maar dat was niets geworden en toen Eugenie dat hoorde was ze diep vanbinnen toch wel opgelucht geweest.

Eugenie leunde achterover en dronk de koffie op voor die te veel zou afkoelen en dus niet meer lekker was. Ze kneep haar ogen samen en keek nog eens naar het portret. Geheimzinnig, bedacht ze toen. Het ging hier om een jonge vrouw van wie ze helemaal niets wist, zelfs niet hoe ze geheten had en ook niet of ze wel tot de familie had behoord. Dat moest wel, want anders had haar portret niet in de galerij gehangen. Maar goed, Andries zou de doos gaan zoeken en natuurlijk zou hij die vinden. Waarschijnlijk kwam er dan een antwoord op het raadsel dat jarenlang onder haar neus had gehangen en waar ze nooit eerder op had gelet.

Vreemd eigenlijk: nu ze daadwerkelijk alleen was, voelde ze zich toch minder eenzaam dan ze soms was geweest in gezelschap. Eigenlijk zou ze best even naar buiten willen, een beetje wandelen in de tuin, naar de vogels kijken die in groten getale rond het huis leefden. Ze hield van vogels. Elke winter voerde Andries hen op een aantal plaatsen in de tuin, er hingen overal vetbollen en netjes met noten, op een voederplank lagen stukjes brood, kaas, half weggerotte appeltjes, daar hielden sommige vogels van, zeker merels. Maar nu kon ze niet eens alleen naar buiten, bang als ze was geworden om te vallen als er niemand in de buurt was. Want alleen opstaan, dat zou niet meer lukken. Daarom zat haar mobiele telefoon op dagen als deze de hele tijd in de zak van haar rok. Het was als een soort alarm. Agnes had wel gelijk dat ze iemand moest kunnen waarschuwen als er iets misging.

Ze liep moeilijk door haar huis. Soms gebeurde het dat ze overvallen werd door een zekere opstandigheid over haar lot, nu ze zich de afgelopen maanden zo moeilijk verplaatste. Vroeger was het gewoon geweest om goed te kunnen lopen, een trap zonder problemen te kunnen beklimmen, geen pijn te hebben. Mensen beseften niet wat een rijkdom dat was, tot ze kennismaakten met ziekten of beperkingen. Zelfs even naar het toilet gaan was al een hele onderneming geworden, waarbij van alles mis kon gaan. Gelukkig hoefde ze nog geen luier om, dat zou ze pas echt vreselijk vinden! Kijk, dat was de beste manier om uit de put te blijven, als ze dreigde daarin te raken. Altijd de zonzijde zien. Ze was niet incontinent, ze had een helder hoofd, haar ogen en oren waren minder dan vroeger maar een goede bril en gehoorapparaten haalden veel van het ongemak weg. Als ze zich verveelde, kon ze nog steeds pianospelen. Als haar ogen gingen prikken omdat ze vermoeid werden van het lezen, kon ze de televisie aanzetten, en daar was tegenwoordig veel moois op te zien, met al die netten die er waren. Ze kon via de computer met de hele wereld communiceren. Ach, ze kwam de dag wel door! Ze had het geluk in goeden doen te zijn, want de meeste ouderen hadden misschien wel degelijk familie, maar die woonden dan ver weg of de kinderen werkten hele dagen en woonden bovendien niet langer bij hun ouders om de hoek. Ze kende meer ouderen die eenzaam waren geworden en die geen geld hadden om personeel om zich heen te hebben. En vooral Agnes was een schat, aan wie ze zich meer dan ooit gehecht had in de afgelopen tijd.

De oude vrouw glimlachte en leunde weer achterover. Ze kwam de dag heus wel zonder kleerscheuren door, en ze zou die sombere overpeinzingen geen kans geven haar dag te bederven, zo! Vanavond zouden ze weer thuis zijn, ze gunde hun deze dag van harte. Ze keek nog maar eens naar het portret. 'Vertel het me maar, meisje,' mompelde ze tegen het voor altijd zwijgende gezichtje. 'Nu je mijn nieuwsgierigheid hebt gewekt, wil ik niets liever weten dan wie je bent geweest en hoe je leven is verlopen. En vooral wat je hier op de hof doet.'

Ze moest na het avondbrood in slaap gevallen zijn, want opeens voelde ze een tikje op haar arm. Het vuur in de open haard was uitgedoofd. Het was een beetje kil geworden.
'We zijn er weer. Ik zal u helpen om naar bed te gaan. Pa is al met Karel uit.'
De oude Eugenie rechtte onmiddellijk haar rug. 'Ik lijk warempel wel een oud wijf, om in slaap te vallen voor de televisie! Hoe laat is het, Agnes? En heb je het leuk gehad?'
'Het was een heerlijke dag. Waarom is het portret gevallen?'

'Is het gevallen?' schrok de oude dame, terwijl ze haar best deed een geeuw te verbergen. 'Hoe kan dat nu? Daarnet keek ze me nog aan met haar raadselachtige ogen.'

Het lijstje lag inderdaad op de grond, het was voorovergevallen. Eugenie schrok ervan, ze had niets gemerkt, er niets van gehoord. Ze probeerde niet te laten merken dat ze geschrokken was, maar Agnes kende haar inmiddels zo goed dat ze zich niet om de tuin liet leiden.

'Ik breng u naar bed en als u lekker ligt, breng ik u nog een vers gezet kopje thee.'

'Je bent een schat,' mompelde Eugenie een beetje beschaamd, terwijl ze moeizaam overeind kwam. Agnes keek toe. Ze wist maar al te goed dat tante Eugenie het verschrikkelijk vond als ze haar onnodig wilde helpen. Hulp aanvaarden als dat nodig was, dat was één ding. Je altijd en eeuwig laten helpen alsof je helemaal niets meer zelf kon, dat was toch weer iets anders. Ze kwam geduldig achter de oude vrouw aan, hoe moeizaam die zich nu ook naar haar slaapkamer verplaatste. Daar mocht ze weer wel helpen, want de oude dame kon zelf haar blouse en vest uittrekken, maar vanzelfsprekend haar kousen niet. Toen Eugenie even later in de kussens lag en het hoofdeinde van haar bed met de afstandsbediening net zo hoog had gezet dat ze prettig lag, glimlachte Agnes weer.

'Ik heb het portret op de tafel gezet. En nu ga ik de thee maken. Wilt u er nog iets bij?'

'Ik ben inderdaad best een beetje leeg. Ik heb de maaltijd tussen de middag maar voor de helft opgegeten, hoor, anders is het veel te veel voor een oud mens als ik ben. En het toetje heb ik ook laten staan. Het brood heb ik wel opgegeten.'

Agnes glimlachte rustig. 'Die voorverpakte eenpersoonstoetjes zijn gemakkelijk. Het toetje blijft nog wel een paar dagen goed. Wilt u dat misschien alsnog opeten of wilt u liever iets anders hebben?'

'Een beschuitje met honing, dat zou me wel smaken. Is het niet te veel werk, kindje?'

'Nee hoor, het is zo gebeurd en daarna slaapt u als een roosje.'

'Ik hoop het,' mompelde Eugenie, want als je zo oud was als zij, wilde de slaap nog weleens komen op ongelegen momenten en gebeurde het ook maar al te gemakkelijk dat die 's nachts in bed juist wegbleef. Maar goed, niet zeuren. Haar moeder zei altijd: oud, iedereen wil het worden, maar niemand wil het zijn. En zo was het. Ze was oud geworden en had niets te klagen. Ze woonde nog op zichzelf en Andries en Agnes stonden letterlijk dag en nacht voor haar klaar, en als het eens zo was dat ze beiden weg moesten, konden ze desgewenst altijd nog een beroep doen op Pieta. Er werd goed voor haar gezorgd, en als ze op televisie weleens reportages zag over allerlei vreselijke toestanden in verzorgings- en verpleeghuizen, dan mocht zij diep dankbaar zijn, dat wist ze best. Maar ja, de afhankelijkheid die de hoge leeftijd met zich meebracht, daar had ze grote moeite mee gehad, en nog! Het verstand legde zich er wel bij neer, maar het hart bleef opstandig. Als ze nog verder achteruitging, en zelfs geholpen moest worden op het toilet... Ze huiverde hartgrondig. God mocht dat verhoeden! Wilde ze dan dood? Dat toch ook weer niet. Ze had overigens nog geen tijd om dood te gaan, ze moest eerst uitzoeken wie dat meisje was geweest dat sinds eergisteren maar door haar hoofd bleef spoken, en ze moest zorgen dat de hof in de toekomst in goede handen zou komen. Ze sloot de ogen voor een woordeloos en onzichtbaar gebed. Nu ja, zo woordeloos was het niet. Ze bad om kracht om die twee zaken op te kunnen lossen voor het God behaagde dat ze het aardse leven zou verwisselen voor het eeuwige.

Ondertussen in de keuken had Agnes een beschuitje gesmeerd en goot ze kokend water in een theeglas. 'Ze sliep en zag er zo breekbaar uit,' vertelde ze haar vader, die terugkwam met de hond en gretig in de grote koelkast speurde naar iets lekkers. O, ze hadden heerlijk gegeten en waren vandaag bij zijn zuster uitermate verwend, maar na een uur autorijden en een blokje om met de hond had hij gewoon lekkere trek, en zijn welgedane buikje toonde dat die voorliefde niet eenmalig was.

'Dat hele gedoe op kerstavond heeft haar meer aangegrepen dan ze ooit aan wie dan ook toe zal willen geven,' meende de oudere man. Hij besloot het restje soep van kerstavond warm te maken en op te smikkelen voor hij naar bed ging. 'Jij ook wat, Agnes?'

'Lekker,' mompelde ze. Ach ja, de appel viel niet ver van de boom, maar zij dijde er nog niet van uit. 'Eerst tante Eugenie helpen.'

Twintig minuten later was ze in de ruime keuken van de hof terug. 'De thee is op, het beschuitje ook. Ze gaat slapen. Morgen is er weer een dag.'

De oudere man keek zijn dochter onderzoekend aan. 'Denk je nooit eens: ik wil iets anders?'

Agnes schokschouderde. 'Het heeft ook iets moois, iemand te helpen die zichzelf niet meer redden kan, maar aan de andere kant, het is waar. Het is altijd klaarstaan, elke morgen bij het opstaan, elke avond bij het slapengaan, heel de dag door ongemerkt, ook al heb ik net mijn vrije dag gehad of zit ik net even lekker te lezen op mijn kamer. Het is geen werk van negen tot vijf.'

'Je bent hier gekomen toen ze zo hulpbehoevend was geworden. Je hebt zelfs je baan ervoor opgezegd.'

'Ik wilde op dat moment toch al iets anders gaan doen en ik ben al zo lang als ik me kan herinneren thuis op de hof. Het voelde zelfs een beetje alsof ik voor een oud familielid kwam zorgen, maar ik krijg er nog voor betaald ook.'

'Je hebt een hbo-opleiding in de zorg en werkte in een managersfunctie in een verpleeghuis.'

Ze knikte. 'Ik miste te veel het contact met de mensen om wie het uiteindelijk gaat. Dat zal ik eventueel in de toekomst toch anders willen. Ik zat de hele dag op papier te bedenken hoe alles beter kan, lees: goedkoper. En de mensen om wie het gaat, zien nauwelijks nog iemand op hun kamers, laat staan dat er tijd is voor persoonlijke aandacht, als de zorg tot op de minuut is geregeld. Nee, ik vind het wel prettig zo. Het geeft me veel vrijheid van handelen. Er is een goede vertrouwensband ontstaan.'

Haar vader lepelde zijn soep, zij deed hetzelfde. 'Lekker.' De oudere man knikte. 'Toch moet je de realiteit niet uit het oog verliezen, Agnes. Er komt een dag dat het hier voorbij is. Mevrouw kan ineens wat overkomen, maar ze kan ook zo ver achteruitgaan dat wij samen niet langer voor haar kunnen zorgen. Ik moet dan de hof nog wel bijhouden tot is geregeld wat er met de bezitting gaat gebeuren, maar jij?'

'Ik kan in de zorg op welke manier dan ook altijd wel weer aan de slag,' meende Agnes zonder zich veel zorgen te maken. 'Voor jou wordt dat lastiger.'

'Ik ben te oud voor de meeste werkgevers, bedoel je dat? Ik ben zesenvijftig, kind.'

'Precies, en ik nog niet de helft daarvan.' Ze grinnikte onverwacht. 'Kom op, pa, we kunnen plannen maken wat we willen, maar niemand weet wat de komende tijd zal brengen. Misschien wordt tante Eugenie wel honderd en werken we hier allebei nog jaren.'

'Zou kunnen, maar ik geloof het niet,' antwoordde de oudere man met een frons tussen zijn wenkbrauwen.

Het meisje haalde diep adem. 'Ik evenmin, als ik eerlijk ben. Tante Eugenie gaat langzaam achteruit. Ze wordt brozer en ik moet eerlijk zijn, de familiereünie van eergisteren zal haar weinig duidelijkheid en rust geven.'

'De aasgieren,' mompelde de oudere man terwijl hij het laatste restje soep uit de kom opdronk. 'Ze willen er allemaal beter van worden. Wedden dat de familie vanaf nu het nodige van zich zal laten horen?'

Ze vreesde dat hij gelijk had. Voor Agnes naar hun huis boven de garage ging, waar zij een eigen appartement hadden, keek ze nog even bij de oude vrouw om het hoekje. Ze sliep. Gelukkig maar, emoties waren uitputtend als je zo oud was. Karel kwispelde even naar haar en ze aaide hem over de kop voor ze weer wegging.

In de salon stond het portret veilig op de tafel en even keek Agnes nog naar de onschuldige blauwe ogen van het onbekende meisje op het portret. Ineens moest ze glimlachen. Eigenlijk was het wel grappig, dat ze nu een raadsel hadden dat ze moesten oplossen. Daarna ging ze naar boven, want ze was best moe. Het was al halftwaalf geweest.

HOOFDSTUK 5

De jaarwisseling was op de hof rustig voorbijgegaan. Natuurlijk, in het naburige park waren dronken jongelui met vuurwerk bezig geweest en er waren ook de nodige vernielingen te melden, maar tegenwoordig scheen dat er zo langzamerhand bij te horen, als je de media mocht geloven.

'Ik ben blij dat na vandaag alles weer gewoon wordt,' mompelde Eugenie op Nieuwjaarsdag, nadat ze als alle jaren naar het Nieuwjaarsconcert op te televisie had gekeken. En ja, een mens kon nog zo deftig zijn, zij had net als altijd op het einde met de Radetzkymars met de hele zaal mee zitten klappen en er nog van genoten ook. Ook Agnes deed mee, die samen met haar had zitten kijken.

'Morgen komt Pieta de kerstversierselen wegruimen en schoonmaken,' knikte de oude dame tevreden. 'Ik heb altijd van Kerstmis gehouden, al was het in mijn leven nog zo vaak een eenzame gebeurtenis omdat er geen familie was die zich liet zien, maar evenzogoed ben ik alle jaren weer blij als alles gewoon wordt. Als Pieta morgen klaar is, moet ze met je vader op zolder naar de archiefdoos van mijn man gaan zoeken, waar 'familie' op staat, en misschien wil jij in het tuincentrum narcissen, hyacinten of wat dan ook halen. Alles wat maar een beetje aan het voorjaar doet denken, mag je meenemen. Daar gaat een mens dan naar verlangen.'

Het portret was nog niet teruggehangen op de galerij, maar stond nog op het kleine tafeltje naast de vertrouwde leunstoel van de oude dame, zodat ze er elke dag een paar keer naar kijken kon.

'Ik ben toch zo nieuwsgierig geworden naar wie deze jonge vrouw eigenlijk is geweest,' glimlachte Eugenie met een levendige belangstelling in haar diepblauwe ogen. 'Hoe is haar leven verlopen en waarom weten we nu niets meer van haar af? Waarom hangt ze boven in de galerij, alleen en bij niemand in de buurt? Het is een raadsel! Nieuwsgierigheid is goed voor een oud mens als ik, Agnes. Het weerhoudt me van gedachten aan het naderende einde.'

'Uw einde is nog lang niet genaderd,' protesteerde Agnes dan ook meteen.

De oude Eugenie grinnikte vrolijk en leek op slag twintig jaar jonger. 'Dat weet een mens nooit, maar nieuwsgierigheid houdt het leven erin. Zijn de oliebollen op?'

'U wilt thee en nog een oliebol?'

Eugenie knikte ongekend levendig. 'Een halve, vooruit dan maar. Het is lekker buiten, zo te zien. De zon schijnt. Wil je daarna met me in het park gaan wandelen, Agnes?'

'Met alle plezier. Ik moet uiteindelijk ook nog een paar oliebollen verteren, die zich anders als een vetrolletje af gaan zetten op mijn heupen. U weet het, tante Eugenie, vijf minuten in de mond en vijf jaar op de kont.'

Ze schoten beiden hartelijk in de lach. 'Jouw, eh, achterwerk is overigens uitstekend geproportioneerd.'

'Wel, dan moet ik toch gaan wandelen om dat vooral zo te houden,' meesmuilde de jongste van de beide vrouwen en weer lachten ze eensgezind.

'Eigenlijk,' peinsde Eugenie even later, terwijl ze aan haar thee nipte, 'lijken we eerder moeder en dochter, nee, kleindochter, dan werkgeefster en werkneemster.'

Agnes glimlachte. 'Wat u zegt! Maar ik heb een moeder gehad en ik heb veel van haar gehouden.'

'Ja kind, die is veel te jong ziek geworden en overleden.'

'Ze kreeg kanker en heeft die strijd niet kunnen winnen. Het was een afschuwelijk proces haar zo achteruit te zien gaan tot ze niet meer was dan een schaduw van zichzelf. Uiteindelijk kwam het einde daarom als een verlossing.'

'Het leven is onvoorspelbaar, en dat is altijd zo geweest. De mens maakt plannen, maar moet die even zo vaak weer aanpassen. De mens wikt, maar God beschikt. Dat zei mijn moeder vroeger altijd, en dat is er al jong ingesleten. Nu ik oud geworden ben, denk ik dat ze gelijk had. Mijn leven is lang geweest en in zekere zin ook rijk gezegend, maar nu op mijn oude dag weet ik mijn zegeningen meer te waarderen dan vroeger. Ik ben veel van je gaan houden, lieve Agnes. Ik kan op jou vertrouwen, en ik hoop dat je beseft hoeveel dat voor mij betekent. Ik heb nooit een dochter mogen krijgen, helaas, maar ik weet zeker dat als dat wel zo zou zijn geweest, ik niet meer van haar had kunnen houden dan ik nu van jou doe.'

De jonge vrouw bloosde tot ze vuurrood zag en keek een beetje verlegen. 'U bent mij ook dierbaar, maar een bloedband is toch anders. Ik zie het meer als een soort vriendschap, ondanks het verschil in leeftijd.'

'Mmm,' peinsde de oudste van de twee. 'Dat is ook een mooi woord. Maar het klinkt prettig dat je mij tante noemt.'

Agnes keek de oude vrouw met een zekere vertedering aan. 'Ik ken u al mijn hele leven.'

Eugenie schudde het hoofd. 'Bijna je hele leven. Je was een ondeugende peuter, toen je ouders in mijn dienst kwamen. Je moeder als huishoudster, je vader voor alles wat hij nog steeds doet, al meer dan vijfentwintig jaar. Je groeide hier op, speelde in de tuin, stoeide met mijn honden. Je bracht leven in het huis, ook al woonden jullie boven de garage. Ik vond het vreselijk toen je een jaar of wat geleden naar de stad verhuisde voor je studie. Maar nu ben je weer terug, en daar ben ik erg blij om.'

'De reden voor mijn terugkomst was minder prettig. U had hulp nodig.'

'Ja, en het is goed om juist dan een vertrouwd gezicht om me heen te hebben. Dank je, lieve kind, dat je er bent, en dat je zo goed voor me bent. Het mag weleens een keertje worden gezegd. Ik kan altijd van je op aan.'

'En van pa.'

'Inderdaad, ook van je vader. Ach, ik ben vandaag blijkbaar een tikje sentimenteel.' Een zachte glimlach gleed om de dun geworden lippen. 'Mijn leven lang heb ik verlangd naar iemand die dicht bij mij stond. Alleen ben ik weliswaar nooit geweest, maar eenzaam, ja, dat wel. Ondanks mijn teleurstelling over de verschillende familieleden heb ik de mooiste kerstavond van mijn leven gehad, maar nu is het voorbij. Nu moet ik praktisch gaan nadenken en de zaken voor de toekomst goed regelen, en zeker niet langer voor mij uit blijven schuiven. Kom, nu is het genoeg. We gaan naar buiten om een frisse neus te halen.'

'Ze wil binnenkort met de notaris haar zaken opnieuw regelen,' vertelde Agnes die avond aan Andries, toen ze samen met haar vader in de grote woonkeuken zat te eten. De keuken van de hof was in de loop der jaren min of meer hun tweede huiskamer geworden. Ze aten er nu samen hun avondbrood op. De oude dame at ondertussen als altijd alleen in de salon. Het was een moment van hen samen, een familiemoment. Eigenlijk had ze de laatste tijd ongemerkt de plaats van haar overleden moeder ingenomen, dacht Agnes soms.

Pa voelde zich helemaal thuis op de hof. Vanaf het begin hadden haar ouders hun eigen woonruimte boven de garage gehad, waar ze als gezin woonden. Het echtpaar Ernsting deelde de grote slaapkamer boven. En de andere kamers die aan de galerij lagen, ooit bedoeld om kinderkamer te worden, waren niet meer dan zelden gebruikte logeerkamers gebleven. Ze was inderdaad, zoals tante

Eugenie had gezegd, als kind opgegroeid op de hof. Ze had er in de tuin gespeeld, had zich door de dame in het grote huis schromelijk laten verwennen met snoep en speelgoed. Ze was hier in de buurt op school geweest en had altijd vriendjes en vriendinnetjes mee mogen nemen om in de tuin te spelen. In het huis woonde altijd een hond. Was er een gestorven van ouderdom, dan kwam er na enkele maanden altijd weer een andere hond, en nu was Karel er, een alweer vierjarige bruine labrador die overal zijn eigen gang ging en vaak bij tante Eugenie aan haar voeten lag, als paste hij op zijn bazin. Er waren ook altijd katten, want oude huizen waren altijd gevoelig voor muizen. Ze had ooit zelfs een kleine pony gehad om op te rijden. Aan dat alles had ze dierbare herinneringen. Toen tante Eugenie zo veel slechter was geworden en Agnes terug naar de hof gekomen was om voor haar te zorgen, deed ze dat ook om iets terug te kunnen doen voor de fijne jeugd die ze hier had gehad.

De grote slaapkamer boven was nog steeds precies zo ingericht als op de dag dat mijnheer er zijn laatste adem had uitgeblazen. Tante Eugenie was daarna beneden gaan slapen. Zou ze mogelijk akelige herinneringen hebben aan die slaapkamer die ze zo lang met haar man had gedeeld? Al kort na zijn overlijden had ze beneden de vroegere eetkamer als slaapkamer in laten richten, en bovendien waren er in een vroeger bediendenkamertje dat toch nooit meer werd gebruikt, een ruime douche en een toilet geïnstalleerd. Toen tante Eugenie hulpbehoevend was geworden, had dat een groot gemak voor haar betekend.

De man knikte. 'Het wordt tijd. Ze had het vanzelfsprekend al veel eerder moeten doen,' dacht hij. 'Ze heeft haar familie eindelijk weer eens ontmoet, en ongetwijfeld is ze slim genoeg om te beseffen dat geen van hen ook maar een steek om haar geeft, en dat ze allemaal maar aan één ding denken.'

'De hof,' wist Agnes.

'Precies, meisje, de hof. Om de oude vrouw geven ze totaal niet.

En vreemd genoeg: wij beiden doen dat wel, elk op onze eigen manier.'

Pieta was naar de zolder gestuurd en Andries was meegegaan om de archiefdoos te zoeken. De oude vrouw keek een beetje geagiteerd naar Agnes. 'Zouden ze wat vinden, denk je?' 'Die doos waar u over verteld heeft, moet er nog zijn,' meende deze nuchter. 'Niemand zal die ongevraagd weggegooid hebben.' Nu ze boven zo nu en dan gestommel hoorden, maar er aldoor niemand naar beneden kwam, werd de oude dame een tikje ongeduldig. 'Volgens mij moeten ze alles overhoophalen.' 'Toen uw man was overleden, had hij veel paperassen, vertelde pa. Veel daarvan is destijds op zolder opgeborgen, net als een groot deel van zijn boeken. Jarenlang heeft niemand ernaar omgekeken. Dus moeten ze boven heel wat dozen en zo doorzoeken. Het gezochte kan dan in de eerste doos zitten, maar evenzogoed in de laatste. Ze moeten goed kijken om niets over het hoofd te zien dat van belang kan zijn.' Er klonk een zucht. 'Voor mij kruipen de minuten om.' 'Laat het geen obsessie worden, tante Eugenie.' 'Je zegt het! Nooit heb ik op dat portret gelet en ineens brand ik van nieuwsgierigheid.' Agnes glimlachte. Ze probeerden wat te lezen om het wachten te veraangenamen, maar Eugenie kon er duidelijk haar aandacht niet bij houden. Het duurde ruim anderhalf uur eer er eindelijk gestommel op de trap te horen was en het luik werd dichtgetrokken dat de koude zolderverdieping, waar niet langer werd gestookt omdat dit onnodig was als er niemand kwam, scheidde van de overloop. Even later kwamen Andries en Pieta de kamer in. Andries droeg een beschadigde bruine doos en Pieta een papieren tas. 'Dat is de doos,' knikte Eugenie heftig. 'Ik herken hem.' 'Ja mevrouw,' zei Andries, 'dit is de doos, daar zitten heel veel brieven en papieren in. We hebben ook nog dagboeken en poëziealbums gevonden. Die hebben we in die tas gedaan. We hebben alles maar mee naar beneden genomen, want misschien kunt u daarin iets vinden over de onbekende jonge vrouw van het portret. Het is allemaal nogal stoffig. Schud het in de bijkeuken een beetje uit, Pieta. Laten we koffie maken en daarna kan mevrouw rustig met alle gevonden papieren aan de grote tafel zitten. Vindt u dat goed?' De oude dame knikte. Agnes zag dat haar handen trilden van opwinding. Ze keek naar de onooglijke doos alsof ze een uiterst kostbaar kleinood teruggevonden had. Agnes had er geen idee van wat erin zou zitten. 'Pieta zal de dozen en de papieren in de tas eerst stofvrij maken, tante. Het is niet goed voor uw longen om al dat oude stof in te ademen. Bij elkaar is het heel veel, wat er op zolder is gevonden. U kunt dat niet zomaar in een paar uurtjes doorlezen.' 'Mijn ogen prikken als ik te lang lees, dus jij moet me alle interessante stukken die je vindt maar voorlezen,' knikte de ander en het kostte haar blijkbaar moeite om de juist teruggevonden papieren en boeken uit het oog te verliezen. 'Mijn nieuwsgierigheid is enorm geprikkeld!'

Een uur later zaten de twee vrouwen aan de eettafel, waaraan nog maar twee weken geleden dat gedenkwaardige diner gehouden was waarmee dit alles was begonnen. Ze hadden samen een kopje koffie gedronken. Pieta beloofde voor het middageten te zorgen, een eenvoudige stamppot van boerenkool met worst, en Agnes vond dat uitstekend. Ze wilde de oude dame een beetje in de gaten houden, want de felle blosjes van opwinding die zich inmiddels op haar wangen aftekenden, vond ze een beetje al te rood voor zo'n broos iemand.

'Wat bewaarde uw man in die doos?' vroeg ze geïnteresseerd.

'Papieren over de stamboom van de familie. Hij heeft een tijdje zijn best gedaan om nog wat meer te achterhalen dan wij al wisten. Bij het Centraal Bureau voor Genealogie heeft hij oude trouwakten, geboorteaangiften en zo gevonden, die wij nog niet hadden, en daar heeft hij fotokopieën van gemaakt. Die zitten er ook in. En hij vond oude geschriften interessant, waarin werd bijgehouden wie hier wanneer werkte, en wat ze daarmee verdienden.' Eugenie maakte de beschadigde bruine doos open. Haar handen gleden liefdevol over veelal vergeelde papieren die erin zaten en documenten die met een lint bij elkaar gebonden waren.

'Hij heeft ook oude doop-, trouw- en begraafregisters nageplozen. Archieven werden pas echt bijgehouden nadat Napoleon dat verordonneerd had en hij ook in ons land de baas was geworden. Hij heeft zijn broer zelfs koning gemaakt, de eerste na een hele rij stadhouders. Voor die tijd hielden kerken boeken bij van belangrijke gebeurtenissen als doop, huwelijk en begrafenissen. Geen geboortedata, maar doopdata, geen sterfdatum en reden van overlijden, maar wel gegevens over de begrafenis, zoals extra kosten voor het luiden van de kerkklok bij de uitvaart of van het zwarte kleed over de kist. Daar moest dan extra voor betaald worden en wie arm was, had dat geld niet. Standsverschil tot in de dood! Overigens is het al heel lang geleden dat mensen daadwerkelijk in de kerk werden begraven. Ook dat was alleen weggelegd voor welgestelde families. Maar fris was het natuurlijk niet, die ontbindende lijken onder de vaak houten kerkvloeren van die tijd. Daarom spreken we zelfs nu nog van rijke stinkerds. Mijn man kon daar destijds erg om lachen! Een van de weinige dingen waar we samen om konden lachen, overigens... Wat zit er in de papieren tas?'

Agnes had de inhoud ervan op tafel geschud. Er waren inderdaad enkele albums bij. 'Dat zullen wel poëziealbums zijn,' meende ze.

'Dat denk ik ook. Alle jonge meisjes hadden in mijn jeugd een poëziealbum, al noemden we dat toen een poesiealbum. Wacht, misschien zit dat van mij er ook nog bij, want ik heb het meegenomen hiernaartoe, toen ik trouwde. Ik zou niet weten waar het gebleven is. Jarenlang heb ik er niet meer aan gedacht. Het was blauw en...'

Ze graaide tussen de boekjes en de papieren. 'Dit zou het weleens kunnen zijn. Kijk eens, Agnes.'

'Lieve Eugenie,' las Agnes even later hardop en ze grinnikte opgewekt.
'Wel, dat kan niet missen. Voor ik trouwde, kwam er geen Eugenie in de familie Ernsting voor. Ach kijk toch eens, het handschrift van mijn moeder! En zelfs van mijn grootmoeder nog, allemaal van voor de oorlog.' Even kwam de oude dame tot rust. Ze las en een glimlach speelde om haar lippen. Haar ogen schitterden. De kleur op haar wangen tekende zich nog steeds af. 'Wat een vondst. Ik heb tientallen jaren niet meer aan mijn poesiealbum gedacht en door dat portret heb ik het weer teruggevonden. Het mag niet meer op zolder opgeborgen worden, Agnes. Misschien wil jij er ook een versje in schrijven, binnenkort? Het is nog niet vol. In die andere oude albums vind je vast wel versjes die er nog niet in staan. Die kun je overschrijven, en misschien verkopen ze in een goede boekwinkel zelfs nog wel poesieplaatjes. Ach, ach, wat is dit leuk, wat lief! Kijk, hier, een versje van mijn vader. Ik zal het voorlezen.'

Geen bloemen op het veld,
Geen doornen op de heide,
Maar gij alleen gij kunt
Mij oprecht verblijden.

Eugenie glimlachte vertederd. 'En kijk dit nu, dat heeft mijn grootvader er nog in geschreven.'

Het is van weinig waarde
Hetgeen ik U bied
Pluk rozen op aarde
En vergeet mij niet.

'En dan van mijn schoolvriendinnetje Lies!'

Als dichter ben ik niet geboren
Rijmen kan ik evenmin
Om een ander na te praten
Daarin heb ik geen zin
Dus Eugenie, ik schrijf alleen
Mijn naam erin.
Lies.

De ogen van de oude vrouw stonden enkele ogenblikken vertederd, voor ze naar Agnes glimlachte. 'Ik ben een oude sentimentele dwaas, dat dit me zo aangrijpt,' vermande ze zichzelf weer. 'Dit lag in de bibliotheek in de dichte kast,' kwam Andries even later weer binnen. 'Ik vond daar deze blauwe archiefmap met nog meer brieven die aan uw man waren gericht.' 'Leg er maar bij. Het lijkt wel of we een schat gevonden hebben,' grinnikte Eugenie en daarna vroeg ze Agnes een glas vruchtensap voor haar te gaan halen. Agnes wilde liever nog een kop koffie. 'Het lijkt me het beste als we eerst alle papieren, brieven, dagboeken en poëziealbums sorteren,' begon Agnes. 'De brieven eerst op de schrijver ervan en dan chronologisch op datum van versturen. Zal ik dat doen? Dan kunt u rustig uw hele poëziealbum nog eens doorlezen, en als uw ogen er te moe voor worden, lees ik u verder voor.'
'Ja kind, dat is een prima idee, maar neem alles mee naar het bureau in de bibliotheek, anders wordt het hier zo'n rommel,' mompelde de oude vrouw met haar gedachten al mijlenver weg. Ze leek het portret voor even te zijn vergeten, besefte Agnes.
Andries droeg alles naar de bibliotheek. Als eerste legde Agnes de brieven op stapeltjes. Het zou wel even duren om die op schrijver en datum te sorteren. Ze dacht dat er zeker zestig of zeventig brieven waren, misschien nog wel meer. Daarna legde ze de papieren die op de stamboom leken te slaan op een stapel, legde poëziealbums bij elkaar, dagboeken van Henriëtte en Juliëtte, de moeder en

de grootmoeder van de man van tante Eugenie. Boeken bijgehouden in een lange reeks van jaren met lijsten van vele namen en inkomsten van mensen die voor de familie hadden gewerkt, zoals tante Eugenie al had gezegd.

'Wat weet u eigenlijk nog van de stamboom van de familie Ernsting?' informeerde Agnes een uur later, toen ze de boerenkool bij de oude vrouw kwam brengen, zodat deze kon eten. 'Ik ben al heel wat namen tegengekomen, maar snap er nog niet veel van. De stamboom gaat terug tot ongeveer 1560, heb ik in de gauwigheid gezien. De teksten uit de oudste papieren, oftewel natuurlijk de fotokopieën ervan, kan ik jammer genoeg met mijn beperkte kennis van oude handschriften niet lezen.'

'Mijn man heeft een speciale cursus gevolgd om dat te leren,' herinnerde de oude dame zich. 'Daarnaast heeft hij alles uitgetypt in gewoon hedendaags Nederlands, en die vellen papier zitten erbij, als het goed is. Ik weet alleen nog dat hij smakelijk kon vertellen over zijn voorvader, die berooid naar Suriname vertrok en als een fortuinlijk man terugkeerde, na zich te hebben ingelaten met de slavenhandel. Misschien zijn daarvan ook nog papieren bewaard gebleven! Hij heeft verder ook een stuk van de Leeuwenburg-kant uitgezocht, maar wij gaan niet verder terug dan tot 1670. Toen kwam de familie uit Zeeland, maar oude boeken daarvan bestaan niet meer, na de hevige bombardementen op Middelburg in de Tweede Wereldoorlog. Daarbij zijn veel gegevens verloren gegaan. Wat is het veel, hè?'

Agnes knikte. 'Het moet heel raar lopen als we niets over de onbekende vrouw op het portret terug kunnen vinden,' glimlachte ze. 'Maar nu moet u eerst eten en ik laat de boerenkool ook niet koud worden. Als u straks gaat rusten, zoek ik de papieren verder uit en dan kijken we samen naar wat er gevonden is als u weer bent opgestaan. Goed?'

De oude dame was inmiddels met de rollator naar de eettafel geschuifeld en knikte naar Agnes. 'Dat is uitstekend.'

Het was als gewoonlijk een uur of drie toen Agnes de oude vrouw hielp opstaan en even later een kopje versgezette thee bracht. 'Er is ontzettend veel, dat lezen we niet in twee of drie dagen door. Er zijn niet alleen vier poëziealbums, maar er zijn ook verschillende dagboeken bij. En er is een keur aan brieven, sommige geschreven door uw man, zijn vader en zelfs zijn grootvader. De meeste brieven zijn aan hen gericht en geschreven door tal van anderen. Het lijkt me allemaal heel interessant. Met zo veel materiaal moeten we snel kunnen ontdekken wie de geheimzinnige jonge vrouw op het portret is geweest en ook waarom dat kleine schilderijtje daar hing, afgezonderd van alle andere portretten.'

'Spannend,' mompelde de oude vrouw toch weer een tikje opgewonden en ze nipte aan de thee. Gelukkig was de kleur op haar wangen na het rusten verminderd. 'Ik kan vannacht vast niet slapen omdat ik niet wil stoppen met lezen. Van wie zijn die dagboeken?'

'Voornamelijk van de moeder en de grootmoeder van uw man,' mompelde Agnes terwijl ze de stapels liet zien.

'Enig,' grinnikte de oude vrouw nadat ze had geknikt. 'Evert moest eens weten dat zijn vervelende opmerkingen voor mij zo'n leuk gevolg hebben gekregen. Ik heb het neuzen in het verleden nooit eerder interessant gevonden, maar nu ben ik verschrikkelijk nieuwsgierig naar wat ik allemaal te weten zal komen.'

'Daar kunnen ook vervelende kwesties bij zijn,' waarschuwde Agnes haar nog, maar vanzelfsprekend werd dat weggewuifd. 'En we kunnen lang niet alles in een of twee dagen bestuderen en al helemaal geen verbanden leggen.'

'We zullen zien, we zullen zien. Ga maar beginnen met lezen, en breng me als altijd om vijf uur mijn dagelijkse glaasje port, lieve kind. Dan kun je me meteen vertellen of je al iets hebt ontdekt wat interessant is.'

HOOFDSTUK 6

Midden in de nacht ging de telefoon over, die Agnes naast haar bed had liggen. Meteen vloog ze geschrokken overeind, ze greep haar ochtendjas en trok die over het T-shirt aan waarin ze gewoonlijk sliep. Daarna stommelde ze de trap af. Ze sliep altijd met de telefoon naast zich, sinds ze naar de hof teruggekomen was om voor tante Eugenie te zorgen. Tante Eugenie gebruikte de telefoon om iemand te waarschuwen als ze iets nodig had, en midden in de nacht bellen betekende dat er iets mis moest zijn.

De oude vrouw zat op de rand van haar bed en haalde maar moeizaam adem. 'Gelukkig, je bent er. Ik werd zo benauwd wakker,' fluisterde ze onrustig.

Agnes voelde haar pols. Die klopte snel, en ze merkte dat het voorhoofd van de oude vrouw bezweet was. 'Ik bel de huisartsenpost,' besloot ze zonder aarzelen. Ze pakte de telefoon op die op het nachtkastje lag. Het nummer van de huisartsenpost stond, met alle andere nummers die tante Eugenie maar nodig kon hebben, in het toestel voorgeprogrammeerd.

'De dokter komt,' knikte ze even later opgelucht. Ze liet het hoofdeinde van het bed zo ver mogelijk omhoogkomen en hielp de oude vrouw ertegenaan te leunen, zodat tante Eugenie zo comfortabel mogelijk bijna rechtop zat. Ze bette tantes voorhoofd met eau de cologne. Verder voelde ze zich machteloos.

'Probeer naar uw buik te ademen,' stelde ze nog voor, want een vriendin van haar had last van hyperventilatie en had daar ademhalingsoefeningen voor gekregen. 'Ik ga de voordeur op een kier zetten zodat de dokter meteen door kan lopen als hij komt. En ik ga pa roepen. Kan ik u even een paar tellen alleen laten?'

De oude vrouw knikte ongelukkig. Agnes haastte zich eerst naar buiten en vloog even later de trap op naar hun appartement boven de garage, verwisselde daar bliksemsnel haar ochtendjas en T-shirt voor een joggingpak, haalde ongezien een borstel door haar haren, trok een paar gympen aan haar voeten. Daarna roffelde ze bijna buiten adem op de slaapkamerdeur van haar vader. 'Pa, wakker worden, tante Eugenie is niet lekker geworden en de dokter komt zo.'

Ze opende de deur, porde haar vader voor alle zekerheid nogal flink tot hij overeind kwam. 'Opschieten. Ik ben bang. Ze haalt zo moeilijk adem.' Toen haastte ze zich het grote huis weer in, deed de verlichting in de hal aan en zette de voordeur op een kier. Daarna ging ze weer terug naar de oude vrouw. 'Uw papieren en pas van de ziektekostenverzekering liggen als altijd in het nachtkastje?'

'Dat mapje,' knikte de oude vrouw even later. 'Ik ben bang, Agnes.'

Agnes ging zitten en verborg haar eigen angst. Ze pakte de oude, gerimpelde hand vast, zonder daar verder over na te denken. 'Niet bang zijn. De dokter komt zo. Alles komt goed.'

'Ik ben oud, maar ik ben nog niet klaar... Het testament... Agnes, ik wil morgen meteen de notaris zien! Bel hem op, zodra zijn kantoor opengaat.'

'Rustig maar, tante Eugenie. Laten we eerst maar afwachten wat de dokter zegt. U moet niets overhaast doen.'

'Ik heb niet veel tijd meer,' mompelde de oude vrouw. 'Ik moet alles regelen en...'

Er klonk gestommel. Even later keek Agnes recht in de bezorgde ogen van dokter Langeveld, de eigen huisarts van tante Eugenie die ze al een paar keer eerder had gezien.

'Mevrouw Ernsting is onwel geworden.' Ze trad terug en keek toe hoe hij de oude vrouw onderzocht. Hij had iemand bij zich, een chauffeur of zo van de huisartsenpost. Al een paar tellen later spoot hij iets onder de tong van de bejaarde dame en droeg hij zijn assistent op om een ambulance te bellen.

'Het is mogelijk uw hart, maar het kan ook zijn dat u zich te veel heeft opgewonden.' Zijn stem kalmeerde beide vrouwen.

Andries keek bezorgd om de hoek van de deur.

'Moet ze naar het ziekenhuis?' vroeg hij geschrokken.

'Mogelijk. Als de ambulance er is, maken de medewerkers een cardiogram en weten we iets meer. Heeft u pijn, mevrouw Ernsting? In uw borst? In uw arm? In uw kaak misschien?'

Ze schudde het hoofd. 'Ik ben alleen zo benauwd en bezweet.'

'Helpt het, nu ik wat onder uw tong heb gespoten?'

'Ik geloof van wel, maar ik weet het eigenlijk niet. Ik...'

'Heeft ze zich misschien ergens over opgewonden?' vroeg de dokter over zijn schouder aan Agnes.

'Dat wel, maar het was geen negatieve opwinding,' meende Agnes. 'We zijn vandaag op zoek geweest naar een raadselachtige geschiedenis die de familie betreft. We hebben wel in stoffige papieren zitten neuzen.'

De dokter luisterde naar de longen. 'Om zekerheid te hebben moet mevrouw mogelijk in het ziekenhuis onderzocht worden. Gezien haar leeftijd en de dingen die ze eerder dit jaar heeft meegemaakt, neem ik geen enkel onnodig risico. Maar het kan ook simpel zo zijn dat u zich gewoon veel te druk heeft gemaakt en nu aan het hyperventileren bent. Uw pols is veel te snel en volgens mij ook een tikje onregelmatig. Waar heeft u zich zorgen over gemaakt, mevrouw Ernsting?'

De oude vrouw haalde haar schouders op.

'Gedoe met familie,' liet Andries vanaf de achtergrond weten. Vanuit de verte waren tonen van een sirene te horen, geluid dat langzaam dichterbij kwam. Als je op een ambulance wachtte in een noodsituatie, kropen de seconden nu eenmaal akelig langzaam voorbij.

'Heb je de papieren bij de hand?' vroeg de dokter opnieuw aan Agnes. 'En zoek de medicijnen op die mevrouw gebruikt, of in ieder geval de doosjes ervan, en een enkele dagdosering. Zoek ook een nachthemd en wat ondergoed, voor het geval ze moet worden opgenomen. Met een kwetsbaar mens op hoge leeftijd mag geen enkel risico genomen worden.'

Het geluid van de sirene was weer verstomd. 'Nu zijn ze in de bebouwde kom, en willen ze niet de hele buurt wakker maken,' bromde de dokter geruststellend, terwijl hij de patiënt geen seconde uit het oog verloor.

Daarna gebeurde er van alles. Twee ambulancemedewerkers kwamen binnen met koffertjes. Er werd een cardiogram gemaakt en overleg gepleegd. Het leek allemaal nogal mee te vallen, maar toch leek het verstandig de oude vrouw voor verder onderzoek mee te nemen, zodat ze nog een poosje kon worden geobserveerd. De boodschap moest geruststellen, maar deed dat niet, dacht Agnes in stilte.

Binnen een halfuur waren ze met de ambulance bij het ziekenhuis. Mevrouw Ernsting werd met brancard en al naar een kamertje gereden, overgetild op een onderzoektafel en vakkundig aangesloten op allerlei apparatuur. Agnes stond er wat verloren bij te kijken. Er werd opnieuw iets onder tante Eugenies tong gespoten en er werd Agnes beduid dat ze kon gaan zitten.

'Haal maar koffie daar om de hoek,' bromde een verpleegster, of was het een arts in opleiding die nu onderzoek kwam doen? Al in de ambulance was er een naald in de hand van de oude vrouw geprikt, waarmee nu bloed werd afgenomen.

Op de gang kwam Agnes weer wat tot zichzelf. Het was inmiddels vier uur in de nacht geworden. Een uur geleden was ze nog lekker in slaap geweest! Ze geeuwde en nipte aan de koffie, terwijl ze zelf ook eens rustig en diep adem moest halen. Een kwetsbare oude vrouw, dat was tante Eugenie, besefte Agnes meer dan ooit tevoren. Moesten ze nu morgen de familie in gaan lichten? Dan kwamen al die aasgieren meteen op bezoek, want ze roken ongetwijfeld dat een mogelijke erfenis misschien dichterbij was dan ze met Kerstmis nog hadden gedacht. O nee, zo mocht ze niet denken!

Er werden enkele onderzoeken gedaan en er werd een longfoto gemaakt. Een halfuurtje later werd hun gezegd dat ze moesten wachten op de uitslagen van het bloedonderzoek dat meer duidelijkheid zou geven over de conditie van het hart, maar echt verontrustende dingen werden nog steeds niet gezien.

Eindelijk was ze weer alleen met de oude vrouw. De ademhaling kwam inmiddels een stuk rustiger. De ogen van Eugenie stonden niet langer zo gejaagd. Agnes ging naast haar zitten en pakte nogmaals de oude, gerimpelde hand in de hare. 'Gaat het al wat beter, tante Eugenie?'

De oude vrouw knikte gelaten. 'Dat wel. Ik ben erg geschrokken, Agnes.'

'Ik ook.'

'Het kan zomaar ineens afgelopen zijn met een mens. Ik moet de notaris zo snel mogelijk spreken. Je belt hem morgenochtend meteen, hè? Hij moet langskomen zodra ik weer thuis ben.'

'Neem geen overhaaste beslissingen,' probeerde Agnes haar te kalmeren. 'Of weet u al hoe u het allemaal geregeld wilt hebben?'

'Ik weet alleen maar wat ik niet wil. Geen onwettige nakomelingen, dat in ieder geval. Misschien moet ik toch de hof maar verkopen en de opbrengst na mijn dood aan een of ander goed doel schenken.'

'U mag het zeggen, u bent vrij het allemaal te regelen zoals u zelf wilt.'

'Als ik maar niet te lang heb gewacht. Wie krijgt dan alles, denk je?'

'Dat moet u aan de notaris vragen, tante Eugenie. Als u zelf kinderen had gehad of een direct familielid had, dan was alles duidelijk geweest. Nu komt het dichtstbijzijnde familielid in aanmerking, veronderstel ik, maar het is niet duidelijk wie als zodanig de beste papieren heeft. Maar kom, vannacht kunnen we niets doen. Nu moet u zich niet onnodig opwinden.'

Er volgden nog een paar onrustige uren, voordat besloten werd voor alle zekerheid de oude vrouw een of twee dagen in de gaten te houden op de afdeling hartbewaking.

Het eerste ochtendgloren was nog niet eens merkbaar toen Agnes op haar vader wachtte, die haar in het ziekenhuis op zou komen halen om haar thuis te brengen.

'En?' vroeg Andries gespannen zodra Agnes was ingestapt.

'Afwachten, pa, maar er is niet meteen iets ernstigs aan de hand. Ze blijft voor alle zekerheid in observatie.'

'Moeten we de familie op de hoogte brengen?' vroeg hij zich hardop af.

'Geen idee. Ze heeft er niets over gezegd. Ik wil eerst wat eten, dan nog een paar uur slapen, en ik moet de notaris bellen om een afspraak te maken. Daarna ga ik haar opzoeken om het haar te vragen,' besloot Agnes vermoeid.

'We gaan haar samen opzoeken,' besloot haar vader. 'We kunnen elkaar steunen, meisje. Trek het je niet zo aan.' Hij legde troostend zijn hand over de hare.

'Ik ben veel om haar gaan geven,' stelde Agnes vast met een lichte verwondering in haar stem. 'Ze is echt een lieve oude vrouw, pa, en ondanks al haar welstand heb ik toch voornamelijk medelijden met haar.'

Twee dagen later was Eugenie gelukkig weer thuis. Ze had een bètablokker meegekregen tegen de hartritmestoornis en om haar polsslag wat rustiger te maken.

'Ik lijk wel een wandelende apotheek,' mopperde de oude vrouw goedmoedig als ze haar medicijnen moest slikken. Naast de pijnstillers die ze nog slikte na alle trammelant met haar heup, waaraan ze toch wat pijn had overgehouden, een versleten schouder en nog wat andere ongemakken die de oude dag nu eenmaal gemakkelijk met zich mee bracht, vond de cardioloog die haar tijdens de ziekenhuisopname grondig had onderzocht haar bloeddruk toch wat aan de hoge kant, en kreeg ze ook nog een bloedverdunner en een cholesterolverlager mee. 'Maar goed, niet nadenken wat al die rommel in mijn lichaam doet en braaf slikken wat de dokter denkt dat goed voor me is. Zo is mijn generatie immers nog opgevoed.'

'We zijn blij dat u weer thuis bent,' lieten Andries en Agnes eensgezind weten. 'Gisteren is er een brief van uw achternicht Agaath gekomen. Er zit geen Nederlandse postzegel op.'

'Toe maar! Ik ben moe. Eerst wil ik een kopje koffie, lekkere koffie zoals jij die zet en niet dat smerige bruine goedje dat ze in het ziekenhuis koffie durven noemen. En lees me daarna de brief maar voor.' Ze leunde achterover in haar stoel. Klein, schijnbaar nog tengerder dan ze al was geweest, witjes. Breekbaar, dat was het juiste woord, peinsde Agnes. Ze maakte zich grote zorgen om de oude vrouw. Iemand van haar leeftijd kon snel achteruitgaan bij tegenslagen. Ze was met recht een mens van de dag geworden, zoals ze dat zelf zo vaak zei.

'Lieve tante Eugenie,' las ze tien minuten later hardop voor. 'Allereerst wil ik u nogmaals bedanken voor de bijzondere ontvangst op kerstavond. Ook voor mij was het een mooie ervaring om met de hele familie bij elkaar te zijn, na een onderbreking die veel te lang heeft geduurd. Natuurlijk moet ik mijzelf ook de nodige verwijten maken, want in de afgelopen tijd heb ik veel te weinig aandacht aan u besteed.'

'De afgelopen tijd!' mompelde de toehoorster opstandig. 'De afgelopen dertig jaar of iets dergelijks, zal ze bedoelen!'

'Rustig maar,' grinnikte Agnes. 'Er komt nog meer.'

'Toe maar, het kan niet op.'

'U lijkt wel een opstandige tiener.'

'Bakvis, heette dat in mijn tijd.'

'Ik ga verder met voorlezen, goed?'

Eugenie knikte. Agnes las verder voor. 'De feestdagen zijn erg druk geweest, en ik heb er grote behoefte aan gekregen om eens even rustig afstand van alles te nemen en grondig over een paar dingen na te denken. Daarom ben ik afgereisd naar Aruba. In de zon, aan het strand, lukt nadenken natuurlijk het best. Tja, misschien vindt u dit niet zo verstandig van mij, want ik kan me een dergelijke reis eigenlijk niet permitteren, maar aan de andere kant ben ik ervan overtuigd dat als ik straks weer helemaal fit ben, alles me weer beter afgaat. Dan kom ik u ook vaker opzoeken, want ik verwijt mijzelf best dat ik u een beetje links heb laten liggen. Overigens, misschien wilt u mij wel een beetje tegemoetkomen bij deze noodzakelijke reis?' Agnes keek op. 'Ze stuurt haar bankrekeningnummer mee, het staat onder haar naam met een PS.'

De witte kleur verdween prompt om plaats te maken voor een blos. 'Nou vraag ik je!'

Agnes keek de oude dame onderzoekend aan. 'U heeft uw welstand geëtaleerd. Dat dit bepaalde gedachten heeft opgeroepen, was waarschijnlijk niet te vermijden.'

Eugenie dacht over dat antwoord na. 'Zeg eens eerlijk, Agnes, bedoel je dat ik mijn welstand heb gebruikt om mijn familie aan mij te binden?'

'Nee tante Eugenie, in ieder geval niet bewust. Maar toen iedereen hier op kerstavond was, wilde u indruk maken en het was wel duidelijk dat een aantal van hen taxerend om zich heen heeft gekeken. En allemaal weten ze dat u veel meer verleden heeft dan er aan toekomst nog rest.'

'Nou,' bromde de ander met iets van haar oude humor. 'Je bedoelt dat ik snel de pijp uit ga.'

'Dat nu ook weer niet. Ik hoop dat u honderd wordt. Maar ja...'

'Ik weet het. Ik kom net uit het ziekenhuis en een paar nachten geleden was ik werkelijk bang dat mijn tijd gekomen was, zonder dat ik het nodige geregeld had. Heb je een afspraak gemaakt met de notaris?'

'Ja, dat heb ik zeker. Morgenmiddag om drie uur is hij hier.'

'Mooi, mooi.'

'Schrijf een aantal punten op die u geregeld wilt hebben. Weet u werkelijk al wat u met uw bezittingen wilt doen?'

Ineens brak er een glimlach door op het oude gelaat. 'In het ziekenhuis had ik tijd genoeg om na te denken, Agnes. Dus ja, dat weet ik inderdaad. Ik ben eruit.'

'Mooi. Als u er maar rust van heeft.'

'Eerst moet de notaris mij de wettelijke kant van mijn familieverhoudingen uitleggen, zodat het testament niet na mijn dood aangevochten kan worden en iemand daardoor toch nog meer krijgt dan ik hem of haar wil toebedelen,' klonk het stellig. 'Nu heb ik erg veel trek in een portje, Agnes.'

'Eentje dan. Het is nota bene pas elf uur in de morgen en anders neemt u de port pas om vijf uur in de middag.'

'Vandaag maakt het niet uit! De tijd die mij nog rest, wil ik zo veel mogelijk van het leven genieten. Een goed glas wijn bij het middageten, een portje tegen de avond en als er een bijzondere gelegenheid is een glaasje champagne of een goede cognac of zo, dat moet kunnen. Eten doe ik matig, misschien zelfs te weinig zoals jij zegt. Ik snoep wel graag en dat is ook al niet goed, maar ik ben zeker niet te dik, eerder tenger, en voor de cholesterol slik ik nu een pilletje, al zegt je vader dat dergelijke pillen voor oude mensen eerder nadelen hebben dan voordelen.'

'Mijn vader is geen dokter.'

'Precies, en jij ook niet. Dus een portje graag, en neem er zelf ook een.'

'Dank u wel, tante Eugenie. Ik ga straks een lekkere beker chocolademelk maken. De brief was overigens nog niet af.'

'Van chocolademelk word je nog dikker dan van een beetje port,' grinnikte de oude vrouw, die in deze discussie koste wat het kost het laatste woord wilde hebben. 'Nu, wat heeft mijn dierbare Agaath nog meer te vertellen?'

'U moet er niet mee spotten. U genoot ervan, op kerstavond, om de familie om u heen te hebben.'

'Dat is waar. Ik zeg al niets meer.'

'Waar was ik gebleven? O ja, misschien wilt u mij wel tegemoetkomen bij deze noodzakelijke reis? De kinderen logeren zolang bij hun vader en zijn vriendin. De band tussen hen is niet zo best en het wordt tijd dat ze daar verbetering in brengen. Blijkbaar is er het een en ander voorgevallen toen ze met Kerstmis in Oostenrijk waren. Nu moeten ze het maar liever bijleggen.'

'Ik dacht dat ze die man wel schieten kon,' mompelde Eugenie hoofdschuddend. 'Maar als ze met vakantie wil, is hij kennelijk wel goed genoeg om op de kinderen te passen, zodat zij lekker weg kan.'

Agnes deed of ze het niet hoorde en las verder. 'U herinnert zich vast nog wel hoe het was om midden in de veertig te zijn en last te krijgen van de naderende overgang. Dat gevoegd met het feit er altijd alleen voor te staan wat de opvoeding van de tweeling betreft, en ook praktisch geen alimentatie te krijgen, dan begrijpt u misschien waarom ik op reis ben gegaan. Mijn leven is de laatste jaren niet gemakkelijk geweest, maar als tante een beetje aan mij denkt, zal het vanaf nu gemakkelijker worden.'

'Toe maar,' hoorde Agnes de ander op smalende toon zeggen. Ze keek op.

Eugenie schudde het hoofd. Zat er nu een traan in haar ooghoek?

Agnes las de laatste regel voor. 'Zodra ik terug ben van mijn vakantie, kom ik u opzoeken om de foto's te laten zien en als u dat prettig vindt, neem ik mijn dochters mee. Agaath. PS: Ik vertrouw erop dat u mij graag helpen wilt. En dan staat er dus haar bankrekeningnummer.'

Agnes keek opnieuw op. Eindelijk was Eugenie stil geworden en keek ze triest voor zich uit.

Toen haalde ze diep adem. 'Het doet toch pijn,' verzuchtte ze met grote gelatenheid. 'Stel ik mij nu aan, Agnes?'

'Nee,' dacht die hardop. 'Agaath is de eerste, maar ik ben er zo goed als zeker van dat ze door anderen gevolgd zal worden.'

'Was het fout om ze uit te nodigen? Had ik beter moeten weten?'
'Nee,' dacht de jongere vrouw. 'U wilde zo graag voor één keertje uw familie om u heen hebben en u hoopte ze tegelijkertijd beter leren kennen. Wel, dat is gebeurd en u leert ze in de komende maanden beslist nog beter kennen, met alle teleurstellingen die daar mogelijk bij horen, maar hopelijk groeit er ook iets waar u plezier aan beleeft.'

Eugenie ontspande en leunde achterover. Ze was rustig geworden, dat voelde ze. Agnes was nuchter, ze was daadwerkelijk een steun en toeverlaat. Ze had geen belang hierin. Zelf werd Eugenie keer op keer overmand door emoties en zo goed als zeker zouden er nog meer desillusies volgen waar het haar familie betrof. Maar het was waar, opgenomen worden in het ziekenhuis, die vreselijke benauwdheid, het was alles bij elkaar een angstige ervaring geweest. Die dagen machteloos in bed, wetende dat het einde evengoed daar had kunnen zijn, hadden haar geholpen de gordiaanse knoop die ze voelde over wat er met de hof zou gaan gebeuren als haar tijd werkelijk gekomen was, eindelijk door te hakken. Morgen, morgen zou ze dat regelen, maar ze moest wel zeker weten dat het ook daadwerkelijk zo zou gaan.

Agnes had eindelijk het begeerde portje voor haar ingeschonken. Eugenie knikte dankbaar en keek de jongere vrouw grinnikend aan. 'En jij? Heb je nog in de gevonden brieven zitten snuffelen? Ben je er zelfs mogelijk al achter gekomen wie de onbekende jonge vrouw is geweest van het portret?'

HOOFDSTUK 7

'Ik heb alle brieven inmiddels gesorteerd,' liet Agnes later die middag weten en ze keek de oude dame onderzoekend aan. 'Schokkende ontdekkingen heb ik daarbij niet gedaan. Het was overigens wel interessant en ook een beetje... tja, hoe moet ik het zeggen. Je werpt toch een heel intieme blik in het leven van de schrijver en dat voelt niet altijd even gemakkelijk.'

De oude vrouw knikte ongeduldig. 'Weet je al wie de jonge vrouw van het portret is?'

'Nee, daar heb ik werkelijk geen idee van.'

'Jammer. Maar goed, ik ben een beetje al te ongeduldig. Vertel verder, alsjeblieft.'

'Eerst heb ik dus alle brieven gesorteerd. Alle personen aan wie de brieven ooit waren gericht, heb ik bij elkaar gelegd en daarna gesorteerd op afzender, en ook heb ik de brieven daarna weer op datum gelegd, met de oudste bovenop, zodat ik de correspondentie tussen twee personen chronologisch kan gaan lezen. Er zijn veel brieven gericht aan uw man, slechts voor een klein deel geschreven door uzelf. Het zijn meest zakelijke brieven, die heb ik op een apart stapeltje gelegd. Andere brieven zijn geschreven door mij onbekende mensen, waaronder meerdere met vrouwennamen. Henriëtte is de naam van uw schoonmoeder, Helene die van een tante, heb ik nagezocht, maar er zijn ook enkele brieven van onbekende vrouwen, met namen als Sofie en Agaath.'

'Agaath?'

'Gezien de datering niet van de Agaath die nu op de Antillen zit en graag wil dat u dat verblijf gaat betalen.'

'Nooit.'

'Verstandig.' Agnes deed niet eens moeite om een glimlach te verbergen. 'Verder waren er behoorlijk wat brieven gericht aan Juliëtte, dat is dus de grootmoeder van uw man. Geen idee waarom er daarvan zo veel bewaard zijn gebleven. Een paar van de dagboeken zijn eveneens van haar, bijgehouden over een lange reeks van jaren, al van ver voor haar huwelijk af. Ook haar man David voerde een uitgebreide correspondentie. Zal ik beginnen met alles van haar te lezen? Juliëtte trouwde met David Ernsting in de tijd die overeenstemt met de kleding van het portret.'

'Dat lijkt me een uitstekend idee. Maar zijzelf is niet het meisje van het portret, want er hangt boven een ander portret van hen als echtpaar en ze lijken niet in het minst op elkaar.'

'Als zij het was, hadden we geen raadsel dat we proberen op te lossen, nietwaar?'

'Je hebt gelijk.'

'U ziet nog een beetje bleek. U moet rustig aan doen, tante Eugenie. U bent nog maar net thuis uit het ziekenhuis en morgen is het ook weer een inspannende dag, als de notaris komt om uw nalatenschap te regelen.'

De oude vrouw knikte gelaten. 'Ik wil het eigenlijk niet weten, maar je hebt wel gelijk. Als ik uitgerust ben, wil je dan met me de tuin in gaan? Voor een wandeling naar het park ben ik te moe. Ik ben nog niet helemaal de oude na de onverwachte ziekenhuisopname, Agnes. Misschien heeft mijn hart er toch een klap van gehad, al vond de cardioloog dat nogal meevallen.'

'U bent nog maar net thuis,' suste Agnes. 'Kom, wilt u niet nog even in bed gaan liggen? Tot het eten misschien?'

'Op bed liggen wel, maar dan aangekleed en met een plaid over me heen.'

Een uurtje later keek Agnes voorzichtig om de hoek van de slaapkamerdeur. De oude vrouw was in slaap gevallen. Ze zag er breekbaar uit, witjes, teer. Ineens besefte het meisje meer dan ooit dat Eugenie niet alleen een hoogbejaarde vrouw was, maar ook iemand die door haar gezondheid in de steek gelaten werd. Voor het eerst besefte ze dat het einde haar weleens onverwacht zou kunnen overvallen, en dan? Dan hadden pa en zij geen werk meer, geen huis, wat moesten ze dan?

In de grote woonkeuken zat haar vader net aan de keukentafel en sorteerde de post. Hij keek glimlachend op. 'Weer een kaart van een familielid.'

'Van wie deze keer?'

'Evert en Lieneke.'

'Vanuit Nederland, of zijn ook zij op reis gegaan?'

Hij grinnikte. 'Het is een kaart van een mooi landhuis.' Hij keerde het berichtje om. 'Lieve tante Eugenie,' las hij voor, 'wij kunnen u niet genoeg bedanken voor de heerlijke ontvangst op kerstavond. Natuurlijk is het onze eigen schuld dat wij in het verleden te weinig aandacht aan u hebben besteed, maar daar komt vanaf nu verandering in. Zonder tegenbericht komen wij volgende week zondag langs om te kijken of alles goed met u is. Evert en Lieneke.'

Agnes pakte de kaart van haar vader aan. 'Er staan nogal wat taalfouten in.'

'Daar moet je je niet aan storen. De bedoeling is duidelijk.'

'U bent al te argwanend.'

'Lieve kind, alles is zo klaar als een klontje. Je zult maar een dergelijke familie hebben!'

'De oude vrouw zelf heeft ook niet veel moeite gedaan om de familiebanden te herstellen na de ruzies in het verleden.'

'Waarschijnlijk had ze daar goede redenen voor. Daarnaast is er kennelijk nogal wat buitenechtelijk gerommel geweest, al is dat nog zo lang geleden. Er zijn geen wettige nakomelingen meer van haar mans kant, en ik weet niet waarom de band met de familie van haar kant verloren is gegaan, want die Machiel en Bets leken me nog de aardigsten van het stel.'

'Ik vond de Drentse dokter ook best aardig.'

'Een eerste indruk zegt weinig.'

'Dat kan dan ook voor deze mensen gelden, pa.' Ze nam de kaart mee. 'Ik ga haar helpen opfrissen, dan krijgt ze haar boterham en kopje soep zoals altijd en als ze niet van mening is veranderd, wil ze nog even naar buiten.'

'Het is al donker in deze tijd van het jaar.'

'Dat wel, maar met even een frisse neus halen in de tuin wil ze misschien wel genoegen nemen.'

De volgende middag werd de notaris met alle egards ontvangen, maar wat er in de salon besproken werd, daar wisten Agnes en haar vader niets van. En zo hoorde het ook.

Na vertrek van de man toonde Eugenie zich nadenkend en leek ze tevreden.

'Je vraagt nergens naar,' begon ze toen Agnes net als altijd naar haar luisterde en voorstelde haar een aardig stukje voor te lezen over de paardenmarkt, dat ze in een van de dagboeken van Juliëtte Ernsting had gevonden.

'Het is een stukje over haar ontmoetingen met haar latere echtgenoot. Ze bezocht de Buitensluisse paardenmarkt, zoals die destijds ook al heette, kort na de vorige eeuwwisseling, en er staat een verhaal in over koekslaan dat heel aardig is om te lezen.'

'Koekslaan?' vroeg de oude vrouw niet-begrijpend. 'Ik herinner mij niets over koekslaan. Maar ik begrijp wat je bedoelt, je wilt niet dat ik ga zitten piekeren over wat de notaris heeft gezegd.'

'Ik hoop dat u geen reden meer heeft om te piekeren over wat er met de hof moet gebeuren, maar grondig nadenken over wat u allemaal aan het regelen bent, dat is wel gezond.'

'Altijd de verstandige Agnes!'

'Zo verstandig ben ik niet.'

'Wat denk je eigenlijk precies van mijn familie, Agnes?' werd haar toen ronduit gevraagd.

'Doet dat ertoe, tante Eugenie?'

'Zeker wel. Je bent een verstandige jonge vrouw met een frisse kijk op dingen. Zelf ben ik op dit moment toch voornamelijk bezig met de wettelijke kant, maar aan de andere kant vorm ik snel – en misschien wel te snel – een oordeel over mensen. Jij staat er verder van af en dan is de blik vaak helderder.'

'Wat vindt u ervan? Zal ik voorlezen?'

De oude vrouw schoot in de lach. 'Nee, nee, niet proberen de boel om te draaien. Straks mag je voorlezen, maar eerst gaan we het over mijn familieleden hebben en ik wil graag dat je eerlijk bent in je mening over hen. Laten we beginnen met Agaath. Wat vind je van Agaath?'

'Over haar zijn we het roerend eens, denk ik. Ze wil er beter van worden, nu er weer contact is. Ik vind het ongehoord om voor een dure vakantie te vertrekken en dan een brief te sturen met je bankrekeningnummer erop en de mededeling dat je de reis zelf niet betalen kunt.'

'Als ze denkt dat ik me geroepen voel meteen geld over te maken, wordt ze zwaar teleurgesteld, dat is duidelijk. De volgende dan. Evert en zijn vrouw Lieneke.'

De kaart van Evert lag nog op het tafeltje naast de leunstoel. 'Een tikje ordinair vind ik hen. Hij kijkt op een bepaalde manier naar een jonge vrouw als ik ben, en dat voelt niet prettig. Misschien heeft zijn vrouw Lieneke wel reden om zich zo zwaar op te dirken om zijn aandacht vast te houden.'

'Hoe kijkt hij dan?'

'Hij is zo'n man die vrouwen met zijn ogen lijkt te willen uitkleden.' De oude vrouw grinnikte en schudde het hoofd. 'Zo kijkt tegenwoordig niemand meer naar mij.'

'Foei, tante Eugenie,' bromde Agnes met een lachkriebel in haar keel. Het moest allemaal niet te zwaar worden. 'Zijn broer David lijkt me een stuk aardiger.'

'Anders dan de meeste mensen van een oude vrouw als ik ben zouden verwachten, veroordeel ik zijn homoseksualiteit niet. Mensen worden daarmee geboren, dat denk ik, net als jongeren tegenwoordig. In mijn tijd zouden ze daar niet openlijk voor uit kunnen komen. Nu kunnen ze zelfs met elkaar trouwen, dus wat dat betreft is er voor hen veel ten goede veranderd.'

'U bent uitgenodigd hen op te gaan zoeken, in mei of zo, als het lekker voorjaarsweer is.'

'Dat ben ik ook zeker van plan. Vooropgesteld natuurlijk dat ik niet verder achteruitga.'

'Gaat u dan werkelijk bij hen logeren?' vroeg Agnes nogal verbluft.

'Zeer zeker niet, maar er zal vast wel een goed hotel in de buurt zijn en vanzelfsprekend moet jij rijden en voor me zorgen. Tenminste...' Nu aarzelde Eugenie merkbaar. 'Als je dat wilt. Misschien ben ik er te veel aan gewend geraakt dat je altijd maar voor me klaarstaat.'

'Ik heb mijn vrije dagen en dan is Pieta er, en pa natuurlijk.'

'Maar toch! Het is niet mijn bedoeling, Agnes. Je bent voor mij als de dochter die ik nooit gekregen heb, maar zelfs als dat inderdaad zo was geweest, dan nog mag een moeder er niet van uitgaan dat de kinderen altijd maar klaarstaan. Dat kan niet, maar ja, jij bent hele dagen om mij heen en zelfs op je vrije dagen help je mij 's morgens uit bed en 's avonds er weer in.'

'Dat doe ik graag voor u.'

'Maar het is wel een beperking. Nu ik erover nadenk, ben je in al die maanden dat je nu al voor me zorgt, niet meer op vakantie geweest.'

'U heeft ons nodig. Pa en ik kunnen er niet zomaar drie weken tussenuit knijpen met ons beiden.'

De oude vrouw aarzelde. 'Maar dit jaar moeten jullie een paar weken weggaan. Je hebt het nodig, Agnes. Stel dat ik nog een paar jaar mag leven, dan moet je zo nu en dan afstand kunnen nemen. Ik huur dan wel tijdelijk verpleging in, en als het niet anders kan, ga ik terug naar het zorghotel als jullie met vakantie gaan.'

'Dat zou u vreselijk vinden.'

'Ik vind het ook vreselijk als ik jullie, en jou met name, te zwaar zal belasten. Je bent jong, je zou moeten uitgaan, leuke kerels leren kennen, een vriend krijgen en een toekomst opbouwen.'

'Het is lief dat u daaraan denkt.'

'In de afgelopen maanden heb ik dat te weinig gedaan. Dat zal niet nog eens gebeuren. Maar goed,' ze schraapte haar keel, 'is het al tijd voor de port?'

Agnes schoot in de lach. 'Aardige afleidingsmanoeuvre.'

'Schenk maar een glaasje in en neem zelf ook wat. Goed, dan hebben we het nog niet over de Leeuwenburgers gehad. Wat vind je van Machiel, Bets en Floris?'

'Van de laatste kreeg ik weinig hoogte met Kerstmis. Dat is geen druktemaker. Zijn broer doet de winkel en van zijn zus weten we niets meer dan dat zij verpleegkundige is. Ik heb zelfs niet naar haar naam gevraagd.' Agnes keek een tikje schuldbewust. 'Maar uw neef Machiel en zijn vrouw lijken me aardige, hardwerkende mensen die iets van hun leven hebben gemaakt.'

'Geen klaplopers?'

'Dat is niet altijd meteen aan de buitenkant te zien, tante Eugenie, maar die mensen verdienen zeer beslist het voordeel van de twijfel.'

'Dat is waar. Ze nodigden mij uit om een dagje naar Zierikzee te komen, de winkel te bekijken en de andere kinderen te ontmoeten. Dat wil ik wel, als ik eerlijk ben. Dan wil ik over de Brouwersdam rijden, want als ik ooit ergens van gehouden heb, dan is het van de zee. O, als ik nog eens een dag jong zou mogen zijn, dan wil ik aan het strand lopen, pootjebaden, de zon op mijn blote huid voelen, heerlijk!'

De blik keerde naar binnen en ongetwijfeld dacht ze nu aan dagen uit het verleden, waarop ze gelukkig was geweest. Agnes was er stil van. Het glaasje port bleef vooralsnog onaangeroerd.

Het was al avond geworden eer ze met een boekje bij de oude vrouw ging zitten. Tante Eugenie was erg vermoeid na alle zakelijke regelingen die ze met de notaris had getroffen en waarover ze, terecht, helemaal niets losliet.

'Ik ga u het beloofde stuk voorlezen uit het dagboek van Juliëtte, die op de Buitensluisse paardenmarkt haar latere man leerde kennen, of weer ontmoette, dat is me niet duidelijk geworden. Maar die paardenmarkt was wel dé gelegenheid waarop jongelui toenadering tot elkaar zochten, en er zal menig huwelijk uit voortgekomen zijn. Luistert u maar.'

Lief dagboek,

Deze zaterdag was het als gebruikelijk het begin van de paardenmarkt, ook wel kijkdag genoemd! Met mijn zuster en met Antonia reed papa ons zelf met de tilbury naar Numansdorp.

Vanzelfsprekend hadden wij ons op ons best uitgedost, want ik weet dat David een oogje op mij heeft na zijn verlegen gestuntel een paar maal na de kerkdienst, en omdat ik na lang nadenken en op aandringen van papa van mening ben dat hij wellicht de beste huwelijkskandidaat is die in aanmerking komt, heb ik besloten zijn aandacht zodanig te stimuleren dat hij mij een aanzoek zal gaan doen. Papa en mama zullen er blij mee zijn als dat gebeurt. En ik? Ach, het huwelijk is nu eenmaal een kwestie van grondige overwegingen en gezond verstand.

Enfin, niet alleen droeg ik mijn zondagse japon en mijn mooiste kanten krullenmuts, ook droeg ik mijn granaten ketting, en aan de krullen heb ik de geleende krulbellen van mama gehangen. Welstand tot uitdrukking brengen is verstandig, als een meisje als ik op een goed huwelijk hoopt. Antonia had vanzelfsprekend geen goud om zich mooi uit te dossen, maar ze is aardig, dat wel. Misschien leert ook zij een geschikte jongeman ken-

nen, het is haar gegund.
De kermisweek wordt door het hele eiland gevierd omdat er dan zo veel
vertier is. We flaneerden door de Voorstraat van Numansdorp zoals veel
jongelui dat doen en al snel kwamen we David Ernsting tegen, die ons
meteen aansprak. De kramen zijn als gebruikelijk al een paar dagen gele-
den per schip aangevoerd. We hebben poffertjes gegeten en het was erg vro-
lijk allemaal. Antonia waren we zo nu en dan even kwijt, misschien heeft
ze een vrijer waar ze mij nooit iets over heeft verteld. Later die middag
vroeg David of ik woensdag met hem de eigenlijke paardenmarkt wilde
bezoeken en vanzelfsprekend heb ik daarin toegestemd.
Papa en mama hebben zich in de middaguren geamuseerd met kennissen
die eveneens met hun dochters naar de markt gereden waren. Antonia was
erg stil tijdens de terugrit, maar de paarden waren onrustig en halverwe-
ge de Greup zijn we nog bijna op hol geslagen. Gelukkig is papa een goed
menner.

Juliëtte.

Eugenie glimlachte. 'Ach ja, de paardenmarkt, ik ben er met Ernst
vaak geweest, maar niet om de zaak te beklinken. Inderdaad is daar
de basis gelegd voor veel huwelijken. In mijn tijd was de kermisweek al afgeschaft, dat gebeurde bij het uitbreken van de Eerste
Wereldoorlog, maar op de tweede woensdag in juni gingen jongelui van het hele eiland uit naar de paardenmarkt voor het vertier.'
'De paardenmarkt wordt dan nog steeds gehouden,' glimlachte
Agnes. 'Ik ga er ook graag heen met pa.'
Eugenie glimlachte. 'Vertelt het dagboek ook hoe het verder is
gegaan? Wil je dat alsjeblieft ook voorlezen?'
Agnes knikte. 'Maar natuurlijk, maar u vergeet helemaal uw glaasje
port.'
Eugenie pakte het glas, nipte eraan en sloot haar ogen om te luiste-
ren, met een glimlach om haar lippen.
Agnes las verder.

Lief dagboek,

Vandaag is het woensdag en dat is het feitelijke begin van de jaarlijkse paardenmarkt. Zoals was afgesproken ben ik er met David naartoe geweest en hoewel het nog niet tot een aanzoek is gekomen, hoop ik dat dit binnenkort alsnog zal gebeuren. Antonia voelde zich niet helemaal wel en heeft op het laatste moment besloten niet met ons mee te gaan. Daar was ik opgelucht over.

Het was op de paardenmarkt druk als altijd. Eerst had David alleen maar belangstelling voor de honderden paarden die op de markt stonden, maar gelukkig konden we daarna volop genieten van de kramen met poffertjes en oliebollen, de draaimolen en de schommels. Hij stroopte vol bravoure zijn mouwen op voor het slaan op de kop-van-jut en heeft al peperkoek gekocht voor het koekslaan van vrijdag, overmorgen dus. Misschien kan ik papa overhalen om dan opnieuw naar Numansdorp te rijden. Het was warm en erg druk op de paardenmarkt, en mijn hoop is gegroeid dat ik snel een aanzoek tegemoet kan zien. Het wordt tijd dat ik ga trouwen, zegt papa.

Juliëtte.

'Ze hebben dus samen een leuke dag gehad en ze heeft geen seconde uit het oog verloren dat er een groot belang mee was gediend,' knikte Eugenie. 'Ach ja, de schommels, de draaimolen, ik heb er ook van genoten, niet alleen toen ik jong was, maar ook later, al vond Ernst de drukte niet prettig en wilde hij slechts met tegenzin met me mee. Soms ging ik daarom met zijn tante Helene en haar man, die toen van middelbare leeftijd waren. We gingen dan met de stoomtram, dat vond Ernst goed. Helenes man had in de crisisjaren grote verliezen geleden, en had zijn gerei moeten verkopen omdat het te duur was geworden om zelf paarden te houden. Kort na de oorlog had bijna niemand meer koetspaarden en stapte men langzaam over op auto's.'

83

'O, ging het Helene niet goed?'

'Haar man bleek, toen ze eenmaal met hem getrouwd was, een onbekwaam zakenman te zijn, die zijn geld bovendien verbraste met allerlei zaken waar ik nooit helemaal het fijne van geweten heb. Het gerucht ging dat hij gokte en een vrouwenversierder was. Dan verdwijnt het familiekapitaal als sneeuw voor de zon.'

'Wel, er is ook een dagboek van Helene. Als u dat leest, komt u dat misschien alsnog te weten.'

De oude vrouw keek Agnes scherp aan. 'Ik begin te begrijpen waarom jij het gevoel kreeg een voyeur te zijn, lieve kind. Het voelt inderdaad bijna ongepast om een intieme blik te werpen in het gedachtegoed van een ander, maar tegelijkertijd is het ook spannend en wil een mens er meer van weten.'

'Precies. Wel, volgens het dagboek van Juliëtte kreeg de kermisweek wel degelijk het gewenste verloop. Luistert u maar.'

Lief dagboek,

Papa vond dat ik wel genoeg de bloemetjes buiten heb gezet, dus naar het koekslaan op vrijdagmiddag ben ik niet geweest. Wel kwam David aan het einde van die dag langs om de peperkoek te brengen die hij op de kermis voor mij heeft gekocht, en je weet, lief dagboek, wat dit betekent. Ik ben er blij om, dat weet je. Het werd tijd dat er zekerheid kwam. Ik ben aan een huwelijk toe en David is de meest welgestelde en dus de meest geschikte kandidaat. Gelukkig behoort mijn hart aan niemand toe, niet aan hem, maar ook niet aan een ander, en dat maakt alles gemakkelijker. Papa en mama waren ook blij dat hij de peperkoek kwam brengen. Het is een mooie koek, rond, bijna een halve meter doorsnede en de duurdere koeken, zoals ik die heb gekregen, zijn versierd met kandijsuiker. De goedkopere koeken zijn dat niet.

Ik mag nu dus verwachten dat David op zondag na de kerkdienst koffie komt drinken en hij zal daarbij, zoals hij mag verwachten, een snee van zijn eigen koek krijgen. Dan weet hij dat zijn aanzoek zal worden geac-

cepteerd als hij de grote vraag stelt, want als dat niet zo is, krijgt een jongeman een korstje van zijn koek en weet hij dat hij dan niet terug hoeft te komen. Toen hij de koek kwam brengen, kreeg hij koffie van mama en hij heeft ons allemaal erg doen lachen met een verslag over het koekslaan. Zoals gebruikelijk gebeurde dat op een blok ebbenhout op vier poten, gemaakt door de wagenmaker. Jonge kerels gaan steeds met twee tegelijk de onderlinge strijd aan, en dan gaat het erom wie met het minste aantal slagen zijn koek doormidden slaat. De koektenthouder die de koeken verkoopt, houdt tevens de stand bij. In enkele slagen had David de zelfkant van de koek afgeslagen met de vierkante ijzeren staaf met een rond lemmet, die daar speciaal voor dient. Je weet, lief dagboek, dat peperkoek taai is en daarom moeilijk stuk te slaan. Ik ben erg trots op David, omdat hij heeft gewonnen. Dat hij mij een koek kwam brengen is een grote opluchting voor papa. Hij wil graag dat wij trouwen, ook al houd ik niet van hem, en of hij dat van mij doet is nog maar zeer de vraag. Maar het is een verstandig huwelijk en dat is vanzelfsprekend het allerbelangrijkste.

Juliëtte.

Agnes keek op en zag hoe een glimlach om de mond van de oude vrouw speelde.

'Een verslag uit een ver verleden,' mompelde deze. 'Wel, het huwelijk van de grootouders van mijn man was dus evengoed een verstandshuwelijk als dat van mij en Ernst, maar ja, dat was nu eenmaal gebruikelijk in die tijd, zeker in onze kringen, want bij een huwelijk werd er zorgvuldig naar de bezittingen gekeken en alles werd besproken en vergeleken. Het is leuk om te horen hoe meer dan honderd jaar geleden de kermis werd beleefd, maar Agnes, veel wijzer ben ik er niet van geworden. We hebben nog steeds geen idee over de herkomst van het portret.'

HOOFDSTUK 8

'Sneeuwklokjes!' De ogen van de oude vrouw lichtten op toen Agnes de kleine witte bloemetjes in een kristallen vaasje op het tafeltje naast de leunstoel zette. Eugenie had zo-even nog somber voor zich uit zitten staren, een trieste uitdrukking op haar gezicht. Maar nu keek ze op en glimlachte ze weer. 'De eerste lenteboden!' Eugenie keek ontroerd de jonge vrouw aan. 'Waar heb je ze gevonden?'

'In de tuin, natuurlijk. Zullen we er straks even heen wandelen? Dan kunt u ze zelf zien. Zoals gewoonlijk staat het er vol mee, rond de walnotenboom.'

De oude vrouw dacht even na en knikte toen. 'Graag. Ik zat een beetje in de put, en dat zou niet zo mogen zijn, want langzamerhand ben ik rustiger geworden nu mijn zaken goed geregeld zijn, en ik voel me weer wat sterker dan nog maar een paar weken geleden. Bovendien krijg ik straks bezoek.' David, de Drentse plattelandsdokter, en zijn levenspartner Ian zouden haar komen opzoeken, zodat tante Eugenie ook met Ian kennis kon maken. 'Ik zou er blij om moeten zijn, maar toch dat ben ik niet. Ik vraag me af of er iets achter zit, dat David helemaal hiernaartoe rijdt om langs te komen.' Ze keek Agnes twijfelend aan. 'Vind je me geen oude zeurkous, Agnes?'

Januari was inmiddels voorbij en na een koude periode liet februari zich nu van een zachtere kant zien. Een week geleden was er een nieuwe kaart gekomen van Evert en Lieneke, dat ze nu echt binnenkort hun belofte zouden inlossen en tante zouden komen opzoeken. Een datum was daarbij echter niet genoemd. De eerste keer dat ze langs zouden komen had Evert het bezoek een dag van tevoren afgebeld omdat er iets tussen was gekomen. Eugenie had de kaart dan ook schouderophalend terzijde gelegd en tegen Agnes gezegd dat ze wel zou zien of ze hun belofte nog na zouden komen of niet. Maar vandaag wachtten ze op David. Het had de oude dame best verrast dat hij zijn partner daadwerkelijk voor kwam stellen. Maar eerst liet ze zich door Agnes warm aankleden en schuifelde ze even later moeizaam achter de rollator over het grindpad in de tuin, waarin ze vroeger altijd met zo veel plezier had gewerkt. Tuinieren was een grote hobby van Eugenie geweest. Jarenlang had ze jaarlijks twee of soms wel drie mooie reizen gemaakt met de tuinclub. Maar dat was inmiddels allemaal verleden tijd, en op sommige momenten kon ze zich daar vreselijk opstandig over voelen, tot ze zichzelf weer kalmeerde met de gedachte dat de ouderdom nu eenmaal met gebreken kwam, en dat zij daar heus geen uitzondering op vormde. Dan probeerde ze steun te zoeken in haar geloof en het onvermijdelijke te aanvaarden. Meestal kon ze dat ook wel.

'Prachtig,' glimlachte ze even later tegen Agnes, en ze kreeg bijna tranen van ontroering in de ogen. 'Misschien zie ik mijn sneeuwklokjes wel voor de laatste keer, meisje. Kijk eens hoe blank en teer de bloemetjes zijn.'

Agnes moest zich beheersen om niet troostend een arm om Eugenie heen te slaan, zoals ze bij een eigen oma ongetwijfeld zou hebben gedaan. Maar hoe hartelijk ze ook met elkaar omgingen, ze vergat nooit dat tante Eugenie haar werkgeefster was en dat zij geen familie van elkaar waren.

De opgewekte David was een kwartier te vroeg en zijn komst voelde als een wervelwind aan. 'U bent ziek geweest en bent zelfs opgenomen geweest, berichtte u ons met een e-mail. Daar schrokken we van.'

De oude vrouw kreeg een zoen van David en zelfs een van Ian. Agnes haastte zich om koffie te halen en gelukkig hield tante Eugenie nogal van snoepen, zodat er altijd koek in huis was om erbij te presenteren. Toen ze de koffie bij hen bracht en een tersluikse blik op haar horloge wierp – het was halfvier in de middag – moest ze toch even voorzichtig informeren naar de plannen van de net gearriveerde gasten. 'Voor de goede orde wil ik graag weten wat de plannen zijn. Wilt u straks blijven eten, of wat had u gedacht?'

De oude dame veerde op. 'O sorry, Agnes, dat ik daar niet aan heb gedacht. Wel, David, Agnes heeft gelijk. Wat zijn jullie plannen?'

'We wilden gewoon graag zien hoe u het maakte, en we gaan uit eten in de omgeving voor we weer naar Drenthe terugrijden, tante Eugenie. Als u dat plezierig vindt, nemen we u mee uit eten.'

'Ik eet tegenwoordig tussen de middag warm, zoals we dat in mijn jeugd gewend waren. Dat verdraagt mijn maag beter en dan heb ik 's avonds aan een kopje soep en een enkel boterhammetje meer dan genoeg.'

'Weet u wel zeker, lieve tante, dat het goed met u gaat?' informeerde Ian een beetje al te familiair, maar de oude Eugenie vertrok geen spier.

'Ik hoop over enkele weken achtentachtig jaar te worden. David, als huisarts zie jij genoeg oude mensen om te weten dat ik, mijn leeftijd in aanmerking genomen, zeker niet mag klagen. Vooral ben ik dankbaar dat mijn hersens nog prima functioneren, want dement worden, dat lijkt me zo ongeveer het ergste wat een mens kan overkomen.'

De jonge huisarts knikte meteen. 'U heeft gelijk, tante, geen ziekte die zo ontluisterend is. De vrouw van een van mijn patiënten zegt het zo: de geest is al vertrokken, maar het lichaam is er nog.'

'Mooi gezegd, inderdaad. Dat neemt niet weg dat ik regelmatig opstandig ben vanwege mijn afgenomen mobiliteit, maar meteen denk ik er dan achteraan dat ik dankbaar mag zijn dat ik niet afhankelijk ben geworden van thuiszorg en zo, en dat ik nog steeds in mijn eigen huis kan blijven wonen. Hoelang nog, dat zal de tijd wel leren, maar ik hoop dat ik op de hof mijn laatste adem uit mag blazen. Ach, als het einde komt is het goed. Ik heb er vrede mee als het zover is.'

'Niet zo somber, tante Eugenie,' knikte Ian hartelijk, maar het bespreken van het naderende einde belette hem toch niet zijn blik taxerend langs wat antieke voorwerpen in de salon te laten gaan. Eugenie ontging niets. Agnes overigens evenmin. Over de hoofden van de gasten keek ze de oude dame aan. 'Straks om vijf uur net als altijd een portje, tante Eugenie?'

Ian draaide zich om en nam Agnes schattend op. 'Jij bent toch de dienstbode, al spreek je onze tante nogal familiair aan?'

Ze beet op haar lip en kon nog net binnenhouden dat hij nog geen halfuur binnen was en nu al familiair was, terwijl zij hele dagen voor zijn gastvrouw zorgde, en meer nog, haar al bijna haar hele leven kende. Maar ze zweeg. Wel flikkerden de ogen van Eugenie ineens fel op.

'Agnes is mijn steun en toeverlaat, in zekere zin zelfs mijn vriendin, of gezelschapsdame zoals ze dat in mijn jeugd noemden, en ik zou de hof moeten verkopen als zij en haar vader niet zo goed voor mij zorgden.' De toon in de stem was bestraffend en beide mannen kregen prompt een rode kleur.

Agnes glimlachte. Ze zouden verder beter op hun woorden passen, daar was ze van overtuigd. Ze sloot de deur achter zich en in de keuken keek ze de koelkast na, sneed wat blokjes kaas, wikkelde asperges uit een potje in plakjes ham en sneed plakjes van een droge metworst. Ziezo, de heren kregen straks ook een glas van het een of ander, en om zes uur zou ze hen de deur uit bonjouren! Ze had de blik van Ian gezien. David leek een aardige kerel, zeker, maar zijn vriend was een stuk materialistischer of wist de hebzucht minder goed te verbergen. Maar goed, het waren haar zaken niet. De notaris was geweest en een week later nog eens teruggekomen, papieren waren in orde gemaakt en getekend, alles was geregeld zoals de oude dame dat wilde hebben. Ze wist dat de notaris zelf was benoemd tot executeur, maar dat was dan ook alles. Het betekende dat als Eugenie Ernsting inderdaad zou komen te overlijden, het kantoor van de notaris alles zou regelen. Dat zou beslist een hele klus worden, maar er waren door tante Eugenie uitgebreide instructies nagelaten hoe alles moest gaan. Zoals voor de begrafenis, wie er mocht komen en wie juist niet, kortom, alles stond op papier, maar wat er precies stond wisten alleen de oude vrouw en de notaris zelf. De anderen zouden dat pas horen als na het overlijden alles openbaar zou worden gemaakt.

Toen ze ruim een uur later in de salon terugkwam, zat Eugenie een beetje aangeslagen in elkaar gezakt, en liet David foto's zien van zijn oude boerderij. De heren wilden graag een glaasje witte wijn. Nee, geen port, dat was te zoet, vonden ze eensgezind.

Met een uitgestreken gezicht zorgde Agnes ervoor dat het hun aan niets ontbrak. 'Tante is gewend om om zes uur haar avondeten te krijgen,' liet ze wel weten.

David stond op om zijn benen te strekken. 'Het laatste wat wij willen, is mijn tante tot last zijn. Ik wil graag even een sigaretje gaan roken in de tuin, lieve tante. Heeft u daar bezwaar tegen?'

'Roken?' plaagde deze terwijl ze weer wat energieker rechtop ging zitten. 'En dat voor een arts?'

'In de eerste plaats ben ik een mens met alle daarbij behorende zwakheden,' grinnikte David echter onbekommerd. 'Loop je even mee, Ian?'

Toen Agnes hen verbaasd nakeek, haalde Eugenie haar schouders op. 'Ze vertelden dat ze in mei gaan trouwen en dat ze het zeer op prijs zouden stellen als ik daarbij kan zijn. Wie had dat gedacht, Agnes, dat ik op mijn oude dag nog eens een familiebruiloft mee zou maken? En dan nog wel van twee mannen? Ernst zou zich in zijn graf omkeren!'

'Ze bedoelen het goed, David in ieder geval. Misschien is hij wel de aardigste van het hele stel dat met kerst over de vloer is geweest, tante Eugenie.'

'Misschien wel, maar ik weet het niet. Doe me een plezier, Agnes, sluip de tuin in en probeer op te vangen wat ze daar achter mijn rug om met elkaar bespreken.'

'En?'

Het was later geworden eer beide mannen daadwerkelijk vertrokken en daarom was het al halfzeven geweest toen Agnes de oude dame een kopje kippensoep en een boterham met ham bracht, samen met een schaaltje fruit: een schoongemaakt mandarijntje en een in plakjes gesneden kiwi.

'Nou, nou, denk je soms dat ik uitgehongerd ben?' vroeg de oude dame dan ook prompt.

'Dat zal wel meevallen. U hebt vast lekker gesnoept van de kaas en zo.'

'Vanzelfsprekend, lieve kind. Gelukkig heb ik nooit in mijn leven te kampen gehad met overgewicht.'

'Dat is inderdaad een gelukkige omstandigheid. Pa loopt de hele dag te vechten tegen de gewone én tegen de lekkere trek, sinds hij na de jaarwisseling weer eens op dieet is gegaan.'

Grinnikend schudde Eugenie het hoofd. 'En, nog wat interessants opgevangen in de tuin?'

'Ian begon erover dat dit inderdaad een prachtig huis was, zoals David kennelijk had gezegd nadat hij met Kerstmis hier had gegeten. Maar dat hij best besefte dat zij beiden het huis niet zouden erven, en trouwens, ze woonden in Drenthe erg plezierig. Evert en Lieneke zouden het in zijn ogen waarschijnlijk wel erven, maar hij dacht toch dat Evert het dan snel zou verkopen omdat hij het nooit zou kunnen onderhouden. Waarop David grinnikte dat als er voldoende geld vrij zou komen om dat alles te betalen, Lieneke meteen zou starten met een algehele verbouwing. Niet van een huis, maar van zichzelf.'

De oude dame kon er niet eens om lachen. 'Wel, die twee denken blijkbaar net zo over Lieneke als ik. Maar goed, eigenlijk moet je eerder medelijden hebben met vrouwen die zichzelf blijkbaar zo verafschuwen dat geen enkele operatie hun zelfvertrouwen kan opvijzelen.'

'Voor even misschien,' meende Agnes.

'Inderdaad, voor even. Maar tegen onzekerheid, minderwaardigheidsgevoelens en misschien wel een zekere zelfhaat, is geen vaardig chirurg opgewassen.'

'Soms kan ik wel begrijpen dat mensen iets aan zichzelf op laten knappen,' bood Agnes toch even wat tegengas. 'Als oogleden voor je ogen gaan hangen en je zicht belemmeren, dan is het handig daar wat aan te laten doen om beter te kunnen kijken. Of na een ongeval of zo, littekens weg laten werken, brandwonden die niet alleen ontsieren maar ook veel praktische problemen kunnen geven, dat soort dingen.'

'Inderdaad, in een dergelijk geval is het een heel andere kwestie. Maar wat ik werkelijk niet begrijp, is dat vrouwen zich vol laten spuiten met een verlammend gif, wat botox toch is, waarmee ze rimpels wegwerken en zo, en dan denken dergelijke vrouwen ook nog dat ze er mooier van worden! De eerste keer, ja, dan misschien wel. De tweede keer mogelijk ook nog, maar daarna wordt het gemaakt en duidelijk zichtbaar. Kijk maar naar Amerikaanse dames op rijpere leeftijd. Ze zien er meestal belachelijk uit!'

Agnes glimlachte. 'Wel, aan uw lichaam geen polonaise, dat is duidelijk, nietwaar?'

'Echt niet! Maar goed, ik ben dus uitgenodigd voor hun bruiloft eind mei. Wat denk je dat ze voor geschenk verwachten?'

'Het is nog lang niet zover! Zorgt u er eerst maar voor dat u dan weer wat sterker bent geworden.'

'Mijn moeder zei altijd: bij leven en welzijn. Misschien moet ik dat langzamerhand van haar over gaan nemen, want dat is wel de realiteit van het hoogbejaard zijn. De dokter is overigens best tevreden over mij. Ik voel best dat mijn krachten sinds de ziekenhuisopname niet spectaculair zijn toegenomen. Ik word oud, Agnes.'

'U bént oud.' Het klonk plagerig maar liefdevol, en Eugenie pakte het antwoord daarom ook goed op.

'Het is me opgevallen dat Rik Langeveld soms zomaar langskomt. Dat kan twee dingen betekenen. Hij maakt zich meer zorgen om mij dan hij wil toegeven, of...' de oude ogen rustten plagend op Agnes, '... hij heeft in de gaten gekregen wat voor lieve en leuke vrouw jij bent.' Daarna schaterde Eugenie het uit. 'Zie je wel, je bloost! Het is een leuke man. Lach maar eens tegen hem, als hij weer langskomt. Misschien moet ik een beetje maagpijn gaan voorwenden?'

'Als u dat maar laat! Ik denk amper aan de dokter.'

'Jokkebrok. Je hebt best in de gaten dat hij altijd graag een praatje met je aanknoopt.'

'Dat is gewoon goedbedoelde belangstelling,' weerde Agnes af. 'Voor u!'

'Ja hoor, dat zal best,' grinnikte Eugenie nog na. 'Wat heb je daar bij je?'

'Nogmaals het dagboek van Juliëtte. Er staat een aardig stukje in over de suikerfabriek die hier vroeger in het dorp heeft gestaan.'

'Ach, ik herinner me nog goed dat die werd afgebroken! Nu staan er op die plek allemaal huizen, meest van die fantasieloze rijtjeshuizen.'

'Waar mensen met minder geld dan u doorgaans heel gelukkig mee zijn,' pareerde Agnes. 'Heeft u zin om ernaar te luisteren, of lees ik het liever een andere keer voor?'

'Nog niets gevonden over het portret, Agnes?'

'Nee, tante Eugenie. Het blijft een raadsel wie die jonge vrouw is geweest, maar ik heb nog bij lange na niet alles gelezen. Maar de dagboeken zijn wel interessant, hoor.'

'Heb je zelf al gegeten?'

'Het staat klaar. Pa en ik eten net als u tussen de middag warm. Dan hoef ik niet twee keer te koken en pa vindt het niet erg. Ik moest er wel even aan wennen, maar twee keer koken is weer allemaal extra werk en dan snuffel ik liever in de oude papieren die we tevoorschijn hebben gehaald.'

'Ga eerst je brood opeten, maak dan een pot thee en neem twee kopjes mee. Dan drinken we thee en kun jij me voorlezen. Tenminste... als je dat wilt. Je werkdag zit er uiteindelijk op.'

'Al die papieren lezen doe ik zelden onder werktijd. Daar is gewoon te weinig tijd voor. Maar ik doe het met plezier, het is boeiend. En ook mijn nieuwsgierigheid is gewekt, wat een jonge vrouw doet op de portrettengalerij, terwijl niemand iets over haar weet.'

Een uurtje later brandde de haard. De oude vrouw streek met haar dooraderde, gerimpelde hand over de kopjes van de sneeuwklokjes, haar ogen stonden melancholiek.

Lief dagboek,

De pasgeopende suikerfabriek leidt in het dorp tot nogal wat overlast. De gerooide bieten van buiten het eiland worden met schepen aangevoerd, en als er niet gezeild kan worden, trekt een stoomboot ze over de rivier en van daar de haven in. De bieten van het eiland komen meest per stoomtram. De tram is een hele verbetering, en rijdt nu alweer enkele jaren. We zijn er al verschillende keren mee naar Rotterdam gereden, en dat zijn plezierige uitstapjes, behalve op dinsdag, als er ook veel koeien naar de veemarkt meegaan.

De bieten worden overal langs de tramlijn gestort en opgehaald. Het natte pulp wordt weer met de tram naar de boeren teruggereden, zodat ze er hun land mee kunnen bemesten. De modder van de bieten en van het pulp loopt echter in de tramrails en als de tram dan langsrijdt, spat de modder uit de rails en bevuilt huizen en, erger nog, de kleren van de voorbijgangers. Eergisteren kon ik nog net op tijd wegspringen om een dergelijk modderbad te ontwijken, want kleren zijn daarna moeilijk schoon te maken en

gaan ruiken als ze niet snel gewassen worden. Trouwens, de suikerfabriek
is al van verre te ruiken, of mag ik dat liever stinken noemen?
Ze zeggen in het dorp overigens dat het postkantoor wordt verplaatst.
Omdat het aan de haven ligt, loopt het meerdere keren per jaar met hoog-
water onder, en het zal dus een opluchting zijn als het inderdaad achter de
dijk in het dorp zelf komt te liggen. Een mens doet er verstandig aan de
dijk waarover de tramlijn loopt, zo veel mogelijk te mijden. De peefabriek
– hier spreekt niemand over de suikerfabriek – zorgt echter voor veel
werkgelegenheid, en dat is vanzelfsprekend een goede zaak. Er is erg veel
armoede in het dorp. De dames van de kerk doen wat ze kunnen, maar er
zijn genoeg gezinnen waarin de hele warme maaltijd bestaat uit gekook-
te aardappelen met als ze geluk hebben een beetje spekvet erover. Ik moet
er niet aan denken, zo te moeten eten.

Eugenie glimlachte. 'Wat een andere tijd was dat toch! Maar eigenlijk is het heerlijk zo uit de eerste hand te horen hoe voorouders een
dergelijke tijd hebben beleefd. De stoomtram, ja, ik herinner me die
nog goed, en zelfs de modder die tijdens de campagne – zo noemde men de tijd van september tot eind december als de bieten werden aangevoerd en werden verwerkt tot suiker – het halve dorp
bedekte en het op de meest onverwachte plaatsen spekglad maakte.
Van wie zijn er nog meer dagboeken, Agnes?'
'Van Henriëtte, de moeder van uw man, en van Helene, zijn tante.
Ook zijn er nog brieven en een dun dagboekje van ene Wilhelmina,
die met een nog eerdere Ernsting was getrouwd.'
'Zouden we nog wel te weten komen wie onze geheimzinnige jong-
gedame eigenlijk is geweest en waarom ze hier op de hof is afgebeeld, terwijl ik me niet kan herinneren dat er ooit over haar is
gesproken?'
'Waarom niet? Misschien is ze jong overleden en is er daarom niets
van haar bekend.'
'Of er is iets gebeurd wat zo schandelijk werd gevonden dat ze verder dood is gezwegen. Dat kan allemaal.'

'Zouden ze dat portret dan wel hebben laten hangen?'

'Of het is later teruggehangen door een treurende moeder, wie zal het zeggen? O, ik ben gek op raadsels en geheimen, maar ze moeten wel worden opgelost.'

'Voorlopig zijn er genoeg raadsels in het heden,' suste Agnes grinnikend. Ze klapte het dagboek dicht en legde het naast Eugenie neer. 'Misschien heeft u voldoende energie om er zelf nog wat in te lezen. Ik ben gebleven bij die boekenlegger.'

'Je hebt het dus al half uit.'

'Inderdaad. En nog is alles even raadselachtig.'

'Ik moet geduldig zijn, dat besef ik. Het vervelende is dat geduld mijn hele leven lang al niet mijn sterkste kant is. Maar goed, er is nog iets anders. Op de kaart die ik van Evert en Lieneke kreeg, kondigen zij opnieuw een bezoekje aan.'

Agnes moest glimlachen en probeerde de ander te kalmeren. 'Wel, dat was te verwachten.'

De oude vrouw knikte. 'Inderdaad. Die twee had ik eerlijk gezegd al veel eerder verwacht, maar de eerste afspraak ging niet door.'

'Nog wat van Agaath gehoord?'

De oude vrouw schokschouderde. 'Ze zal inmiddels wel terug zijn van de reis naar Aruba en teleurgesteld de stand van haar bankrekening hebben bekeken. Wat een familie, hè? Dat heb ik al zo vaak gedacht.'

'Inderdaad, u heeft een kleurrijke familie! U belt maar als u naar bed wilt.'

HOOFDSTUK 9

'Wat ben ik blij dat we weer hier zijn,' kirde Lieneke. Ze zat in de bibliotheek en accepteerde een glaasje wijn van Agnes. Ze maakte een uitnodigend handgebaar. 'Kom even gezellig bij me zitten, Agnes. Met Kerstmis had je het zo druk dat ik je amper heb gezien, maar Evert en ik zijn erg dankbaar dat je zo goed voor onze tante Eugenie zorgt.'

'Ik doe het met liefde,' antwoordde Agnes rustig, terwijl ze aarzelend ging zitten. Ze keek de ander onderzoekend aan en bedacht toen dat de oude vrouw maar wat graag wilde weten wat er achter die opgedirkte voorgevel schuilging, en een betere gelegenheid om daar iets meer over te ontdekken dan deze, zou ze mogelijk nooit meer krijgen. Dus leunde ze uiterlijk ontspannen achterover. 'Het is fijn dat jullie haar bericht gestuurd hebben en opzoeken. In de afgelopen jaren heeft ze haar familie erg gemist. Ze was ook erg blij met het bezoek van David en Ian, kortgeleden. Ze hebben hun tante op de bruiloft genodigd.'

'Is dat zo?' Lieneke haalde onverschillig haar schouders op en dronk in twee teugen het hele glas leeg. 'Wil je het alsjeblieft bijvullen? Ik ben een beetje zenuwachtig.'

Agnes voldeed aan het verzoek en vroeg schijnbaar terloops: 'Waarom? Tante Eugenie is een schat, daar hoef je je werkelijk niet zenuwachtig over te maken.'

Lieneke nam meteen nog een ferme slok. 'We hebben momenteel geldzorgen, Evert en ik. Wat denk je, zit de oude vrouw er zo warmpjes bij dat ze ons een beetje tegemoet zou willen komen?' Nu, die wond er geen doekjes om, bedacht Agnes, maar ze hield haar gezicht in de plooi en liet niets blijken van wat er zich in haar hoofd afspeelde. De vraag negeerde ze. 'Hebben jullie onverwacht hoge onkosten voor het een of ander?' vroeg ze neutraal.

Lieneke knikte heftig. 'Evert wil dolgraag een motor kopen. O, geen nieuwe, hoor, maar hij kan er een overnemen en een motor van een van de betere merken is schrikbarend duur. Hij is de laatste tijd veel weg.' Even betrok het gezicht van de vrouw. 'Soms ben ik bang dat hij een vriendin heeft. Tegenwoordig is dat schering en inslag, moet je weten. Evert is bovendien al achtendertig, en ja, we zijn al ruim vijftien jaar getrouwd. Dan is de spanning er wel af, nietwaar? Ik denk dat hij op mij uitgekeken is geraakt. Daarom wil ik graag mijn neus laten corrigeren en ook...' Lieneke boog zich vertrouwelijk nog verder voorover. 'Tegenwoordig kun je daar beneden ook zo keurig worden opgeknapt!'

Agnes keek de andere vrouw niet-begrijpend aan. 'Wat bedoel je daarmee?'

'De playboypoes natuurlijk!'

Maar goed dat ze zelf geen wijntje had, dacht Agnes, die met moeite een geschokte uitdrukking verborg, anders zou ze nog denken dat ze dronken was geworden! 'Ik weet niet precies wat je daarmee bedoelt.'

'Kijk jij nooit plaatjes? Bij vrouwen die geopereerd zijn, ziet het er van onderen allemaal zo schoon en netjes uit.'

'Is er dan iets mis met jou?' Agnes stond er versteld van dat de ander zoiets zelfs maar durfde uit te spreken.

'Niet meer dan bij de meeste andere vrouwen, hoor. Vellen en lellen, je weet wel wat ik bedoel.'

Ze deed maar het beste of ze gek was, dacht Agnes verlegen, voor ze had verzonnen wat ze hier in vredesnaam op moest antwoorden. Lieneke ratelde alweer door. 'In de sauna zie ik steeds meer vrouwen bij wie alles zo keurig is opgeruimd. Het haar weggeschoren tot een smal streepje, je weet wel, zo'n landingsbaantje zoals dat wordt genoemd.'

Agnes begon te hoesten en voor even viel ze uit de rol van vriendelijke toehoorster. 'Nee, Lieneke, dat weet ik niet. Ik heb wel andere dingen aan mijn hoofd om me druk over te maken!'

'Voor mannen schijnt dat heel belangrijk te zijn.'

'Wel, als ik persoonlijk de aandacht van mijn man op die manier zou moeten vasthouden, liet ik me liever scheiden,' was het antwoord, dat Lieneke niet eens scheen te schokken.

'Denk je? Maar wat moet ik dan?'

Niet zo dom zijn en dat tentoonstellen, schoot het Agnes door haar hoofd, maar dat kon ze natuurlijk niet zeggen. Ze stond op. 'Als hij een vriendin heeft, neem jij gewoon een vriend. Zoiets.'

'Zou je denken?'

Hoofdschuddend liep Agnes de bibliotheek uit. Wat een verspilling van haar tijd, om naar dit soort idioterie te luisteren! Hoe kon ze dat straks in vredesnaam aan tante Eugenie vertellen? Ze zuchtte.

In de keuken keek haar vader haar vragend aan. 'Je ziet eruit of je een zware last te dragen hebt. Wat is er aan de hand?'

Voor ze het kon tegenhouden vertelde ze haar vader verontwaardigd over wat ze net had gehoord, en hij verraste haar door in bulderend lachen uit te barsten. 'Zeg het de oude dame gewoon, beter kun je haar niet duidelijk maken dat de geldnood van lieve neef bestaat uit een motor en een verbouwde eh... Ik zal het woord niet noemen. Heus, ze kan wel een stootje velen, want ze is niet wereldvreemd.'

'Ik ook niet, maar ik had er nog nooit over gehoord,' bromde ze.

'Ik wel. Ze zenden tegenwoordig op de televisie immers van alles uit.'

Evert en Lieneke namen blijkbaar als vanzelfsprekend aan dat ze konden blijven eten en dat dit geen enkel probleem was. Agnes liet echter zonder blikken of blozen twee pizza's bezorgen, want ook vandaag was er al gewoon tussen de middag warm gegeten. Ze maakte er een beetje sla bij om het geheel op te leuken, legde op voorverwarmde borden elk een halve pizza en op het bord van tante Eugenie een puntje pizza met een boterham, in plaats van het gebruikelijke kopje soep, zodat ze toch iets warms had.

Ze was blij toen de gasten tegen halfnegen eindelijk genegen waren weer op te stappen.

'U bent moe,' stelde Agnes even later vast. 'Zal ik u vast in bed helpen? Dan kunt u liggend nog wat televisiekijken.'

'Eerst naar bed, ja. Ik ben vermoeider dan ik had gedacht. Wat een volkse types, Agnes.'

'Daar kunnen ze zelf ook niets aan doen.'

'Evert was vol van een motor die hij had gezien.'

'Vroeg hij om het geld om die te kunnen betalen?'

'Dat nog net niet, maar hij probeerde de woorden wel in mijn mond te leggen. Hij is geen haar beter dan Agaath! De aasgieren verzamelen zich rond deze zwakker wordende oude dame, Agnes.'

'En nu wilt u volgende week bovendien naar Zierikzee, omdat Machiel en Bets u hebben uitgenodigd om hun winkel te komen bekijken. U heeft het maar druk gekregen met uw familie.'

'Je rijdt me, hè? En dan rijden we over de Brouwersdam, over die secundaire weg, zodat ik vandaar comfortabel vanuit de warme auto de zee kan zien?'

'Natuurlijk doen we dat.'

'Mooi. En nu moet ik uitrusten. O, wat had Lieneke trouwens te vertellen?'

Indachtig het advies van haar vader volgde er dus een openhartig verslag en pa had gelijk, de oude vrouw had in lange tijd niet zo hard gelachen.

'U bent moderner dan ik dacht,' grijnsde Agnes toen ze even later de deur van de slaapkamer achter zich dicht wilde trekken.

'Je vader heeft gelijk. Op televisie laten ze tegenwoordig werkelijk van alles zien!'
Om afleiding te zoeken, nam Agnes Karel mee voor een flinke avondwandeling.

De golven werden door de opkomende vloed en de stevige wind grijs en rollend met witte koppen op de smalle zandstrook gesmeten. Genietend keek de oude Eugenie naar de rechte streep, die lucht en water van elkaar scheidde.
'Mijn leven lang heb ik van de zee gehouden,' verzuchtte ze.
Agnes keek haar glimlachend aan. 'Wie niet? Vroeger gingen we elk jaar twee weken op vakantie naar zee, dan huurde pa een eenvoudig huisje. We namen toen vaak uw hond mee. Ik bewaar er de beste herinneringen aan.'
De oude vrouw knikte. 'Ik herinner me dat nog, de eerste jaren dat je vader voor mij werkte. Het kwam altijd ongelukkig uit, want juist in de tuin was er in de zomervakantie het meest te doen. Maar zijn gezin ging voor, altijd.'
'Toen leefde mijn moeder nog.'
'Je moeder was een prima huishoudster in die tijd. Ik hield er wel van om zo nu en dan zelf te koken. Dat vond je moeder niet zo leuk en ze zei altijd dat ik een bende maakte in de keuken. Pieta hield ook toen al het huis schoon. Ach ja, dat waren toch best goede jaren.'
'Hield uw man ook van de zee?'
'Mijn man was eerder een soort kamergeleerde,' peinsde Eugenie hardop. 'Hij had niet veel met het buitenleven of de natuur. De hof had hij geërfd, daarom woonden we er, en het was hem een eer de hof in uitstekende staat te houden. Altijd zat hij met zijn neus in de boeken.'
'Waar ging u beiden heen met vakantie? Ook naar zee? Ik herinner me niet zo veel van die tijd, want ik was nog erg jong.'
'Wij gingen vaak naar Griekenland, dat toen nog niet zo bedorven

was door het massatoerisme als tegenwoordig. Rome was zijn favoriete stad, al onze bestemmingen hadden met oudheden te maken, met geschiedenis, met oude boeken ook. We hebben veel oude kloosters bezocht, mijn man was zeer geboeid door religie. Zelf heb ik altijd tuinreizen gemaakt, maar dan bleef hij thuis. Maar dat is allemaal al lang geleden! Inmiddels ben ik alweer een hele tijd alleen.'

'Nu zou u alleen nog op vakantie kunnen met de Zonnebloem of zo, en ik weet dat u daar niets voor voelt, maar toen u eenmaal alleen was, waar ging u toen heen?'

De oude vrouw schokschouderde. 'Anders dan de meeste mensen geef ik niet zo veel om reizen. Ik hoef niet zo nodig van hot naar her te jakkeren, en ik denk al helemaal niet dat het geluk zich verstopt net achter de horizon. Ik ging nog wel graag met de tuinclub mee, om reizen te maken die met onze interesse te maken hadden. Die tuinreizen, ja, daar heb ik enorm van genoten. Vanzelfsprekend ben ik veel in Engeland geweest. Maar dat is allemaal voorbij, Agnes.'

'Tot een paar jaar geleden ging u nog graag mee. Toen was u toch al tachtig geweest.'

'Ja, ik heb het voordeel gehad dat ik behoorlijk lang vitaal bleef. Maar toen ben ik gevallen, raakte mijn heup verbrijzeld, en onderging ik een operatie die op zo'n hoge leeftijd toch de nodige gevaren met zich mee bracht. Dat alles is minder goed gegaan dan ik had gehoopt. Maar ik mag niet mopperen. Ik kan nog steeds een beetje lopen achter de rollator, en zoals zo vaak gezegd, ik bevind me in de gezegende omstandigheid dat ik de hulp die ik nodig heb, daadwerkelijk kan betalen. Kijk daar, het kopje van een zeehond!' Het was duidelijk dat ze liever niet meer over het verleden wilde praten, besefte Agnes.

'Zal ik het raam opendoen, zodat u de zee kunt ruiken?'

'Laat maar, beste Agnes. Dan lig ik over een paar dagen proestend met een stevige verkoudheid in bed.'

Agnes moest lachen. 'Ja, het is inderdaad behoorlijk waterkoud.

Kom, dan rijden we door naar Zierikzee.'

'Even nog,' pleitte Eugenie. 'Misschien is dit wel de laatste keer dat ik de zee zie.'

'Welnee,' beweerde de jongere vrouw. 'Als u er zo van geniet, rijden we hier gewoon nog eens heen zodra het een lekkere voorjaarsdag is. Dan kunnen we zelfs lunchen met uitzicht op zee. Even verderop is een strandtent waar je met een rollator of zelfs rolstoel kunt komen.'

'Hoe weet jij dat?'

'Van pa. Die heeft het weer van iemand anders gehoord.'

Ze wachtte rustig nog een paar minuten en zweeg. Zelf genoot ze ook van het tamelijk woeste zeewater.

'Nu is het goed,' knikte Eugenie even later.

Ze vonden een parkeerplaats pal in het centrum van Zierikzee, waar het in deze tijd van het jaar erg rustig was, vergeleken met de drukke zomermaanden. Ze hadden afgesproken elkaar in de boekenwinkel te ontmoeten, en het duurde niet lang eer ze die gevonden hadden.

Binnen was het lekker warm. Machiel kwam meteen met uitgestrekte handen naar hen toe. 'Welkom, lieve tante.' Het klonk hartelijk en Agnes dacht wel dat dit welgemeend was. Even later werden ze voorgesteld aan zijn zoon Jos, die de winkel voort zou zetten als Machiel en Bets naar Burgh-Haamstede waren verhuisd, waarna hij hun appartement boven de winkel zou betrekken met zijn vriendin.

'Mijn dochter Elly is verpleegkundige en eet vanavond met ons mee. Wat zullen we doen, tante? Wilt u proberen boven te komen om het huis te zien, of wilt u liever daar achter in de winkel gaan zitten, waar we een tweetal luie stoelen hebben staan voor mensen die graag even in een boek willen bladeren? Daar kunt u comfortabel koffiedrinken en vanzelfsprekend heeft Bets de lekkerste Zeeuwse bolussen gehaald die we hier in de stad kunnen krijgen.'

'Beneden lijkt me het meest praktisch,' besloot de oude vrouw gedecideerd en al snel werden ze naar het rustige plekje in de zaak geleid.

'Ik zit hier zelf ook graag om iets te bespreken met een vertegenwoordiger, of om in een rustig moment iets door te nemen. Boven heb ik een werkkamer met uiteraard een computer. Zonder dergelijke apparatuur is immers geen bedrijf meer te besturen. En tante, een boekwinkel is tegenwoordig een heus bedrijf. We worden wel bedreigd door grote ketens die ons willen overnemen of ons zo zwaar willen beconcurreren dat wij onze zelfstandigheid opgeven, maar tot nog toe is ze dat niet gelukt. Of Jos op termijn onafhankelijk kan blijven, zal de toekomst leren.'

Bets begroette tante met een kus op de perkamenten wang, en Agnes kreeg een vriendelijke hand. 'Fijn dat u na de ziekenhuisopname weer zo ver bent opgeknapt dat u kon komen,' klonk het hartelijk, maar toch voelde Agnes zich een beetje ongemakkelijk. Misschien was het al te gemakkelijk? Zouden deze mensen ook binnen de kortste keren laten weten waarvoor ze een extra gift van tante goed konden gebruiken? Waarom niet? Was het niet zo dat het contact van tante Eugenie met haar kant van de familie jarenlang beperkt was gebleven tot het niveau van een jaarlijkse weinigzeggende kerstkaart?

Ze bleven een uurtje daar zitten. Toen stelde Machiel voor dat hij tante en Agnes mee zou nemen voor een ritje rond de stad om haar het een en ander van de omgeving te laten zien. Hij had om halfzeven een restaurant hier in het centrum besproken, dan zouden ze daar met de hele familie gaan eten. Zijn kinderen kwamen, de vriendin van Jos ook. Zijn dochter Elly had net een relatiebreuk achter de rug en Floris leek een verstokte vrijgezel te zijn, nadat hij een paar jaar geleden een vriendin had gehad die hem van de ene dag op de andere in de steek had gelaten voor een ander.

Eugenie liet zich door Agnes overeind helpen. Ze genoten ervan dat Machiel met een slakkengangetje door de omgeving reed. Ze reden door een charmant gehucht, waar mooie landhuizen te bewonderen waren, en reden een dijk op waarachter een haventje verscholen lag, zodat de oude vrouw nogmaals de zee kon zien. In de door het hoge water volgelopen haven zwom en dook een aalscholver. Daarna reed Machiel met hen naar Burgh-Haamstede om het appartementencomplex te laten zien dat in aanbouw was, en waar Bets en hij zouden gaan wonen als het klaar was. De tijd verstreek verrassend snel, ook voor Agnes.

'Mooie omgeving om te wonen,' glimlachte ze.

In deze tijd van het jaar werd het nog steeds snel donker, al was wel te merken dat het al langer licht bleef dan een maand of twee geleden met Kerstmis.

Het was een beetje een ouderwets restaurant, waar Machiel en Bets hen na de toerrit naartoe brachten, een beetje schemerig, maar wel met een leuk uitzicht op het plein waar niet alleen in de zomer meerdere afgeladen terrassen waren, maar ook de wekelijkse markt werd gehouden, en dat op de andere dagen gebruikt kon worden als parkeerterrein. Ze werden gewezen op een museum en het oude beursgebouw, en Machiel vertelde hoe Zierikzee feitelijk baat had gehad bij al het geld dat beschikbaar was gekomen na de grote watersnoodramp van 1953. Voor die tijd was de stad wat armoedig geweest, de huizen vaak vervallen, liet hij weten, maar toen kwam er ineens van alle kanten geld beschikbaar en het was een gelukkige keuze dat veel vervallen panden daarvan zo prachtig waren gerestaureerd, dat het stadje nu een grote trekpleister was geworden voor toeristen. Toeristen overspoelden het eiland in de zomermaanden, en de stad had een goede haven met verbinding naar de Oosterschelde, zodat ook watersporters er gemakkelijk konden komen.

'Bent u niet moe?' wilde Agnes bezorgd weten.

'Tot nog toe heb ik het prima naar mijn zin,' knikte Eugenie welwillend. Ze boog zich naar Agnes toe. 'Er is zelfs met geen woord over geld gerept. Wat een verademing, na de familieleden van de Ernsting-kant.'

Niet veel later kwamen Jos en zijn vriendin binnen, bijna direct gevolgd door een zich haastende Floris. 'Fijn u weer te zien, tante Eugenie. Ik ben nog maar net terug uit Goes, een uitgelopen vergadering, ziet u, anders was ik al eerder gekomen.'

'Je ouders hebben mij uitstekend beziggehouden, en mij niet alleen de winkel maar ook de omgeving laten zien.'

Zijn ogen namen Agnes onderzoekend op. 'Jij bent meegekomen omdat tante niet zelf rijdt, begrijp ik?' Hij lachte naar haar en ze zag belangstelling in zijn ogen. Tegen wil en dank voelde ze zich toch gevleid.

'Agnes zorgt voor mij als een dochter,' bromde Eugenie. 'Behandel haar dus niet als personeel of zo, mensen. Ik ben heel blij met haar.'

'Het was zeker niet mijn bedoeling haar een ongemakkelijk gevoel te geven,' haastte Floris zich te verontschuldigen.

Bijna meteen werd hij opzijgeduwd door een vrolijke vrouw met uitbundige rode krullen. 'Ik ben Elly! Fijn om u te zien, lieve tante. Met Kerstmis kon ik er helaas niet bij zijn, want ik moest werken,' glimlachte ze en ze straalde een en al hartelijkheid uit. 'Fijn dat je zo goed voor tante zorgt,' prees ze Agnes. 'U ziet er goed uit, tante. Ik hoorde dat u problemen heeft gehad met het hart?' Elly was een wervelwind. Was Floris aan haar rechterkant gaan zitten, Elly zonk neer aan de linkerkant van Agnes.

Eindelijk zat iedereen, werd er wat te drinken ingeschonken en hief Machiel als eerste zijn glas. 'We brengen een dronk uit op uw gezondheid, tante Eugenie. Laten we hopen dat we nog lang van uw aanwezigheid mogen genieten.'

Eugenie aarzelde even, maar vroeg toen openhartig: 'Wat jammer eigenlijk dat we elkaar tot Kerstmis vele jaren uit het oog hebben verloren, niet?'

'De familiebanden zijn nooit hecht geweest, ook niet in onze jonge jaren. We wisten niet beter dan dat u een verre tante was bij wie we zelden op bezoek gingen... En ja, eerlijk is eerlijk, dan wordt een mens ouder, heeft familie die dichterbij staat en raken de contacten nog verder op de achtergrond. Mijn vader was een veel jongere broer van uw vader, dus ik ben uw neef.'

'En er is destijds veel gebeurd,' knikte Eugenie.

'Ik weet daar niet het fijne van, alleen dat mijn vader altijd bezig was met zijn zaak. Ik heb de winkel van hem overgenomen.'

De oude vrouw knikte. 'Dat klopt wel. Misschien hield hij meer van boeken dan van mensen.'

'Dat gold dan niet voor u, hoop ik,' giechelde Elly een beetje onvolwassen, terwijl ze toch ongeveer van Agnes' leeftijd was en als verpleegkundige een verantwoordelijke baan had.

'Alles was in die tijd zo anders dan tegenwoordig het geval is. Mijn huwelijk destijds was bijvoorbeeld een verstandshuwelijk.'

'Nee tante, dat is toch niet waar?' vroeg Bets ontzet.

'Toen ik jong was, keken mensen anders aan tegen een huwelijk dan tegenwoordig, en vond ik het helemaal niet vreemd. Nu, ja, nu zou dat niet meer kunnen, maar of de huidige huwelijken er zoveel beter op zijn geworden? Kijk eens naar al die scheidingen!'

'Nu gaan mensen uit elkaar als ze elkaar niet meer gelukkig maken. Vroeger bleef men bij elkaar omdat scheiden een schande werd gevonden. Dat was wat mij betreft nog verdrietiger dan een scheiding, want als je die hebt verwerkt, kun je weer verder,' meende Jos.

'Het heeft zijn voordelen om eerst een tijd samen te wonen en elkaar grondig te leren kennen.'

'Ach, tante Eugenie heeft gelijk, er is ontzettend veel veranderd door de jaren heen,' verzuchtte Bets. 'Tegenwoordig komen maar al te vaak eerst kinderen en dan pas wordt er uiteindelijk eens over een huwelijk nagedacht.'

'Wedden dat een volgende generatie het nog weer anders gaat doen?' grinnikte Floris, die dicht bij Agnes zat en duidelijk probeerde het haar naar de zin te maken. Ze voelde zich er niet helemaal gemakkelijk bij. Hij deed wel heel erg zijn best om een goede indruk te maken, waar hij haar met Kerstmis niet zag staan.

Het eten was niet overdadig luxe, maar gewoon lekker en redelijk eenvoudig. Eugenie, niet meer gewend 's avonds warm te eten en al helemaal niet als het inmiddels al halfacht was geworden eer ze na een voorgerechtje de hoofdmaaltijd kreeg, at haar bord nog niet voor de helft leeg, wat haar meteen een bezorgde blik van Machiel opleverde.

'Vindt u het niet lekker, tante? U bent toch wel in orde?'

'Ik eet niet zo veel meer,' antwoordde ze rustig, 'en ben gewend 's avonds niet meer te eten dan een kopje soep en een enkel boterhammetje. Het is allemaal wat te veel, maar overigens smaakt het me uitstekend, hoor.'

'O, gelukkig. We willen het u graag naar de zin maken, want wij van onze kant hebben erg genoten van kerstavond.'

Eugenie vond het tijd worden voor iets anders. 'We zijn inmiddels op zoek gegaan naar de geheimzinnige vrouw op het portret,' legde ze uit en meteen wilde iedereen daar alles over weten. 'Wie het was? We weten het niet. Sterker nog, we hebben er totaal geen idee van! Agnes pluist nu oude brieven en dagboeken uit om erachter te komen. De kleding op het portret geeft een aanwijzing dat het geschilderd is ergens tussen 1900 en het begin van de Eerste Wereldoorlog, en het loshangende haar wijst op een jong en ongetrouwd meisje. We hebben de hele stamboom nog eens grondig nagepluisd, maar er woonde in die tijd geen dochter van die leeftijd op de hof.'

'Wat spannend,' genoot Elly.

'Ik ben hoofdzakelijk nieuwsgierig.'

'Misschien is het een jeugdportret van iemand die later in de familie is getrouwd?' vroeg Bets zich af.

'Geen idee. Agnes?'

'We hopen het raadsel op te kunnen lossen,' meende die nuchter. 'Het is intrigerend dat er niets over haar bekend is. Maar hoe we antwoorden moeten vinden, daar heb ik nog geen idee van. We hebben flink wat oude paperassen gevonden, en nog lang niet alles is doorgelezen. We komen wel aardige dingen te weten over het leven vroeger, op de hof zowel als in het dorp. Die stukjes lees ik tante Eugenie dan voor. Maar inderdaad, het zou fijn zijn als we er een idee van kregen, al was het alleen maar omdat we graag willen weten wat het portret daar eigenlijk doet.'

'Evert wees ons erop,' herinnerde Machiel zich. 'Het hing niet bij andere portretten, terwijl vaak kinderen en echtparen die apart waren afgebeeld, wel bij elkaar hingen.'

'Misschien een weesmeisje dat in het huis opgegroeid is?' vroeg Jos zich af. 'In die tijd stierven veel mensen jong, en dus waren er ook veel wezen. Elke stad, en soms ook dorp, had in die jaren een eigen weeshuis. Dus dat zou kunnen.'

'Het blijft speculeren, tot we een concrete aanwijzing gevonden hebben.'

De borden werden weggehaald. Sommigen wilden nog graag een dessert. Agnes hield het bij koffie en tante Eugenie bij een kopje kruidenthee.

De oude dame werd stiller en stiller. Agnes besefte dat ze vocht tegen een vermoeidheid die ze niet wilde toegeven. Zodra Eugenie haar thee op had, maakte ze daarom aanstalten om op te stappen.

'We willen weer vertrekken. We hebben nog een lange rit voor de boeg voor we thuis zijn,' besloot ze, wat haar een dankbare blik van Eugenie opleverde.

'Jammer,' protesteerde Floris. 'Het was juist zo gezellig.'

Dat was waar, de stemming steeg en de onderlinge gesprekken waren hartelijk. Er werd regelmatig gelachen. Gewoon een fijne familie, besefte Agnes. Ze glimlachte.

Eugenie keek onzeker naar Machiel. Deze maakte geen aanstalten om de rekening te willen voldoen. Ineens was haar gevoel van plezier voorbij.

Agnes zag het. 'Voor de goede orde,' vroeg ze daarom kordaat aan Machiel. 'U heeft ons uitgenodigd. Is het in orde als ik met tante Eugenie vertrek, of wilt u liever dat zij de rekening voldoet?'

Er viel midden in de gezelligheid een pijnlijke stilte, maar noch

Machiel, noch Jos en Floris riepen dat zij graag iets terug hadden willen doen voor de genoten gastvrijheid op kerstavond. Dus wisselde de jonge vrouw een blik van verstandhouding met de oude. 'Agnes, hier is mijn pas. Je kent de pincode,' verbrak Eugenie de stilte toen die pijnlijk begon te worden.

Na het onverwacht toch akelig verlopen afscheid, hielp Agnes Eugenie in de auto.

'Kortste weg naar huis. Ach, ik moet niet zeuren over die paar euro van de rekening. Ze zullen wel denken: die kan het beter missen dan wij. Maar toch, Agnes, ben ik een aanstelster als ik zeg dat de avond voor mij daardoor bedorven is?'

'Nee tante Eugenie, dat is terecht. U had gelijk, zij hebben u uitgenodigd, dan getuigt het op z'n zachtst gezegd toch niet van goede smaak om u de rekening te laten betalen.'

'Als ik een kattiger karakter had gehad, had ik de kosten van jou en mij afgerekend en had ik hen daar achtergelaten om onderling uit te vechten wie de rest zou moeten betalen,' zuchtte de oude dame. Ze probeerde er een grapje van te maken, maar het verdriet in haar stem overheerste.

HOOFDSTUK 10

In maart kondigden de eerste lentedagen zich aan. In de tuin kwam de magnolia in bloei en Eugenie genoot van het nieuwe tuinseizoen. Nee, in haar tuin werken zoals vroeger, dat was voorgoed voorbij, maar ze kon wel van de uitlopende natuur genieten en zich natuurlijk overal mee bemoeien, als Andries in de tuin aan het werk was. Het was voor haar vader niet altijd even gemakkelijk om dan zijn mond te houden, besefte Agnes. Elke dag maakte ze een ommetje met de oude vrouw en eenmaal stelde ze voor dat het misschien een goed idee zou zijn een indicatie voor een rolstoel aan te vragen, zodat ze met tante naar het dorp kon rijden. Deze wilde er echter nog niet aan een rolstoel nodig te hebben, dus hield Agnes er weer over op, maar ze wist dat ze niet lang haar mond zou houden.

'Misschien heb ik een aanwijzing gevonden over het portret,' vertelde ze op een woensdagmorgen aan het einde van die maand een tikje opgewonden, toen ze de oude vrouw 's morgens ging helpen met douchen en aankleden.

Eugenie reageerde echter in het geheel niet op die mededeling en Agnes nam haar daarom eens goed op. Tante Eugenie zag bleek en zat op de rand van haar bed. 'Ik bloed weer.'

Met een geschrokken blik keek Agnes de ander aan. 'Wat bedoelt u met: ik bloed weer?'

'Ik verlies bloed in mijn slip en bij het plassen. Dat is misschien al wel een jaar geleden begonnen, maar het was altijd maar een beetje. Nu is het veel erger en ik heb zo'n raar gevoel in mijn buik.' Agnes schrok enorm van wat tante Eugenie vertelde, maar ze had zichzelf alweer snel onder controle. 'Nu, dan is er overduidelijk iets niet in orde, dus ik bel om acht uur meteen naar de dokter,' reageerde ze. 'Misschien heeft u een steeds terugkerende blaasontsteking of zo?'

'Mogelijk, maar ik heb nooit eerder een blaasontsteking gehad.'

'U bent kwetsbaarder geworden naarmate u ouder bent geworden, en dan wordt u ook gevoeliger voor allerlei kwaaltjes en ongemakken, moet u maar denken. Een blaasontsteking is echter met medicijnen uitstekend te verhelpen. Heeft u pijn bij het plassen? Ik zal een potje opzoeken, waarschijnlijk zal de dokter uw plas willen laten onderzoeken. En u moet hem het bloed in de slip maar laten zien.'

'Misschien had ik het eerder moeten zeggen, maar het was nooit veel, zomaar een sliertje in mijn plas en een bloedvlekje in mijn slip. Het laatst gebeurde het op de dag nadat we naar Zierikzee waren geweest, maar ook toen hield het snel weer op en ik dacht aldoor: wel, niets aan de hand, misschien een wondje of zo. Maar het is raar dat het steeds terug blijft komen en nu vind ik het raar dat ik er een akelig gevoel bij heb.'

'Wat is akelig? Pijn? Kramp? Maakt u zich ongerust?' vroeg Agnes geschrokken en bezorgd.

'Het is vervelend, het zeurt en het trekt en ja, het is min of meer pijnlijk. Misschien is het een ontsteking die zo nu en dan terugkomt, ik weet het niet, maar je hebt wel gelijk dat de dokter er beter maar eens naar kan kijken. Oud worden is niet fijn, Agnes.'

'Dat ben ik me bewust geworden. Wel, heeft u energie genoeg om op te staan?'

'Maar natuurlijk, ik voel me niet ziek.'

'Mooi, dan zal het allemaal wel meevallen, mag ik hopen. Als u heeft ontbeten, bel ik de doktersassistente.'

Het was al ver in de middag geworden toen Andries Rik Langeveld binnenliet, want een hoogbejaarde vrouw die niet in orde was, hoefde niet naar het spreekuur te komen. Hij stelde vragen en onderzocht de oude vrouw, wilde zoals verwacht een plas meenemen om te onderzoeken of een blaasontsteking een verklaring voor het bloedverlies zou opleveren, en stak niet veel later zijn hoofd om de keukendeur, waar Agnes bezig was met het maken van een pan verse kippensoep. Na mosterdsoep was dat een soep die tante Eugenie heel erg lekker vond. Andries zat aan de keukentafel zilveren kandelaars te poetsen. Beiden keken verrast op.

'Ik smacht ondertussen naar een kop koffie en heb nog drie visites te gaan. Wat denk je, Agnes, zou je aan dat verlangen van mij kunnen voldoen?' vroeg Rik met een uitdagende blik in zijn ogen, die haar voor even haar wenkbrauwen deed fronsen.

Ze liet echter niets blijken. 'Natuurlijk, dokter. Kom erin.'

'Rik,' bromde hij en zijn ogen rustten met zo veel genoegen op de jonge vrouw dat Andries alle zilveren kandelaars van de wereld vergat en ineens dringend de tuin in moest om wat takken van de bijna uitgebloeide forsythiastruik te knippen en in de salon te zetten. 'Die heeft haast.'

Agnes kreeg een kleur. 'Mijn vader is hele dagen druk.' Ze schonk twee kopjes vol en presenteerde hem koek, die hij beleefd weigerde. 'Wat vindt u van tante Eugenie, dokter?' wilde ze na een lichte aarzeling weten.

'Zeg maar 'je'. De koffie was gedeeltelijk een smoes. Ik maak me zorgen. Ik sluit niet uit dat we in de komende tijd vaker met elkaar te maken krijgen.'

'Maar... is het geen onschuldige blaasontsteking?'

'Ik wil het uitsluiten, maar ik denk eerlijk gezegd dat er meer aan de hand is.'

'Dat klinkt me net wat te ernstig.' Haar ogen werden groot, ze keek hem een tikje angstig aan.

'Je moet me bellen als er weer bloedverlies optreedt, dat zonder meer. Ik laat morgen weten of er aanwijzingen zijn voor een blaasontsteking, maar ik houd er serieus rekening mee dat er iets heel anders aan de hand is. Mogelijk laat ik haar op korte termijn door een uroloog onderzoeken. Ik laat het je weten, zodra die plas is onderzocht. Als ik bel met de uitslag op het gewone nummer, neemt mevrouw Ernsting dan zelf op? Of ben jij altijd in de buurt?'

'Ik kan u, je, mijn mobiele nummer geven. Tante Eugenie en ik communiceren zo nodig ook 's nachts met de mobieltjes.'

'Goed dan, geef het nummer maar, ik zet het meteen in mijn eigen toestel.'

'Wat moesten we vandaag de dag zonder die dingen,' probeerde ze haar schrik de baas te worden. 'Rik... Kan het echt ernstig zijn?'

'Dat hoeft niet, maar het kan wel. Daarbij komt dat ik mevrouw Ernsting de laatste tijd achteruit vind gaan. Volgens mij is ze bovendien afgevallen en dat is evenmin een goed teken.'

'Ja, dat vind ik zelf ook. Ze wil niet dat ik haar weeg, maar ze eet niet veel meer en zit snel vol. Ze zegt dat ze niet meer hoeft te eten omdat ze zo oud is.'

'Daarbij denk ik aan de problemen met het hart, een paar weken geleden. Agnes, ze is een hoogbejaarde vrouw. Dan moet een mens op alles voorbereid zijn.'

Ze roerde geschrokken in haar kopje en vergat het leeg te drinken. 'Je maakt me bang.'

'Dat is niet mijn bedoeling. Maar het lijkt me wel verstandig om je alvast te waarschuwen. Wij samen zullen goed op haar letten in de komende tijd. Afgesproken?'

Ze knikte en keek hem onderzoekend aan. Mooie bruine ogen, was de onlogische gedachte die door haar hoofd flitste. Dat was haar nooit eerder opgevallen! Maar ja, zelf kwam ze eigenlijk nooit bij de dokter. 'Dus de koffie was inderdaad een smoes.'

'Niet helemaal. Het is werkelijk razend druk. Als arts lijk je nooit tijd genoeg te hebben voor je patiënten, terwijl ik dat juist wel graag wilde toen ik ooit besloot om arts te worden.' Hij stond weer op.

Ze glimlachte. 'Dank je.'

'Sterkte, jij. Als de oude dame zich niet lekker lijkt te voelen of achteruitgaat, wacht je mogelijk een zware periode. Vergeet dan niet om op tijd aan de bel te trekken. Er kan alle nodige hulp worden ingeroepen voor de verzorging van de oude dame.'

'Dat wil ze niet.'

'Als het nodig is, zal ik haar van de noodzaak weten te overtuigen, zodat ze jou niet te zwaar zal belasten. Hoe is het met de familie, waar ze in de afgelopen weken een paar keer over vertelde?'

'Jarenlang hebben ze zich niet laten zien, en nu zien we ze de een na de ander.'

'De erfenis,' begreep hij.

'Waarschijnlijk wel.'

'Met al haar rijkdom is ze dus een trieste vrouw. Het zoveelste bewijs dat geld niet gelukkig maakt.'

'Wel, zoals ze zelf zegt, het maakt het leven wel gemakkelijker als je er voldoende van hebt.'

'Ook dat is waar,' grinnikte hij. 'Als ik mevrouw Ernsting de uitslag heb verteld, zal ik je die eveneens laten weten. Dan hoeft ze het niet mooier voor te stellen dan het is, want ik heb zo het idee dat ze zo veel om jou geeft dat ze je niet onnodig ongerust wil maken, en juist dat kan ervoor zorgen dat je niet voldoende alert bent op mogelijke signalen.'

'Ze heeft eerder bloedingen gehad en dat nooit aan mij verteld.'

'Dat bedoel ik dus.'

'Het klinkt verontrustend, Rik.'

'Ik sluit dan ook niet uit dat dit zo is.'

Het was geen blaasontsteking, zoals Rik al had vermoed. Al een week later zat Agnes met Eugenie bij de uroloog in het ziekenhuis. Het was een vrouwelijke arts, daar waren beide vrouwen blij om. De dokter was een grote, struise vrouw met een lieve stem, ze was erg vriendelijk en bovendien efficiënt. Over drie dagen moest Eugenie terugkomen voor een echo van de buikstreek, kregen ze te horen, en aansluitend werd een nieuwe afspraak gepland om de uitslag van de echo te bespreken.

De oude vrouw was stil toen ze naar huis reden.

'De dokter waarschuwde me al dat er van alles aan de hand kan zijn,' verzuchtte Eugenie onderweg nadat ze eerst een tijd stilletjes uit het raam had zitten staren. 'Van een onschuldig akkefietje tot een mogelijk ernstige aandoening.'

'U bent snel moe en eet niet meer zo veel, maar dat kan door de leeftijd komen, zoals u zelf altijd zegt. We moeten er maar liever van uitgaan dat het allemaal wel mee zal vallen,' besloot Agnes optimistisch.

Op de dag van de afspraak voor de echo had Eugenie pijn bij het plassen. De urine wilde eerst niet komen en toen dat na een kwartiertje wel het geval was, kwam er een flink bloedstolsel mee. Ze trok het toilet niet door, maar liet het geschrokken aan Agnes zien. Die aarzelde geen moment. 'Dit doen we in een potje en nemen we maar meteen mee naar het ziekenhuis,' besloot ze. 'Ik heb gisteren inlegkruisjes en maandverband gekocht, tante Eugenie. Dat moet u zeker vandaag maar liever gebruiken, zodat er niet onverwacht bloed aan uw kleren komt.'

De oude vrouw knikte gelaten en een tirade over incontinentie en luiers, die op elk ander moment gevolgd zou zijn, bleef uit.

In het ziekenhuis was Eugenie stil en een tikje aangeslagen. Ze voelde zich onzeker, begreep Agnes toen Eugenie aangaf dat ze graag wilde dat Agnes bij het onderzoek aanwezig zou zijn.

Ze moest binnen in de onderzoekkamer de buikstreek ontbloten en Agnes' hulp kwam daarbij goed van pas. Er werd een gel op de buikstreek verdeeld en net als bij het maken van een echo bij een zwangere vrouw, gleed een apparaatje over de hele buikstreek en waren er op een computerscherm allerlei beelden te zien waar Agnes niets van begreep, maar een arts natuurlijk wel. Het viel haar op dat de arts steeds terugging naar een plek waar ze de linkernier vermoedde. Al zag zijzelf niets bijzonders op het scherm, ze begreep wel degelijk dat de arts dat wel deed. Het maakte haar ongerust en ze moest haar best doen daar niets van te laten blijken toen ze even later met de weer keurig aangeklede Eugenie door de lange ziekenhuisgangen naar de wachtkamer van de uroloog schuifelde.

'Ik zal er geen doekjes om winden,' vertelde de arts toen ze na een korte wachttijd aan de beurt waren en in de spreekkamer waren beland. 'U heeft een flinke niertumor van zeker zeven centimeter doorsnede.'

'Een tumor?' vroeg de oude vrouw zichtbaar geschrokken en Agnes dacht ook dat haar hart bijna stilstond van schrik.

De arts, flink als ze was, kreeg een medelijdende blik in de ogen. 'Kanker, inderdaad, mevrouw. Mooier woord kan ik er niet voor gebruiken.'

'Maar... Ga ik dan dood?'

'Gaan we dat niet allemaal? Mevrouw Ernsting, dat was het slechte nieuws. Het goede nieuws is dat u eraan geopereerd kunt worden. De nier kan in zijn geheel worden weggenomen. Van uitzaaiingen is op het eerste gezicht geen sprake.'

'Maar... moet ik dat zo ineens beslissen?'

'Nee hoor, vanzelfsprekend kunt u voor die beslissing alle tijd nemen die u maar nodig heeft. Het is heel goed mogelijk dat de tumor er al een jaar of tien over heeft gedaan om zich tot de huidige omvang te ontwikkelen. Verdere groei kan mogelijk heel traag gaan, op uw leeftijd. Ik moet u wel waarschuwen dat een dergelijke ingreep bijzonder zwaar is. Gezien uw leeftijd en het feit dat er kortgeleden wat problemen met het hart zijn geweest, mag ik niet uitsluiten dat er een kans is dat u aan de operatie overlijdt. Als u de ingreep overleeft en gaat revalideren, is het altijd nog maar de vraag in hoeverre u daarvan herstelt. De operatie vraagt een langere ziekenhuisopname, met aansluitend een verblijf in een tehuis of zorghotel, en er volgt een periode van revalidatie. Ik zou zeggen, neemt u goed de tijd om dit alles te overdenken, voor u besluit wat u doet of juist niet doet.'

'En als ik mij niet laat opereren?'

'U wordt volgende week achtentachtig, zie ik. Er is een gerede kans dat de tumor langzaam verder groeit zonder al te veel overlast te geven.'

'De bloedingen komen daarvandaan?'

De urologe knikte. 'Plasklachten blijven mogelijk. Als er bloedstolsels vrijkomen zoals vanmorgen is gebeurd en die u mij heeft laten zien, kunnen deze soms de urinebuis verstoppen. Dan moet een katheter de oplossing bieden en kunnen wij als dat nodig is de blaas doorspoelen, maar daarvoor is dan weer een ziekenhuisopname van enkele dagen tot een week nodig. Gezien uw leeftijd en de kans dat de geringe problemen die er momenteel slechts zijn niet verergeren, kan het nog heel goed zijn dat u ten slotte niet aan, maar met de tumor overlijdt.'

'Ik moet het laten bezinken,' hakkelde Eugenie, zichtbaar van streek door wat ze te horen had gekregen.

De uroloog stond op. 'We maken een nieuwe afspraak voor over drie weken. Bespreek in die tussentijd met uw familie wat u gaat doen, en als u zegt: niets doen en gewoon afwachten, dan kan ik daar helemaal achter staan.'

Zwijgend werd de weg naar huis afgelegd. Eenmaal thuis liet Eugenie weten dat ze moe was en een uurtje op bed wilde gaan liggen om te rusten.

'Moet ik het de dokter vertellen?' vroeg ze toen ze in bed lag.

'Ik bel hem wel,' stelde Agnes haar gerust. 'Probeer maar wat te slapen, tante Eugenie.'

Het was halfvier. Rik zou nog wel aan zijn ronde bezig zijn, meende ze. Ze belde hem op zijn mobiele nummer, dat hij in haar telefoon had gezet voor het geval ze hem nodig had.

'Langeveld.'

'Rik, met Agnes Terdu. Ik ben net terug uit het ziekenhuis met mevrouw Ernsting. Ze heeft een tumor in haar linkernier. Kanker.

We zijn allebei enorm geschrokken.'
'Na mijn laatste visite kom ik naar de hof,' besloot hij meteen.
'Goed. Ze ligt momenteel te rusten. Vannacht had ze ook al slecht geslapen.'
'Tot straks.'
De oude vrouw was weer aangekleed en zat in haar eigen leunstoel toen Rik tegen vijf uur binnenstapte. Hij weigerde het aangeboden portje, en Agnes schonk ongevraagd koffie voor hem in. Ze wist inmiddels hoe hij die dronk.
Een dankbare blik was haar beloning. 'Lekker! Dank je, Agnes. Blijf er alsjeblieft bij zitten. Ik zal de gegevens van het ziekenhuis nog wel krijgen, maar het is goed dat je mij belde.'
'Ik ben erg geschrokken.' Het klonk zacht en min of meer verslagen uit de mond van een verdrietige Eugenie.
'Natuurlijk, dat zijn Agnes en ik eveneens. Maar u weet...'
'Ja dokter, ik weet het. Ik ben hoogbejaard en de enige zekerheid in het leven is nu eenmaal dat we uiteindelijk een keer doodgaan. Denkt u dat ik er verstandig aan doe mij te laten opereren?'
'Dat is niet zomaar te zeggen. U moet er grondig over nadenken en alles overwegen. We bespreken dit nog een keer als ik door het ziekenhuis op de hoogte ben gesteld. U hoeft geen haast te maken met uw beslissing.'
'Maar kanker!'
'Vaak is het zo dat de celdeling langzamer gaat naarmate mensen ouder zijn. Ik herhaal dat u niet halsoverkop een beslissing hoeft te nemen, maar de tijd heeft om grondig na te denken over het voor en tegen van een dergelijke zware ingreep.'

HOOFDSTUK 11

'Lang zal ze leven, lang zal ze leven!' Andries en Agnes kwamen lachend de slaapkamer in, waar Eugenie in haar nachtpon zat te wachten tot ze door Agnes zou worden geholpen om te douchen. Het klonk een beetje dubieus, na het nieuws dat ze een week geleden te horen hadden gekregen.

'Jullie durven wel,' reageerde Eugenie dan ook min of meer verbolgen.

'Wat moeten we anders?' gaf Andries terug. 'We hopen niettemin dat u nog lang bij ons bent, mevrouw Ernsting.'

'Ja, jullie zitten tenminste niet achter mijn erfenis aan!'

Ineens kreeg Agnes medelijden met haar. 'Zouden er nog familieleden langskomen, vandaag?'

'Waarom zouden ze?' bitste het feestvarken. 'Ik heb al minstens twintig jaar geen familieleden op mijn verjaardag gezien, dus van mij hoeven ze er vandaag niet mee te beginnen. Er bestaat een goede kans dat het de laatste keer zal zijn.'

'Evengoed wordt u honderd,' pochte Andries.

'Geloof je het zelf?'

'U bent vandaag wat somber, tante Eugenie,' suste Agnes en haar vader verliet de kamer weer. 'We hebben het er niet meer over. Vandaag denken we uitsluitend aan leuke dingen.'

Die vlieger ging evenwel niet op. Nee, op bezoek kwam de familie niet, zeker niet ongevraagd, maar wel belden ze de een na de ander op, en Agnes merkte dat tante Eugenie hen allemaal met een zekere genoegzaamheid op de hoogte stelde van wat ze een week geleden zelf vernomen had.

'Zo,' bromde Eugenie aan het einde van de middag. 'Nu kunnen ze gaan rekenen en ik verzeker je, het pakt allemaal anders uit dan ze denken!'

Agnes schudde vertwijfeld haar hoofd. 'Dat klinkt bijna boosaardig,' hakkelde ze.

Het grijze hoofd werd geschud. 'Zo is het niet bedoeld. Met Kerstmis vroeg ik me nog verdrietig af hoe het toch heeft kunnen gebeuren dat de familie zo uit elkaar is gegroeid, maar in de weken daarna werd het me weer duidelijk. Ik was het niet vaak met Ernst eens, maar hij zei weleens dat zijn familie nogal wat berekenende breinen koesterde. En hij had gelijk, nu weet ik het weer. Eigenlijk hebben alleen David en Ian het nooit over geld gehad. Dus ik hoop dat mijn gezondheid goed genoeg blijft om hun bruiloft te bezoeken. Stel je voor, een huwelijk tussen twee mannen, wie had nu gedacht dat ik zoiets nog eens mee zou maken?'

Agnes wist even niet goed hoe ze moest reageren. 'U bent teleurgesteld,' mompelde ze toen. 'En ik kan me dat maar al te goed voorstellen.'

De blik van de oude Eugenie werd zachter. 'Al waar ik ooit naar verlangde, was liefde,' vertelde ze onverwacht wat haar diep vanbinnen bezighield. 'Is dat zo veel gevraagd in het leven? Willen de meeste mensen niet simpel dat er van hen gehouden wordt om wie ze zijn? Mijn leven telde vele zegeningen en elke morgen en elke avond dank ik God daarvoor, beste kind, want dat heb ik al jong geleerd. Uiterlijk gezien heb ik niets te klagen gehad. Een leven lang heb ik me nooit geldzorgen hoeven maken, en ik ben heel lang gezond gebleven. Zelfs nu ik weet dat het einde binnen mijn blikveld is gekomen, zal dat nog niet morgen zover zijn en heb ik tijd mijn leven in wijsheid af te ronden. Maar liefde? Liefde heb ik maar weinig gekend. En ik heb het bitter gemist! Vroeger thuis was er nauwelijks liefde, want gevoelens werden in die jaren niet zo duidelijk getoond, en in mijn ouderlijk huis gingen we nogal afstandelijk met elkaar om. In mijn huwelijk was er evenmin liefde, al was er een zeker wederzijds respect. Er was geen liefde tussen Ernst en mij toen we trouwden, al verzekerde mama mij op de ochtend van mijn huwelijk nog nadrukkelijk dat liefde vanzelf kwam als er eenmaal een trouwring om mijn vinger was gegleden. Maar die keer had ze het mis. Ach, misschien wist ze zelf ook niet wat liefde was. En heel misschien heeft ze dat even erg gemist als ik, zonder dat ooit te zeggen.' Even zweeg Eugenie, aan haar blik kon Agnes zien dat haar gedachten in dat verre verleden bleven hangen.

'Ik bleef ervan dromen. Ik had respect voor mijn man, zeker, maar de eenzaamheid van een liefdeloos huwelijk overheerste. Als ik me 's nachts eenzaam voelde, al lag ik niet alleen in bed, dan droomde ik van kinderen. Een droom die ik na een paar jaar los moest laten, en dat is wel het grootste verdriet van mijn leven geweest. Dus waren er honden. Ik heb altijd honden gehad, zoals je weet. Ze waren mijn maatjes. Toen Lodewijk een paar jaar geleden in moest slapen en ik besefte een volgende hond waarschijnlijk niet te overleven, moest ik een moeilijke keuze maken. Ik miste Lodewijk zo erg, dat je vader mij beloofde dat een volgende hond bij hem mocht blijven als mij wat zou overkomen. Dus kwam Karel er, die ondeugd. Hij weet niet half hoeveel zijn ongegeneerde hondenliefde voor mij betekent, al moeten jullie hem steeds uitlaten en ziet hij jullie ondertussen meer als baas dan mij.'

Agnes keek geschrokken toe hoe tranen Eugenies ogen vulden en langzaam over haar met groeven doorsneden gezicht gleden, de huid die bijna op perkament leek.

'Maar tante Eugenie!'

'Het is al goed, meisje. Met het einde in het vizier maak ik zo nu en dan de balans op. En ja, ik ben er soms verdrietig over.' Toen keek ze op en leek ze zich weer iets te vermannen. 'Misschien had ik onrealistische verwachtingen met kerstavond. Ja, dat denk ik wel. Mijn verstand zei het een, mijn gevoel hoopte op iets anders. Ja, ik heb mijn familie teruggevonden. Voor wat het waard is! Maar tegelijkertijd weet ik ook dat het nog net zo is als vroeger. Verlangen naar iets wat niet mocht zijn. Dat is een trieste gewaarwording, maar heus, ik zal mijn neerslachtigheid ook deze keer weer de baas worden. Het is bijna vijf uur, ik wil graag als altijd mijn glaasje port, om het nieuwe jaar te vieren dat voor me ligt. En morgen heb ik mijn schouders weer rechtgetrokken, mijn verdriet ingeslikt en heb ik weer oog voor de zegeningen die wel degelijk ruimschoots mijn deel zijn geweest. Maar...' De oude vrouw schudde het hoofd. 'Ik heb er vrede mee gekregen, al is dat niet vanzelf gegaan.' De oude hand trilde toen ze een klein boekje van het tafeltje naast de leunstoel pakte. Oud bruin leer, met een gouden slotje. Ooit van haar vader gekregen op de dag dat ze belijdenis had gedaan, wist Agnes. Het bevatte het Nieuwe Testament en de psalmen. Ze gaf het Agnes toen die een glas bij haar had neergezet. 'Ga nog even zitten, lieve kind. Wil je me een psalm voorlezen?'

Agnes knikte slechts, bevangen door een gemengd gevoel van medelijden en tegelijkertijd bewondering, omdat de oude vrouw zich weer leek te hervatten na alle verdriet dat ze nog maar enkele minuten geleden in de ogen had gezien. De hand trilde nog een beetje toen ze het glas aan haar lippen zette om er een slokje van te nemen. De oude vrouw had zich inderdaad hervat.

'Psalm 43 graag, het vierde vers. Dat zal ook op mijn begrafenis de leidraad worden voor de dominee, en als psalm gezongen worden. Het is mijn overgave aan de Heer, al leek dat daarnet misschien anders. Ik groei ernaartoe.'

Agnes' stem trilde op haar beurt terwijl ze de gevraagde psalm in het boekje opzocht.

Dan ga ik op tot Gods altaren,
Tot God, mijn God, de bron van vreugd;
Dan zal ik, juichend, stem en snaren
Ten roem van Zijne goedheid paren,
Die, na kortstondig ongeneugt
Mij eindeloos verheugt.

Agnes zweeg en keek op. Een nieuwe traan gleed over het perka-ment, maar om de mond was een schaduw van een glimlach ver-schenen. Tante Eugenie had de ogen gesloten en ze zag bleek.
Even, heel even, leek het of ze al…
Agnes schrok en stond op.
'Ga maar, lieve kind. Het is ook een genade die een mens mag erva-ren, om zich aan zijn God over te kunnen geven.'
Agnes wist niet wat ze zeggen moest.

'Ik heb een heel interessante brief gevonden.'
Er was een week voorbijgegaan sinds de dag dat Eugenie Ernsting haar achtentachtigste verjaardag had gevierd.
'Weet je wie het meisje van het portret is?' Meteen lag er grote belangstelling in de oude ogen.
'Dat niet, maar misschien heb ik een aanwijzing gevonden.'
'Wie heeft de brief geschreven?'
'Ene Antonia, en hij is gericht aan de grootvader van uw man, David.'
'Ik luister.' Ineens gleed er een glimlach om de oude mond. 'Het zou fantastisch zijn als we het raadsel van het portret op kunnen los-sen. Misschien is de vrouw van het portret niet jong gestorven, maar later getrouwd en leven er nog kleinkinderen of zelfs achter-kleinkinderen. Dan zal het heerlijk zijn hun het portret cadeau te geven, met de hele geschiedenis erbij waarom het tientallen jaren in de galerij van de hof heeft gehangen.'
'Zover is het nog lang niet.' Agnes glimlachte en keek even onzeker,

denkend aan het gesprek dat ze in de namiddag van de verjaardag met tante Eugenie had gevoerd, een week geleden.

Lieve David,

In het dorp wordt overal gesproken over je verloving met Juliëtte, en natuurlijk heb je mij verteld dat je de wens van je vader niet langer kon negeren. Ik heb geaccepteerd dat je niet anders kon dan aan die wens tegemoet te komen, omdat je je rechten op de hof zou verspelen als wij wel met elkaar verder hadden willen gaan. Ik kan dan ook niet anders dan je oprecht alle goeds toewensen. Weet dat je altijd, maar dan ook altijd, een bijzonder plekje in mijn hart zult houden.
Ik wil je nog bedanken voor de heerlijke momenten op de kermis, en voor de prachtige zilveren broche die je mij ten afscheid hebt gegeven. Ik zal deze alle dagen van mijn leven koesteren. Ik draag hem op mijn hemd op mijn hart, want op mijn kleding kan natuurlijk niet. Vader zou willen weten hoe ik aan een zilveren broche kom, waar wij natuurlijk nooit zoiets moois zouden kunnen betalen.
Ik houd van je, voor altijd,

Antonia.

'Toe maar,' peinsde Eugenie. 'Ach, hoevelen hielden destijds niet van iemand anders, terwijl de nuchtere werkelijkheid hun gebood een heel andere weg in te slaan? Antonia, Antonia, heb ik die naam misschien eerder gehoord, Agnes?'
'Dat idee had ik ook al,' beaamde Agnes. 'Dus heb ik nog eens zitten bladeren en kwam ik de naam enkele keren tegen in het dagboek van Juliëtte.'
'Grootpapa David was getrouwd met Juliëtte en je hebt me stukjes voorgelezen over de kermisweek, waarin die verloving beklonken is.'
'Precies, en toen ik dat terugzocht, kwam de naam Antonia enkele

keren voor. Juliëtte en Antonia waren min of meer bevriend met elkaar, of Antonia werkte mogelijk als meid bij Juliëtte of David. Daar is niets over te lezen.'

'Duidelijk is wel dat David van haar hield en haar een zilveren broche gaf als aandenken. Ga eens boven kijken op het portret, Agnes, of er een broche is afgebeeld?'

Agnes stommelde naar boven en was binnen twee minuten weer terug. 'Geen broche. Maar de kleding is wel ongeveer uit die tijd. Wat echter niet klopt, is dat de kleding op het portret er nogal deftig uitziet, en als Antonia inderdaad voor Juliëtte of haar familie werkte, droeg ze eenvoudiger kleding. Of het moet toch een vriendin, een nicht of misschien wel een jonger zusje zijn geweest?'

Eugenie schudde het hoofd. 'Geen deftige familie, dan had David niet met Juliëtte hoeven trouwen, maar kon hij dat doen met Antonia. Nee, ze moet van eenvoudige afkomst geweest zijn. Bovendien schrijft ze dat haar vader geen geld genoeg had om een mooie zilveren broche te kopen.'

'Eenvoudige mensen droegen inderdaad andere kleding dan de betere stand. Iemands welstand was vroeger met één oogopslag af te lezen. Dus dat moet wel zo zijn. Bovendien, zou Juliëtte ooit een portret in haar eigen huis tolereren van een vrouw van wie haar man meer hield dan van haarzelf?'

'Dat klinkt inderdaad nogal onlogisch,' verzuchtte Eugenie een tikje teleurgesteld. 'Jammer, ik vind het toch jammer dat we nog altijd niets weten. Ik hoopte zo dat we het raadsel hadden opgelost.'

'Ik heb nu ruim de helft van alle paperassen doorgelezen, dus er kunnen nog genoeg andere aanwijzingen komen,' troostte Agnes.

'Het nadeel van mijn leeftijd is dat je niemand meer kunt vragen of die nog iets weet. Mensen die ouder zijn dan ik zijn allemaal al doodgegaan.'

'Denk eens aan het personeel dat u vroeger heeft gehad. U was in uw jonge jaren omringd door dienstboden en enkele tuinlieden voordat de grond van de hof aan de gemeente werd verkocht om er een park op aan te leggen. Is er nog personeel in leven dat zich misschien nog iets herinnert?'

'Ik zou het niet weten,' overdacht Eugenie. 'Ik heb hen niet zo gevolgd, moet ik eerlijk toegeven.'

'Denk er nog maar eens over na. De bel gaat. Geen idee wie dat nog kan zijn, het is bijna tijd dat ik uw soep warm ga maken en een boterham ga smeren.' Ze kwam overeind, maar in de deur liep ze bijna tegen Rik Langeveld aan.

'O dokter, eh, Rik, we hadden je niet verwacht.'

Hij grinnikte opgewekt. 'Ook fijn om jou weer te zien, Agnes! Ik hoopte dat dit wederzijds is.' Even later gaf hij Eugenie een hand.

'Ik kom eens kijken hoe het met u gaat.'

'Nou,' mompelde de oude dame ad rem. 'Dat is zeker reden om nog wat extra nota's rond te kunnen sturen.'

'Of...' de dokter boog zich voorover, 'ik vind uw rechterhand zo'n knap meisje, dat ik een smoes moet bedenken om haar weer te zien. En omdat u zich zo kranig houdt dat u mijn hulp niet nodig heeft, duurde me dat veel te lang. Maar op zich is het natuurlijk een gelukkige omstandigheid dat u mij niet nodig heeft gehad.'

Eugenie begon te lachen. 'Dat u Agnes aardig vindt, daar kan ik mij alles bij voorstellen, hoor. Ze is een schatje. Ze heeft vast wel een glaasje van het een of ander voor u, dokter, want zoals u zegt, u bent hier niet helemaal beroepshalve. Mag ze iets voor u inschenken?'

Rik keek Agnes aan en knipoogde. 'Graag. Drink je ook een glas mee, Agnes?'

'Ik ga soep warm maken,' reageerde ze afwerend en nuchter. Hij wilde wel hetzelfde als zijn gastvrouw en ze gaf hem de port. Daarna trok ze de deur van de salon achter zich dicht.

Het verraste haar wel dat hij haar een kwartier later in de keuken opzocht.

'Het gaat vandaag goed met haar,' begon hij terwijl zijn bruine ogen haar van onder tot boven opnamen.

Ze knikte. 'Eind mei trouwt een verre neef van haar, en hij heeft haar uitgenodigd daarbij aanwezig te zijn. Denk je dat dit verantwoord is?'

Ongevraagd trok hij een keukenstoel onder zijn achterste. 'Ze heeft goede dagen en slechte. De bloedingen zullen blijven optreden, Agnes, en er zal geen staat op te maken zijn hoe kort op elkaar of langere tijd helemaal niet. Als ze niet erg zijn, kan ze er wel tegen.'

'Wat is erg?'

'Veel bloedverlies kan haar verzwakken. Ze wordt magerder. Eet ze wel goed?'

'Eigenlijk te weinig. Steeds vaker laat ze iets staan. Ze eet 's morgens een boterham en een stukje fruit, een kiwi of een mandarijn, soms een paar aardbeien, het is nooit veel. Tussen de middag eet ze warm, maar eigenlijk zijn dat nog maar een paar muizenhapjes en laat ze de rest liggen omdat ze er misselijk van wordt. 's Avonds eet ze een kopje soep, dat eet ze meestal wel helemaal op, maar van die ene boterham laat ze soms wel de helft staan.'

'Dat is inderdaad erg weinig. Ik kan wat bijvoeding laten bezorgen, dat zit in pakjes die mensen op kunnen drinken, maar ik zeg er eerlijk bij dat de meesten het niet lekker vinden. Maar zoals ik al zei, de bloedingen kunnen onberekenbaar zijn. Soms komen er stolsels mee, zoals je al hebt gemerkt, en die kunnen zo groot zijn dat die de urinebuis blokkeren. Dan krijgt ze krampen, omdat het lichaam probeert die blokkade op te heffen, want de volle blaas moet zich toch een keertje kunnen ledigen. Dan kan zo'n groot stolsel inderdaad spontaan naar buiten komen, of juist niet, en dat kan dan weer leiden tot een ziekenhuisopname. Ik zal haar bloed in de gaten houden, zodat ik kan ingrijpen als ze misschien bloedarmoede krijgt.'

'Ze drinkt wel genoeg, maar de eetlust is verminderd. Ze zit de hele dag in de stoel, al probeer ik een dagelijks wandelingetje rond het huis erin te houden. Van mijn voorstel een rolstoel aan te vragen bij de uitleen, zodat ik haar eens mee kan nemen het dorp in, wil ze niet weten.'

Hij knikte. 'Het is voor veel mensen een bijna onoverkomelijke drempel om te accepteren dat een rolstoel nuttig voor hen is. Gebruik het als argument voor die bruiloft. Zo'n dag, daar komt lopen en staan aan te pas, en dat kan niet meer, maar met een rolstoel kun jij haar overal heen rijden. Ik neem tenminste aan dat jouw aanwezigheid bij de uitnodiging hoort?'

'Ze heeft een comfortabele auto, maar zelf kan ze niet rijden. Dus ik breng haar tegenwoordig overal waar ze moet zijn, en soms doet mijn vader dat.'

'Uitstekend geregeld.'

'Ik heb voorgesteld dat we twee hotelovernachtingen boeken. Dan gaan we op de eerste dag naar Drenthe en bij de boerderij van David en Ian kijken, de volgende dag is het huwelijk, dan kan ze daarna in het hotel uitrusten en rijden we pas de dag erna terug. Anders wordt het allemaal te belastend, vrees ik. Overigens is David ook huisarts, dat vind ik dan wel weer geruststellend.'

'Verstandige meid.'

Ze glimlachte en zag iets in zijn ogen blinken dat haar onrustig maakte. Hij leunde achterover en pikte ongegeneerd een plakje kaas. 'En jij?'

'Hoe bedoel je: en ik? Ik mankeer niets.'

'Dat weet ik, maar denk je wel genoeg aan jezelf? Het is wel zeker dat je een zware tijd tegemoet gaat, Agnes. De gezondheid van mevrouw Ernsting zal steeds verder achteruitgaan.'

Ze keek de jonge dokter recht in de ogen. 'Ik ben van haar gaan houden. Voor mij is het meer dan werk. Het is inderdaad net of ik voor een geliefde oude tante zorg,' peinsde ze hardop en hoewel ze dat nooit eerder zo ronduit uitgesproken had, zelfs tegenover haar vader niet, besefte ze dat ze dat inderdaad zo voelde.

'Zorg op langere termijn kan slechts volgehouden worden als er ook voldoende ruimte is voor ontspanning. Op welke dagen ben je vrij?'

Ze draaide er een beetje omheen. 'Op papier als Pieta er is, maar verder ben ik er nogal vrij in om even weg te gaan.'

'Goed zo. Overmorgen is het zaterdag en ik heb geen dienst. Dus schrijf ik je een strandwandeling voor, vanzelfsprekend met mij als controleur of je dat ook daadwerkelijk doet. Doktersvoorschrift dus.'

'Ook een arts moet afstand van zijn werk nemen om voldoende te ontspannen,' gaf ze terug. 'Dus ik kan best op eigen houtje gaan.'

Hij moest lachen. 'Dat lijkt me toch een minder goed idee. Weet je, ik ben al met al ook maar een eenzame kerel. Dus: wil je me alsjeblieft een poosje gezelschap houden? Ze geven droog weer af, met een flinke wind, wat altijd prettig is bij een strandwandeling buiten het zomerseizoen. Wat denk je ervan om daarna ergens erwtensoep te gaan eten?'

'Maar tante Eugenie...'

'Die avondboterham kun je gesmeerd en wel in de koelkast klaarzetten en ik weet zeker dat je vader prima in staat is een pannetje soep warm te maken dat jij van tevoren hebt klaargezet.'

'Natuurlijk kan hij dat, maar...'

De keukendeur ging open en Floris Leeuwenburg stampte lachend naar binnen, hoewel de lach om zijn mond bevroor toen hij zag dat Agnes al in mannelijk gezelschap verkeerde. 'O, neem me niet kwalijk.'

'Hoe kom jij hier?' vroeg Agnes verbaasd.

'Ik had een zakelijke afspraak in Rotterdam en toen ik door de Heinenoordtunnel reed op weg naar huis, dacht ik: kom, laat ik eens even bij tante Eugenie gaan kijken. Kan ik een boterham mee-eten, Agnes?'

Rik stond haastig op. 'Zaterdag halftwee,' zei hij bij de deur. 'Ik haal je op.'

Ze kreeg geen ruimte om te protesteren, want hij was direct verdwenen.

'Is dat je vriend?' vroeg een nogal verbouwereerde Floris.

HOOFDSTUK 12

Floris keek haar vragend aan toen Rik de deur met een vette knipoog achter zich had dichtgetrokken. Op dat moment voelde Agnes zich even behoorlijk in de war, maar meteen vermande ze zich. Ze haalde diep adem om rustig te worden, zonder voor zichzelf de vraag te beantwoorden waar ze nu het meest zenuwachtig van geworden was, van Rik met zijn strandwandeling en die knipoog, of van Floris met die toch wat dwingende blik in zijn ogen.

'Kom je voor tante Eugenie? Is ze niet in de salon?'

'Dat vroeg ik je niet.'

Ze rechtte haar rug. 'Niet dat het je iets aangaat, maar dat was de huisarts. Hij had iets te bespreken.'

'Waar ging dat dan over?'

'Ja zeg, als ik iets met de dokter bespreek, hoef ik dat toch niet met jou te bespreken? Sommige gesprekken zijn nu eenmaal vertrouwelijk. Nogmaals, is je tante niet in de salon?'

Hij schokschouderde. 'Daar heb ik nog niet gekeken. Is er iets met haar aan de hand?'

'Dergelijke vragen moet je aan haar stellen en niet aan mij. Wat moest je verder zo dringend met mij bespreken dat je eerst naar de keuken kwam en niet naar je tante ging?'

Hij trok er een stoel bij en scheen zich niets aan te trekken van haar afwerende houding. 'Je begrijpt toch wel dat wij ons inmiddels allemaal grote zorgen maken?'

'Dat kan ik me voorstellen, maar nogmaals, vragen van een dergelijke strekking ga ik niet beantwoorden. Je tante is helder van geest en kan jullie zelf vertellen wat ze kwijt wil.'

'Nu we gehoord hebben dat tante kanker heeft… Hoelang heeft ze eigenlijk nog?'

'Geen idee.'

'Kom nu toch! Waarom doe je zo moeilijk, Agnes?'

'De dokter doet nu eenmaal geen uitspraken over wat de levensverwachting is, meestal omdat ze dat zelf evenmin weten. Dat kan van geval tot geval enorm verschillen. Heeft Elly je dat niet verteld? Zij is immers verpleegkundige?'

'Bespraken jullie haar symptomen?'

'Waarom houd je er niet over op, Floris?' weerde ze nogmaals af. Hij was gaan zitten, maar zij stond juist op. 'Het is hoog tijd voor haar eten. Kan ik voor jou soms iets te drinken inschenken? Koffie of zo?'

Gelukkig kwam haar vader binnen en die keek de jongeman net zo verwonderd aan als Agnes zich had gevoeld.

'Mijn ouders maken zich grote zorgen. Als tante sterft, moet er toch iets geregeld worden en…'

'Het is nog lang niet zover, en als die tijd komt, wel, dat is allemaal al geregeld.'

'Hoe dan? En wat gebeurt er met het huis?'

Agnes deed maar net of ze die laatste vraag niet hoorde en ging naar de salon, waar Eugenie glimlachend achteroverleunend in haar stoel naar een concert van Bach luisterde op de radio.

'Floris is langsgekomen om u op te zoeken.' Agnes zette ondertussen het bord en de soepkom op de tafel neer.

De oude vrouw ging meteen rechtop zitten. 'O, wat aardig! Onverwacht bezoek, daar doe je me een plezier mee, Floris. Zet de muziek even wat zachter, Agnes, alsjeblieft. En dat eten kan best nog even wachten.'

Agnes voldeed aan het verzoek, keek over haar schouder en zag dat Floris haar was gevolgd. Nu haastte hij zich om de met rimpels doorgraven wangen te zoenen.

'Koffie?' vroeg ze nogmaals, alsof hij niet in de keuken was geweest. 'Ja, lekker.' Zijn gezicht verried evenmin iets. 'Laat de soep niet koud worden, tante. Ik kom bij u aan tafel zitten.'

'Wat moest die?' vroeg haar vader toen ze in de keuken terugkwam. 'Geen idee. Hij vroeg wat er met de hof gaat gebeuren, als tante Eugenie er straks niet meer is. Rik is geweest en die twee kwamen elkaar tegen. Toen wilde hij van alles over de gezondheid van tante Eugenie weten, maar dat moet hij aan haar vragen, niet aan mij. Zulke dingen bespreek ik niet met hem achter haar rug om.'

De oudere man schudde zijn grijze hoofd. 'Ze zijn allemaal eender. Ik hoop maar dat er in dat testament geen domme gingen geregeld zijn.'

'Vast niet. Het lijf mag dan op raken, maar het hoofd van tante Eugenie is nog kraakhelder, pa.'

Hij glimlachte. Ze maakte koffie, deed er een plak cake bij en bracht die naar Floris, die inmiddels uitputtend informeerde naar de gezondheid van zijn tante. 'De dokter is immers net geweest?' vroeg hij. 'Ik kwam hem nog tegen.'

'De dokter houdt mij goed in de gaten,' was het enige antwoord dat hij kreeg. 'Voor de rest gaat het naar omstandigheden weer goed met me, Floris. Aardig dat je eraan hebt gedacht om even aan te komen, nu je in de buurt was.'

Agnes haastte zich de kamer uit. In de keuken wachtte haar vader al op haar om te gaan eten. 'De dokter kwam de keuken in en wil zaterdag met mij aan het strand gaan wandelen,' zei ze schijnbaar nonchalant tegen haar vader, terwijl beiden hun soep lepelden.

'Toe maar! Heb je nu ineens twee aanbidders tegelijkertijd, lieve meid?'

Ze schoot in de lach. 'Die veronderstelling is me veel te gewaagd! Floris is een van de aasgieren, weet je nog, en Rik... ach, ik ben ervan overtuigd dat hij andere patiënten net zo goed begeleidt.'

'Dan raakt hij binnen afzienbare tijd overwerkt,' bromde haar vader goedmoedig.

'Bij wijze van ontspanning moet er dus gewandeld worden.'

'Voor jullie allebei, zeker? Nou kind, je hebt mijn zegen.'

'Die heb ik niet nodig, oude brombeer.'

Toen ze klaar waren, aarzelde Agnes wat ze moest doen. Ze klopte op de deur van de salon voor ze naar binnen ging. 'Wilt u nog iets hebben, of wilt u liever nog even wachten, tante Eugenie?' vroeg ze voorzichtig. Omdat er nooit iemand ongevraagd langskwam rond etenstijd, wist ze niet goed wat de oude vrouw zou willen, of dat ze Floris moest vragen of hij soms ook iets wilde eten.

'Thee alsjeblieft,' antwoordde Eugenie. 'Floris vertelde me juist zo gezellig over zijn laatste bouwproject.'

Agnes glimlachte. 'Dat is fijn. Wil jij nog koffie?'

'Nee, nee, ik stap zo weer op.'

Agnes nam het gebruikte serviesgoed mee en kwam niet veel later terug met de thee. Ze was juist bezig de vaatwasser te vullen toen er werd geklopt. Floris stak zijn hoofd om de deur alsof hij hier al helemaal thuis was.

'Ik ga weer. Wil je me even uitlaten, Agnes?'

Dat kon ze moeilijk weigeren.

'Volgende week ben ik twee dagen in Rotterdam en overnacht ik daarom in een hotel. Ik zou het heel erg fijn vinden als je die avond samen met mij zou willen eten, Agnes.'

Ze beet nog net op tijd op het puntje van haar tong om de vraag binnen te houden of ze dan zelf de rekening moest betalen, maar ze wilde niet al te onaardig zijn. Ze had er eigenlijk geen zin in, maar ze moest bedenken dat het nuttig kon zijn om iets meer over zijn motieven te ontdekken, dus liet ze uiterlijk niets blijken. 'Meen je dat?'

'Anders zou ik het je niet vragen. Ik laat nog weten hoe laat en waar. Mag ik je telefoonnummer?'

Ze noemde, echter bijna tegen wil en dank, het nummer van haar mobiele telefoon, dat hij meteen in de zijne programmeerde, en die hele avond bleef haar het gevoel dwarszitten dat ze nu twee afspraken had, terwijl ze in beide niet echt zin had. En dat na maanden waarin ze met geen man meer uit was geweest, niet sinds ze hier op de hof teruggekomen was om de zorg voor tante Eugenie op zich te nemen, besefte ze.

Toen ze die avond Eugenie had geholpen om naar bed te gaan, ging ze nog even naar boven, voor ze naar hun appartement boven de garage ging. Ze bleef nadenkend voor het portret staan, dat alweer een poos op zijn eigen plek hing. 'Wie ben je toch?' vroeg ze zonder antwoord te krijgen. 'Waarom hang je hier?'

De ogen van het schilderij keken haar aan, zoals ze altijd deden, maar ze verrieden niets.

Ze ging een paar minuten later weer naar beneden, keek nog even bij de oude dame om de hoek of alles in orde was en ging toen de tuin door naar de garage. Eenmaal in bed kwam ze tot de conclusie dat ze Rik vooralsnog aardiger vond dan Floris, en dat een wandeling langs het strand haar eigenlijk altijd goed beviel. Misschien had Rik gelijk gehad, en had ze te weinig tijd voor zichzelf genomen de afgelopen weken. En hij had zeker gelijk als hij beweerde dat het nog zwaar genoeg zou worden, nu tante een ziekte onder de leden had en haar krachten steeds verder af zouden nemen.

De wind rukte aan haar dikke winterjack. Het was niet echt koud meer op deze zaterdag eind maart, maar de wind was schraal, waterkoud, en ze dook diep weg in haar warme jack. Toch was het duidelijk merkbaar dat het voorjaar in de lucht hing, maar dit jaar was het lang kil en koud gebleven. Ze was er dus tegen gewapend dat het hier altijd kouder aanvoelde dan in het binnenland, zo pal aan zee. In de verte aan de horizon waren grote zeeschepen te zien, ongetwijfeld op weg naar de Maasvlakte.

Ze hadden er stevig de pas in gezet, nadat Rik zijn auto aan de voet van de duinen had geparkeerd. Hij had er helemaal geen probleem mee gehad toen ze hem aarzelend had gevraagd of ze Karel mee mocht nemen. De hond rende als een bezetene om hen heen en zoals het een echte labrador betaamde, haalde hij enthousiast de tennisballen op die Rik onvermoeibaar weggooide. Als een bal in zee kwam, had het dier helemaal geen probleem met het nog ijskoude zeewater. Labradors waren nu eenmaal net waterratten.

'Heerlijk, niet?' Riks bruine ogen glommen, zijn donkerblonde haren waaiden alle kanten op door de straffe wind. Hij had het duidelijk enorm naar zijn zin, en daar werd ze zelf ook een stuk vrolijker van.

'Het is veel te lang geleden dat ik zoiets heb gedaan,' gaf ze toe, terwijl hij er weer stevig de pas in zette, maar ze had geen moeite om hem bij te houden en hij leek zijn tempo toch aan haar aan te passen. Minutenlang liepen ze zwijgend naast elkaar langs de vloedlijn, maar het was geen onaangename stilte. Na een poosje begon Karel te hijgen en borg Rik de tennisbal op in zijn broekzak. Daarna vroeg hij zo nu en dan iets. Wat ze had gedaan voordat ze voor mevrouw Ernsting ging zorgen? Hij leek verrast te zijn toen hij hoorde dat ze in een verpleeghuis had gewerkt.

'Ga je dat later ook weer doen?'

'Ik denk van wel,' aarzelde ze. 'Zo veel vrijheid als ik nu heb, krijg ik nergens meer, maar er moet natuurlijk wel gewerkt worden om in mijn levensonderhoud te voorzien. Ik zie wel wat er op mijn weg komt als het zover is.'

'Ik vind het bewonderenswaardig hoe je voor mevrouw Ernsting zorgt,' ging hij toen verder en zijn bruine ogen taxeerden haar opnieuw op de grondige manier zoals ze al eerder hadden gedaan, maar deze keer voelde ze zich er niet langer ongemakkelijk onder.

'Dat valt wel mee. Vergeet niet dat mijn ouders jarenlang op de hof werkten en woonden. Mijn moeder stierf een paar jaar geleden, veel te jong, dat begrijp je, maar mijn vader bleef er werken en wonen en Pieta kwam vaker om het verlies van mijn moeder te compense-

ren. Ik was nog maar een jaar of twee toen we op de hof kwamen wonen. Ik ben er dus opgegroeid. Pa en ik wonen nog steeds in het appartement boven de garage. Ik ging de deur uit om in de stad een opleiding te volgen en te gaan werken. Pas toen tante Eugenie vorig jaar hulpbehoevend werd, ben ik teruggekomen. Misschien is het verstandig om binnenkort in het grote huis te gaan slapen. Wat denk jij daarvan? Ze is er 's nachts toch helemaal alleen. Ik zal dat binnenkort eens met pa bespreken en het dan aan haar voorleggen, maar ik geloof niet dat ze bang is als wij niet in het huis zijn. Ze heeft altijd de telefoon onder handbereik en als er iets is, hoef ik alleen maar de tuin door te rennen en ik ben bij haar. Maar misschien voelt ze zich inmiddels toch veiliger als ik dichterbij ben. Een verzwakte, zieke oude vrouw alleen in een groot huis met veel antiek, dat is bovendien erg aantrekkelijk voor ongure lui die zich zaken toe willen eigenen waar ze geen recht op hebben. Voor mijn vader en mij is de keuken eigenlijk een beetje onze tweede huiskamer, overdag, en ik zit ook graag in de bibliotheek. Daar staan een gemakkelijke bank en een tafeltje, en het vroegere bureau van mijnheer Ernsting gebruik ik als ik de administratie bijhoud. Vroeger deed tante Eugenie dat allemaal zelf, maar ze laat inmiddels bijna alles aan mij over. Soms is dat moeilijk. Karel ligt graag bij me in de bibliotheek, daar staat ook zijn hondenmand, maar 's nachts is hij bijna altijd bij tante Eugenie in de slaapkamer.'
'De hond slaat beslist aan als er onraad is.'
'Hij blaft niet zo veel, maar ik denk inderdaad dat hij wel goed op zijn vrouwtje zal passen.' Ze moest lachen, ze voelde zich inmiddels heerlijk, helemaal bevrijd van alle dagelijkse zorgen en taken waar ze toch doorlopend mee te maken had. Onbekommerd vertelde ze verder over haar eigen leven. 'Als ik vrij ben, zit ik graag in ons appartement. Het is niet groot, maar het is voldoende. Het is thuis en dat is het al geweest sinds ik een kind was.'
'Zo te horen heb je een fijne jeugd gehad op de hof.'
'Beslist! Het was ongekend vrij, met die grote tuin. Er waren altijd

vriendjes en vriendinnetjes welkom en er was altijd wel een hond. Die honden waren al vroeg mijn beste vrienden. Tante Eugenie heeft altijd honden en katten gehad.'

Hij grinnikte. 'De katten waren zeker nodig tegen de muizen?'

Ze glimlachte. 'Er waren ook weleens ratten. Er lopen immers sloten langs de tuin. Vroeger was er veel meer grond bij de hof, maar na het overlijden van haar man heeft tante Eugenie die grond verkocht en de gemeente heeft er een park aangelegd.'

'Is dat zo? Was de hof vroeger dan een landgoed?'

'Min of meer, denk ik. Een soort herenboerderij in ieder geval. Voor de Tweede Wereldoorlog waren er veel grote, rijke boeren hier op het eiland. Daarna is het gaandeweg minder geworden. Alles in de landbouw is veranderd sinds die tijd.'

'Noem je mevrouw Ernsting al lang tante?'

Ze schoot in de lach. 'Als kind al. Ze was wel niet mijn echte tante en haar familie zag ze bijna nooit, ook toen al niet. Zij vond het fijn dat ik haar zo noemde, omdat het vertrouwelijk klonk. Ik vond het eigenlijk vanzelfsprekend. Mijn ouders hadden er geen problemen mee. Achteraf denk ik dat de aanwezigheid van een kind veel voor haar betekend heeft, maar toen was ik me dat helemaal niet bewust. Onze band is al oud, Rik, misschien dat het daarom helemaal niet voelt als werk om voor haar te zorgen, al krijg ik er gelukkig wel voor betaald. Zoals dat heet in Holland: de schoorsteen moet blijven roken. Maar nu hebben we het genoeg over mij gehad. Vertel eens wat meer over jezelf, als je wilt. Waar ben jij opgegroeid? Kom je uit een fijne familie?'

'Ik groeide op in Rotterdam. Mijn grootouders zijn echter in de Hoeksche Waard geboren en hebben daar ook altijd gewoond, maar mijn vader vond werk in de stad en ja, daar zijn we dus ook gaan wonen. Zo ging dat nu eenmaal in die tijd. Mijn moeder groeide op in Utrecht en kon er niet aan wennen om in een rijtjeshuis in een dorp te wonen. Ze hield van drukte om zich heen.'

'Hield?'

'Mijn ouders zijn beiden omgekomen bij een verkeersongeluk. Een kettingbotsing, auto's die in brand vlogen, er vielen nog meer doden bij.'

'Wat vreselijk.' Ze keek hem geschokt aan. 'Was je toen nog jong?'

'Ja, het is een heel gemis. Ik was toen bijna klaar met mijn studie en ik herken de hunkering van de oude vrouw naar familie. Die voel ik soms ook.'

'Was je enig kind?'

'Dat niet. Ik heb nog een zus, een oudere zus, maar die is getrouwd en woont sinds een paar jaar in Londen, waar haar man werkt. We zoeken elkaar wel een paar keer per jaar op, maar het is toch anders dan dat je gewoon even in de auto kunt stappen. Mijn zus is maar liefst acht jaar ouder dan ik.'

'Dat spijt me voor je, Rik. Je werkt nu een jaar of drie in Oud-Beijerland, als ik me dat goed herinner.'

'Ja, ik zou niets anders willen doen dan werken als huisarts en ik heb het in dit dorp erg naar mijn zin. Ook met mijn collega's.'

'Echt?'

Hij keek haar glimlachend aan. 'Het is een mooi dorp, er is veel groen in de buurt, de liefde voor het platteland moet ik dus wel van mijn grootouders hebben! Ik houd van fietsen door de polder en heb dus ook een racefiets. Elke zondagmorgen gaan we met een groepje kerels eropuit. Ik heb er een mooi huis gekocht en in een dorp sta je toch dichter bij de mensen dan in de grote stad. Het is anders. Als ik de drukte op wil zoeken, ben ik zo in Rotterdam. Als ik iets verder rijd, ben ik in Utrecht, Den Haag of Breda. In die steden ben je vanaf het eiland eigenlijk zo, files natuurlijk daargelaten.'

'Dat is waar.'

'Heb jij nooit in de stad willen wonen?'

'Ik heb er een paar jaar een kamer gehad tijdens mijn opleiding, zoals ik zei, en daarna heb ik er gewerkt tot ik naar de hof terugkwam.'

'Heb je een hbo-opleiding gedaan?'

Ze knikte.

'Wel, ik heb misschien een nieuwe praktijkassistente nodig, in de toekomst. Mijn huidige assistente is zwanger van haar tweede en ik heb zo het vermoeden dat ze wil stoppen na de bevalling.'

'Meen je dat? Wil ze dan haar vakkennis niet bijhouden?'

'Niet elke vrouw jongleert bij voorkeur tussen baan en gezin en wil alle ballen tegelijk in de lucht houden,' glimlachte hij. 'Misschien is het zo gek nog niet, om een paar jaar thuis te blijven en de kinderen een warme basis te geven. Het is toch ook niet alles als een wildvreemde alle bijzondere momenten meemaakt: het eerste lachje, voor het eerst gaan zitten, de eerste stapjes. De kosten van goede opvang zijn bovendien ook niet misselijk.'

'Vaak zijn er grootouders die oppassen.'

Hij grinnikte. 'Steeds meer jonge vrouwen ontdekken dat oma ook een baan heeft die ze niet op wil geven. Vrijwillig niet, omdat ze het werk leuk vindt, of onvrijwillig niet, omdat de verdiensten domweg noodzakelijk zijn om de hypotheek te kunnen betalen. Er is nogal wat veranderd sinds wij kleine kinderen waren.'

Ze kneep haar ogen een beetje samen, want ze traanden in de frisse wind. Ze waren eerst tegen de wind in bij de duinovergang vandaan gelopen. 'Mogelijk heb ik geluk gehad. Mijn moeder werkte ook, maar ze was wel altijd in de buurt, en ik heb de oude dame altijd aardig gevonden.'

Hij glimlachte. 'Omkeren?'

'Goed, dan hebben we de wind in de rug. Mijn ogen tranen ervan.'

'Ik zie het. Ik krijg nu al zin in erwtensoep.'

'Het is nog niet eens vier uur.'

'Ik kan altijd wel eten, mopperde mijn moeder vroeger. Gelukkig heb ik geen aanleg voor een buikje of andere ongewenste rondingen.'

Ze schoot in de lach. 'Dat komt zeker van al dat fietsen.'

'Beweging in de buitenlucht is de beste remedie tegen werkstress en andere spanningen. Dat houd ik mijn patiënten ook altijd voor. Jou heb ik nog nooit op het spreekuur gezien. Heb je een andere huis-arts?'

Hij werkte in een groepspraktijk, samen met nog drie andere artsen. Agnes noemde de naam. 'Maar ik kom er bijna nooit, meestal één keer per jaar als ik de griepprik haal. Eerst vanwege mijn werk en later vanwege tante Eugenie.'

'Mevrouw Ernsting ziet in jou de dochter die ze zelf nooit heeft mogen krijgen. Dat suggereerde ze.'

'Ja, iets dergelijks zegt ze soms ook tegen mij. Soms is dat een dilemma, Rik. Dan heb ik medelijden met haar vanwege haar een-zaamheid, en nu, met die ziekte. Ze is lief, ik heb haar altijd aardig gevonden, maar nu heb ik hoofdzakelijk medelijden met haar.'

'Ook vanwege de familie, denk ik. Die mensen zien een erfenis aan-komen en beginnen als aasgieren rond de hof te zwermen.'

'Is dat een conclusie van jezelf of baseer je die gedachte op de woor-den van tante Eugenie?'

'Van allebei wat. Dat haar familie haar nu wel weet te vinden, nu ze beseffen dat ze er over niet al te lange tijd niet meer zal zijn, stemt een mens verdrietig. Haar ook. Dat de een na de ander laat blijken wel wat geld te kunnen gebruiken. Het is een triest slot van haar leven, Agnes.'

'Een leven met veel eenzaamheid. Dat gevoel probeer ik wel een beetje weg te nemen.'

'Wel, twee toegewijde mensen, dat zijn we dus. Laten we elkaar niet verwijten dat we te weinig tijd nemen voor onszelf.'

'Is het zwaar om huisarts te zijn?'

'Tegenwoordig is het beter dan vroeger, toen huisartsen bij nacht en ontij klaar moesten staan. Nu zijn er huisartsenposten, zodat er vol-doende nachten zijn waarin er goed geslapen kan worden. Als ik nu na een lange werkdag klaar ben, staat er niet een uur later iemand met een diepe snee in zijn arm op de stoep, of begint er niet net een bevalling als je naar het journaal wilt kijken. Mijn zwakke kant is dat ik soms te veel betrokken raak bij trieste gevallen. De oude dame is hoogbejaard, dan is een sterfbed toch minder schokkend dan van een leeftijdgenoot die na een ernstige ziekte of een fataal ongeluk veel te vroeg heengaat.'

Ze knikte. 'Ja, een mens moet ten slotte sterven, dat is een zekerheid. Maar ik kan mij goed voorstellen dat je er niet onverschillig onder blijft. Kun je het voldoende van je af zetten, als je nare dingen meemaakt?'

'Soms wel, maar soms ook niet. Daar ben ik eerlijk in.'

'Praten jullie er dan onderling als collega's over?'

'Met sommigen heb je een betere klik dan met anderen, maar het zou beter kunnen, die communicatie over schokkende gevallen. Het hoeft niet altijd om een sterfgeval te gaan. Misbruik hakt er ook in, vooral als er kinderen bij betrokken zijn. Of je behoefte hebt aan praten of juist niet, is toch ook weer individueel. Ik heb geen partner, dus thuis praat ik het ook niet zomaar van me af.'

'Wat bedoel je met partner? Man of vrouw?'

Zijn ogen blikten haar plagerig aan. 'Liep ik hier met jou als ik op kerels viel?'

Ze keek snel van hem weg, want die blik verwarde haar. 'Nu ja, ik kwam zomaar op de gedachte omdat we over twee maanden naar de bruiloft van twee mannen gaan.'

Hij lachte. 'Een van hen is een neef.'

Ze knikte. 'David. Er zijn vier mogelijke kandidaten voor de erfenis. De eerste is achternicht Agaath, een wat drukke vrouw, die al vlak na de kerst met vakantie ging, tante Eugenie een hartelijke kaart stuurde vanaf een tropisch eiland, maar wel haar bankrekeningnummer vermeldde omdat ze de reis niet betalen kon.'

Hij leek werkelijk geschokt. 'Meen je dat?'

'Triest, hè? Dan zijn er twee achterneven. Een van hen is een platvloerse druktemaker, met een vrouw die zo oppervlakkig is dat ik mijn oren niet kon geloven als ze sprak over een nieuwe facelift of borstvergroting.' Ze schoot in de lach. 'En erger.'

'Waar denk je nu aan?'

'Ik krijg het niet over mijn lippen,' bekende ze en haar wangen kleurden rood.

'Ik denk dat ik het wel weet. Ik ben arts, moet je maar denken.'

'Nu ja, de broer van die neef is degene die huisarts is in Drenthe, en die gaat met de vriend trouwen met wie hij al jarenlang samenwoont. Ze hebben hun tante uitgenodigd om te komen en ik moet mee om voor haar te zorgen, zoals je begrijpt.'

'Er is nog een mogelijkheid,' peinsde hij hardop, terwijl hij eindelijk zijn pas even inhield.

De wind rukte aan haar kleren toen ze hem vragend aankeek.

'Ze is gek op jou, Agnes. Misschien laat ze de hof wel aan jou na.'

HOOFDSTUK 13

Agnes bleef prompt staan. 'Dat meen je niet.' Ze keek hem geschokt aan, maar meteen ontspande ze zich weer. 'Nee, gelukkig, dat doet ze niet! Familie gaat te allen tijde voor personeel. Ik moet er overigens niet eens aan denken! Wat zou ik nu moeten met een dergelijk huis? Dat zou ik nooit kunnen onderhouden. Nee, en dat weet ze, Rik.'

'Het was maar een mogelijkheid die mij te binnen schoot. We zijn overigens alweer bij de duinovergang. Hierachter wacht de auto op ons. Karel!'

De hond keek hem verwachtingsvol aan, al hing zijn tong uit zijn bek van het rennen en spelen. Maar hij liet zich gewillig aanlijnen en volgde de beide jonge mensen op de hielen. Agnes was verrast dat de tijd zo aangenaam was omgevlogen. Geen moment had ze zich opgelaten gevoeld in Riks gezelschap, en ook waren er geen onaangename stiltes gevallen.

'Ik ben wel een beetje moe geworden,' bekende ze ondertussen. 'We hebben ongemerkt een heel eind gelopen.'

Hij grinnikte. 'Kom mee, de erwtensoep wacht! En dit heerschap heeft een bak water nodig.'

Hij bood haar zijn hand toen ze licht hijgend door het losse zand sjokte om van de vloedlijn bij de trap te komen, die pas halverwege het duin leek te beginnen.

'Hier moet ik zelfs van hijgen,' gaf ze toe en ze greep zijn uitgestoken hand. Niet veel later stonden ze boven op de duinen. Ze keek nog even om. 'Heerlijk, de zee,' verzuchtte ze genietend. 'Eigenlijk doe ik dit veel te weinig.'

'Ik ook,' gaf hij schuldbewust toe, 'en het staat vast dat dit een mens meer goeddoet dan een pot vol pillen.'

Ze grinnikte. 'Wat voor pillen, dokter?'

'Als je hoofdpijn hebt, waait de frisse wind je hoofd schoon. Als je gespannen bent, ontspant een flinke wandeling beter dan een pilletje dat doet, en erger nog, er zijn genoeg mensen die dan naar een glas wijn of iets nog sterkers grijpen om te ontspannen. Als je spierpijn had, voel je het nu niet meer.'

'Maar morgenochtend als je opstaat des te erger,' meesmuilde ze.

'Wel, de erwtensoep zal me best smaken!'

'Mij ook. Kom maar mee.'

'We hebben te veel over mij gepraat,' stelde ze een kwartiertje later, toen ze tegenover elkaar zaten en op hun bestelling wachtten. Ze hadden een restaurant gevonden waar honden welkom waren, te zien aan de waterbakken die er bij de deur stonden. Karel was onder het tafeltje geploft en lag al lekker te slapen. 'Vertel nog eens wat over jezelf, Rik. Uit wat voor gezin kom je?'

'Ik vertelde je al eerder dat ik als kind heel graag bij mijn grootouders hier op het platteland kwam. Ik ben niet zo'n stadsmens, moet ik toegeven. Ja, voor de cultuur. Maar tegenwoordig heeft iedereen een auto, of anders zijn er goede verbindingen. Ik houd ervan om zo nu en dan naar een concert te gaan en ook een museum mag ik op zijn tijd graag bezoeken. Ik heb dus een zus. Ze is getrouwd en woont met haar gezin in Londen. Ik mis haar best nu ze daar woont. Maar misschien komt ze over een paar jaar weer terug. Dat is zeker niet uitgesloten.' Hij grinnikte even. 'Jij bent altijd enig kind gebleven?'

Ze knikte, en keek hem weer vragend aan om hem uit te nodigen nog meer over zichzelf te vertellen. Dat deed hij. 'Nu ik een huis heb gekocht, mijn plek gevonden wat werken betreft, en me dus gesetteld heb, hoop ik dat er iemand in mijn leven komt. Maar dat laat zich nu eenmaal niet afdwingen.'

'Dat is waar.' Ze moest lachen om de uitdrukking op zijn gezicht.

Hij haalde tamelijk nonchalant zijn schouders op. 'Of een mens de juiste persoon tegenkomt of niet, wel, dat heb je volgens mij toch niet zelf in de hand. Je kunt wel krampachtig op zoek gaan, maar ik geloof niet zo in allerlei vluchtige toestanden.'

'Internet is heel populair,' plaagde ze min of meer.

'Ook bij jou?' informeerde hij en zijn ogen keken haar indringend aan.

'Ik zou er niet eens tijd voor hebben!'

De soep werd gebracht, grote soepkommen met daarbij voor elk een snee roggebrood met spek, en voor hen samen een mandje met stukken stokbrood en een schaaltje kruidenboter.

'Heerlijk,' lachte Agnes volkomen op haar gemak.

Ze aten en even viel het gesprek stil, tot Rik haar nogmaals vragend aankeek. 'Ik besef dat je werkelijk van mevrouw Ernsting bent gaan houden. Dat moet wel, anders zou je niet zo geweldig voor haar kunnen zorgen.'

Ze leunde achterover, glimlachte en er kwam een zachte blik in haar ogen. 'Zoals gezegd, ik ken haar al het grootste deel van mijn leven. Ik doe wat nodig is en zolang dat nodig is, en ik doe het inderdaad met liefde. Het is geen baan van negen tot vijf, maar die heb jij evenmin.'

'Dat is waar. Ik houd van mijn werk. Ik heb het gevoel dat ik als huisarts werkelijk iets kan betekenen voor mensen. Dat geeft voldoening. Maar eerlijk is eerlijk, soms is het zwaar.'

'Dat geloof ik graag. Tante Eugenie heeft een groot vertrouwen in je gekregen.'

'In jou eveneens.' Hij glimlachte. Toen werden zijn ogen weer ernstig. 'Of ik nu mijn boekje te buiten ga of niet, Agnes, maar kortgeleden begon ze erover of ik haar wilde helpen als het einde pijn zou gaan doen. Ze heeft nooit eerder met mij over de naderende dood gesproken.'

Ze knikte. 'Iets dergelijks heeft ze ook eens tegen mij gezegd. Ze is niet bang voor de dood, maar wel voor de manier waarop. Heb je haar een beetje gerust kunnen stellen?'

Hij knikte bedachtzaam. 'We hebben openlijk besproken wat er mogelijk is om een lijden niet onnodig ondraaglijk te laten zijn, als de tijd daar is.'

'Heb je daar moeite mee, als arts of als mens?'

'Soms wel. Het komt voor dat nog jonge en lichamelijk gezonde mensen hun leven niet meer zien zitten en bij me komen met de vraag of ik ze wil helpen er een einde aan te maken. Dat kan ik natuurlijk niet doen. Dan probeer ik hun te wijzen op andere manieren om hun geestelijk lijden – want dat is het toch – te verlichten. Maar net als wij niet alle lichamelijke kwalen kunnen genezen, kunnen wij evenmin altijd het geestelijk lijden oplossen en dan voel ik me niet alleen als arts, maar ook als mens, soms met lege handen staan.'

'Die handen zijn niet leeg. Je probeert hen te helpen.'

'Maar als je van alles hebt geprobeerd en dat allemaal helpt niet, dan toch...!' Hij zuchtte even. 'Soms is dat erg moeilijk. Het komt voor dat mensen boos op me worden omdat ik hun geen pillen wil voorschrijven waarmee ze er zelf een einde aan kunnen maken. Ik kan dat soms niet loslaten, en dan lig ik er wakker van.'

Ze knikte. 'Ik kan me dat goed voorstellen. Soms moet dat een duivels dilemma zijn.'

'Het gebeurt ook dat jonge mensen ongeneeslijk ziek zijn, een kind dat het niet redt... Sommige mensen krijgen heel wat verdriet te verwerken in hun leven, Agnes.' Hij keek onzeker bij die woorden en weer leken zijn ogen haar te willen peilen tot diep in haar ziel. 'Gelukkig zijn die trieste gevallen ver in de minderheid en geeft mijn vak me veel vaker grote voldoening, als ik wel in staat ben het verschil te maken en mensen genezen.'

Ze lepelde het laatste beetje soep op. 'Zo, dat smaakte. Ik heb het gevoel alsof ik uit elkaar barst! Wij eten tegenwoordig tussen de middag warm, omdat dit de oude vrouw beter bekomt.'

'Het is al halfzes geweest. Ik hoef vanavond niet meer te eten.' Hij wreef over zijn buik. Nu ja, buik, er bolde niets onder zijn trui omhoog. Ze glimlachte bij die vreemde gedachte en zomaar ineens schoot het door haar hoofd dat Rik Langeveld eigenlijk een vreselijk aardige kerel was! Tot nog toe had ze hem alleen maar gezien als de arts van tante Eugenie. Voor het eerst die middag voelde ze zich een tikje ongemakkelijk.

'Word je onrustig, nu er iemand anders voor de oude dame moet zorgen?'

'Dat ook weer niet. Pa zorgt goed voor haar en Pieta doet dat ook. Ik ben niet onmisbaar, al denk ik dat soms.'

Hij grinnikte ontspannen. 'Ik herken dat gevoel. Wel, we gaan weer eens opstappen, dan kun je je er zelf van overtuigen dat alles op de hof in orde is.' Ze porde Karel onder de tafel en terwijl Rik afrekende, liet ze de hond nog even tegen een paar struiken aan de kant van de weg plassen. De hond sprong gewillig in de auto, waar Rik een plaid had uitgespreid om te voorkomen dat de hondenharen straks door heel de auto hun sporen na zouden laten.

'Vanmorgen had tante Eugenie een beetje keelpijn,' vertelde ze toen hij even later de motor van de auto had gestart en rustig wegreed. 'Het heerst, ik hoop maar dat ze niet ziek wordt.'

'Ze is ingeënt.'

'Ik weet het, je bent haar zelf de prik komen geven, maar ze wordt kwetsbaarder, Rik, en dan met die niertumor erbij. Ik maak me best zorgen om haar. Dat bloeden keert regelmatig terug, al zegt ze er niet veel over, maar ik heb alweer nieuw maandverband moeten kopen en dan weet ik het wel. En ze eet steeds minder.'

'Haal liever een proefverpakking met incontinentiemateriaal bij de apotheek. Het lichte materiaal zal zeker beter voldoen dan maand-verband. Ik zal zo nodig een recept schrijven als het bevalt. Let erop of ze krampen krijgt, niet plassen kan, of problemen heeft met de ontlasting. Als een lichaam zwakker wordt, ontstaat er gemakkelijk verstopping in de darmen. En als je vragen hebt, bel me dan, liefst vroeg in de avond, of kom langs, dat zou ik ook wel prettig vinden. Blijf er in ieder geval niet mee rondlopen. Zeg Agnes, maak je je zorgen over later, als ze er op een dag daadwerkelijk niet meer zal zijn?' vroeg hij na een onderzoekende blik op haar te hebben geworpen.

'Ik ga een poosje rust nemen,' zei ze na een stilte waarin ze dat had overwogen. 'Ik heb er nooit zo over nagedacht. Ik denk dat ik er dan wel even tussenuit wil gaan, en waarschijnlijk probeer ik daarna weer ongeveer hetzelfde werk te vinden als ik had voor ik terug-kwam naar de hof om voor haar te zorgen. Want dat beviel best.'

'Dus je voelt er niets voor om assistente worden bij ons in de prak-tijk?'

'Je bent een aardige vent, maar ik heb ten eerste daar de juiste oplei-ding niet voor, en ten tweede heb ik zoals gezegd nog niet echt grondig nagedacht over de periode die weliswaar onvermijdelijk aan zal breken, maar waarvan ik niet kan inschatten wanneer dat zal zijn.'

Hij knikte en even legde hij zijn hand op de hare. 'Vergeet niet dat je altijd bij me aan kunt kloppen, Agnes. Ik heb een fijne middag gehad.'

'Ik ook.' Ze meende het oprecht.

'Karel hoeven we het niet eens te vragen. Dus we doen het nog eens?' vroeg hij. 'De natuur begint weer uit te lopen. Het bos is straks ook mooi, zeker als de vogels elkaar het hof gaan maken en om het hardst gaan zitten zingen.'

Weer terug liep hij nog even mee naar binnen. 'U ziet het, ik heb uw steun en toeverlaat weer heelhuids teruggebracht, mevrouw

Ernsting,' grapte hij even later in de salon.

De oude vrouw hoestte eens en snoot haar neus. 'Ik ben verkouden, dokter, dus blijf een beetje uit mijn buurt, maar ik bedank je ervoor dat je Agnes meegenomen hebt. Niets zo goed voor een jonge vrouw als een beetje aandacht van een aardige kerel.'

'O, ik dacht meer aan de positieve invloed van gezonde buitenlucht,' meesmuilde hij.

'Daar dacht je helemaal niet aan!' Prompt nieste ze weer. 'Heb je geen pilletjes voor me, dokter? Mijn hoofd en mijn keel doen zeer.'

'Heeft u verhoging, denkt u?' Hij voelde haar pols.

'Nee, ik heb geen koorts.'

'Dan hebt u gewoon kougevat, een virusje te pakken. Dat moet u eenvoudig uitzieken.'

'Vitamine C, dat helpt,' dacht Eugenie.

'Een extra glaasje sinaasappelsap kan in ieder geval geen kwaad, al zeg ik als dokter dat het nooit bewezen is of dat nu daadwerkelijk helpt om sneller te genezen. Gewoonlijk zeggen we dat een flinke verkoudheid een week duurt om uit te zieken en zeven dagen met medicijnen.'

'Met andere woorden: zinloos om pillen te geven.'

'Helemaal waar.'

'Ik ben moe, maar voel me niet ziek. Toch wil ik zometeen alvast in bed gaan liggen, Agnes, een beetje televisiekijken. En misschien wil je een warmwaterzak voor me maken? Ik heb koude voeten gekregen.'

Rik lachte en schudde de dame de hand. 'Wel, als ik iets kan doen, laat me dat dan weten. Maar nu ben ik vrij.'

'Ik pers zometeen een extra sinaasappeltje voor u,' beloofde Agnes voor ze Rik achternaliep om hem uit te laten.

Bij de deur aarzelde hij een seconde, voor hij haar een oppervlakkige afscheidszoen op beide wangen gaf. 'Word nu niet boos op me, een hand geven voelt ook weer zo stijf.'

Ze glimlachte en keek hem plagend aan. 'Mij heb je niet horen protesteren, dokter.'

Hij floot toen hij naar de auto liep en met zijn arm zwaaide voor hij instapte.

Een halfuur later lag tante Eugenie in bed, met een warmwaterzak aan haar koude voeten, een doos tissues en een glas versgeperst sinaasappelsap onder handbereik. Agnes had haar een tabletje paracetamol gegeven tegen de hoofdpijn.

'Heb je het fijn gehad?' viste Eugenie, die kennelijk nog niet alleen wilde blijven.

Agnes trok er geduldig een stoel bij en ging zitten. Ze kende de oude dame goed genoeg om te weten dat ze op dit moment behoefte had aan een praatje.

'Het was heerlijk. Karel leek wel acht poten te hebben in plaats van vier, zo heeft hij lopen rennen. Rik gooide aldoor zijn balletje weg. Hij is dus leuk met honden. We hebben een heel eind gelopen en er viel geen moment een onaangename stilte. Ik heb nooit veel aandacht aan Rik besteed, maar hij is werkelijk een aardige vent en ik ben onder de indruk geraakt van zijn inzet om een goede huisarts te zijn.'

De oude dame glimlachte, nadat ze voor de zoveelste keer haar neus had gesnoten. 'Mooi zo. Het wordt tijd dat je eens oog krijgt voor geschikte kerels. Overigens, Floris belde op om naar mijn gezondheid te informeren en langs zijn neus weg zei hij jou ook te willen spreken. Ik heb gezegd dat je vrij was, niet dat je met een andere kerel op stap was. Wat een belangstelling ineens, Agnes.'

Deze schoot onbedaarlijk in de lach. 'Ik ben tijdens mijn opleiding regelmatig uit geweest, had aan belangstelling geen gebrek, maar het raakte mij nooit. Vorig jaar heb ik wel korte tijd een vriend gehad, maar ik weet nog steeds niet of dat nu was om met de anderen mee te doen, of dat ik een gewoon een hart heb dat niet zo gemakkelijk te raken is.'

'Wel, de laatste tijd heb je veel te weinig dingen gedaan die jonge mensen tegenwoordig nu eenmaal willen doen.'

'Ik heb niets gemist, tante Eugenie, anders had ik het wel opgezocht.'

De oude dame glimlachte. 'De hoofdpijn zakt. Ik ben zo blij dat je een fijne middag hebt gehad.'

'Rik vond het ook fijn. We doen het nog eens, beloofde hij.'

'Des te beter. Ik moet maar snel weer opknappen. Voorlopig heb ik nog geen tijd om het loodje te leggen, begrijp ik. Eerst wil ik nog meemaken dat jij gelukkig wordt. Mag ik getuige zijn als jij trouwt?'

Agnes schaterlachte en stond op. 'Dan moet u wel beloven minstens honderd te worden, want dat kan beslist nog wel even duren.'

De oude vrouw lachte mee en nam een slok van haar sinaasappelsap. 'Ik ga wat televisiekijken. Ik meende het, Agnes. Ik voel me moe.'

'Ik ook.'

'Ik ben anders moe.' Ineens keek ze nogal triest en gelaten naar Agnes.

'Dat weet ik immers, tante Eugenie, en het doet me verdriet.'

De oude vrouw schokschouderde. 'Het nummer van Floris heb ik opgeschreven. Ik moest je vragen hem terug te bellen.'

'Ik weet niet of ik dat wel wil.'

'Doe het maar. Al die belangstelling volg ik met plezier. Het zou wel aardig zijn als je ten slotte toch nog familie van mij werd.'

'Misschien besteedt Floris alleen maar aandacht aan me om bij u in een goed blaadje te komen?'

'Dat is nooit helemaal uit te sluiten. Dat was ook de manier waarop Evert naar je keek. Daar moet je voor oppassen, lieverd. Hij is getrouwd.'

'Zelfs al was hij dat niet, tante, u denkt toch niet dat ik ooit een man als hij zou willen hebben?'

De oude dame nam opgewekt het laatste slokje van haar sinaasappelsap. 'Nee lieve kind, dat heb ik inderdaad nooit gedacht. Hij heeft de vrouw die hij verdient, maar ze maken elkaar niet gelukkig. Bel je Floris nog even? Dan heb je me morgen weer iets te vertellen.'

Ze kon er niet onderuit, begreep Agnes, dus beloofde ze dat.

Even later op haar eigen kamer zuchtte ze diep. Eerst dacht ze eraan terug dat ze zich in het gezelschap van Rik buitengewoon op haar gemak had gevoeld. Ze hield ervan om lange wandelingen te maken. Ze kon dat natuurlijk evengoed alleen doen, maar het was er lange tijd domweg niet van gekomen. Nu begreep ze dat ze inderdaad meer tijd moest nemen voor dergelijke momenten van ontspanning. Want tante Eugenie kon misschien nog wel een jaar of twee of zelfs langer leven, en naarmate ze verder achteruitging zou de vraag toenemen van de zorg die ze nodig had en Agnes zou daarom goed op zichzelf moeten passen. Eigenlijk had ze Rik niet nodig gehad om dat te beseffen, maar hij had het haar wel duidelijk weten te maken. Ze zuchtte eens en toetste toen bijna tegen haar zin het telefoonnummer van Floris in.

'Met Agnes Terdu. Tante Eugenie zei dat je haar gebeld had en gevraagd had of ik je terug wilde bellen,' begon ze een tikje ongemakkelijk.

'Ik wil graag morgen opnieuw langskomen, als jij er dan ook bent. Eergisteren ben ik maar kort gebleven omdat tante Eugenie moest eten. Ik schrok ervan dat ze zo mager wordt. Wij maken ons hier allemaal zorgen om haar gezondheid. Ze zag er zo broos uit. Pa en ma komen mee. We schamen ons wel een beetje dat we het contact in de afgelopen jaren hebben laten verwateren. Ben je morgen thuis?'

Ze aarzelde een paar momenten. 'Ik ben er inderdaad. Maar tante Eugenie is erg verkouden geworden en voelt zich niet helemaal fit. Ik moet dus eerst vragen wat zij ervan vindt, of heb je al iets met haar afgesproken?'

'Nee, ik wilde eerst weten of jij er was.'

'Maar jullie komen toch voor haar?' vroeg ze oprecht verbaasd.

'Vanzelfsprekend, maar toch…'

'Misschien is het niet verstandig nu ze zich niet zo lekker voelt en kunnen jullie beter volgende week komen of zo.'

'Goed dan, volgende week zondag. We blijven niet te lang, om haar niet onnodig te vermoeien. Zeg rond een uur of drie in de middag, Agnes, en dan wil ik jou graag even spreken.'

'Over je tante?'

Daar gaf hij geen antwoord op en toen ze even daarop weer had opgehangen, was de plezierige stemming na haar uitstapje met Rik eigenlijk weer verdwenen.

Die nacht sliep ze niet zo best.

HOOFDSTUK 14

'Komen jullie zomaar op de bonnefooi helemaal hierheen?' vroeg Agnes een week later rond een uur of twee verbaasd, toen ze in het gezicht van David en Ian keek, die zonder dat te hebben aangekondigd op de hof langskwamen.

'We zijn gisteravond op een feestje bij vrienden in Den Haag geweest,' legde David uit, terwijl hij grinnikend binnenstapte zonder te vragen of het uitkwam. 'Het is nogal laat geworden en de wijn was lekker, dus we hebben in een hotel geslapen. Toen we uitgebreid gebruncht hadden, vonden we het zonde om meteen weer helemaal naar Drenthe terug te rijden, zonder even bij tante langs te gaan.'

'Ze is verkouden geweest en is nog steeds erg moe. Bovendien komen Machiel en Bets Leeuwenburg straks ook al, met hun zoon Floris,' aarzelde Agnes een tikje bezorgd. 'Houd daar dus alsjeblieft rekening mee, want dat is wel een hele drukte bij elkaar.'

David keek bezorgd. 'Ze is oud en ik weet dat ze die tumor heeft. We voelen ons schuldig dat we de laatste jaren eigenlijk nooit meer aan haar hebben gedacht, Agnes. Maar ik ben arts en ik zal goed op haar passen, dat beloof ik je plechtig.'

Ze glimlachte gerustgesteld, maar toch voelde ze zich sceptisch. Misschien was het niet helemaal terecht van haar dat ze alle familieleden van tante Eugenie verdacht er minder fraaie motieven op na te houden, nu ze eerlijk gezegd allemaal om het hardst aandacht aan haar besteedden. Hadden ze dat maar eerder gedaan! Dus zorgde ze ervoor dat het iedereen aan niets ontbrak. Ze had een appeltaart gekocht omdat er visite werd verwacht. Haar vader zat in de keuken en keek in de oude papieren, waarin Agnes had zitten lezen omdat de oude vrouw een dutje wilde doen in haar leunstoel voor ze de familie Leeuwenburg verwachtte. Gelukkig was Eugenie aangekleed en licht opgemaakt, dan zag ze er stukken beter uit dan zonder make-up. Een lichte lippenstift, een klein beetje oogschaduw, een wenkbrauwpotlood om wat streepjes bij te zetten, maar vooral de poederdons deed wonderen om wat hoognodige kleur in haar gezicht te brengen. Ze zag nog steeds erg wit. Geen wonder, nu de lange winter eindelijk voorbij was en ze in de afgelopen weken maar heel weinig buiten was geweest.

Andries was bezig achter de rug van Eugenie om een rolstoel te lenen bij de kruisvereniging, vooral met het oog op de komende bruiloft over zes of zeven weken. Hij had Agnes bovendien beloofd dat hij met zijn werkgeefster ging rijden zodra het een dag lekker weer werd.

'Ze is moe maar wil dat niet toegeven,' verzuchtte Agnes toen ze samen met haar vader in de keuken eveneens koffie dronk. 'Ik hoop dat die rolstoel er snel is, pa.'

'Ik verwacht dat ik hem zeer binnenkort kan halen, en als ik een afwijzing krijg, schakel ik de dokter in.'

'Zodra de stoel er is en het een zonnige dag is, rijden we naar de Brouwersdam en rijden we haar in de rolstoel een stukje over het asfalt langs de zee,' had Agnes geglimlacht. 'Misschien dat we haar op die manier eindelijk die vermaledijde rolstoel kunnen laten accepteren! Wat is er nu aardiger dan even het dorp in te lopen, zodat ze misschien nog wat bekenden ziet? Naar de kerk wil ze ook niet langer, al wil ik haar er met liefde heen rijden.'

'Ik kan me wel voorstellen dat de stoelen in de kerk niet meer zo gemakkelijk zitten in haar geval.'

'Wil je ook koffie en appeltaart, pa?'

'Natuurlijk, kind. Waar zit je nu weer in te lezen?'

'Brieven. Er zijn flink wat brieven van ene Yvonne Ernsting. Die naam ben ik nog nergens anders in de papieren tegengekomen. Ik kan haar eenvoudig niet plaatsen.'

'Misschien is zij dan wel de raadselachtige dame van het portret?'

'Dat kan zijn, maar dan moet ik eerst een concrete aanwijzing vinden. Sommige brieven zijn gedateerd en geschreven in de eerste jaren van de vorige eeuw.'

'Dus het zou kunnen?'

'Het zou inderdaad in overeenstemming zijn met de kledingstijl van de vrouw op het portret. Ik sluit het niet uit, maar ik heb nog niets tegen tante Eugenie gezegd, omdat ik het niet het zeker weet. Ze windt zich zo op over dat portret.'

'Je hebt er maar een hele klus aan.'

'Het is leuk om te doen,' gaf ze glimlachend toe. 'Je moet een beetje tussen de regels door lezen. De brieven uit die tijd zijn erg formeel van toon, en veel over gevoelens en emoties valt er niet te lezen, behalve dan bijvoorbeeld dat Yvonne een heerlijke dag aan het strand heeft doorgebracht en met een badkoets de zee in is gereden om een geneeskrachtig bad te nemen. Zulke dingen.'

Andries schoot in de lach. Op hetzelfde moment ging de bel. 'Dat zal de familie Leeuwenburg zijn.'

'Wilt u even opendoen?'

De oudere man stond op en wierp een korte, onderzoekende blik op zijn dochter. 'Ontloop je Floris? Volgens mij komt die meer voor jou dan voor zijn oude tante.'

'Hij probeert al te nadrukkelijk bij mij in het gevlei te komen en inderdaad, daar voel ik mij ongemakkelijk bij. Ik verdenk iedereen van hebzucht.'

'Misschien onterecht, Agnes.'

'Inderdaad, pa, dat zou zomaar kunnen.'

157

'Wel, je moet ze toch koffie brengen. Maar ik ga al!'

Een paar minuten later ging ze met koffie en appeltaart de salon weer in. Floris schoot meteen overeind, glimlachte breed en wilde haar de hand schudden, ware het niet dat ze haar handen al vol had. David en Ian lustten nog best een kopje koffie en beloofden dat ze daarna op zouden stappen. Machiel wilde ook graag koffie, maar Bets liever thee. Tante Eugenie wilde het liefst nog een glaasje vers sinaasappelsap. Gelukkig waren er perssinaasappelen genoeg in voorraad, dus vertrok Agnes naar de keuken om het gevraagde klaar te maken.

Bijna onmiddellijk kwam Floris achter haar aan. 'Ik wil je straks graag even spreken, Agnes. Ik zou haast gaan denken dat je mij wilt ontlopen.'

'Dat is echt niet de bedoeling,' jokte ze. 'En denk om tante Eugenie. Ze is vermoeider dan jullie denken.'

'Ik heb de boodschap begrepen. Wist je dat dat homostel ook zou komen?'

'Dat wisten we niet en ze heten David en Ian.'

'Dat weet ik best.'

'Praat dan niet zo onvriendelijk over hen. Ze gaan binnenkort trouwen.'

Hij schudde het hoofd. 'Bij ons in de kerk zou dat niet mogelijk zijn.'

'Ze trouwen dan ook op het gemeentehuis en ze houden echt van elkaar, dus ik gun het hun van harte dat dit tegenwoordig mogelijk is.'

'Het spijt me, Agnes. Op de een of andere manier schijn ik je te irriteren en dat was verre van mijn bedoeling. Zal ik het glaasje sap meenemen?'

Ze keek hem verontschuldigend aan. 'Het spijt me. Ik was wat geërgerd. Neem maar mee, ik kom zo nog een schaaltje chocolade brengen. Je tante houdt van bonbons.'

'Ze snoept, ze drinkt, en ze blijft desondanks zo mager als een lat.'

Eindelijk kon er een glimlach van af. 'Ja, sommige dingen in het leven lijken oneerlijk verdeeld, maar bedenk dat ze nauwelijks nog iets eet en dat snoepen deed ze vroeger inderdaad graag, maar inmiddels stelt ook dat niet zo veel meer voor. Heeft ze haar stukje appeltaart op?'

Hij knikte.

'Gelukkig,' zuchtte Agnes opgelucht.

Toen ze met de beloofde bonbons kwam, hoorde ze David net zeggen: 'Fijn, dat is dan geregeld, tante Eugenie. We trouwen in de laatste week van mei, hopen op mooi weer en vooral op uw aanwezigheid. Nog maar zeven weken, dus rustig doorgaan met ademhalen, hoor.'

'Dank je, Agnes. We snoepen nog chocolade en stappen dan op,' beloofde Jan. David knikte naar Agnes. 'Ze heeft ons allemaal achter de vodden gezet met de opdracht dat we u niet te moe mogen maken, tante.' Met een hoop gelach en verschillende grapjes, begeleid door klapzoenen, namen de twee mannen afscheid en het 'tot ziens op ons huwelijk' galmde door de gang toen Andries hen uitliet.

'Leuk stel,' mompelde tante Eugenie tevreden.

Toen vertelde Bets over de vakantieplannen die ze met Machiel maakte en Agnes sloop de gang weer op.

De visite bleef aardig plakken, stelde ze aan het einde van de middag vast. Voorzichtig ging ze om kwart voor vijf eens kijken hoe het ermee stond.

'Ah, ben je daar! Nu lust ik wel een portje, Agnes, en de anderen waarschijnlijk ook wel.'

Agnes keek zuinigjes. 'Het is bijna vijf uur.'

'Na al dat hoesten en niezen mag ik mezelf wel een beetje verwennen,' kreeg Agnes terug. 'Je hoeft echt niet bang te zijn dat ik me achter je rug om te buiten ga aan meer dan een enkel glaasje, lieve kind.'

Agnes ontspande eindelijk wat, liet de spanning van zich af glijden die de komst van al die visite met zich mee had gebracht, vooral de komst van Floris, iets wat ze met haar gezonde verstand niet kon verklaren, maar wat ze wel degelijk voelde. Gehoorzaam schonk ze het gewenste in en vroeg ze aan de anderen of die nog iets wilden hebben.

'Een glas fris,' was het kalme antwoord van Floris. Machiel en Bets wilden liever droge witte wijn.

'Kom je er niet even bij zitten?' vroeg Floris nadat ze in de keuken een fles had opengemaakt en de glazen wijn naar de salon bracht.

Ze schudde het hoofd. Eugenie keek vragend van de een naar de ander en begon toen te grinniken. 'Zoek Agnes straks maar op in de keuken. Zit je nog steeds in die oude papieren te grasduinen?'

Ze knikte. 'Mogelijk ben ik iets op het spoor,' vertelde ze toen toch maar.

'Vertel,' nodigde Eugenie gretig uit.

'Er is een aantal brieven van Yvonne Ernsting en die naam zijn we nergens in de stamboom of zo tegengekomen. Dus het zou kunnen dat we iets op het spoor komen als ik die ga lezen, maar ik kan tot nog toe nog niets concreets vinden.'

'Spannend,' genoot de oude vrouw. 'Ik ga straks na het eten weer meteen naar bed, Agnes. Ik ben nog steeds snel moe en het is druk geweest, vanmiddag.'

'Gelukkig bent u niet ziek meer,' glimlachte Agnes.

In de bibliotheek duurde het niet lang eer Floris een stoel bij het bureau trok, waar ze de oude brieven zat te lezen. 'Yvonne Ernsting, het zegt me niets.'

'Het zegt tante Eugenie evenmin iets, dus het is heel raadselachtig. Maar daar kwam je niet voor?'

Hij nam haar scherp op. 'Pa en ma stappen zo op, maar ik wil je nog even spreken, zoals ik al zei. Ik zou je graag vaker willen zien, dat weet je, maar ik heb het gevoel dat jij dat niet helemaal ziet zitten.'

Wel, dat was een scherpe analyse, maar ze had niet de moed dat ronduit te bevestigen.

'Ik moet zakelijk en privé gescheiden houden, Floris. Tante Eugenie is een schat en ik houd van haar, ik ken haar al mijn hele leven, maar ik moet ook tijd voor mezelf overhouden.'

'Daarom juist,' verwierp hij een mogelijk bezwaar al voor het was geuit. 'Ik heb twee kaartjes voor een concert, komende vrijdagavond. Wil je alsjeblieft met mij mee gaan? Het is zonde om alleen te gaan en zo'n duur kaartje ongebruikt te laten.' Zijn ogen daagden haar uit op een manier die Rik zeker niet verbeteren kon.

'Wat wordt er gespeeld?' vroeg ze nog afwerend, maar ze wist al dat ze toch mee zou gaan. Ondanks Floris, of heel misschien toch dankzij hem? Want hij was best wel aardig en ze had geen enkele reden om aan te nemen dat hij inderdaad met haar aanpapte omdat hij mogelijk dacht dat het weleens zo zou kunnen zijn dat de hof aan haar zou worden nagelaten.

'Bach, Bizet en nog wat uit de Peer Gynt Suite van Grieg. Populaire stukken dus.'

'Wel, graag dan.'

Hij stond op en scheen van plan met zijn ouders te vertrekken voor ze zich zou kunnen bedenken. 'Ik haal je om vijf uur op, dan gaan we voor het concert eerst eten,' besloot hij zonder haar goedkeuring te vragen. Ze liet het maar zo.

Misschien, dacht ze zelfs, werd ze ook wel verkouden en had ze een smoes om hem alsnog af te bellen. Maar aan de andere kant, concertkaartjes waren duur, die zou ze zelf niet zo snel kopen.

'Moet u luisteren!'

Het was drie dagen later en tot opluchting van iedereen, ook van Rik, kreeg Eugenie Ernsting weer een klein beetje energie en zelfs wat meer trek in haar eten. Het was halverwege de middag, en Agnes had een paar brieven in haar hand. 'Ik kom er maar niet achter wie Yvonne Ernsting eigenlijk is geweest, behalve dan dat ze weduwe was. Ik kan uit haar brieven niet opmaken of de naam van haar overleden man Ernsting was, of dat het haar meisjesnaam was.

Mogelijk heeft ze als jong meisje een tijdje op de hof gewoond.'

'Het kwam wel voor dat kinderen of ongetrouwde jonge meisjes bij familie gingen wonen als ze wees werden,' wist Eugenie. 'Misschien is ze een ver familielid geweest, dat hier een tijdje heeft gewoond of gelogeerd?'

'Ze was niet ongetrouwd maar weduwe, maar ze was wel jong, want in een van de brieven rept ze over een aanzoek en het feit dat ze mogelijk moest gaan hertrouwen om haar familie niet tot last te blijven.'

'In die tijd had een man een vrouw nodig om voor hem te zorgen of om zijn huishouding te leiden als hij van betere geboorte was, en een vrouw kon nooit uit werken gaan of zo als haar man haar onvoldoende verzorgd had achtergelaten. Dan moest ze wel bij familie, van haarzelf of van haar mans kant, in gaan wonen. Nu, lees maar voor, ik voel me weer bijna de oude. Ik word hier heel erg nieuwsgierig van.'

'Gelukkig maar. Stel dat u echt griep had gekregen.'

'Dokter Langeveld heeft me totaal overbodig twee keer extra opgezocht, maar waarschijnlijk kwam hij helemaal niet voor mij, al deed hij wel alsof.'

'Nu plaagt u mij,' weerde Agnes af en dit was een van de weinige keren dat ze zich ongemakkelijk voelde in het gezelschap van haar werkgeefster. Peinzend keek ze naar de glimlach van Eugenie. Eigenlijk was het best vreemd. Ze was opgegroeid op de hof, omdat haar ouders er werkten. Ze herinnerde zich mijnheer Ernsting nog best, die was overleden toen ze nog een kind was. Ze woonden al jarenlang boven de garage, die in vroeger tijden het koetshuis was geweest met ruimte voor een rijtuig en twee koetspaarden. Later was het rijtuig vervangen door een auto en werd de koetsier chauffeur, en tegelijkertijd huismeester, butler, klusjesman en tuinman, naarmate er minder personeel in dienst kon worden gehouden omdat dit te duur werd met afnemende inkomsten en tegelijkertijd stijgende lonen van het personeel. Net zoals pa nu was. Ze had van de honden op de hof gehouden en ermee gespeeld, en nu was Karel er. Er waren altijd katten geweest, meestal twee of drie, die in en uit hadden gelopen en dat nog deden. Soms sliep er eentje pontificaal op het voeteneinde van haar bed en eerlijk gezegd had ze daar nooit bezwaar tegen gehad. Nee, een bloedband had ze niet met tante Eugenie, maar zoals ze tegen Rik had gezegd was ongemerkt het gevoel gegroeid dat haar werkgeefster inderdaad een soort tante was, zoals andere kinderen een buurvrouw in de straat of een vriendin van hun moeder ook tante noemden en die als zodanig beschouwden. Het gevoel van genegenheid naar de oudere dame toe was sterker geworden toen haar hulpbehoevendheid begon. Dat het zorgen haar werk was geworden, voelde niet eens zo. Als ze daadwerkelijk familie van tante Eugenie was geweest, had ze met evenveel liefde voor haar gezorgd, dat besefte ze inmiddels best, maar nu kon ze dat voltijds doen omdat ze ervoor werd betaald.

'Waar denk je aan?' werden haar gedachten door Eugenie onderbroken.

Ze glimlachte. 'Over hoe alles zo is gelopen, en dat wij hier nu samen zitten,' antwoordde ze luchtiger dan ze zich voelde.

'Ja, soms kan ik ook peinzen over het onberekenbare leven, waarom het is gegaan zoals het is gegaan.'

Agnes probeerde de aandacht van zichzelf af te leiden. 'En, bent u dan tevreden?'

Een licht schokschouderen volgde. 'Ik heb veel welvaart gekend en dat is natuurlijk prettig. Of ik geluk heb gekend? Dat weet ik eigenlijk niet zo goed. Ik ben nooit zo uitbundig verliefd geweest als jonge mensen tegenwoordig doorlopend schijnen te moeten zijn. Misschien is het een gemis dat gevoel niet te kennen. Het grote verdriet van mijn leven was toch wel dat ik geen kinderen mocht krijgen, en in mijn jonge jaren was er medisch nog niet zo veel mogelijk. Ik zal zelfs nooit weten of dat nu aan mij gelegen heeft of aan mijn man. Maar dat is niet langer van belang. Nu loopt mijn leven ten einde en ik merk dat ik daar volledig vrede mee begin te krijgen.

Het verleden is voorbij, ik kan erover nadenken, ik kan naar sommige dingen terugverlangen, maar ik kan er niets meer aan veranderen. Gisteren is geweest, en of ik er morgen nog ben, dat is in Gods hand. Rest mij dus vandaag. Dan stel ik vast dat mijn familie mij, met de erfenis in zicht, eindelijk weet te vinden.'

'Bent u daar blij om?' vroeg Agnes aarzelend.

'In ieder geval komen ze nu, waar ze het eerder lieten afweten.' Eugenie dacht diep na, eer ze luchtig haar schouders ophaalde. 'Dat heeft natuurlijk ook aan mijzelf gelegen. Ik had er misschien meer aan kunnen en moeten doen om de onderlinge band te verstevigen, maar eerlijk gezegd heb ik destijds die behoefte niet gevoeld. Als ik iets met mijn man gemeen had, was het toch wel dat we beiden teleurgesteld waren in onze familie. Die was klein, verscheurd door allerlei verhoudingen en buitenechtelijke toestanden, er was wantrouwen in plaats van saamhorigheid en warmte. Misschien had ik er in mijn jonge jaren meer aan kunnen doen om dat te verbeteren, maar zoals ik al zei, Agnes, gisteren is voorbij en iets terugdraaien kan een mens niet.'

'U kijkt naar de feiten, maar ik vroeg naar het gevoel,' aarzelde Agnes, omdat dit inderdaad te familiair was.

Eugenie keek het jongere meisje met een liefdevolle blik aan. 'Van jou zou ik kunnen houden als van een dochter en misschien doe ik dat inmiddels ook.'

'Ik ben uw dochter niet, maar ik houd ook van u.'

Eugenies ogen straalden toen Agnes dat zei. 'Dat is waar het in het leven uiteindelijk allemaal om draait. Om liefde. Zo vanzelfsprekend voor de een, zo onbereikbaar voor de ander, maar welk mens kan gedijen zonder liefde?'

'Liefde is er in vele vormen.'

'Inderdaad. Met een beetje goede wil is de verstandhouding tussen jou en mij een vorm van liefde te noemen. Ernst zorgde goed voor mij in materieel opzicht. Voor een man die nooit had geleerd om zich te uiten, was dat – achteraf zie ik dat nu wel in – ook een vorm van liefde. En ik had mijn dieren en mijn tuin om van te houden toen andere dingen er niet waren. Ach, de tijden zijn veranderd. Mensen beseffen niet half hoe kostbaar liefde is. Ze verwarren het in deze tijd al te gemakkelijk met oppervlakkige aantrekkingskracht, gebaseerd op seksuele verlangens. Dan missen ze tegelijkertijd het mooiste. Maar goed, als ik jou iets toewens, dan is dat jij wel mag ervaren wat ik moest ontberen, Agnes. Een man die van je houdt, bij wie je jezelf kunt zijn en die je op handen draagt. En kinderen. Ach, als ik iets te wensen had, zou het zijn dat ik de geboorte daarvan nog mee mocht maken.'

'Misschien,' grinnikte Agnes terwijl ze probeerde dit onverwacht intieme en ernstige gesprek een luchtiger wending te geven. 'Al zou ik niet weten wie er als mogelijke partner in aanmerking zou komen! U bent een taaie, hoor. Misschien leeft u ondanks de problemen nog wel een jaartje of wat en wordt u inderdaad honderd. Dan maakt u het mogelijk nog mee.'

'Er zijn twee mannen die momenteel om je heen draaien. Mijn achterneef Floris en de dokter. De eerste zou het aardigst zijn, dan werden we zoals gezegd alsnog familie.' Eugenie moest lachen. 'Als Floris met jou trouwt en ik laat jullie de hof na, dan komt er na zo vele jaren toch nog geluk en jong leven in dit huis.' Toen werden haar ogen weer ernstig, al waren ze niet verdrietig. 'Nee, dat maak ik inderdaad niet meer mee. Ik voel wel degelijk hoe mijn levenskracht wegebt. Ik weet dat het einde nadert en heb er vrede mee gekregen. Maar goed, dat is weer een ander ernstig gesprek. Wil je iets voor me doen. Agnes? Haal het portret nog eens van boven en neem het mee naar beneden. In het bureau van mijn man ligt een loep. Floris heeft me op het idee gebracht het portret eens grondig te bekijken en mogelijk te laten onderzoeken. Misschien kunnen we achterhalen wie de schilder is geweest en waar het schilderij is gemaakt, en kunnen we op die manier een aanwijzing krijgen over de geheimzinnige jonge vrouw van het portret.'

HOOFDSTUK 15

Om kwart voor zes die vrijdagmorgen werd Agnes wakker van het rinkelen van haar telefoon. Meteen zat ze recht overeind in bed. Er was er immers maar één die haar op dit tijdstip kon bellen!

'Tante Eugenie? Wat er is aan de hand?'

'Ik bloedde gisteren weer, Agnes, heel erg deze keer. Maar nu komt er niets meer en ik kan ook niet plassen. Ik heb pijn.'

'Ik kom eraan.' Ze greep haar duster, rende van het huis boven de garage naar het grote huis, en stond binnen drie minuten in de slaapkamer van Eugenie.

'Is het bloeden gisteren weer begonnen?' Ze was enorm geschrokken maar probeerde daar zo min mogelijk van te laten blijken.

De oudere vrouw knikte. 'Gistermorgen al, maar ik wilde je er niet mee lastigvallen. Een paar druppels en wat dunne sliertjes stolsel, meer was het niet, tot het in de middag erger werd en de inlegkruisjes eigenlijk niet genoeg waren. Gelukkig had je een pakje bij de apotheek gehaald voor als het een keer erger zou worden, en dat kwam nu goed van pas. Ik wilde halverwege de nacht gaan plassen, maar het lukte niet. Ik heb al een hele tijd aandrang, zo nu en dan zelfs een nare kramp, maar er komt niets meer uit.' De mond trilde. De ogen zochten vragend naar hulp.

'Ik ga Rik bellen.'

'Die slaapt. Misschien is de huisartsenpost beter?' klonk het met een zacht, bibberend stemmetje.

'Volgens de regels wel, maar eer er dan eens iemand hier is! Nee hoor, ik probeer eerst of ik Rik wakker kan krijgen.' Ze pakte de telefoon van Eugenie op, belde het nummer dat ze inmiddels uit het hoofd kende en niet veel later hoorde ze een slaperige stem. 'Langeveld.'

'Rik, je spreekt met Agnes. Ik maak me zorgen over tante Eugenie. Ze kan niet plassen en heeft krampen. Gisteren verloor ze al bloed, en in de middag erger dan vorige keren. Nu komt er helemaal niets meer, geen bloed, geen urine.'

Er klonk een geeuw, gevolgd door een 'sorry'. 'Ik kom eraan. Tot zo.'

'Hij komt eraan. Ik schiet even in een paar kleren, tante Eugenie.' Ze hielp de oude vrouw overeind. 'Misschien lukt het wel om te plassen als u een poosje zit. Laat het maar lopen, als het komt. Ik ben zo terug.'

Ze rende weer door de tuin, bonsde in het voorbijgaan op de slaapkamerdeur van haar vader. 'De dokter komt voor tante Eugenie.' Ze wachtte niet op een reactie, maar schoot in de kleren van gisteren die nog over een stoel hingen. Ze kamde haar haren en had verder nergens tijd voor. In het grote huis zette ze de voordeur op een kier, net als ze de vorige keer had gedaan toen de ambulance moest komen, zodat Rik meteen door kon lopen als hij kwam.

Tante Eugenie leunde met gesloten ogen achterover in de kussens toen Agnes de slaapkamer weer binnenkwam. Aan het trekken van haar gezicht zag Agnes dat ze pijn had. Even later ontspande de oude vrouw weer een beetje. De ogen gingen open en keken Agnes bang aan. 'Dat was weer een kramp, maar plassen kan ik nog steeds niet en de krampen worden steeds erger.'

'Rik zal wel een katheter meebrengen. Hij heeft immers uitgelegd dat het kan gebeuren dat een bloedstolsel vrijkomt en de urinebuis blokkeert, zodat u niet meer kunt plassen. Het is fijn dat hij zelf komt.'

Binnen een kwartier stond de jonge dokter aan het bed. Inmiddels had Eugenie opnieuw een hevige kramp.

'Je moet me helpen, Agnes, maar het gaat om erg intieme handelingen. Vindt u dat goed, mevrouw Ernsting?'

'Ja,' knikte de oude vrouw, haar ogen nog steeds gesloten, haar handen krampten het dekbed vast. Het was een nieuwe pijngolf.

'Ik ga een katheter aanbrengen om te kijken of de plas dan naar buiten komt, mevrouw Ernsting.'

Samen deden ze het nachthemd omhoog, het ondergoed uit. Rik bracht de katheter aan en wachtte af, maar er kwam nog steeds niets, geen bloed, geen urine. Zijn gezicht werd ernstiger.

'Als de urine niet komt, moet u naar het ziekenhuis, mevrouw Ernsting. Daar mogen ze met een verdovende crème grotere katheters aanbrengen. Agnes, zoek alvast de papieren, medicijnen en wat kleding en toiletartikelen bij elkaar.'

'Ik wil niet van de hof weg.' Voor het eerst sinds lange tijd biggelden er tranen over de perkamenten wangen. Tante Eugenie leek nietiger dan ooit. Het hart bonsde Agnes in de keel. Rik probeerde de katheter wat te draaien, er kwamen toen wel wat druppels bloederige urine vrij, maar meer niet. De krampen bleven.

'Gezien uw hoge leeftijd en de pijn neem ik geen risico,' besloot Rik. 'Ik bel het ziekenhuis om te waarschuwen dat u eraan komt. En de ambulance. Agnes, ik blijf hier tot je tante weg is, maak jij je klaar. En smeer een boterham of zo om mee te nemen, want als mevrouw opgenomen moet worden, kan het allemaal wel een paar uur gaan duren. Dat weet je nog van de vorige keer met de hartritmestoornissen. Mevrouw Ernsting heeft je nodig.'

Ze knikte en rende naar de keuken. 'Ze moet weer naar het ziekenhuis, pa. De dokter belt een ambulance. Ik ga me klaarmaken. Wil je een kop koffie voor Rik maken en ook voor mij? En smeer alsjeblieft twee boterhammen, die ik mee kan nemen voor straks. Ik blijf bij haar zolang het nodig is.'

'Moet ze geopereerd worden?'

'De katheter helpt niet en Rik mag geen grotere aanleggen, dat moet in het ziekenhuis gebeuren. Ik ben zo terug, me even opkalefateren.'

Ze had geen tijd voor een douche, dus plensde ze wat water in haar gezicht, poetste haar tanden en deed wat crème op. Daar moest ze het maar mee doen. Ze rende alweer terug naar het grote huis.

'Nog niets?' vroeg ze met een bezorgd gezicht toen ze weer in de slaapkamer kwam, waar tante Eugenie na de zoveelste kramp probeerde te ontspannen.

De oude vrouw greep haar hand. 'Ik wil hier niet weg, Agnes. Ik wil thuis sterven.'

Agnes troostte haar vol medelijden. 'Het kan niet anders en u gaat nog lang niet dood. Als uw blaas niet kwijt kan wat erin zit, worden de krampen steeds erger. U moet naar het ziekenhuis, tante Eugenie, maar als het probleem is verholpen komt u ook weer op de hof terug.'

De oude vrouw knikte. Rik liet haar een tabletje slikken. 'Oxazepam, hopelijk wordt u hier iets rustiger van,' bromde hij. 'Gaat het wel, Agnes?'

Eindelijk keken ze elkaar in de ogen. Op hetzelfde moment drong het tot haar door dat ze vanavond met Floris naar een concert zou gaan. Ze zuchtte. 'Ik ben er klaar voor, Rik.'

Ze hoorden stemmen in de gang. Twee ambulancebroeders reden een brancard naar binnen. Binnen tien minuten zat Agnes voor in de ambulance naast de man die het voertuig bestuurde, terwijl de tweede man achterin naast tante Eugenie zat om alvast een infuus aan te brengen en haar in de gaten te houden. Ze reden door de stille straten en even later de snelweg op. Binnen een kwartier waren ze in het ziekenhuis, gelukkig begon de ochtendspits nog maar net op gang te komen en liepen ze niet vast in een file.

In het ziekenhuis moesten ze wachten en onderwijl bleven de krampen maar komen. Rik had de katheter laten zitten, mogelijk kwam er toch nog iets vrij van het bloed en van de urine die zich in de blaas had opgehoopt en die er niet uit kon.

Na een halfuur dat langer had geduurd dan welk halfuur eerder in haar leven, omdat Agnes zich zo machteloos voelde nu ze niets kon doen om de oude vrouw te helpen en maar af moest wachten, kwam er eindelijk een bevoegde verpleegkundige, die vanwege de grootte van de katheter eerst een verdovende crème aanbracht. Toch kreunde de oude vrouw van de pijn toen de grote katheter werd ingebracht. Maar meteen daarna begon de zak zich te vullen. De urine was donkerrood gekleurd en duidelijk vermengd met veel bloed. Er kwamen meerdere stolsels mee. De verpleegkundige was weer weggegaan, samen zaten beide vrouwen in het kamertje op de eerste hulp.

'Eindelijk,' mompelde Eugenie. 'Eindelijk is de kramp weg. Wat deed dat pijn, Agnes.'

'Dat kan ik me voorstellen.' De urinezak zat nu al bijna vol, de donkerrode kleur maakte haar ongerust.

'Misschien mag ik straks weer naar huis,' hoopte de oude vrouw. 'Zou ik iets te drinken kunnen krijgen, Agnes? Ik drink 's avonds nauwelijks nog iets, omdat ik er anders 's nachts te vaak uit moet.'

'Er zal wel ergens een automaat staan,' knikte Agnes. 'Ik lust zelf ook wel koffie. Kan ik u even alleen laten?'

De oude vrouw leek levendiger. 'Ik heb geen kramp meer. Misschien ben ik straks weer thuis.'

Agnes achtte dat onwaarschijnlijk, want al dat bloed... Al was het dan vermengd met urine, dat kon toch geen goed teken zijn. Ze zou bang zijn als tante in deze toestand naar huis zou worden gestuurd. Het was inmiddels halfacht geworden. Op de gang liet ze twee van die verschrikkelijke plastic bekertjes vollopen met koffie en in een impuls belde ze Rik, voor hij straks aan zijn dagelijkse spreekuur zou beginnen.

'De urine is eruit, de zak zit helemaal vol en ziet eruit als puur bloed,' legde ze uit terwijl ze min of meer over haar woorden struikelde. 'Ze wil naar huis, maar Rik, ik word daar bang van.'

'Ze zullen haar eerst wel gaan spoelen. Agnes, alles komt goed. Dit gebeurt soms bij een niertumor. Het is erg vervelend en kan mevrouw Ernsting flink verzwakken, maar het is niet het einde. Sterker nog, dit gebeurt in de komende tijd waarschijnlijk nog weleens. Gaat het wel met jou?'

'Ik voel me gerustgesteld, nu ik je dit heb kunnen vertellen.'

'Pas goed op jezelf. Als je weer thuis bent en je weet meer, bel me dan nog even. Als ik niet opneem, dan ben ik bezig, maar dan bel ik je terug. Afgesproken?'

Ze knikte, maar dat kon hij natuurlijk niet zien. 'Ja, het is goed. Nu ga ik naar haar terug.'

'Tot later, Agnes.'

'Ja Rik, tot later.'

Drie uur later was ze pas tuis. Tante Eugenie was opgenomen op de afdeling urologie en Agnes had beloofd dat ze die middag tijdens het bezoekuur terug zou komen en dat ze de familie zou bellen om hun te zeggen dat hun tante weer in het ziekenhuis lag.

Het was haar al duidelijk gemaakt dat de opname zeker enkele dagen zou duren, omdat de bloeding eerst moest zijn gestopt en men er ook zeker van moest zijn dat Eugenie weer zelf kon plassen. Ze zou medicijnen krijgen om de werking van de blaas te ondersteunen.

Agnes voelde zich of ze totaal gevloerd was. Andries haalde haar op en eenmaal thuis zette hij haar op een stoel, zette een cappuccino voor haar neer en keek haar bestraffend aan toen ze helemaal vergeten bleek de eerder klaargemaakte boterhammen op te eten.

'Nu eerst eten, dan pas ga je iedereen bellen,' vaderde hij met gezag en ze deed prompt wat hij zei. Een halfuurtje later was ze dan ook aanmerkelijk opgeknapt.

'Eerst een lekker warme douche,' verzuchtte ze.

Weer een halfuur later begon ze aan de telefoontjes. Eerst belde ze Floris om te zeggen dat ze vanavond onmogelijk mee kon naar het concert en ze legde uit waarom. Hij beloofde met zijn zus te gaan en vroeg het adres en de bezoektijden van het ziekenhuis. Hij beloofde ook zijn ouders en broer op de hoogte te brengen. Daarna belde ze Evert, maar ze kreeg Lieneke aan de telefoon. Kort en bondig legde ze uit wat er was gebeurd.

'O, wat jammer nu, wij vliegen vanmiddag naar Barcelona voor een weekendje weg,' kirde Lieneke, niet in het minst geraakt door het slechte nieuws dat ze te horen kreeg. 'Ik zal tante een kaart sturen, Agnes.'

Meteen nadat Agnes had opgehangen, belde ze het privénummer van David. Niemand thuis, logisch natuurlijk, want het was midden op een gewone werkdag, dus sprak ze de boodschap in dat hun tante wegens een bloeding in het ziekenhuis was opgenomen. Ook Agaath bleek helaas niet bereikbaar. Opnieuw sprak ze de boodschap in.

'Ga een uurtje wandelen,' instrueerde haar vader even later. 'En neem Karel mee. Je ziet eruit als de spreekwoordelijke geest!'

'Ik ben moe en erg geschrokken,' gaf Agnes toe.

'Even de buitenlucht in zal je goeddoen. Ga gerust, ik blijf hier voor als er gebeld wordt.'

'Ze hebben mijn mobiele nummer om te waarschuwen als er iets mocht zijn.'

'Naar buiten, meisje, of even het dorp in, net wat je wilt. Maar je moet een beetje tot jezelf komen. En straks gaan we samen naar het ziekenhuis. Ik rijd. En geen protesten! Het zal wel weer goed komen. Voor deze keer. Maar je moet beseffen dat dit toch het begin van het einde is, en dat we mogelijk vaker met deze toestanden te maken zullen krijgen in de komende tijd.'

Zes dagen later pas mocht Agnes Eugenie op gaan halen in het ziekenhuis. Van de familie waren alleen Floris en zijn vader de oude vrouw in het ziekenhuis op komen zoeken. De kaart uit Barcelona was er nog niet, maar David had wel twee keer opgebeld om de oude tante op te beuren en hij uitte zijn bezorgdheid of ze wel in staat zou zijn de bruiloft bij te wonen, die over een paar weken stond gepland. Agaath was heel kort langs geweest, want ze hield niet van ziekenhuizen.

Tante Eugenie had een afkeer van het ziekenhuisvoedsel en ze was opnieuw afgevallen toen ze weer thuiskwam. Agnes maakte dan ook prompt haar lievelingseten klaar. 'U moet toch proberen wat meer te eten,' merkte ze op. 'U eet nog maar muizenhapjes.'

'Ik begin op te raken, meisje. Deze dagen hebben erin gehakt, en de wetenschap dat het zomaar weer kan gebeuren, daar wordt een mens niet vrolijker van. Maar nu wil ik afleiding! De afgelopen dagen heb je vast wel tijd gehad om in de dagboeken en brieven verder te lezen. Laten we nu eens samenvatten wat we te weten zijn gekomen over de vrouw op het portret.'

'Ik heb nog steeds geen enkele concrete aanwijzing gevonden. We weten inmiddels wel dat uw voorvader David verliefd is geweest op ene Antonia, maar dat hij ondanks die gevoelens trouwde met de grootmoeder van uw man, Juliëtte, omdat dit een passender huwelijk was. En we weten dat er ene Yvonne Ernsting heeft bestaan, die nergens verder is vermeld, zodat we niet weten of ze aangetrouwd is of dat ze van zichzelf zo heette. We weten ook niet of ze wel op de hof heeft gewoond of juist niet. Of ze er ooit is geweest? Beide jonge vrouwen leefden in de tijd waarin het portret geschilderd moet zijn. En dat is eigenlijk alles. Wat de brieven en de dagboeken leuk maakt om te lezen, is dat het inzicht geeft in het leven van toen, en dat was zo heel anders dan het nu is. Toen u in het ziekenhuis lag, heb ik de brieven en het dagboek gelezen van Henriëtte, uw schoonmoeder, ook heel aardig, maar die leefde later dan de tijd waarin het schilderij is gemaakt en dat kon dus niets met elkaar te maken hebben. Maar er had een aanwijzing in kunnen staan naar iets wat jaren eerder was gebeurd. Daar heb ik echter niets van ontdekt. Jammer.'

Eugenie glimlachte en droomde een beetje weg. 'Als ik eens kijk wat ik in de loop van mijn leven allemaal niet heb zien veranderen! En dan snap ik nog maar weinig van de grootste verandering van de laatste decennia: de komst van computers en daarna van allerlei apparaten waarvan ik niet eens weet hoe ze heten, laat staan dat ik snap waarvoor ze dienen.'

Agnes ontspande en leunde achterover. 'Ik kan u best nog wat voorlezen, maar feitelijk weten we nog niets. Maar Floris had u gezegd dat u het portret eens grondig moest bekijken of laten onderzoeken, omdat we dan mogelijk kunnen achterhalen wie het geschilderd heeft en wanneer.'

De salondeur ging open en Rik stapte binnen. 'Zo, u bent er weer,' grinnikte hij opgewekt. 'U heeft een kleur van opwinding.'

'Ik heb genoeg van ziekenhuizen en gepraat erover, dokter. Wilt u ons een dienst bewijzen?'

'Altijd,' beloofde hij zonder bedenkingen.

'Agnes, loop eens met de dokter naar boven, en laat hem het portret van de wand halen en mee naar beneden nemen, zodat ik het nog eens grondig kan bekijken. En zoek later een loep op.'

'Een portret?'

'We hebben een portret in de galerij boven hangen waarvan niemand weet wie het voorstelt, en dat intrigeert tante zodanig, dat we al vanaf Nieuwjaar op zoek zijn naar meer informatie,' legde Agnes uit.

Boven keek Rik zijn ogen uit. 'Een heuse portrettengalerij! Dat is meer iets voor kastelen of zo,' vond hij met ontzag in zijn stem. 'De familie moet vroeger wel erg welgesteld geweest zijn.'

'Vast wel, maar oud geld vervliegt snel wanneer er niet op een moderne manier kapitaal aan wordt toegevoegd,' vond Agnes nuchter. Ze wachtte geduldig terwijl Rik de portretten bekeek en haar vroeg wie dat allemaal waren geweest. Ze kende de namen van de belangrijkste personen wel, maar van meerdere kinderportretten wist ze ook niet wie dat waren. Ten slotte stonden ze uiteindelijk bij het kleine portret dat apart van de andere schilderijen hing, naast het raam aan het einde van de galerij.

'Het gaat om dit schilderijtje. Het is maar klein en vroeger heeft tante Eugenie er blijkbaar nooit aandacht aan besteed. Maar door een opmerking van een van haar achterneven op kerstavond ontdekte ze dat ze er geen idee van heeft wie dit is geweest, en de spanning dat te ontdekken geeft momenteel kleur aan haar leven.'

'Waarom moet het naar beneden?'

'Via het lezen van oude brieven en dagboeken proberen we te ontdekken wie dit is geweest, hoe ze geleefd heeft enzovoorts, maar we komen er maar niet achter. Nu willen we proberen of we kunnen ontdekken door wie en wanneer het schilderij gemaakt is.'

'Het is stoffig,' grijnsde hij.

'Ik zal het Pieta zeggen,' grinnikte ze terug. 'We moeten haar niet langer laten wachten en jij hebt ook wel wat beters te doen, zo midden op de dag, dan met oude schilderijen te sjouwen.'

'Ik doe jou graag een plezier,' daagde hij uit. 'Gaan we binnenkort nog eens wandelen?'

'Ik kan nu niet gemakkelijk weg, maar zodra het weer beter gaat met tante Eugenie, dan graag, Rik. Ik denk met plezier aan die wandeling terug.'

'Ik ook,' knikte hij voor hij de trap af liep en het schilderij zo op het tafeltje naast de leunstoel plaatste, dat het volle daglicht erop viel. 'Van schilderijen heb ik absoluut geen verstand. Misschien kunnen jullie een signatuur ontdekken en dan op internet opzoeken wie het is geweest,' stelde hij voor. 'Verder ben ik tevreden over u, mevrouw Ernsting. Ik hoop dat u weer wat aansterkt en dat er niet snel weer zo'n zware bloeding optreedt.'

'Komt dat nu van de blaas of van de nier, dokter?' wilde de oude dame toen weten.

'Van de nier. Het heeft met de tumor te maken. Die stolsels komen in de blaas terecht en veroorzaken daar problemen.'

'Wat kan ik nu verwachten?'

'Dat weten we niet. Het kan heel lang duren eer er weer bloed komt, maar het kan ook over een paar dagen opnieuw beginnen. Het kan licht zijn of weer ernstig. Meer dan onzekerheid kan ik u niet beloven, maar Agnes mag me midden in de nacht wakker bellen als het weer gebeurt.'

'Dus je vond het niet erg dat Agnes je zo vroeg wakker belde?' vroeg ze zacht.

'Ik begrijp best dat het moeilijk is als je op zulke momenten misschien wel anderhalf uur moet wachten tot er een arts is gekomen,' knikte hij. 'Voor sommige patiënten offer ik graag mijn nachtrust op en u bent er een van.'

'Dank je, dokter. En dat meen ik,' was de reactie van de oude vrouw en Rik knikte, omdat hij wist dat ze het meende uit de grond van haar hart.

HOOFDSTUK 16

'Kun jij iets van een naam onderscheiden?'
Agnes had het hele schilderijtje, niet groter dan ongeveer twintig bij dertig centimeter, met een loep grondig van links naar rechts en van onder tot boven bekeken. 'Daar in de rechterbenedenhoek staat een vage krabbel die mogelijk een signatuur zou kunnen voorstellen, maar die is nauwelijks te onderscheiden van de donkere achtergrond. Ik kan er niets van maken,' antwoordde ze hoofdschuddend. De oude vrouw knikte berustend. 'Daar was ik al bang voor. Waarschijnlijk zou het schilderij eens goed schoongemaakt moeten worden door een vakman en dat kon eveneens weleens gelden voor de andere portretten in de galerij. Bij elkaar zou dat een forse kostenpost vormen en dat geld geef ik momenteel niet uit. Bovendien zouden de schilderijen dan mogelijk voor langere tijd het huis uit moeten en nu voor mij het einde in zicht komt, wil ik dat niet. Stel dat er een waardevol schilderij bij zou zitten, dan geeft dat alleen maar geruzie en gedoe bij het verdelen van de erfenis.'
'U heeft alles goed geregeld, zei u na de jaarwisseling.'
'Zo goed als maar mogelijk is, inderdaad, maar erfenissen hebben de vervelende bijwerking ondanks een testament vaak ruzie te veroorzaken.'
Agnes glimlachte. 'Dan gaat het meestal nog niet eens over de

waarde van iets, maar om gevoelsmatige herinneringen.'

'Nu,' reageerde Eugenie met een cynisme dat ze vroeger niet had gehad. 'Die dierbare herinneringen kun je in mijn geval wel vergeten. Ik ben me ervan bewust dat degenen die mijn spullen erven, die stuk voor stuk om zullen zetten in klinkende munten. Mijn begrafenis zal door mijn familie eerder worden gevierd dan dat mijn dood zal worden betreurd! Moderne mensen zeggen weleens dat hun begrafenis een vrolijke boel moet worden, maar ik heb me dat nooit goed voor kunnen stellen. Maar ja, wie zou mij nu missen?'

'Ik, en pa ook,' antwoordde Agnes zonder de geringste aarzeling.

'Ja kind, jij. Neem me niet kwalijk dat ik zo bitter klink. Meestal beheers ik die gevoelens beter, maar ik liet mij even gaan. Maar vooral Evert en Lieneke, en ook Agaath, ze zullen dansen op het graf, dat voorspel ik je. Maar ik tover toch de laatste troef uit de hoge hoed, zodra de notaris eraan te pas komt!' Ze schoot in de lach. 'De allerlaatste troef speel ik toch zelf uit, het is alleen jammer dat ik er niet meer bij kan zijn om hun gezichten te zien.'

'Tante Eugenie! Het is toch uw familie.'

'Ja kind, en wat voor familie! Maar goed, vrienden kan een mens maken in zijn leven, maar familie heb je of heb je niet, en je moet er het beste van maken met wat je hebt. Ook al stellen ze je teleur, ook al passen opvattingen en levensstijlen niet bij elkaar, je familie is een gegeven en je kunt alleen maar proberen daar zo goed mogelijk mee om te gaan. Je hebt gelijk, ik heb tenminste nog familie en nu mijn einde nadert, hebben ze allemaal hun eigen reden om mij op te komen zoeken. Wel, het is tenminste iets.'

'Geniet ervan, nu u dat nog kunt.'

De ogen keken peinzend naar het portretje dat Agnes haar ondertussen in handen had gegeven. 'Weet je, Agnes, er is een zekere tragiek aan het heel oud worden. Zo goed als iedereen om je heen is op een gegeven moment weggevallen. Er is niemand meer met wie je herinneringen op kunt halen aan gebeurtenissen van heel lang geleden. Dat alleen al geeft een soort eenzaamheid, en tegelijkertijd wil je daar niet over zeuren, want je beseft terdege dat je gezegend bent als je zo'n hoge ouderdom hebt mogen bereiken. 'Overleden op de gezegende leeftijd van', lees je dan in een rouwadvertentie. Daar begint voor veel mensen de oude dag mee, bijna iedereen doet het: dan ga je de rouwadvertenties in het streekblad lezen, en kom je aldoor maar namen tegen van mensen die je hebt gekend, van leeftijdgenoten en ten slotte vooral van mensen die jonger gestorven zijn dan jij inmiddels al bent.' Er volgde een zucht. 'Maar kom, tegelijkertijd besef ik wel degelijk dat ik naar het naderende einde ben toegegroeid. Ik vind het niet erg meer om binnenkort te zullen sterven, maar zoals bij iedereen die zich bewust wordt dat dit moment eraan zal komen, maak ik me wel zorgen over de manier waarop. Niet de dood geeft nog angst, maar het vooruitzicht mogelijk veel pijn te moeten lijden.'

'U bent somber geworden door de laatste ziekenhuisopname,' probeerde Agnes te troosten, in het besef hiertegenover uiteindelijk toch met lege handen te staan.

Eugenie rechtte in letterlijke zin haar schouders. 'Dokter Langeveld heeft me alles uitgelegd over palliatieve sedatie. Als de dood nabij komt, kan de pijn worden weggenomen en je raakt in slaap om ten slotte zacht uit het leven weg te glijden. Ik ben opgelucht dat we daar open en eerlijk over hebben gesproken. Dat heeft mij gerustgesteld en vooral zijn eerlijkheid heeft mij ontroerd. Hij zei ook dat hij gestudeerd heeft om mensen te helpen om hun leven te verlichten en te laten behouden, niet om daar een einde aan te maken. Hij komt soms afschuwelijke dilemma's tegen, daar was hij eerlijk in, vooral als er sprake is van psychisch lijden. Omdat hij gelovig is, heeft hij voor zichzelf een grens getrokken om niet in gewetensnood te raken. Bij de naderende dood verzacht hij wel het einde, ook als het einde door zijn hulp eerder komt dan wanneer hij niet zou helpen. Maar bij geestelijk lijden of als mensen niet meer willen leven terwijl het lichaam daartoe nog wel in staat is, doet hij daar zelf niet actief aan mee, al verwijst hij zo nodig wel door naar collega's die hun grenzen anders hebben bepaald. Hij geeft ze dan ook eerlijke adressen en bemiddelt zelfs bij het maken van afspraken, want hij ziet hoe sommige mensen kunnen lijden aan het leven, zoals hij dat noemde.' Ze zweeg even.

Agnes voelde een golf van warmte in zich opstijgen en wilde dat ze zelf zo'n diepgaand gesprek had gehad met de jonge arts. Ze bewaarde de beste herinneringen aan hun strandwandeling en hoopte dat hij er snel weer over zou beginnen nog eens samen weg te gaan. Waarschijnlijk was het zoals hij gezegd had: hij maakte zich er zorgen om dat zij overbelast zou raken door de zorg voor tante Eugenie. Ze besefte heus wel dat ze voldoende afleiding moest hebben en als Pieta er was, ging ze graag een uurtje met Karel wandelen bij de rivier die langs hun dorp liep. Dan was ze zo weer thuis als dat nodig was. En dan was Floris er nog! Die verhulde niet in het minst dat hij haar leuk vond. Of zijn vreugde de veronderstelling gold dat de oude vrouw haar beter zou gedenken in het testament dan haar familieleden, daar had ze echter geen idee van. Ze vermande zich en wees op het portret.

'Goed, dus we gaan voorlopig geen deskundige inroepen?' Dit was tenslotte een heel wat veiliger onderwerp van gesprek.

De oude vrouw schudde resoluut het hoofd. 'Nee. We moeten maar verder met de papieren. Je begrijpt dat ik goed heb nagedacht over de stukken uit brieven en dagboeken die je in de afgelopen tijd hebt voorgelezen en ook over de dingen die je mij hebt verteld. Er zijn, voor zover we dat nu weten, twee mogelijke kandidaten die op het portret kunnen staan afgebeeld. Wie Yvonne Ernsting is geweest mag dan nog een compleet raadsel zijn, maar de documenten laten zien dat ze geleefd heeft en mogelijk zelfs kortere of langere tijd op de hof heeft gewoond. Bovendien draagt ze de familienaam, die straks na mijn dood is uitgestorven, althans in onze tak van de familie. Of er ergens anders nog andere takken van de familie leven, is niet langer belangrijk. Daarnaast is er sprake geweest van een geheimzinnige Antonia, op wie de grootvader van mijn man in zijn jonge jaren blijkbaar verliefd is geweest, maar die hij moest vergeten om een verstandshuwelijk te sluiten met Juliëtte. Dat verslag van de kermis was alleraardigst om te horen en meer nog het besef dat de kermis rond de Eerste Wereldoorlog werd verboden, omdat die in de strenggelovige streek te frivool werd gevonden door de bestuurders. Dat de paardenmarkt na al die jaren nog steeds bestaat, is des te leuker.'

'De paardenmarkt is inderdaad al eeuwenoud en wordt tegenwoordig eerder voor het plezier opgeleukt met manegepaarden, en verder is er een grote braderie die hordes mensen aantrekt.'

Eugenie glimlachte. 'Ernst hield niet van dergelijk eenvoudig volksvermaak, maar hij ging wel mee. Ik kreeg er altijd het gevoel bij van een kind dat een verboden lekkernij uit de snoeptrommel heeft gestolen!' Nu week eindelijk het verdriet en het nadenkende uit de ogen van Eugenie, en Agnes leunde meer ontspannen achterover.

'We hebben dus twee mogelijke kandidaten en we moeten blijven speuren om te ontdekken wie van hen beiden, of mogelijk toch nog iemand anders, er op het portret staat afgebeeld.'

Eugenie kon eindelijk welgemeend lachen. Agnes herademde. 'We moeten dus gewoon verder blijven speuren, tante Eugenie, maar het kost veel meer tijd dan ik vooraf kon vermoeden.'

'We gaan door,' knikte de ander. 'We zullen er uiteindelijk wel achter komen wie die jonge vrouw is geweest, beloof je me dat?'

'Als het nog te achterhalen is, zullen we inderdaad op een gegeven moment ontdekken wie die vrouw was. Tante Eugenie, er is nog een hele stapel brieven die ik nog moet lezen. Er is bovendien nog het dagboek van uw schoonmoeder Henriëtte, dat ik nog maar voor een deel heb gelezen. Ik denk dat daarin verder niets interessants zal staan, maar je weet tenslotte nooit. Misschien komen we de naam Antonia ergens toch weer tegen, die immers voor haar huwelijk een soort vriendin was van Juliëtte en van wie we inmiddels weten dat zij verliefd was op David en hij op haar.'

'Of ze was een ondergeschikte, dat zou verklaren waarom Antonia niet zelf met David kon trouwen.'

'Ik hoop net als u dat dit uiteindelijk toch duidelijk wordt.'

De kamerdeur ging open na een korte klop op de deur. 'Lieve tante, ik heb u zo gemist!'

Floris Leeuwenburg stapte binnen.

Agnes had hem de hand geschud en wilde zich in de keuken terugtrekken nadat ze had geïnformeerd of hij koffie wilde.

'Waarom krijg ik de indruk dat ik stoor, of erger, dat je mij wilt ontlopen, Agnes?'

'Dat laatste is zeker niet het geval,' verzekerde ze hem, al klonk haar stem een tikje plichtmatig.

'Dat hoop ik dan maar. Het is jammer dat je niet mee kon naar het concert.'

'Tante Eugenie ging voor.'

'Vanzelfsprekend,' glimlachte hij.

'Zou je met Floris naar een concert gaan?' vroeg de oude dame meteen hevig geïnteresseerd. 'Waarom wist ik daar niets van?'

'U moest die dag naar het ziekenhuis,' antwoordde Agnes, maar het was waar, ze had de oude vrouw niet eens verteld dat ze met de achterneef uit zou gaan, omdat ze er meer tegen opgezien had dan ze ernaar uit had gekeken.

'Dat kwam onverwacht. Je moet het eerder geweten hebben.'

Agnes dacht hoe ze vol was geweest van het uitje met Rik, en dat Floris haar slechts met moeite had weten over te halen, enkel en alleen omdat de ze de muziek zo aantrekkelijk gevonden had.

'Ik ga nu echt koffie voor je maken,' zei ze een tikje aangebrand tegen de net gearriveerde gast.

'Goed.' Hij ging zitten en keek toen weer op. 'Het schiet me te binnen dat het halfvier is. We gaan het gemiste uitje straks meteen goedmaken, Agnes. Ik weet zeker dat mijn tante er geen enkel bezwaar tegen heeft als je het gemiste uitstapje goedmaakt door straks te gaan eten met haar achterneef.'

Eugenie schoot in de lach. 'Helemaal niet,' bevestigde ze tot Agnes' schrik. 'Waar wil je gaan eten?'

'Misschien heeft u een suggestie?'

De oude dame dacht na en noemde ten slotte een naam. 'Niet te duur en chic, maar wel goed voedsel. Het is al een paar jaar geleden dat ik er geweest ben en in die tijd kan er veel veranderd zijn, maar als ik jou was zou ik Agnes meenemen naar...'

Agnes hoorde het niet en vluchtte de kamer uit. In de keuken keek haar vader op. 'Ik heb cake uit de vriezer gehaald.'

Ze slaakte een zucht en haar vader keek vragend. 'Waarom die diepe zucht? Mag je neef Floris niet?'

'Op de dag dat tante Eugenie naar het ziekenhuis moest, zou ik immers met hem naar een concert gaan.'

Haar vader grinnikte. 'Toen was je daar ook niet al te enthousiast over, herinner ik me. Vind je hem niet aardig?'

'Dat is het niet.' Ze schokschouderde. 'Nu moet ik straks wel met hem uit eten, want tante Eugenie heeft het al goedgekeurd, dus ik kan er met de beste wil van de wereld niet onderuit.'

'Het lijkt me een aardige vent, dus mok niet als een klein kind dat geen ijsje krijgt op een warme zomerdag!'

Ze keek haar vader stomverbaasd aan. 'Vind je me zo'n verwend nest?'

'Helemaal niet. Waarom mag je hem eigenlijk niet?'

'Dat komt hoofdzakelijk door het ongemakkelijke moment toen tante Eugenie en ik in Zierikzee met de familie Leeuwenburg gingen eten. Allemaal hartelijk en gezellig, tot op het moment van opstappen iedereen, Floris incluis, het aan de oude vrouw overliet om voor iedereen te betalen, terwijl zij juist als gast uitgenodigd was.' Ondertussen maakte ze koffie voor beide mensen in de salon. 'Dat was een heel vervelend slot van een op zich fijne dag, en het blijft me dwarszitten.'

'Zeg dat dan gewoon tegen hem, vanavond.'

'Wat denk je?' Eindelijk kon er een cynisch lachje van af. 'Delen we straks de rekening?'

'Vraag het hem ronduit,' vond haar vader nuchter. 'Kom, je gaat er niet dood van om anderhalf, twee uur met een kerel aan tafel te zitten! Die erwtensoep met de dokter werd enthousiast naar binnen gewerkt. Tjonge, Agnes die twee aanbidders heeft,' grinnikte haar vader uiterst opgewekt.

'Spot er niet mee, pa. Het heeft in beide gevallen niets met mij als vrouw te maken.'

'Nee, de dokter zat zelf aan zijn taks en moest uitgelaten worden, samen met Karel. Hij is echter geen hond, meisje, die iemand nodig heeft die de leiband vasthoudt. En dat Floris denkt dat jij mogelijk iets te erven krijgt, nu ja, het is van de familie wel te begrijpen dat ze die mogelijkheid niet uitsluiten. De genegenheid die je wordt betoond, steekt Eugenie Ernsting niet bepaald onder stoelen of banken. En de familieleden weten verdraaid goed dat ze nu in deze paar maanden niet meer goed kunnen maken wat ze jarenlang op zijn beloop hebben gelaten. Vind je de dokter aardiger dan de neef?'

Ze bloosde een beetje en was blij dat ze de koffie naar de salon kon brengen. 'Geen idee, pa, ik ken ze geen van beiden goed genoeg.'

'Wel, hoogste tijd om daar verandering in te brengen. Dus in dit geval ben ik het met de oude dame eens. Ga met Floris uit eten en geniet ervan. Dan worden bovendien zijn motieven duidelijker, als je het verstandig aanpakt, en dat kun je morgen dan weer fijn doorbrieven aan onze werkgeefster.'

'Misschien wil ik dat juist niet.'

'En je bent bang voor wat je mogelijk te horen zult krijgen,' knikte de oudere man. 'Pieker niet zo veel, Agnes. Je bent inmiddels zevenentwintig en hebt nog maar weinig dingen gedaan die andere jongelui zo leuk schijnen te vinden. Je gaat maar zelden op vakantie, maakt geen verre reizen, hebt niet de ene relatie na de andere om het manvolk goed te leren doorgronden.'

'Nou pa, had je soms gewild dat ik helemaal losgeslagen was?'

'Nee meisje, juist niet. Maar er hoeft in het leven niet enkel te worden gewerkt en grote verantwoordelijkheden te worden gedragen. Er mag wel degelijk ook genoten worden van de positieve kant van het leven, en vooral van de jeugd. Denk erom, je bent maar één keer jong en die tijd kun je met geen mogelijkheid meer terugdraaien als de jonge jaren eenmaal voorbij zijn. Bovendien zou ik je een welgemeende goede raad willen geven. Je lijkt op mij, wij hebben de neiging onze gevoelens weg te stoppen en aan de slag te gaan. Hard werken, zeg maar een oude calvinistische inslag. Maar, lieve kind, kijk eens goed naar wat je echt voelt vanbinnen.'

Ze wist ineens niet wat te zeggen en haastte zich naar de salon om daar niet op te hoeven reageren. Het was beslist waar wat haar vader had gezegd. Hij had gelijk, wist ze.

'We gaan om halfzes weg,' vertelde Floris even later en hij leek er geen moment aan te twijfelen of ze keek net zo naar de onverwachte gelegenheid uit als hijzelf. 'Dan drink ik om vijf uur eerst nog een portje mee met mijn tante, en jij kunt nu beslissen of je vader oppast, of dat je eerst de onvolprezen Pieta belt.'

'Ik voel me uitstekend en blijf op tot Agnes terug is,' klonk het meteen. 'Je kunt mijn boterham smeren voor jullie vertrekken en je vader is handig genoeg om de soep warm te maken en mij het eten te brengen zonder dat hij op het tapijt morst.'

Er was geen ontsnappen meer aan, besefte Agnes. Dus ging ze zich omkleden en optutten. Ze kon haar eigen negatieve gevoel niet eens verklaren. Het was waar wat ze tegen haar vader had gezegd over dat onaangename moment bij het vorige etentje, maar verder scheen Floris toch wel een aardige kerel te zijn. Hij kwam tenminste zomaar eens langs, en ze besefte dat tante Eugenie dat prettig vond. Hij vroeg niet openlijk om geld, zoals Agaath, die alleen maar zelf plezier wilde maken en het redelijk scheen te vinden dat een ander voor die behoefte betaalde. Hij was al helemaal niet zoals Evert, die zijn ogen duidelijk te gast liet gaan op alles wat hij aan een vrouw mooi vond, zelfs bij haar deed hij dat. Hij was ook niet zoals David, misschien nog wel de aardigste van het stel mogelijke erfgenamen, want David was arts en had een goed inkomen van zichzelf. Hij was ook hartelijk genoeg om zijn oudtante bij zijn huwelijk te willen hebben. Ach, ze was een zeur, meer niet. Diep ademhalen en dan het diepe in!

Om halfzes stapte ze bij Floris in zijn auto. 'Fijn,' grinnikte hij voor hij de auto startte. Hij vroeg of ze het voorgestelde restaurant kende.

'Ik eet niet vaak buiten de deur, maar ik ben er inderdaad weleens geweest en heb daar prima gegeten.'

'Mooi,' was zijn ontspannen reactie. 'Vertel me maar waar we heen moeten om er te komen. Ik heb gebeld, er was gelukkig nog plaats.'

Toen ze zich vermand had en zich had voorgenomen er maar het beste van te maken, werd het onverwacht nog gezellig. Floris bleek een gemakkelijke prater. Ze vroeg hem naar zijn werk en naar de boekwinkel van zijn familie, en op elke vraag gaf hij gretig en uitgebreid antwoord. Ze bestelden beiden hetzelfde en eerlijk is eerlijk, ze at geweldig lekker. Helemaal tevreden leunde ze na het toetje achterover en hij bestelde nog twee espresso's om de maaltijd te besluiten. Op hetzelfde moment drong het tot haar door dat hij al haar vragen uitgebreid had beantwoord, en dat was prettig geweest. Hij had echter helemaal geen vragen aan haar gesteld. Het was de hele tijd over hem gegaan en even maar over tante Eugenie en de zorgen die hij zich had gemaakt toen de oude dame onverwacht in het ziekenhuis opgenomen was. Agnes klapte weer een beetje dicht, wat hem blijkbaar meteen opviel.

'Wat is er?' wilde hij weten en dit was de eerste vraag die hij haar stelde. Maar dat zei ze natuurlijk niet.

'Ik hoop dat tante zich niet verveeld heeft gevoeld.'

'Ze eet nooit met jullie samen, altijd alleen?'

Ze schokschouderde. 'Dat is in het verleden zo gegroeid. Mijn vader werkt al heel lang voor haar en vroeger was er veel meer afstand tussen werkgever en personeel.'

'De hele familie is blij met jouw goede zorgen, Agnes.'

Even zat ze met haar mond vol tanden. 'Dank je,' antwoordde ze toen kalm.

'Ik ga even afrekenen. Ik merk dat je graag terug wilt.'

Het luchtte haar op dat de rekening zo grif werd voldaan, en toen ze terugreden naar de hof voelde ze zich eindelijk prettig in zijn gezelschap. Jammer dat dit moment niet eerder was gekomen, schoot het door haar hoofd.

Eenmaal thuis en in bed lag ze lang wakker en moest ze terugdenken aan wat haar vader had gezegd. Haar gevoelens meer toelaten. Meer leven vanuit haar hart en minder vanuit haar verstand. Kon ze dat wel?

Die nacht droomde ze van Rik en niet van Floris.

HOOFDSTUK 17

Toen ze rond halftien de salon binnenkwam, werd Agnes niet nieuwsgierig en verwachtingsvol aangekeken. Tante Eugenie hing daarentegen in elkaar gezakt in haar stoel. Met een zacht bibberstemmetje klonk het: 'Ik bloed alweer zo erg, Agnes.'

Agnes schrok enorm. 'Net als de vorige keer? Heeft u krampen of pijn?'

'Nee, dat niet, maar ik herken dat nare gevoel in mijn zij. Ik kan nog wel plassen.'

'Moet ik Rik bellen?'

De oude dame schudde het hoofd. 'Nog niet. Waarom gebeurt zoiets altijd in het weekeinde? Of 's avonds of 's nachts?'

'De mens wordt nu eenmaal niet ziek tussen negen en vijf, al zijn er genoeg doktoren die dat graag zo zouden zien.'

'Nu ben je cynisch!'

'Wilt u het liefst in bed gaan liggen? En heeft u al pijnstillers geslikt? U weet wat Rik laatst heeft gezegd: drie keer per dag twee tabletten paracetamol slikken, dan blijft er een constante spiegel in het bloed.'

De oude dame haalde haar schouders op. 'Leg je straks de telefoon naast je bed, voor als ik je nodig mocht hebben?'

'Ik slaap altijd met de telefoon op mijn nachtkastje. Dat weet u.

Maar als het nodig is, slaap ik vannacht wel op de bank in de bibliotheek. Dan ben ik in de buurt en misschien voelt u zich dan veiliger.'

'Dank je dat je zo goed voor me zorgt, lieve kind. Ik zou me geen raad weten zonder jou!'

'Dan kwam er wel een andere oplossing,' wimpelde Agnes af.

'Ja, het tehuis! Dokter Langeveld zegt dat er genoeg ouderen zijn die opgelucht zijn als er een plekje vrijkomt in het tehuis, omdat ze thuis bang zijn als ze bijna altijd alleen zijn.'

'Als er niemand om je heen is, kan ik me dat goed voorstellen, zeker als er problemen zijn met de gezondheid. Maar vaak kan de partner de zorg niet meer aan, als die er toch nog is.'

'Als je zelf oud bent, is je partner dat bijna altijd ook.'

'Kom maar, nog even en u ligt lekker in bed, dan geef ik u de tabletten, en daarna maak ik nog wat lekkers voor u klaar.'

'Ik wil niets meer eten.'

'U heeft vanavond maar de helft van uw boterham opgegeten, zag ik.'

'De laatste tijd heb ik nauwelijks nog trek in eten.'

'Dat weet ik, maar u moet toch zorgen dat u op krachten blijft.'

'Ik lust nog wel een glaasje van die wijn van vanmiddag. Misschien krijg ik daar wel een beetje trek van, en lust ik daarna nog een crackertje of zo.'

Agnes schoot in de lach. 'Een glaasje port om vijf uur en een glas wijn bij het middageten, u drinkt zelden meer.'

'Maar nu heb ik er behoefte aan. Op de een of andere manier maakt dat bloeden mij onrustig en als het begint word ik bang om weer naar het ziekenhuis te moeten. Vind je me nu een drankorgel?'

Ze probeerde haar angst achter een grapje te verbergen, begreep Agnes direct. 'Zo'n vaart zal het zeker niet lopen,' troostte ze. Ze hielp tante Eugenie met het uittrekken van haar kousen, hielp haar in haar nachthemdje. Ze besefte eens te meer hoe tenger en fragiel de oude dame in de afgelopen maanden geworden was. Ze reikte een schoon pakje met een dun incontinentiemateriaal aan. Als je voor iemand zorgde in de laatste fase van het leven, werden gaandeweg alle grenzen van intimiteit overschreden, en zelfs dat wende snel, simpelweg omdat de hulp noodzakelijk was en niet gemist kon worden.

Toen Eugenie verzorgd was, braaf haar twee tabletten had doorgeslikt om het vervelende gevoel in de nierstreek te dempen, al wilde ze dat zelf nog geen pijn noemen, en Agnes een glaasje wijn voor haar had ingeschonken, keek Eugenie de jongere vrouw onverwacht scherp aan. 'Ik heb Floris niet meer gezien.'

'Hij is meteen doorgereden naar Zierikzee toen hij mij terug had gebracht. We hebben goed en gezellig gegeten, tante Eugenie.'

De oudere vrouw knikte. 'Dat is goed. Agnes, wil je even gaan zitten, alsjeblieft. Ik moet je wat zeggen. Mijn einde nadert, Agnes. Ik voel het gewoon.'

'Maar…' wilde Agnes protesteren en ze keek de oude vrouw toch geschrokken aan nu ze dat zo ronduit zei.

'Nee, doe nu niet net alsof je dat niet weet. Ik weet het, en jij weet het ook. Ik heb de laatst tijd veel ingeleverd. Het zal niet morgen zijn of zo, maar mijn levenskracht vloeit langzaam weg, en daar sluit ik mijn ogen niet voor. Sterker nog, ik heb er vrede mee gekregen, dat heb ik al vaker gezegd, maar ik wil dit toch nog eens goed met je doorpraten. Dokter Langeveld heeft mij min of meer gerustgesteld dat de allerlaatste fase geen ontluisterende lijdensweg hoeft te worden, en hij heeft mij beloofd ervoor te zorgen dat de pijn niet ondraaglijk wordt. Als het einde in zicht komt en ik heb pijn, ga ik slapen tot de grens van leven en dood genomen is. Dat heeft mij erg gerustgesteld. Niet de dood zelf boezemt mij en zo veel anderen die ervoor komen te staan angst in, maar het mogelijke lijden. De dokter heeft mij wat dat betreft steun beloofd, en ik voel dat ik op hem kan vertrouwen. Maar om over een paar weken nog naar het huwelijk van David en Ian te gaan, ik heb er inmiddels geen kracht meer voor, en je moet hun dat morgen maar liever meteen laten weten.

Als het nu vlakbij was en ik in een uur of drie uur weer thuis zou zijn, dan zou ik het misschien nog wel willen overwegen. Maar zo ver weg, twee nachten slapen in een hotel met daartussendoor een drukke dag met veel mensen, ik zie er eerlijk gezegd steeds meer tegen op.'

'Ze zullen het vast en zeker begrijpen,' meende Agnes.

'Dat geloof ik ook wel.' Het verdriet in haar ogen maakte plotseling plaats voor cynisme. 'Er zal een stil gejuich opgaan in de familie als ik mijn ogen eindelijk voor altijd sluit.'

'Zo erg is het toch ook weer niet?'

'Denk je?' Zo veel scepsis, maar erger nog, zo veel verdriet ook, drukten de ogen nu uit, dat Agnes prompt zelf tranen in haar ogen kreeg. Ze voelde zich toch al kwetsbaar na de slechte nachtrust en heftige dromen.

'Ondanks al uw rijkdom bent u in een ander opzicht toch weer arm geweest,' ontsnapte het aan de lippen van de jongere vrouw, en ze schrok er zelf van, want het was haar zomaar ontglipt voor de gedachte eigenlijk goed en wel tot haar doorgedrongen was.

Eugenie glimlachte berustend. 'Ja kind, en het ergste is dat ik dat mijn leven lang heb gevoeld. Vroeger thuis al, waar nooit over gevoelens werd gepraat en mijn moeder vaak weg was, zodat ik de meeste tijd doorbracht met personeel. Later in mijn huwelijk was ik eveneens eenzaam. Ernst was een goede man, daar niet van, maar we hielden niet van elkaar. We leefden naast elkaar, in plaats van met elkaar. Er groeide door de jaren heen evenmin vriendschap tussen ons. We lagen 's nachts in hetzelfde bed en tegelijkertijd gaapte er een onoverbrugbare afgrond tussen ons. Dat was echte eenzaamheid, Agnes. Er was iemand die er tegelijkertijd niet was.' Ze zweeg even, haar ogen peinsden en haar gedachten verdwenen in een verleden tijd. Het duurde even voor ze Agnes weer aankeek. 'We leefden dus langs elkaar heen en dat werd erger toen er maar geen kinderen kwamen. Hij verweet het mij en in stilte verweet ik het hem. Aan wie het werkelijk gelegen heeft, zullen we nooit weten en dat zou ook niets veranderen.' Ze zweeg opnieuw en slaakte een gelaten zucht. 'Toen Ernst er niet meer was, bleef ik alleen achter, met jullie om mij heen. Je moeder was net zo'n lieverd als jij, maar haar moesten we helaas ook veel te vroeg missen. En mijn familie, nu ja, dat weet je. Ik heb altijd welbewust God gedankt voor de zegeningen die mijn leven wel telde, maar de eenzaamheid bleef en dat zal nooit meer veranderen. Ik heb me er nu wel bij neergelegd. Kerstavond was voor mij een van de belangrijkste avonden in mijn leven. Eindelijk mijn hele familie om mij heen, al was het maar voor één keer, en al was het zeker ontluisterend om te beseffen dat ze allemaal dachten aan wat ze mogelijk van mij zullen gaan erven. Het deed mij verdriet dat niemand zei dat ze vroeger zo met mij konden lachen, dat ik hun dierbaar was, dergelijke dingen, en dat gaf dan weer een ander gevoel van eenzaamheid.' De oude dame slaakte een lichte zucht, nam een slokje van haar wijn en keek Agnes toen aan met een blik waarin een traan nog blonk van het verdriet dat ze vanavond had gevoeld en dat ze dapper probeerde de baas te worden. 'Maar ze zijn tenminste geweest, daar kan ik dan wel weer dankbaar voor zijn. Ze hebben een gemeenschappelijke herinnering, als ik er straks niet meer ben. Ze zullen zich de hof herinneren. Een leven zoals ik dat heb geleid, is natuurlijk ouderwets geworden. In een mooi huis zitten te niksen met een horde personeel om je heen, dat is werkelijk niet meer van deze tijd. Maar goed, genoeg getreurd. Het is zoals het is, en uiteindelijk heb ik vrede gevonden vanbinnen. Ga maar gewoon in je kamer slapen, lieve kind, en maak je om mij alsjeblieft geen zorgen.'

'Dat doe ik nu juist wel. U keek daarnet zo verdrietig.'

Eugenie glimlachte. De traan verdween uit haar ogen. 'Het verdriet kwam weer even boven, maar het is zoals ik het zei: ik heb vrede gekregen met het leven, dat nu bijna voorbij is. Het was goed. Wil je me een plezier doen?'

'Wilt u toch nog een crackertje of iets anders?'

De oude vrouw schudde het hoofd. 'Mijn lichaam heeft nauwelijks nog behoefte aan voedsel, maar de geest des te meer. Ik bid veel, deze dagen. Wil je mij alsjeblieft nogmaals de drieënveertigste psalm voorlezen, het vierde vers? Het zal de leidraad worden van mijn begrafenis, want ik put er kracht en troost uit, te weten dat mij straks een mooier eeuwig leven wacht bij God.'

Agnes voelde een brok in haar keel toen ze met zachte stem het gevraagde voorlas.

Eugenie nam haar laatste slokje wijn toen Agnes weer zweeg. 'Wil je morgen de dominee bellen om hem te vragen mij op te komen zoeken, om samen met mij te bidden?'

Agnes beloofde dat en stond op. Tante Eugenie schudde haar hoofd toen ze haar aankeek. 'Nee, geen televisie meer, ik ga in het donker wat liggen terugdenken aan mijn leven en ik beloof je, ik zal het langst stil blijven staan bij mijn meest dierbare herinneringen.'

'Welterusten,' fluisterde Agnes en op haar tenen sloop ze de slaapkamer van Eugenie uit. Eenmaal in haar eigen bed kon ze met geen mogelijkheid zelf de slaap vatten. Vanavond had het bijna gevoeld als een afscheid, besefte ze. Een afscheid dat mogelijk binnen niet al te lange tijd daadwerkelijk zou komen. Als het al niet zo laat was geweest en bovendien weekend, had ze Rik graag gebeld om deze gevoelens met hem te delen, maar nu durfde ze dat niet. Dan kwamen direct daarop de gedachten aan Floris. Twee jongemannen die min of meer belangstelling voor haar schenen te hebben. De een vond ze boeiend, de ander gaf haar meer het gevoel dat ze bij hem op haar gemak was. Maar verder?

Nee, ze was niet verliefd en feitelijk was dat maar goed ook, want haar eerste taak lag nu bij tante Eugenie.

Lieve David,

Wat je vorige week hebt gezegd, zal ik vanzelfsprekend accepteren. Natuurlijk hebben we allebei geweten dat het nooit wat kon worden tussen ons en ik heb er respect voor dat je vindt dat ik in de toekomst even-

eens moet gaan trouwen en niet de bijzit moet worden van een welgesteld
heer. Je bent nu verloofd en ik ga proberen een dienstje te zoeken in de
stad. Je weet dat mijn broer er een jaar geleden heen is gegaan en in de
haven werkt. Ik kan voorlopig bij hem terecht. Moeder huilt tranen met
tuiten omdat ik wil vertrekken, en ik heb haar in vertrouwen verteld
waarom dat is. Mijn besluit staat vast.
Zoals je mij hebt gevraagd, ben ik naar het atelier geweest om een foto te
laten maken en ik weet dat jij daar ook bent geweest. Het zal een troost
zijn dat we straks elkaars foto nog hebben, want we zullen zeker pijn voe-
len als ik weg ben. De broche draag ik nog elke dag onder mijn kleren.
Over dat andere portretje praten we niet meer. Niettemin hoop ik dat je
erg gelukkig mag worden met Juliëtte.
Ik bewaar mijn liefde voor jou voor altijd in mijn hart.

Antonia.

Het was een brief vol taalfouten, geschreven door iemand die overduidelijk niet vaak brieven schreef en mogelijk maar weinig naar
school had kunnen gaan, wat in die jaren nogal eens voorkwam bij
arbeiderskinderen. Maar Agnes dacht bij het lezen werkelijk dat
haar hart bijna stilstond. Een portret werd in deze brief genoemd.
Deze Antonia moest dezelfde zijn die een paar maal was genoemd
in het dagboek van Juliëtte, met name in de tijd rond haar verloving
met David Ernsting en haar beschrijving van de kermis en de
paardenmarkt, zoals het er in die dagen aan toe was gegaan. Opgewonden sprong Agnes overeind en rende ze naar het grote huis,
waar ze Pieta juist tegenkwam met een blad vol koffiekopjes.
'Het is je vrije dag, Agnes,' klonk het een beetje stug van de oudere
vrouw.
'Ja, maar ik...' Ze maakte haar zin niet af. Het ging Pieta niets aan
dat ze op zoek waren naar een jonge vrouw die op een klein portretje was afgebeeld in de galerij. De brief in haar hand stak ze bijna
ongemerkt in haar broekzak. 'Is er visite?'

'Familie,' knikte Pieta en de toon waarop dat werd uitgesproken, zei veel meer dan haar woorden. Agnes knikte en keerde zich om, slenterde een beetje teleurgesteld de tuin in, maar haar gedachten waren allesbehalve rustig. Antonia, die sprak over een portret en die een foto had laten maken, kennelijk met de bedoeling dat die bestemd was voor de man van wie ze hield en die ze achter moest laten omdat zij te ver beneden zijn stand geboren was en hij daarom met een ander zou trouwen. Dat had hij dus inderdaad gedaan, leerde de geschiedenis. Zou zij een foto van hem meegekregen hebben naar de stad, en hoe zou haar leven daar verlopen zijn? Was ze later alsnog getrouwd? Had ze misschien kinderen gekregen, die zich mogelijk tot op de dag van vandaag zouden herinneren dat hun groot- of overgrootmoeder lang geleden een ongelukkige liefde had gekend voor David Ernsting? Maar in deze brief werd gesproken over een portret, en wat kon daarmee anders worden bedoeld dan het geheimzinnige portret in de galerij, waarvan ze nu al wekenlang probeerden te achterhalen wie erop stond afgebeeld en waarom het schilderijtje daar hing?

'Nee maar, wat een geluk dat je toch thuis bent.'

Ze schrok op, draaide zich om en keek in de ogen van Evert. Eigenlijk wilde ze meteen weglopen, maar hij pakte haar vertrouwelijk bij de arm. 'Weet je eigenlijk wel hoe vaak ik aan je moet denken?'

Ze rechtte haar rug. 'Ik denk dat je beter terug kunt gaan naar je tante en Lieneke,' wist ze uit te brengen terwijl ze haar afkeer voor die man verborg.

'Lieneke is er niet bij.'

'O, maar…'

'Ik heb mijn koffers gepakt. We gaan niet verder met elkaar. Als ik straks op de hof woon, wil ik helemaal opnieuw beginnen.'

'Maar…' hakkelde ze totaal van haar stuk gebracht. Ze haalde diep adem en besloot toen nuchter dat ze moest uitvissen waarom hij er zo zeker van leek te zijn dat hij op een gegeven moment op de hof zou wonen.

'Ik dacht dat jullie huwelijk goed was,' begon ze en ze bedwong de neiging die hand van haar arm te schudden.

Hij glimlachte zelfvoldaan en knikte naar de rand van de tuin. 'Kom, we lopen even naar het tuinhuis.'

'Heeft tante Eugenie iets gezegd over de toekomst?' vroeg ze toen zo neutraal mogelijk.

'Niet heel veel en dan nog in bedekte termen, maar ik heb de boodschap begrepen. Ik ben de oudste nazaat van een mannelijke Ernsting, dus het is duidelijk genoeg. Lieneke was het direct met mij eens dat geen ander dan ik de hof zal erven, en David dacht het ook wel, omdat hij jonger is dan ik.'

'Agaath is er ook nog, die is ouder dan jij.'

'Maar dat is een vrouw. In oude families werd er alleen via vrouwen vererfd als er geen mannen meer waren.'

'Maar dit is de moderne tijd en jullie zijn geen van drieën wettige nakomelingen. Dat zijn de familieleden van tante zelf wel.'

'Die hebben geen recht op de hof. Die is immers al generaties lang in handen van een Ernsting.'

Ze hield de opmerking dat hij evenmin Ernsting heette, maar liever binnen. 'Nu ja, het zijn mijn zaken niet. Over zulke dingen praten we niet.'

'Is dat echt zo? Heeft ze tegen jou dan nooit iets gezegd? Dat kan ik mij niet goed voorstellen.'

Agnes schudde het hoofd en haar afkeer van Evert nam toe, maar ze wist zich nog te beheersen.

'Je bent een mooie, lieve meid, Agnes. Misschien moet je er eens aan denken dat jij net als ik op de hof zou kunnen wonen, in de toekomst?'

'Nee hoor,' lachte ze terwijl ze een stap bij hem vandaan deed om meer afstand te scheppen toen hij haar hand wilde vastpakken. 'Ik ga weer ongeveer hetzelfde werk doen als ik vroeger deed, als ik hier niet langer nodig ben.'

'Maar als ik er woon, en ik wil iemand aan mijn zijde hebben?'

'Lieneke…'

'Dat zal Lieneke niet zijn. Ze wil het niet horen, maar na zo veel operaties is ze niet langer zo mooi als vroeger. Ze ziet er onnatuurlijk uit en…'

Ze vond zijn woorden stuitend en trok zich los. 'Ik ga weer naar binnen. In dergelijke gesprekken heb ik helemaal geen zin,' weerde ze hem af.

Zijn uitdagende ogen werden hard. 'Je mag je vereerd voelen dat ik je leuk genoeg vind als ik straks rijk ben.'

Een golf van misselijkheid overspoelde haar. 'Als jij straks rijk bent, hangen er genoeg vrouwen om je heen om daarin te willen delen,' glimlachte ze, uiterlijk veel kalmer dan ze zich vanbinnen voelde. 'Dan heb je mij niet nodig en bovendien, ik ben niet geïnteresseerd. O, je tante wordt minder, Evert, maar ik denk niet dat ze binnen een paar weken al haar welstand aan jou zal nalaten.' De laatdunkende toon in haar stem kon hem nauwelijks ontgaan.

'Bemoei je niet met zaken die je niet aangaan,' beet hij haar onverwacht venijnig toe, en de stroperige slijmerigheid was nu volledig omgeslagen. Opgelucht liet ze hem achter zich en pas tegen vijf uur, toen het tijd was voor het dagelijkse glaasje port, ging ze voorzichtig kijken of de auto op de oprit vertrokken was. Tot haar opluchting was dat inderdaad het geval. Pieta vertrok en zelf ging ze de salon binnen om het portje in te schenken. De brief in haar broekzak brandde en een onderzoekende blik later ging ze aarzelend zitten.

'Dat was een onverwacht bezoek.'

'Evert en Lieneke zijn uit elkaar, dat kwam hij vertellen. Ik kan er niet om treuren,' bekende Eugenie eerlijk. 'David en Ian waren bij hem en zijn meegekomen. Zomaar. Dat deed me goed, Agnes.'

Het meisje knikte. 'Fijn. U kon wel iets opbeurends gebruiken.'

'David en Ian zijn eigenlijk heel aardig. David was bezorgd, hij begreep heel goed dat ik niet meer in staat ben om zijn huwelijk bij te wonen, maar hij heeft beloofd dat alles wordt gefilmd, zodat ik dat op de computer kan bekijken.'

'Evert hield mij in de tuin staande en vertelde dat hij en Lieneke uit elkaar zijn.' De rest hield ze maar wijselijk voor zich.

'Ze heeft een ander, beweert hij,' peinsde Eugenie. 'Maar ik weet niet of hij dat mogelijk verzint. Dat zou me niets verbazen. Hij zei bovendien dat hij degene was die zijn koffers had gepakt. Hij vroeg of hij hier zolang mocht logeren, maar ik heb dat afgehouden met de woorden dat ik me te zwak voel om drukte in huis te hebben. Hij protesteerde wel dat een hotel duur was, maar hij is toch vertrokken. Gelukkig maar, want ik voelde me nogal schuldig om hem de deur te wijzen toen hij een beroep deed op mijn gastvrijheid.'

'Mij zou het evenmin verbazen als hij waar nodig de waarheid een beetje aanpaste. Hij zei tenminste niet tegen mij dat hij gevraagd had of hij hier mocht logeren. Tante, het gaat mij natuurlijk niets aan, maar Evert zei wel er zeker van te zijn dat hij de hof zou erven en er in de toekomst zou wonen. Hij nodigde me zelfs uit dan bij hem in te trekken om daarin te delen.'

De lach die klonk was warm en spontaan en deed aan voorbije, betere tijden denken. 'Dat is de beste mop die ik in lange tijd heb gehoord. Wat een smeerkees!'

'Maar… Hij suggereerde dat u hem dat zelf heeft toegezegd.'

'Wat er met mijn nalatenschap gaat gebeuren, blijft geheim. Ik praat er niet over, met hem niet, met iemand anders niet, alleen met de notaris.'

'U heeft groot gelijk. Nu ja, ik neem alles wat hij heeft gezegd niet met een korreltje, maar met een schep zout!'

'Groot gelijk.'

'Er is nog iets anders, dat moet ik u beslist voorlezen,' zei Agnes toen en ze viste het oude briefpapier uit haar broekzak. 'Luistert u maar.'

Ze las de brief voor en het gezicht van de oude vrouw ontspande. 'We hebben het raadsel opgelost, denk ik! Antonia, de stille liefde van opa David, hij kon niet zonder haar leven en hing haar portret in de familiegalerij. Heb je de foto waarover wordt gesproken ook nog gevonden?'

'Er zijn zo veel foto's met mensen erop die wij niet meer kennen, misschien zit de foto van Antonia daartussen, misschien ook niet. De namen staan maar zelden op de achterkant vermeld. Daar hebben we al eerder naar gekeken. Als Antonia er wel op staat, zullen wij haar niet herkennen. Jammer genoeg ben ik haar achternaam nergens tegengekomen, zodat ik niet kan uitzoeken of ze inderdaad zo veel jaar geleden naar de stad is vertrokken, of ze daar later misschien toch nog getrouwd is en kinderen heeft gekregen, en of er heel misschien nog nazaten leven die het verhaal van een trieste liefde nog kennen.'

'Dat is misschien wel uit te zoeken. Er zijn ergens lijsten van personeel dat hier vroeger heeft gediend. Als Antonia op de hof heeft gediend, moeten we de naam daarin terug kunnen vinden met achternaam erbij.'

'Maar voor hetzelfde geld diende ze bij de familie van Juliëtte.'

'We kunnen nakijken in welk jaar Juliëtte en David zijn getrouwd, en de liefde tussen hem en Antonia kan dus hooguit in hetzelfde jaar of het jaar daarvoor hebben gespeeld. Dat moet ergens te vinden zijn. We kunnen mogelijk achterhalen op welke boerderij of landgoed Juliëtte is geboren en opgegroeid, en misschien bestaan daar nog ergens papieren van of weten ze er meer van in het archief van het Streekmuseum, waar heel veel gegevens van vroeger worden bewaard. Tjonge, ik word er zelfs een tikje opgewonden van!'

Er verschenen twee blossen op de wangen die er tegenwoordig steeds kleurlozer uitzagen, en die ook ingevallen waren omdat de oude dame nu al wekenlang niet zo veel trek meer in haar eten had. 'Er is inderdaad sprake van een portret, maar dat wil nog niet zeggen dat het om het portret uit de galerij gaat,' dempte Agnes bedachtzaam de opwinding. 'Het kan natuurlijk, want arme mensen lieten geen portretten schilderen, maar aan de andere kant kan ik me niet voorstellen dat Juliëtte een portret van een andere vrouw in haar huis zou dulden, terwijl ze wist dat haar man gevoelens had gehad voor die vrouw. Dat is toch weer onlogisch, tante Eugenie.'

De oude ogen keken haar onderzoekend aan. 'Dat wel, maar Agnes, na alles wat we al hebben gevonden, is het toch het meest waarschijnlijke dat de jonge vrouw op het portret deze onbekende Antonia is?'

HOOFDSTUK 18

Het bloeden was deze keer na een dag of drie vanzelf weer opgehouden, zonder verdere problemen te veroorzaken. Toen Rik echter halverwege die week de wekelijkse controlevisite aflegde, waarmee hij de oude Eugenie tegenwoordig in de gaten hield, vertelde Agnes hem wel wat er was gebeurd toen hij wilde vertrekken.

Hij keek haar onderzoekend aan. 'Ze gaat langzaam maar zeker achteruit. Dat zie je toch wel, Agnes? Je beseft toch wat het betekent, hè?'

Ze knikte en zag aan de blik in zijn ogen dat hij zich niet alleen zorgen maakte over tante Eugenie. Ze kreeg er een warm gevoel bij. Ze werd er echter ook een tikje onrustig van, als ze aan hem dacht. Het kwam er maar niet van, mede door de toestand van tante Eugenie, om er nog eens samen op uit te gaan en het drong op dat moment tot haar door dat ze dat echt heel jammer vond. Eindelijk lieten haar ogen die van hem los en haalde ze diep adem. 'Ik besef het en ik vind het verdrietig. Als je eens wist hoe blij ik ben dat ik jou alles kan vragen wat er gebeurt en wat er nog op me af gaat komen. Ik heb het gevoel dat ik tenminste op iemand terug kan vallen.' Ze lachte een tikje onzeker. 'Het lijkt soms zelfs of ze echt mijn tante is.'

Zijn handen vatten de hare in een onverwacht hartelijk gebaar. 'Van iemand houden is er niet aan gebonden of er al dan niet een bloedband bestaat. Je kent mevrouw Ernsting al bijna heel je leven, je bent in en om dit huis opgegroeid en nu help je haar bij soms de meest intieme handelingen. Jij betekent ook veel voor haar, zeker op dit moment. Ze vertrouwt ten volle op jou. Je hebt er geen idee van hoe belangrijk dat voor haar is.'

Ze knikte. 'Misschien toch wel. Soms is het zwaar, Rik, maar tegelijkertijd is het prachtig dat ik dit voor een ander mens kan doen.'

'Kom, we lopen even de tuin in.' Eenmaal buiten, waar de vogels in deze tijd van het jaar om het hardst zongen in de oude bomen van de hof, keek Rik haar aan met een blik die ze niet goed wist te omschrijven. 'Ik ben er altijd als je een beetje steun nodig hebt. Dat wil ik nog een keer benadrukken. Je hebt mijn privénummer. Schroom niet om het te bellen. Je weet toch waar ik woon? Kom gerust eens langs, als je er behoefte aan hebt je hart te luchten of als je gewoon met vragen zit.'

Ze kreeg een kleur als vuur. 'Mij is altijd geleerd dat je een dokter niet onnodig lastig moet vallen.'

'Onze verstandhouding is al een poosje veranderd en bovendien ben ik niet jouw dokter. Agnes, zullen we het liever zo zien dat we vrienden zijn geworden? Als je mij laat helpen bij wat er in de komende tijd op je af komt, houd je het langer vol en ben je beter in staat om voor mevrouw Ernsting te zorgen. Laat dat vooropstaan, Agnes.'

Ze lachte verlegen. 'Als je zo goed voor al je patiënten zorgt, ben je over een paar jaar geen dokter meer, Rik. Dan ben je opgebrand en uitgeblust, en kun je niemand meer helpen.'

Hij grinnikte en oogde geheel ontspannen. 'Ik weet mijn grenzen aardig te bewaken, maar een enkele keer verleg ik die desalniettemin. Zoals nu, jongedame, en dat weten we allebei. Maar er zijn ook gevallen die ik nooit meer zal vergeten. Een poos geleden, bijvoorbeeld, was er een kindje met kanker, toen heb ik mijn grenzen ook verlegd. Dan zegt je verstand het een en je gevoel het ander. Maar misschien is het niet verkeerd om de mens zo nu en dan voorrang te geven op wat de dokter is geleerd.'

Ze was afgeleid. 'Wat vreselijk, Rik.'

Hij knikte peinzend. 'Inderdaad, dat was het. De ouders konden er totaal niet mee omgaan hun kind te moeten verliezen, en nu nog steeds niet. Het lijden van dat knulletje is inmiddels achter de rug en ik weet dat ik al het mogelijke voor hem heb gedaan. Het is zwaar en oneindig mooi tegelijk, dat ik dat kan doen. Nu hebben de ouders nog steeds mijn hulp nodig, al heb ik hen vanzelfsprekend doorverwezen naar een psycholoog. Om dit alles te kunnen doen, daarom ben ik uiteindelijk arts geworden. Hoe verdrietig het soms ook is, het geeft mij voldoening en ik word er al doende sterker van. De ouders heb ik waar nodig medicatie voorgeschreven en langzaam trek ik me nu terug en gaan zij meer vertrouwen op de psycholoog. En ten slotte moeten ze het zelf doen. Hun leven gaat toch verder, wat er ook is gebeurd.' Hij keek haar even strak aan. 'En nu ben jij er. Ik vind de oude mevrouw Ernsting aandoenlijk, met al haar rijkdom en tegelijkertijd dat enorme gevoel van eenzaamheid, wat toch een vorm van armoede is. En jij bent niet alleen haar steun en toeverlaat, maar ook nog eens een verschrikkelijk leuke jonge vrouw, die ik graag beter wil leren kennen.' Hij grijnsde ineens vrolijk, terwijl het zonlicht op zijn donkerblonde haar vol slagen viel. Agnes' hart maakte prompt een rare buiteling. 'Dus misschien is dat toch minder professioneel dan zou moeten. Maar och…'

'Rik!'

Hij grinnikte nog steeds opgeruimd. 'Kom, we gaan weer naar binnen. Agnes, je kunt tenminste niet zeggen dat ik niet eerlijk ben geweest. Gaan we overigens binnenkort nog eens samen aan de wandel?'

'Ik kan zo moeilijk weg nu het slecht gaat met tante Eugenie.'

'Mooi zo, dat klinkt toch heel wat beter dan: nee, liever niet. Als er een moment komt dat je denkt: nu ben ik eraan toe, laat het dan weten.'

Ze aarzelde. 'Rik? Misschien… ik durf het bijna niet voor te stellen.'

'Doe het toch maar. Ik ben mans genoeg om nee te zeggen als ik er niets in zie.'

'Tante Eugenie heeft altijd veel van de zee gehouden. Deze winter hebben wij de familie in Zierikzee opgezocht en ze genoot er zo van toen ik met haar over de Brouwersdam reed. Secundair rijd je daar langs het water, misschien ken je het? Vanuit de auto kon ze de zee zien, ze kreeg er tranen van in haar ogen. Nu is het april, en ze wordt zwakker. Ik heb al gedacht: als ze zich iets sterker voelt, ga ik nog een keer met haar naar de zee. Maar ze wordt alleen maar zwakker en ik durf het niet goed aan. Zou je erover willen denken om met ons drieën te gaan?'

Zijn ogen werden warm. 'Dat is erg lief van je, en daarom doen we dat. Ik ben dit weekeinde vrij, maar zondag komen een paar van mijn fietsvrienden bij mij eten. Dus het wordt zaterdag, mits de oude dame niet opnieuw bloedt en ze zich redelijk voelt. Dan haal ik jullie op en verrassen we haar. Zeg gewoon niets van tevoren. Afgesproken?'

'Afgesproken! O, dank je wel.'

Ze stonden inmiddels weer in de keuken. Hij stak haar uitdagend zijn wang toe. 'Je mag je dank hier uiten.'

'Engerd!' riep ze, maar ze zoende hem toch op de wang. Lachend liep hij weer naar binnen en met een onzeker gevoel keek ze hem na. Het was een impulsief voorstel van haar geweest, en of ze daar nu blij om was of juist niet, ze wist het niet eens zeker. Maar in ieder geval zou het voor tante Eugenie geweldig zijn, en ze droeg niet in haar eentje de verantwoordelijkheid voor de oude vrouw als hij meeging.

Ze zwegen alle drie. Rik en Agnes hadden Eugenie uit de wagen geholpen en met tranen in de ogen keek de oude vrouw naar de grijze, door de zon beschenen golven.

'Afscheid,' mompelde ze, 'maar dank jullie dat ik de zee nog een keer mag zien.'

'Zullen we een klein stukje lopen? Over het asfalt en dan tussen Agnes en mij in. Geef ons allebei maar een arm, mevrouw Ernsting. Wij samen vervangen de rollator.'

De oude dame knikte. Moeizaam schuifelend, voetje voor voetje, liep ze een meter of dertig langs het opkomende water, en daarna weer terug.

'Ik ben er moe van. Dat kippeneindje!' bromde ze op zichzelf. 'De oude dag is ontluisterend, dokter.'

'Dan gaat u lekker in de auto zitten uitrusten van de inspanning. Zegt u maar wat u wilt. Meteen weer terug, of nog ergens koffie-drinken?'

'Langzaam rondtoeren langs wat dierbare plekjes, mag dat ook?'

'Alles mag. Vandaag willen we niets liever dan u een plezier doen.'

'Dan toch maar ergens koffiedrinken, zodat ik even naar het toilet kan.'

'Dan doen we dat eerst. Voorbij de dam vinden we wel een gele-genheid waar u vlakbij uit kunt stappen.'

'Ik ben niet meer zo verwend sinds ik een knap jong meisje was!'

Hij grinnikte. Op een gegeven moment trapte hij op de rem. 'Zag u dat? Er sprong een bruinvis boven het water uit. Kijk, nu weer!'

'Wat leuk! Vorige keer zagen we twee zeehonden, weet je nog, Agnes? Die zijn ook weer terug. Jarenlang waren hier geen zeehon-den meer. De vervuiling, dat begrijp je.'

'De natuur is sterk, net als u.'

'Slijmbal,' giechelde de bejaarde passagier naast hem. Hij keck over zijn schouder naar Agnes en knipoogde.

'Ik laat me vandaag alles goedmoedig welgevallen, merk je wel?'

Ze dronken koffie. Daarna vond tante Eugenie het zelfs goed dat Rik een kopje kippensoep voor haar bestelde, want zelf wilde hij ondertussen graag iets stevigers eten en stelde Agnes een clubsan-dwich voor.

Nadat ze gegeten hadden, hielpen beide jonge mensen de vermoeid rakende Eugenie weer in de auto.

'U zegt het maar,' grinnikte Rik goedmoedig en hij keek Eugenie vragend aan. 'Waar rijden we het eerst langs?'

Vanaf de achterbank observeerde Agnes de twee passagiers voorin. Eugenie genoot zichtbaar, maar ze werd gaandeweg wel stiller en het was duidelijk dat al dat genieten niet kon verhinderen dat ze vermoeider was geworden dan ze toe wilde geven.

'Slot Haamstede,' klonk het als bijna een koninklijk bevel. 'Rijd eerst alsjeblieft naar Haamstede, dokter. Bij dat slot heb ik een mooie herinnering liggen.'

Hij knikte goedmoedig en reed er kalmpjes heen. Toen Eugenie uitstapte op de parkeerplaats voor het toegangshek, boden beide jonge mensen haar weer een arm, zodat ze aan twee kanten steun had bij het lopen.

Eugenies ogen dronken alles in. 'Er is van alles mis met dit oude lijf,' liet ze ondertussen onverbloemd weten, 'maar zowel met mijn bovenkamer als met mijn ogen is alles in orde. Ernst en ik hebben in deze omgeving vroeger enkele vakanties doorgebracht. Hij wilde lezen, en ik wandelen. Hier was ik ooit, enkele jaren voor Ernst stierf, om de oude ridderzaal te bekijken, en daar ontmoette ik een alleraardigste man met wie ik uiterst plezierig heb lopen praten, zelfs zo dat we daarna aan de overkant nog samen uitgebreid koffie hebben zitten drinken. We hebben adressen uitgewisseld en elkaar nog een paar keer een kaart gestuurd, over en weer. Hij was alleen, maar ik niet. Wie weet hoe het anders gelopen zou zijn! Toen Ernst eenmaal overleed, had hij alweer een vriendin en is het contact uiteindelijk verloren gegaan.'

'Lieve help, mevrouw Ernsting, het klinkt bijna als een buitenechtelijke affaire,' plaagde Rik goedmoedig.

De oude dame grinnikte met iets van haar oude elan. 'Ik kan zo'n plagerijtje van jou best hebben, dokter.'

'U mag zo langzamerhand best Rik zeggen, hoor. Als Agnes mij zo noemt, klinkt me dat bijna als muziek in de oren.'

Haar ogen dronken de contouren van het oude slot in. 'Ik weet niet of ik daar nog aan kan wennen,' glimlachte ze. 'Maar ik begin wel moe te worden, moet ik eerlijk toegeven, en dat vind ik heel wat minder prettig.'

'U geniet, en daar gaat het om. Als u dat wilt, gaat u in de auto rustig een uiltje knappen. Ik beloof u plechtig dat ik goed op u zal letten.'

'Ik heb veel vertrouwen in je. Weet je dat dit slot al heel oud is en toebehoord heeft aan Witte van Haamstede, de onechte zoon van de vermoorde Floris de Vijfde? En dat het er, volgens zeggen, spookt?'

'Toe maar,' grinnikte hij opgewekt. 'In de ridderzaal die u heeft bekeken?'

'Nee, nee! Het slot is ooit afgebrand, in 1525, toen er een feest aan de gang was en het slot door brandende teertonnen werd verlicht. Toen is er een wit paard vandoor gegaan met alle schatten van de kasteelheer op zijn rug gebonden, en dat rent volgens de overlevering nog steeds rond. Sommige mensen beweren dat ze het spookpaard zelf hebben gezien.'

Ze moesten alle drie lachen.

Toen ze Eugenie weer in de auto geholpen hadden, kreeg Rik opdracht verder te rijden, oude dorpjes door, over de zeedijk langs de Plompe Toren, waar Eugenie met een bibberig geworden stemmetje vertelde dat dit ooit de kerktoren was van een heel dorp, Koudekerke geheten, maar nu het enig overgebleven restant was van het eeuwen geleden door de zee verzwolgen dorp, waarvan de resten nu onder de zeebodem lagen, maar dat in haar jonge jaren de fundamenten ervan nog weleens droogvielen bij doodtij. Of dat tegenwoordig nog steeds zo was, wist ze niet.

Toen hij met een slakkengangetje weer verder reed, omdat ze onverwacht aangaf ook nog naar Zierikzee te willen om even bij de boekwinkel van achterneef Machiel Leeuwenburg langs te gaan, werd zijn gezicht ernstiger. Agnes begreep hem zonder woorden.

Eugenie was inmiddels wel erg moe geworden! Hij was bezorgd dat de breekbare hoogbejaarde dame te veel van zichzelf zou vergen nu ze zo genoot, en zij deelde die gevoelens.

Hij riskeerde een fikse boete door pal voor de boekwinkel te stoppen om de oude dame uit te laten stappen. Omdat het zaterdag was en tevens lekker voorjaarsweer, was het onverwacht druk in Zierikzee. 's Winters of met slecht weer kon de stad een ingeslapen indruk maken, maar vandaag was daar geen sprake van.

'Ik ga de auto parkeren,' knikte hij toen hij Eugenie samen met Agnes in de winkel had geholpen, en zij knikte.

'We blijven niet lang hier. Dat zou te veel van het goede worden.'

Rik knikte. Jos kwam met uitgestrekte armen naar hen toe. 'Tante Eugenie, wat ben ik blij u hier te zien, en dat zo onverwacht!' lachte hij breeduit en Eugenie leek weer wat meer energie te krijgen door dit warme welkom. Machiel en Bets werden geroepen. Ze woonden nog steeds boven de winkel, omdat hun appartement nog niet was opgeleverd, en ze waren thuis.

Rik leek kort te aarzelen. Agnes deed een paar stappen achter hem aan. 'Laten we hopen dat ze straks in de auto in slaap valt,' uitte ze haar bezorgdheid. 'Ze is moe, en ik ben ontzettend blij dat jij erbij bent.'

'Ze geniet. Ik ben zo terug.'

Ze knikte en zorgde ervoor dat tante Eugenie een gemakkelijke hoge leunstoel kreeg achter in de zaak. Bijna op hetzelfde moment kwam Floris binnen. 'Mijn broer belde me.' Hij gaf zijn tante twee hartelijke zoenen op haar wangen en Agnes kreeg die ook, voor ze het kon verhinderen.

'Het lijkt wel een onverwachte reünie,' glimlachte Eugenie, maar ze zag bleek en kreeg gaandeweg duidelijk minder praatjes.

'Het is heel fijn dat u weer hier bent, tante Eugenie,' prees Floris. 'We hoorden immers steeds dat uw gezondheid minder werd.'

Ze haalde haar schouders op. 'Ja, de krachten nemen af, maar ik sta nog lang niet met één been in het graf.'

Rik, die juist terugkwam, schudde zijn hoofd maar hield zijn mond. Ze kregen koffie en Agnes hoopte dat tante Eugenie daarvan zou opknappen. Rik werd door Jos rondgeleid door de zaak, en toen Agnes even naar boven ging om daar van het toilet gebruik te maken, kwam Floris haar bijna meteen achterna.

'Heb ik goed begrepen dat de man met wie jullie hier zijn gekomen, hier uitsluitend is als de huisarts van tante Eugenie? Ik ben hem immers al eens eerder tegengekomen op de hof en toen leek zijn aandacht ook al niet bijster professioneel.'

Ze knikte en keek hem rustig aan. 'Inderdaad, Rik Langeveld is haar arts en daar ben ik blij om, want alleen had ik zo'n reis niet meer met haar durven maken nu ze minder wordt. We hoopten beiden dat we haar vandaag een plezier konden doen door haar nog eenmaal de zee te laten zien.'

'Dus ze wordt daadwerkelijk minder?'

'Ja, Floris, ze gaat merkbaar achteruit.'

'Duurt het nog lang, denk je?'

'Dat kan ik echt niet zeggen. Dat kan zelfs Rik niet.'

'Vreemd, een huisarts die zoiets voor zijn patiënt doet. Ik weet zelfs niet of dat wel helemaal in orde is.'

Die laatste opmerking negeerde ze, al schoot het door haar hoofd dat hij het vooral niet leuk scheen te vinden dat er een andere man bij haar was. Ze keek hem recht aan. 'Tante Eugenie heeft veel vertrouwen in Rik. Hij heeft haar beloofd dat ze op het einde in ieder geval geen onnodige pijn hoeft te lijden, want daar is ze erg bang voor.'

'Misschien doet hij het wel voor jou,' reageerde Floris ondanks dat en werkelijk, als het niet zo belachelijk zou zijn, zou ze even het idee kunnen krijgen dat hij daar jaloers op was. Ze ging er echter niet op in, misschien omdat hij dichter bij de waarheid zat dan ze toe wilde geven.

'Afgelopen week kwamen Evert en David nog op bezoek. We gaan niet naar Drenthe, volgende maand, voor het huwelijk van David en

Ian. Tante Eugenie kan zo'n reis niet meer aan.'

Hij nam haar grondig op. 'Dus het einde nadert werkelijk?'

Ze schokschouderde, maar zei niets.

Hij glimlachte onverwacht en zijn ogen keken haar onderzoekend aan. 'Komende vrijdag moet ik weer in Rotterdam zijn. Dan kom ik op de terugweg even langs. Zou ik 's avonds een boterham mee kunnen eten, denk je, nu ik mijn komst van tevoren aankondig?'

Lag er nu spot in zijn stem? 'Vanzelfsprekend,' antwoordde ze neutraal. 'Je tante vindt het fijn als er aanloop is. Dan voelt ze zich minder eenzaam.'

'Mooi zo. Na een overdadige zakenlunch hoef ik 's avonds niet nog eens warm te eten. Ik kijk ernaar uit, Agnes. Het zal fijn zijn elkaar weer te spreken, maar dan rustig, zonder dat jij van de ene voet op de andere staat te wippen omdat je je ongerust maakt over mijn tante.'

Ze glimlachte en ging weer naar beneden. Zodra ze weer in de winkel stond, en Floris bij haar bleef staan, was het ditmaal Rik die haar vragend aankeek. Tante Eugenie had haar koffie inmiddels op en zelfs het koekje liet ze zich smaken. Na een blik op Agnes stelde Rik voor dat hij de auto weer op zou halen, omdat ze zo zachtjesaan naar huis moesten. Toen hij verdwenen was, hielpen Jos en Machiel Eugenie overeind. Tussen die twee grote mannen in verdween ze bijna, dacht Agnes toen ze achter het drietal aan naar buiten liep. Zo klein en iel leek tante Eugenie opeens! Ze kreeg een traan in de ogen toen ze afscheid nam van haar familie.

Floris trok Agnes aan haar mouw. 'Je hebt toch echt niets met de dokter, hè?' wilde hij blijkbaar voor alle zekerheid nog eens weten.

Ze schoot prompt in de lach. Als dat al zo zou zijn, ging hem dat overigens niets aan, schoot het door haar hoofd, maar ze glimlachte slechts rustig. 'Het is prettig dat ik mijn zorgen om je tante met hem kan delen. Ik kan altijd bellen als ze weer bloedt.'

'Gebeurt dat nog steeds?'

Ze knikte. 'Pas nog, en dat zal wel zo blijven ook. Ze eet steeds minder, Floris. Alleen al daardoor gaat ze achteruit.'

'Ze is inderdaad mager geworden. En ze ziet zo wit.'

'Ik hoop dat ze in de auto eventjes in slaap valt en zodra we thuis zijn breng ik haar naar bed om uit te rusten. Waarschijnlijk blijft ze in bed liggen om daar haar boterham op te eten.'

'Dank je voor alles wat je voor haar doet, meisje. Ik kan het niet vaak genoeg herhalen.' Deze woorden leken welgemeend en dat deed Agnes dan weer goed.

Rik reed voor en alle familieleden kusten Eugenie op de wangen en zwaaiden haar na.

Nog voor ze de stad uit waren, was het hoofd van de oude vrouw voorovergezakt en via de achteruitkijkspiegel wisselden Rik en Agnes een blik van verstandhouding.

'Ik had al besloten haar meteen naar bed te brengen, zodra we terug zijn op de hof,' fluisterde ze.

Hij glimlachte. 'In ieder geval heb ik het gevoel haar de dag van haar leven te hebben bezorgd.'

'Dat heb je zeker,' lachte ze terug en iets in de blik in zijn ogen maakte haar beslist van slag.

HOOFDSTUK 19

'Hallo.'

Agnes schrok op uit haar gedachten en keek verbaasd naar Floris, die achter haar stond met een grote bos bloemen in zijn armen. 'Alsjeblieft, die zijn voor jou.'

Ze stond in de tuin bij de vijver. Steeds vaker had ze er behoefte aan om even naar buiten te lopen als het lekker voorjaarsweer was, en daar even te genieten van de rust en de stilte.

Ze kreeg er een kleur van. 'Doe niet zo mal! Je komt bij je tante eten, hoor, niet bij mij.'

'Je eet vanavond toch zeker wel gezellig met ons mee?'

Ze schudde het hoofd. 'Ik eet altijd samen met mijn vader. Je tante zal je gezelschap op prijs stellen. Het is bijna tijd voor haar dagelijkse glaasje port, en een uurtje later kom ik de tafel dekken. Vandaag is er tomatensoep, ik hoop dat je dat lekker vindt.'

'Ik lust alles en ik vind ook nog eens alles lekker.' Hij lachte, zijn ogen daagden haar uit, de bloemen werden in haar armen gedrukt. Ze voelde zich in de war en aarzelde. 'Zit je iets dwars?' informeerde hij dan ook. 'Zeg het dan maar rustig.'

'Evert was hier kortgeleden en zei dat hij bij Lieneke weg was. Hij zocht mij ook al op in de tuin.'

'Wat hebben wij met Evert te maken? Ik vind jou aardig en jij mij hopelijk ook. We moeten nog steeds een keer naar een concert gaan. De vorige keer kwam er immers onverwacht een kink in de kabel.'

'Je tante moest naar het ziekenhuis. Het is best goed met haar gegaan na het uitstapje van vorige week. Gelukkig maar,' probeerde ze het gesprek een neutralere wending te geven. Ze keek naar de keukendeur en liep erheen. Hij volgde meteen.

'Wat is tante Eugenie toch bevoorrecht, haar leven lang zo mooi te mogen wonen,' peinsde hij en zijn ogen gleden over het voorname huis. Agnes wist niet wat ze daarvan denken moest. Zijn ogen keken haar recht aan. 'Zou jij hier niet de rest van je leven willen wonen?' Ze haalde haar schouders op. 'Wie niet?'

Hij hield de kruk van de keukendeur vast zonder die open te doen om naar binnen te gaan. 'Heeft mijn tante zich tegenover jou nu echt nooit uitgelaten over wat er straks met het huis zal gebeuren?' vroeg Floris schijnbaar langs zijn neus weg, maar ze besefte meteen dat dit inderdaad een bedrieglijke schijn was.

'Nooit,' beweerde ze zonder aarzelen. Hoewel dit waar was, besefte ze tevens dat hij dat waarschijnlijk niet zou geloven.

'Ze bespreekt alles met jou, zelfs haar bankzaken, zegt mijn vader.' Ze wilde hier niets over zeggen, maar ze begreep eruit dat er onderling het nodige over gezegd werd. Ze aarzelde en keek hem aan. 'Zullen we naar binnen gaan? Heb je je tante al begroet?'

Zijn ogen werden scherp, al duurde dat maar een fractie van een seconde. Misschien had ze zich vergist? 'Ik heb nog zo'n bos bloemen in mijn wagen liggen. Die ga ik eerst halen en dan ga ik naar tante Eugenie.'

'Heeft mijn vader opengedaan?'

'Ik ben eerst eens rond het huis gelopen. De tuin ligt er prachtig bij.'

Ze knikte. 'Mijn vader heeft er veel werk aan, maar hij doet dat graag. Kom maar mee.' Ze stapte eindelijk de keuken binnen. Hij liep de gang door om de bloemen uit zijn auto te halen. Ze schonk port in voor de oude dame en Floris wilde liever een biertje hebben. 'Vertel me eens hoe het met u gaat, tantelief,' lachte hij. Toen Agnes naar de keuken terugging, hoorde ze de bel. Vreemd, wie kon dat nu zijn?

Ze schrok toen ze Evert op de stoep zag staan, ditmaal vergezeld van twee koffers. Totaal overrompeld was ze, en ze liet zich domweg opzij drukken.

'Ik vraag tante of ik hier een poosje mag logeren. Dat dure hotel kan ik niet langer betalen,' liet hij weten en terwijl Agnes hem verbluft nastaarde, was hij de salon al binnengestapt.

Omdat ze er geen idee van had wat ze nu moest doen, zocht ze haar vader op, die net van boven kwam waar hij een losgeraakte deurkruk had vastgezet. 'Pa, kom alsjeblieft even mee naar de keuken.' Ze sloot even later de deur zorgvuldig achter zich. 'Daarnet kwam neef Evert, deze keer met koffers en al. Zijn vrouw heeft hem kortgeleden op straat gezet, weet u nog? Toen legde hij tante Eugenie het ook al in de mond dat hij hier in huis wilde komen, maar is hij na enig aandringen naar een hotel gegaan. Dat kan hij niet langer betalen, beweert hij nu. Daarom wil hij tante Eugenie toch proberen over te halen of hij een tijdje hier mag blijven. Ik heb er zo'n akelig gevoel bij!'

De oudere man keek zijn dochter nadenkend aan. 'Je kent mijn mening,' zei hij na een bedachtzaam zwijgen. 'Wie er van haar hele familie echt een beetje om zijn tante geeft, daar heb ik geen mening over. Als dat al zo was, hadden ze al eerder iets van belangstelling getoond. Mevrouw heeft indruk willen maken op kerstavond, wel, dat is haar dan uitstekend gelukt! Wat mij betreft zijn het allemaal klaplopers en denken ze er allemaal beter van te worden als over een poosje de erfenis kan worden verdeeld.'

Agnes ging met een zucht zitten. 'Ik ben het met u eens dat ze allemaal, David mogelijk daargelaten, hopen dat ze het huis of een heleboel geld erven.'

'Precies. Maar Evert en Lieneke, en misschien Agaath, die gaan daar het verst in.'

'Agaath heeft zich na die kerstavond niet meer laten zien, maar schrijft herhaaldelijk bedelbrieven. Elke paar weken heeft ze weer geld nodig voor het een of ander, maar ze heeft nog nooit iets gekregen.'

'Gelukkig is mevrouw helder van verstand, anders was er grof misbruik van haar gemaakt.'

Agnes knikte en zuchtte. 'Moeten we haar er niet van weerhouden die man onderdak te geven?'

'Dat kunnen we niet, meisje. We kunnen haar proberen te beschermen, maar juist omdat ze zo helder is, zal ze haar eigen beslissingen nemen en haar beweegredenen zijn anders dan de nuchtere overwegingen die jij en ik maken.'

'Ja, de eenzaamheid waar ze veel meer onder geleden heeft dan wij ooit in de gaten hebben gehad, maakt haar naar haar familie toe best kwetsbaar.'

'Precies, en sinds Kerstmis, laten we eerlijk zijn, lijkt het hier wel een komen en gaan te zijn geworden van familieleden, die allemaal zeggen hun tante een warm hart toe te dragen en haar te missen.' De schampere ondertoon in zijn stem was overduidelijk. 'Ik zag je in de tuin staan praten met Floris en hij drukte je een enorme bos bloemen in de armen.'

Ze schoot in de lach. 'Juist Floris lijkt me wel geschikt. Hij heeft een goede baan van zichzelf, vraagt zijn tante niet om geld, voor zover ik weet. Hij komt soms zomaar langs en ik weet heel goed dat tante Eugenie daarvan geniet.'

'Wel, hij is ook in de salon. Misschien kan hij voorkomen dat Evert zich hier binnendringt. Maar wij kunnen er niet veel aan doen, ben ik bang.'

Ze stond gelaten op. 'Ik moet hem wat te drinken gaan aanbieden.' In de salon keek ze vragend naar de oude dame. 'Als ik het goed begrepen heb, willen uw beide neven hier blijven eten. Is dat niet te vermoeiend voor u?'

'Nee hoor,' reageerde Eugenie glimlachend en haar wangen vertoonden blossen, een teken dat ze van de onverwachte aandacht genoot. 'Heb je brood genoeg in huis?'

'Ik kan zo nodig meer uit de vriezer halen.'

Eugenie knikte. 'Soep zal er ook wel genoeg zijn.'

'Er is een hele pan tomatensoep, die heb ik vers gekookt toen u uw middagdutje deed,' reageerde Agnes vlak. 'Ik kom zometeen de tafel dekken, tante Eugenie.'

'Maak er alsjeblieft nog iets warms bij, Agnes. Bak wat eieren of zo, als het niet te lastig is.'

'Natuurlijk is dat niet lastig,' suste ze, want wie was zij om een domper te zetten op de vreugde van de oude vrouw omdat ze zo veel aandacht kreeg?

Zwijgend zorgde ze voor alles. Evert zei dat hij alleen maar koffie wilde drinken, want hij was vreselijk aangeslagen over wat hem was overkomen, dan kon alcohol al te gemakkelijk verkeerd vallen. Floris stond op en liep haar achterna door de gang om te vragen of hij haar ergens mee kon helpen, nu ze onverwacht zo veel meer werk moest maken van het eten. Hij wilde ook wel naar de Chinees rijden om daar wat te gaan halen, als dat gemakkelijker was voor haar, maar dat wimpelde ze af.

Om halfzeven zaten de drie aan tafel en at ze zelf met haar vader in de keuken haar brood op. Ze had kroketten uit de diepvries gehaald en gebakken en had een omelet gemaakt en in twee stukken gesneden.

'Nu maar hopen dat ze geen van beiden te lang blijven plakken,' hoopte Andries met haar.

Anderhalf uur later zag ze aan tante Eugenie dat het bezoek veel te vermoeiend voor haar werd. Floris kwam haar waarschuwen. 'Ik ben eigenlijk te lang gebleven,' bekende hij, 'maar ik wilde mijn tante beschermen tegen het gedrag van Evert.'

'Hoezo?' vroeg ze schijnbaar langs haar neus weg, terwijl ze met hem mee naar buiten liep om hem uit te zwaaien.

'Hij vroeg het niet ronduit, maar hij schijnt voorlopig hier te willen blijven logeren.'

Ze knikte aangeslagen. 'Zijn koffers staan al binnen.'

'Hij probeerde mijn tante de woorden in de mond te leggen, waar ze echter niet op in ging. Kan je vader er niet voor zorgen dat hij weer vertrekt?'

'Zoals pa al tegen mij zei, tante Eugenie is helder van verstand en zal daarom haar eigen beslissing moeten nemen. Dat kunnen noch mijn vader, noch jij of ik voor haar doen, Floris.'

'Ik ga niet erg gerust weg,' bekende hij. Hij pakte haar hand. 'Pas goed op mijn tante, lieve Agnes, onze familie kan haar maar slecht beschermen tegen zijn hebzucht.'

Zij kon dat evenmin, maar ze knikte.

Zijn hand liet de hare nog niet los. 'We vinden jou allemaal een zeer bijzondere vrouw, weet je dat? Maar ik bewonder jou in het bijzonder!'

Voor ze het goed en wel besefte, drukte hij zijn mond op de hare en even later stapte hij lachend in zijn wagen. 'Ik laat snel van me horen, lieverd.'

Bedremmeld keek ze even later zijn vertrekkende auto na. Wat bedoelde hij nu precies?

Evert bewerkte zijn tante zo dat hij ten slotte toch mocht blijven, al vertelde Eugenie later aan Agnes dat ze niet zonder meer had toegegeven op zijn aandringen.

Een week later was hij er nog, en aan opstappen leek hij beslist niet te denken. Hij deponeerde zijn was bij Agnes alsof dat vanzelfsprekend was. Over bijdragen in de onkosten werd met geen woord gerept. Het enige lichtpuntje was dat aan het einde van de volgende week het huwelijk van zijn broer David met Ian gesloten zou worden en dat hij daarvoor naar Drenthe zou gaan.

Zelfs toen Eugenie een week na zijn komst opnieuw een zware bloeding kreeg, hoorden Agnes en haar vader geen woord vallen over vertrekken gezien de omstandigheden, en evenmin dat het mooi genoeg was geweest dat hij zo liefdevol op de hof was opgevangen toen de nood aan de man kwam. Wat Evert hele dagen deed, was een raadsel. Ze merkten er tenminste niets van dat hij regelmatig naar zijn werk moest. Wat hij deed voor de kost zou Agnes niet eens weten, en ze vroeg zich af of Eugenie dat wel wist, maar ze durfde er niet naar te vragen, want momenteel lag alles erg gevoelig. Hij zat veel in de kamer boven die hij had betrokken, en was bovendien vaak urenlang weg, terwijl hij nooit zei waar hij heen ging en hoe laat hij terug zou komen. Regelmaat zat daar niet in. Hij gaf allerlei opdrachten aan Agnes, alsof het vanzelfsprekend was dat zij voor het gewenste zou zorgen, zoals overhemden strijken en iets naar de stomerij brengen. Ze durfde dat niet zelf met Eugenie aan te roeren.

Op een avond begon het bloeden weer en kon tante Eugenie net als een poos geleden niet plassen, zodat Agnes de huisartsenpost moest bellen omdat Rik een week met vakantie was. Evert was niet thuis en niemand wist waar hij was en wanneer hij terug zou komen.

Agnes schrok toen Eugenie weer krampen kreeg omdat het plassen niet meer wilde lukken en de inhoud van de blaas daarom alsmaar toenam. Ze herkenden het beiden omdat het al een keer eerder was gebeurd. Eugenie knikte slechts gelaten toen Agnes voorstelde dat er een dokter moest komen. Het duurde meer dan een uur eer de auto met de dokter van de huisartsenpost voorreed. Opnieuw moest er een katheter worden gezet. Eugenie was van streek toen Agnes alvast voor alle zekerheid een tasje met wat noodzakelijke spullen inpakte, voor het geval een nieuwe ziekenhuisopname onvermijdelijk zou zijn. Maar deze keer kwamen het bloed en de urine meteen toen de katheter was aangelegd, en de urinezak stroomde vol. De dokter legde aan Agnes uit hoe ze die weer leeg kon maken en raadde haar aan om morgen de vervanger van dokter Langeveld te bellen. Toen hij vertrok en tante Eugenie in bed lag, aarzelde ze.

'Vindt u het een geruststellende gedachte als ik vannacht in het grote huis blijf slapen?'

De ogen van de oude dame stonden allesbehalve rustig. 'De krampen kunnen zomaar terugkomen, als er weer een bloedstolsel blijft hangen op de verkeerde plek. Ja Agnes, ik voel me niet rustig. Mag ik nog een glaasje wijn?'

'Misschien is zo'n kalmerend tabletje verstandiger?' stelde ze voor.

'U slikt die toch wel vaker, als u niet kunt slapen?'

'Waar wil je dan slapen? Beneden, zodat je mij kunt horen als ik je roep?'

'Ik haal mijn dekbed en kussen, en slaap op de bank in de bibliotheek,' stelde ze na even nadenken voor, want hier had ze immers al eerder aan gedacht, maar toen had tante Eugenie het nog niet nodig gevonden. Dat ze daar nu anders over dacht, zei meer dan woorden, besefte Agnes.

'We laten de deuren gewoon openstaan. Als u mij roept, sta ik binnen een paar tellen naast uw bed.'

'Dank je, kind. Moet Evert dit weten?'

'Tante Eugenie, hoelang blijft uw neef nog, denkt u? En wat vindt u ervan dat hij zich hier heeft binnengedrongen? Of schrikt u van dat woord?' Ze was openhartiger dan haar bedoeling was geweest, maar het ontsnapte als vanzelf aan haar lippen. 'Pa en ik maken ons er grote zorgen over.'

'Ik heb er geen idee van. Ik vind het net zo min prettig als jij, Agnes. De afkeer is duidelijk van je gezicht te lezen als je naar mijn neef kijkt, maar ik kan een familielid in nood toch niet zomaar op straat laten staan?'

'U kunt wel aan hem vragen of hij na twee weken nog steeds geen betere oplossing voor zijn probleem heeft gevonden.'

'Hij heeft niet langer geld voor een duur hotel, heeft hij mij herhaaldelijk verteld. Eerst dacht ik dat het om een paar dagen ging. Nu begin ik daaraan te twijfelen.'

'Hij maakt misbruik van uw goedheid, zo denken pa en ik erover. En uw neef Machiel maakt zich ook zorgen, want hij belt u op om te vragen of alles wel goed gaat hier in huis, en daar bedoelt hij Evert mee. Dat die hier is, weet hij immers van Floris.'

'Dat besef ik, maar toch... Ik weet het niet meer, en vanavond staat mijn hoofd er ook niet naar al die problemen op te lossen. Kun jij Evert niet zeggen dat hij uiterlijk over een week weer vertrokken moet zijn?'

'Hij zou mij in mijn gezicht uitlachen,' wist ze met aan zekerheid grenzende waarschijnlijkheid. 'Nee, tante Eugenie,' ging ze verdrietig verder. 'Dat lukt niet. Hij zou er niet naar luisteren en dat weet u. U bent de enige die hem dat kan zeggen.'

Het bleef even stil. 'Als ik maar niet naar het ziekenhuis moet...' De stem bibberde erger dan ooit tevoren. Agnes besefte dat een nieuwe zware bloeding tante Eugenie nog verder zou verzwakken. Wat vreselijk dat Rik nu net een week liep te wandelen in het Zwarte Woud!

Die nacht ging ze tot driemaal toe bij de zieke kijken. Twee van de drie keer sliep de oude vrouw, de derde keer staarde ze in het donker voor zich uit.

'Wilt u iets hebben?' vroeg Agnes medelijdend. 'U bent klaarwakker. Een beker warme melk met honing, misschien?'

Eugenie glimlachte. 'Dat maakte mijn kindermeisje vroeger. Ach, ik kende haar beter dan mijn eigen moeder! Maar zo ging dat toen. Kinderen uit betere kringen werden bijna allemaal door het personeel opgevoed. Net zoals tegenwoordig veel kinderen weer worden opgevoed door het personeel van de opvang, terwijl hun moeders geld moeten verdienen. Vroeger moesten arbeidersvrouwen ook vaak werken, omdat het loon van hun man niet voldoende was om van te leven. Feitelijk is er niets veranderd, zij het dan dat ze dat tegenwoordig emancipatie durven noemen. Nu, dat is het niet, volgens mij! In mijn jonge jaren werd het beschouwd als een teken van welvaart, als een voorrecht, als een vrouw thuis kon blijven om voor haar gezin te zorgen, wat werd gezien als de belangrijkste taak in het leven van een vrouw. En nu is alles precies andersom! De noodzaak om te werken is voor veel vrouwen teruggekomen, want ze hebben een te duur huis, en het inkomen van de man is opnieuw niet genoeg. Nu is er veel geld nodig om de hypotheek en de hockeylessen van de kinderen te betalen en meer luxe die de jongere generatie als vanzelfsprekend is gaan beschouwen. Tegenwoordig heet dat een voorrecht te zijn, dat vrouwen die schijnbare vrijheid hebben. Maar lieve kind, ik ben ouderwets en het is allemaal schijn. Want wat is er nu erger dan wel kinderen te hebben en er alle mooie dingen van te moeten missen? De eerste lachjes, de eerste woordjes, de eerste stapjes.' Er kwam een zucht.

'U maakt u veel te druk.' Agnes glimlachte, maar de bezorgdheid lag duidelijk in haar ogen. Het was nota bene halfvier in de nacht, en ze voelde zich allesbehalve uitgerust na een onderbroken nacht op de bank, terwijl ze doorlopend bang was boven een deur te horen piepen en dat er een man op zijn tenen de bibliotheek binnen zou sluipen met minder eerbare bedoelingen, waar de oude vrouw natuurlijk geen seconde over na had gedacht.

Ze maakte melk warm en nam zelf ook een beker. Ze controleerde de urinezak, het leek of de inhoud minder donkerrood was dan de vorige keer, toen tante Eugenie naar het ziekenhuis had gemoeten. Ze kon alleen maar hopen dat haar een nieuwe opname bespaard zou blijven.

Ze was koud geworden toen ze tegen halfvijf weer onder het dekbed kroop. Ze viel weer in slaap tot ze wakker werd en pal in het bezorgde gezocht van haar vader keek.

'Kom mee, zeg niets en luister eens.'

Haar vader sloop op zijn tenen naar de slaapkamerdeur, die op een kier stond. Door die kier zag Agnes Evert in ochtendjas, zijn haar nog in de war, bij het bed van zijn tante staan.

'Ik heb de hele nacht nauwelijks een oog dichtgedaan, zo veel zorgen maak ik mij om u, lieve tante. Zeg nu toch zelf, dit is toch geen leven meer? Hoopt u inmiddels niet op een zacht, liefdevol en pijnloos einde?'

Ze kon niet verstaan wat er werd geantwoord. Maar Evert was gaan zitten en hield de hand van Eugenie vast. 'Er zijn medicijnen te verkrijgen die mensen helpen om zacht en rustig en vooral zonder pijn in te slapen, tante Eugenie. Nee, de dokters bieden geen oplossing, bijna allemaal weigeren ze daarbij te helpen, maar ik heb eens geïnformeerd hoe ik er toch aan kan komen. Ik ga er vandaag nog werk van maken! Als het in huis is en u vindt dat het allemaal wel genoeg is geweest, kan ik u helpen om ervoor te zorgen dat u binnenkort niet meer zo hoeft te lijden.'

Haar vader trok haar mee naar de keuken, sloot de deur zorgvuldig achter zich en keek Agnes aan. Ze keek strak van ontzetting.

'Mogelijk bedoelt hij een of andere vereniging die mensen helpt die het leven werkelijk niet meer zien zitten,' stamelde ze van streek. 'Ik weet dat die bestaat.'

'Op zich kan ik daar geen oordeel over vellen, Agnes. Er zijn mensen die enorm aan het leven lijden, maar het is ook zo dat dergelijke medicijnen soms onder valse voorwendselen kunnen worden verkregen en dan kunnen worden misbruikt om een geval van euthanasie voor te wenden, terwijl het in feite gaat om iemand die te vroeg overlijdt omdat iemand anders dat graag wil.'

'We moeten heel goed oppassen en hij moet vertrekken, pa. Stel dat hij iets dergelijks weet te bemachtigen en dan tegen iedereen gaat zeggen dat hij tante uit eigen vrije wil heeft 'geholpen'. Dat is zelfs moord te noemen!'

'Het is nu ook weer niet zo dat dergelijke medicijnen gemakkelijk verkregen kunnen worden, maar misbruik is altijd mogelijk, zoals dat op de meeste andere terreinen ook gebeurt.' Haar vader zuchtte. 'Linksom of rechtsom, we moeten de oude dame beschermen, en dat stuk ongeluk moet het liefst vandaag nog vertrekken.'

'We moeten hier heel zorgvuldig mee omgaan, pa.'

'Uiterst zorgvuldig,' was hij het met zijn dochter eens.

HOOFDSTUK 20

De vervanger van Rik kwam aan het einde van de morgen. Het was een nog jonge, vrouwelijke arts en dat vond Eugenie wel prettig, zei ze, nu het om zulke intieme zaken ging. 'Dokter Langeveld heeft mij op het hart gedrukt meteen bij u langs te gaan als er een hulpvraag kwam,' glimlachte de dokter en haar gezicht had iets geruststellends. De katheter liep nog steeds door en de urine was veel minder rood gekleurd dan de vorige avond het geval was geweest. Wel had Eugenie al een week geen ontlasting gehad en had ze daarom last van de darmen.

'U raakt verzwakt,' bevestigde de jonge dokter. 'Ik zal u iets voorschrijven dat de darmwerking stimuleert. Invalide mensen hebben dergelijke hulpmiddelen ook vaak nodig.'

'Ik word gaandeweg net een wandelende apotheek,' bromde Eugenie, die weer een beetje zichzelf werd nu een directe ziekenhuisopname toch niet aan de orde bleek te zijn. 'Pijnstillers…'

'U mag, nee, moet zes tabletten per dag slikken en zo nodig mag u er zelfs acht per dag. Steeds twee tabletten tegelijk slikken, mevrouw Ernsting.'

Deze knikte. 'Ook nog hulpmiddelen voor het plassen en de ontlasting, tabletten om te slapen, bloedverdunners, iets tegen de hartritmestoornissen en dergelijke. Ik heb bovendien inmiddels incontinentiemateriaal om te dragen als er bloed komt en een inlegkruisje niet meer voldoende is. Wat komt er nog meer bij? Zijn er soms ook tabletten om ervoor te zorgen dat ik beter ga eten?'

'Ik kan versterkende middelen voorschrijven. Dat is bijvoeding die in pakjes zit en opgedronken kan worden. Mensen die verzwakken omdat ze niet voldoende eten, kunnen daar baat bij hebben. Ik neem aan,' de dokter keek Agnes aan, 'dat dokter Langeveld dat ook al eens naar voren heeft gebracht?'

Agnes knikte. 'Ze vindt dat niet lekker.'

De dokter knikte. 'Dat is een vaak gehoorde klacht. U heeft natuurlijk al lang en breed geprobeerd mevrouw beter te laten eten door haar te verwennen met alle dingen die ze lekker vindt?'

Agnes glimlachte. 'Inderdaad. Vla met slagroom, bijvoorbeeld. Maar ze wordt er misselijk van.'

'Wat ik voorschrijf voor de darmwerking is een poeder dat in water moet worden opgelost en dat voor het eten moet worden opgedronken. Het middel veroorzaakt soms ook misselijkheid, maar we proberen het toch. Sterkte, mevrouw Ernsting.' Ze keek Agnes aan. 'Als er iets verandert, laat u mij dat dan op het spoednummer weten?'

'Graag,' knikte Agnes. 'Ik vind het een geruststellend idee dat u dat goedvindt.'

'Maar natuurlijk.' De dokter gaf de oude dame een hand, keek naar Agnes en vroeg toen: 'Wilt u mij even uitlaten?'

Agnes volgde de dokter met een zwaar hart. In de vestibule bleven ze staan. Toen de andere vrouw er zeker van was dat ze niet meer kon worden gehoord, keek ze Agnes onderzoekend aan. 'U bent geen familie, maar u kent mevrouw al heel lang, heb ik begrepen.'

Agnes knikte. 'Ik zorg voor haar. Momenteel logeert er een neef hier en... Heeft u nog een paar minuten, want ik zit verschrikkelijk met iets in mijn maag.' De dokter knikte vriendelijk en Agnes vertelde van de verdenkingen die haar vader koesterde en dat zij bang was dat haar vader weleens gelijk kon hebben.

De dokter keek Agnes oprecht geschrokken aan. 'U moet goed oppassen. Ik raad u aan om de thuiszorg in te schakelen, juffrouw Terdu. U kunt het niet langer alleen af. U bent nooit meer vrij, begrijp ik. U bent zich er toch wel van bewust dat het niet meer kunnen eten, het geen ontlasting meer kunnen hebben, allemaal signalen zijn dat in ieder geval de krachten van mevrouw Ernsting erg zijn afgenomen en dat het einde in zicht begint te komen?'

Agnes voelde bijna het bloed uit haar lijf wegvloeien. 'Het is duidelijk dat tante Eugenie steeds zwakker wordt.'

'Precies,' knikte de dokter. 'U heeft hulp nodig bij wat er komen gaat en dat gaan we regelen. Ik zal ook zorgen dat er iemand voor de komende nachten komt, zeker nu er iemand in huis logeert die mogelijk andere belangen heeft dan het welbevinden van de oude dame.'

'O, hij denkt zeer zeker belang te hebben bij het naderende einde.'

'Beseft u wel hoe bitter dat klinkt?'

Agnes slaakte een zucht en knikte. 'Soms ben ik onrustig omdat ik zo weinig weet van het stervensproces. U bent arts. Ik heb alleen het overlijden van mijn moeder van nabij meegemaakt. Ook zij stierf aan kanker, dokter.'

De jonge arts knikte. 'Het is niet eens te zeggen of mevrouw Ernsting straks overlijdt aan de kanker of met de kanker. Ze heeft een hoge leeftijd bereikt en is ernstig verzwakt geraakt door de bloedingen en het slechte eten dat nu al een tijd aan de gang is. Soms is een lichaam gewoon op en begint het op te geven. Dat is nu gaande, ik hoop dat u dit beseft.'

Agnes knikte aangeslagen nu zo eerlijk onder woorden werd gebracht wat ze zelf al vreesde.

De dokter stak haar hand uit en knikte vriendelijk. 'Misschien kunt u de ongewenste logé bewegen te vertrekken? Vanavond om elf uur komt er in ieder geval een nachtzuster zodat u de komende nacht goed kunt slapen, anders houdt u het niet vol. Bovendien waakt die ervoor dat er geen dingen gebeuren die we niet willen. Afgesproken?'

'Dank u,' knikte ze.

'Het lijkt me aan te raden dat er voortaan 's morgens iemand komt om mevrouw te wassen en aan te kleden als ze dat nog wil, en 's avonds om haar klaar te maken voor de nacht. Zij kunnen ook kijken of alles nog in orde is met de katheter. Al die dingen zullen u ontlasten, zodat u minder vermoeid raakt. En laat de familie weten dat de krachten van mevrouw Ernsting afnemen.'

In de keuken vertelde Agnes haar vader wat er allemaal besproken was.

Hij knikte opgelucht. 'Verstandig. Ik maak me ook bezorgd over jou, meisje, en tegelijkertijd groeit mijn bewondering voor wat je allemaal aankunt. Je bent uiteindelijk nog zo jong! Luister, Evert is al de hele dag foetsie, ook al gaat het nog zo slecht met zijn oude tante.'

Agnes aarzelde. 'Hij moet weg, pa. Ik heb er geen moment rust meer van, zolang hij hier in huis is. Sinds ik dat gesprek over die pillen heb gehoord, maak ik me grote zorgen. Ik heb het met de dokter besproken.'

Haar vader was het helemaal met haar eens. 'We zullen het nu meteen met mevrouw gaan bespreken. Evert is nog niet terug en zij moet toch weten dat er nu hulptroepen aan te pas gaan komen om voor haar te zorgen. Daar moeten we haar niet vanavond pas mee overvallen.'

'Moeten we het de rest van de familie al laten weten?'

'Ik denk van wel, maar beslissen kunnen we niets over het hoofd van mevrouw Ernsting heen, lieve kind. Misschien is dat alles nog zwaarder dan 's nachts iedere keer je bed uit moeten.'

Even later stonden vader en dochter naast het bed van Eugenie.

In de ogen van de zieke vrouw lag een blik die Agnes er nog nooit eerder in gezien had. Ze weet het, besefte ze met een schok die toch hard aankwam. Ze weet dat ze gaat sterven, en dat het niet heel lang meer zal duren voor ze het tijdelijke leven verlaat voor ze vol vertrouwen het eeuwige leven tegemoet treedt. Gelukkig dat ze dat vertrouwen heeft, want geloof kon in dergelijke gevallen een grote troost zijn. Al kende ze ook wel verhalen over strenggelovige mensen die vol angst en beven op hun einde wachtten, ervan overtuigd dat geen hemel wachtte, maar een hel. Ach, veel mensen dachten tegenwoordig eenvoudig dat er niets meer was dan dit aardse leven! Maar uiteindelijk kwam het erop neer dat niemand een concreet bewijs had.

Omdat haar keel dichtgeknepen zat, pakte Agnes de mager geworden hand. 'Op aanraden van de dokter komt er vanavond een nachtzuster, tante Eugenie, om bij u te blijven zitten zodat ik de komende nacht goed kan slapen. De dokter denkt dat ik het anders niet lang genoeg kan volhouden, en natuurlijk heeft zij gelijk.' Ze slaakte een aangeslagen zucht. 'Evert kan onder deze omstandigheden natuurlijk niet blijven logeren. Wat moeten we doen?'

'Zeg hem maar, en doe jij dat, Andries, dat hij vandaag nog moet vertrekken. Laat hem maar teruggaan naar een hotel, en als hij dat niet betalen kan, moet hij maar liever bij David en Ian gaan logeren. Hij was om te beginnen al niet welkom, maar ik wist ook niet hoe we hem dat duidelijk moesten maken. Nu kan het niet anders, ook al moeten we erg onvriendelijk zijn. Pak zijn spullen vast in en zet zijn koffers in de vestibule. Hij kan mij gedag komen zeggen. Maar daarna moet hij vertrekken.'

'Vindt u het verdrietig dat het zo gelopen is?'

'Ach. Het is mijn familie, dat wel, maar het voelt nu eenmaal niet zo. Het is nog te vroeg om de anderen te waarschuwen, Agnes. Ik moet er eerst zelf mee in het reine komen dat het binnenkort echt afgelopen zal zijn. Wacht daar dus nog even mee, als je wilt.'

'Ze zullen u allemaal nog een keer willen zien.'

Even schampte er een glimlachje om de lippen van de oude vrouw. 'Er zullen opnieuw vragen komen over wie wat krijgt, straks. Ze zullen mij tot het laatst toe willen beïnvloeden met de gedachte dat de spreker meer rechten heeft dan de anderen. Het is bitter dat te beseffen.'

'In ieder geval moeten ze afscheid van u kunnen nemen,' suste Andries. 'Nu moet u maar een poosje uitrusten.'

'Ik heb geen trek, Agnes. Je hoeft voor mij geen eten klaar te maken.'

'Ik maak een andijviestamppot voor pa en mij. Misschien lust u toch wel een paar hapjes? Dat zou fijn zijn.'

Eugenie knikte flauw. 'Je bedoelt het goed. Ik ben zo blij met jullie goede zorgen.'

'We houden van u. We willen net zo goed voor u zorgen als we een paar jaar geleden voor mijn moeder hebben gezorgd,' verzekerde Agnes haar werkgeefster en Andries voelde het niet anders, dat was duidelijk.

Op hun tenen slopen vader en dochter de slaapkamer uit. In de keuken moest Agnes toch even huilen. Haar vader troostte haar een tikje onhandig. 'Onze taak hier loopt ten einde, liefje. Er wacht ons straks een onzekere toekomst waarin er veel gaat veranderen.'

Ze keek op en zag een zorgelijke trek om de mond van haar vader. 'Maakt u zich daar zorgen over?'

'Best wel. Werk vinden op mijn leeftijd zal niet eenvoudig zijn, want er zijn genoeg werklozen die jonger zijn dan ik, en die zullen werkgevers heel wat liever in dienst nemen.'

'U bent pas zesenvijftig!'

'Inderdaad: pas! Maar voor werkgevers schijn je dan al afgedaan te hebben. Te duur en te vaak ziek, denken ze blijkbaar. Stokoud en bijna toe aan een rollator!'

Het klonk bitter en Agnes had er vanaf dat moment een zorg bij. Zelf kon ze wel werk vinden, daar twijfelde ze niet aan. In de zorg kwamen ze altijd handen te kort, en als ze daar onverhoopt niet terechtkon, was ze bereid om, althans voorlopig, elk ander werk te doen. Maar haar vader? Ze kwamen niet alleen zonder werk te zitten, maar bovendien ook zonder huis, want de nieuwe bewoners van de hof, wie dat ook zouden zijn, zaten niet te wachten op duur personeel, dat was ze best met haar vader eens.

Ze rechtte haar rug. 'Wel, komt tijd, komt raad, pa. Nu gaan we er eerst samen voor zorgen dat hier geen nare dingen meer gebeuren waar tante Eugenie verdriet van zou hebben.'

Anderhalf uur later hadden ze gegeten en zowaar, tante Eugenie had een schoteltje van de stamppot gegeten. De spullen van Evert waren ingepakt en Andries had de koffers naar beneden gedragen. Agnes had het vervelend gevonden om andermans spullen in te pakken, maar het kon niet anders.

Pas tegen halfvier reed zijn auto de oprit op.

'Pa,' riep Agnes haar vader die in de tuin bezig was geweest met schoffelen. 'Hij komt eraan.'

Haar vader knikte en kwam de keuken in. Evert was echter al omgelopen, want hij had vanzelfsprekend geen sleutel gekregen van de voordeur, maar had inmiddels geleerd dat de keukendeur overdag meestal van het slot was. Net toen zij naar binnen wilden gaan, deed hij dat ook.

'We moeten je iets vertellen,' begon de oudere man en Agnes kon duidelijk zien dat haar vader erg zenuwachtig was nu hij de ongewenste gast weg moest zien te krijgen, op welke manier dan ook. 'Je tante is opnieuw niet in orde en de dokter is een paar uur geleden geweest. Ik denk dat dit het moment is dat ze meer rust nodig heeft. Uit respect voor haar zou je moeten zorgen voorlopig elders een onderkomen te vinden, bijvoorbeeld bij je broer. Mevrouw Ernsting is de laatste weken hard achteruitgegaan, ook al omdat ze geen trek meer heeft in eten, en elke nieuwe bloeding vraagt veel van haar krachten, die merkbaar zijn afgenomen.'

'Wat een schijnheilige woorden om te zeggen dat je vindt dat ik op moet donderen!' schamperde Evert echter uitermate bot. 'Jullie kunnen van alles proberen, maar jullie houden mij echt niet weg bij een tante van wie ik veel ben gaan houden. Ik ga meteen bij haar kijken. Zit ze in de salon?'

'In haar duster. Ze gaat zometeen weer naar bed. Maak haar niet te moe, alsjeblieft.'

'Bemoei je er niet mee.' Hij beende naar de salon, en vader en dochter wisselden een snelle bezorgde blik, snelden hem achterna en konden nog net voorkomen dat de deur van de salon vlak voor hun neus werd dichtgeslagen. Door de kier die open was gebleven, hoorden ze wat Evert zei en ze hielden hun adem in van schrik.

'Tante, u raadt nooit wat er net is gebeurd! Uw hondsbrutale personeel probeert mij achter uw rug om het huis uit te zetten. Ik had u al gewaarschuwd dat zij uw belang niet zouden dienen. Nu ziet u het zelf. Maar ik peins er niet over om u zomaar in de steek te laten, hoor. Luister, ik heb gedaan wat ik heb beloofd. Het heeft veel moeite gekost en ook geld, maar dat heb ik graag voor u over. We hebben het over de pillen gehad die u onnodig lijden zullen besparen. Wel, ik heb die bemachtigd, maar vraag me niet hoe. Bent u daar niet blij om?'

Vader en dochter keken elkaar verbijsterd aan. 'Toch niet…?' fluisterde Andries duidelijk geschrokken.

'Laten we hopen van niet,' fluisterde Agnes nog zachter terug. 'Laten we even blijven luisteren, pa. Dit kan nog interessant worden.'

De stem van Eugenie was zachter en voor de stiekeme luisteraars nauwelijks te verstaan. 'Je kunt beter weggaan, Evert. Ik heb geen kracht meer voor dit soort gesprekken.'

'Dat hebben zij u natuurlijk opgedragen om te zeggen. Maar ik ben er voor u, hoor. Kijk, dit zijn de pillen waar ik voor heb gezorgd. U zegt het maar als u ze in wilt nemen. Dan hoeft u niet onnodig te lijden, en u hoeft er nu ook geen angst meer voor te hebben dat de pijn alsmaar erger wordt en straks ondraaglijk. Bent u niet trots op mij? Luister, wat ik voor zou willen stellen is dat we morgen eerst de notaris laten komen, want ik heb er geen bezwaar tegen straks de hof met David te delen, ook al ben ik de oudste man die van een Ernsting afstamt. Daarna hoeft u maar te kikken, en u mag de pillen hebben.'

Eugenies stem klonk nog zachter, zodat ze haar antwoord niet konden verstaan. Andries trok Agnes aan haar mouw mee naar de keuken en sloot de deur achter hen. 'We kunnen hem niet meer bij de oude vrouw laten, want wie weet wat hij haar allemaal in de mond legt. We moeten haar beschermen. Doe de achterdeur op slot, Agnes. Ik ga de koffers bij zijn auto zetten en lok jij hem naar buiten met de mededeling dat ik zogenaamd een kras op zijn auto heb gemaakt met mijn schoffel.'

'Pa, als we gaan liegen, verlagen we ons tot hetzelfde niveau als hij.'

'Eerst moet hij naar buiten. Trek de deur dicht als hij eenmaal buiten is. Dan laten we hem er niet meer in en zit er voor hem niets anders op dan te vertrekken. Geloof me maar: na wat ik net heb gehoord, zal hij niet uit vrije wil weggaan. We kunnen de oude dame op geen enkele andere manier beschermen, en ze wil zelf ook dat Evert vertrekt. Daar was ze duidelijk in.'

'Goed dan,' zuchtte Agnes. Haar vader ging de tuin weer in en even later zag ze hem met zijn tuingereedschap om het huis verdwijnen. Ze deed de achterdeur op slot en zette de koffers bij de auto, uit het zicht van de voordeur.

'Prima zo,' zei haar vader even later en hij deed of hij in de buurt van de auto weer aan het werk ging. 'Ga het Evert maar zeggen. Zodra hij buiten is, doe je de voordeur op slot en laat je hem onder geen voorwaarde meer naar binnen. Leg daarna alles maar uit aan mevrouw Ernsting. Als zij dit te ver vindt gaan, kunnen we het altijd nog terugdraaien, want hij zal het huis niet als een mak lammetje verlaten om in de auto te stappen en weg te rijden.'

Daarna ging ze met een in haar keel kloppend hart de salon in.

'Het is tijd voor uw port, tante Eugenie,' begon ze trillend van de zenuwen. Hoewel het voor het dagelijkse glaasje port nog veel te vroeg was, schonk ze dat in en ze deed maar net of haar neus bloedde toen ze Evert veelbetekenend op zijn horloge zag kijken.

'Ik lust ook wel wat, Agnes, maar ik heb liever bier, dat weet je ondertussen wel,' liet hij met een vette glimlach om zijn lippen weten. Zijn ogen stonden hoopvol en allesbehalve verdrietig.

Agnes huiverde voor ze moed vatte. 'Evert, pa zei dat hij met zijn schoffel je auto geraakt heeft en dat er een kras op zit,' hakkelde ze vuurrood omdat ze zich zo ongemakkelijk voelde bij wat er nu gebeurde. 'Misschien is het verstandig als je er even naar gaat kijken in verband met de verzekering?'

'Wel alle...' Er volgden een paar woorden die tante Eugenie niet vaak in haar omgeving hoorde bezigen. 'Hij doet het expres.' Evert liep met grote stappen de deur uit om de schade op te nemen. Agnes rende achter hem aan om de deur te sluiten en voor alle zekerheid ook nog eens op het nachtslot te doen. Ze bleef zelf maar liever binnen! Pa kon naar de garage vluchten als Evert moeilijk ging doen. Even later keek ze tante Eugenie bezorgd aan.

'Dit was een leugentje om Evert het huis uit te krijgen, tante Eugenie,' bekende Agnes nog steeds opgelaten. 'Maar als u het er niet mee eens bent, doe ik de voordeur straks weer open. Pa en ik denken dat Evert niet vrijwillig zal vertrekken als wij hem dat vragen.'

De oude dame leek verbijsterd. 'Hij komt achterom terug, denk ik.'

'De keukendeur zit op slot. Maken wij ons te veel zorgen, tante Eugenie? Wilt u het anders? We hoorden hem praten over pillen en de notaris. Daar werden we bang van.'

Er verschenen tranen in de oude ogen. 'Dit is een van de vreselijkste momenten van mijn leven,' huilde ze.

'Evert is nog niet weg en...' reageerde Agnes geschrokken.

'Nee, nee, daar ben ik juist blij om. Ik had immers zelf gezegd dat ik liever wilde dat hij vertrok. Hij heeft afschuwelijke pillen geregeld, Agnes. Je hoorde hem er iets over zeggen. Die pillen wil hij mij toedienen en dan sterf ik heel snel. Stel je voor, als hij in huis blijft, kan hij die pillen stiekem ergens in doen en dan zal iedereen denken dat ik mijn einde ondraaglijk vond en het zelf wilde bespoedigen. Maar dat is niet zo. Ik ben gelovig. Voor mij is het aan God om het tijdstip te bepalen waarop Hij mij thuis wil halen. Rik heeft beloofd dat ik geen pijn hoef te lijden in die laatste fase. Het druist in tegen alles wat ik geloof om mijn eigen einde te regelen.'

Agnes schonk toch maar een portje in, maar de handen van de oude vrouw beefden zo dat de inhoud over de rand schommelde. Agnes nam het glas van haar over en liet haar een slokje drinken. Een boze Evert roffelde inmiddels nadrukkelijk tegen het raam. Ze zag haar vader zich op de achtergrond snel uit de voeten maken, naar de beschutting van hun appartement boven de garage. Toen zijn tante niet reageerde op zijn geroep en gebeuk op de ramen, ging even later de telefoon over. Eugenies handen beefden zo erg dat de telefoon uit haar handen glipte en op het parket kletterde. Agnes pakte het toestel voor haar op, drukte de toets in en hield het apparaatje bij het oor van Eugenie. Deze pakte de telefoon van haar over.

'Ik begrijp dat dit allemaal niet gaat zoals het hoort, maar het is beter als je vannacht ergens anders slaapt, nu ik er niet zo best aan toe ben,' klonk het aangedaan na een hele tirade van zijn kant.

Er volgde opnieuw een stortvloed aan woorden, die Eugenie gelaten aanhoorde. 'Nee, de notaris hoeft morgen niet te komen. Alles is precies geregeld zoals ik het hebben wil, en jullie horen wel wat dat precies inhoudt als het zover is.'

De stroom woorden of misschien wel verwijten begon opnieuw. Eugenie luisterde niet langer, het lukte haar zelfs het gesprek te beëindigen.

'Dank je, Agnes.'

'We weten niet of we er wel goed aan deden,' aarzelde deze.

'Dat doen jullie. Evert wilde morgen de notaris laten komen om het testament zo nodig in zijn voordeel te laten wijzigen, maar dat zal niet gebeuren. Agnes, nu kan hij mij toch niet langer stiekem de pillen toedienen, hè?'

'Nee, tante Eugenie, dat kan hij niet. Het is me overigens een raadsel hoe hij eraan gekomen is, want dat schijnt helemaal nog niet zo gemakkelijk te zijn. Waarschijnlijk is hij er op een illegale manier aan gekomen. Maar goed, het is niet ons probleem. Wat kan ik nu voor u doen?'

'Ik wil heel graag terug naar mijn bed, en ik wil ook wel zo'n kalmerend tabletje hebben dat ik anders slik om te kunnen slapen. Ik ben nog nooit van mijn leven zo geschokt geweest, lieve kind.'

'Dat kan ik me voorstellen,' knikte Agnes bezorgd. 'Mijn knieën knikken ook. We laten voortaan de keukendeur niet langer van slot, tante Eugenie, zodat niemand ongemerkt naar binnen kan glippen. Kom maar mee, u moet uit gaan rusten van alle commotie.'

Toen de oude vrouw weer in bed lag, belde Agnes voor alle zekerheid de dokter op om te vertellen hoe geschokt de oude vrouw was door de gebeurtenissen van de afgelopen middag. Die kwam zonder aarzelen terug en sprak lang in de slaapkamer met Eugenie.

In de keuken liet Agnes haar vader binnen. 'Ik zal blij zijn als Rik overmorgen terugkomt,' verzuchtte ze. 'We moeten voortaan alles goed afgesloten houden, pa, om ervoor te zorgen dat niemand, en vooral Evert niet, ongemerkt naar binnen kan sluipen, vandaag niet en nooit meer.'

Hij knikte. 'Ga even zitten. Ik maak thee voor je. Je ziet eruit alsof je enorm geschrokken bent.'

'Dat ben ik ook, en u niet minder,' knikte Agnes. Ze sloop naar de voordeur om te kijken of de auto van Evert er nog stond.

Gelukkig was dat niet meer het geval.

HOOFDSTUK 21

Twee weken later keerden David en Ian terug van een korte huwelijksreis naar de Maledieven, en hoorde Eugenie van hen dat Evert samen met Lieneke op het huwelijk van David en Ian was geweest en dat die er niets van hadden gemerkt dat er sprake leek te zijn van een huwelijksbreuk tussen die twee. Evert was evenmin bij hem in huis getrokken omdat hij nergens anders onderdak had kunnen vinden. David had een filmpje gemaild dat Eugenie op de computer kon bekijken. Ze was er speciaal voor uit bed gekomen en had zich, na dagen, weer eens aangekleed en zat goed verzorgd achter het vroegere bureau van haar man. Ze bekeek de film samen met Agnes en mompelde zo nu en dan dat het fijn was voor David en Ian dat ze in deze tijd leefden en voor hun geaardheid uit konden komen, maar dat ze het vreemd bleef vinden om te zien hoe twee mannen ringen wisselden en elkaar zoenden waar iedereen bij was. Evert en Lieneke waren duidelijk in beeld, en niets in hun gedrag naar elkaar toe wees op een dreigende huwelijksbreuk.

De nachtzuster was een paar nachten geweest. Toen was Eugenie weer min of meer opgeknapt, en vond ze het niet langer nodig dat er de hele nacht iemand aan haar bed zat om haar in de gaten te houden. Ondertussen had Andries een logeerbed van boven uit elkaar gehaald en beneden in de bibliotheek weer in elkaar gezet.

Agnes sliep zodoende nog steeds in het grote huis, met de deuren open, zodat ze Eugenie kon horen als die haar nodig mocht hebben. Want de telefoon kon al te gemakkelijk uit haar verzwakte handen vallen en als die op de grond gleed, zou ze niet meer kunnen waarschuwen als ze hulp nodig had. Karel kwam 's nachts graag bij Agnes op bed liggen, de ondeugd, maar ze ondervond troost aan de nabijheid van het dier.

Rik was weer teruggekomen van zijn vakantie. Hij zag er gebruind en uitgerust uit. Agnes ontdekte dat haar hart opsprong toen ze hem weer zag. Hij kwam aan het einde van de eerste dag dat hij weer werkte en was bezorgd door wat hij te horen had gekregen van zijn vervangster. Nadat hij een poosje met Eugenie had gepraat, liep hij achter Agnes aan naar de keuken.

'Ik kom voortaan nog vaker langs, Agnes. Het is duidelijk dat mevrouw Ernsting aan haar laatste levensfase is begonnen, al kan niemand zeggen hoelang die nog zal gaan duren. Haar stoelgang is weer op gang gekomen dankzij wat ze slikt, en hoewel ze niet veel eet, krijgt ze toch nog wel iets binnen. Het kan zijn dat dit weer minder wordt en dat ze niets meer binnen kan houden. Dan zou het snel kunnen gaan. Ze klaagt over misselijkheid, nietwaar? Feitelijk is er niets meer wat we voor haar kunnen doen dan afwachten en haar in de gaten houden. Ik heb wel een lichte morfinepleister voorgeschreven. De paracetamol helpt niet langer voldoende. De pleister wordt opgeplakt en elke drie dagen vervangen. Als je dat zelf wilt doen, kan dat, maar draag dan wel plastic handschoenen om zelf niet onbedoeld morfine binnen te krijgen. Als de pijn verder toeneemt, kunnen we de dosering verhogen. Maar je begrijpt wat het betekent dat er nu morfine nodig is?'

Ze knikte. 'Ik ben inmiddels op alles voorbereid en tot nog toe houd ik het goed vol. Ik ben blij met alle hulp die ik heb gehad en nog heb.'

'Als ze weer slecht gaat slapen, komt er opnieuw een nachtzuster. Ben je er nog op uit geweest terwijl ik weg was?'

Ze moest ontkennend haar hoofd schudden. 'Alleen als Pieta er is, ga ik met Karel bij de rivier wandelen en zijn we een uurtje weg, maar tante Eugenie wordt onrustig als Pieta op haar let omdat ik er niet ben.'

'Zie je! Het meest maak ik me daarom zorgen over jou. Er komt net zo veel op je schouders neer als was je een enig kind. En ik heb dochters genoeg gezien die bijna aan te zware zorgtaken onderdoor zijn gegaan. We moeten misschien nog meer regelen.'

Ze maakte hem duidelijk dat ze daar anders over dacht en beloofde dat ze het hem direct zou laten weten als ze het gevoel kreeg dat ze te zwaar belast werd.

Hij keek haar ernstig aan. 'Dat neemt niet weg dat ik daar bedenkingen over heb. Kun je niet zo nu en dan een paar uurtjes ergens heen gaan?'

'Nee, dat wil ik Pieta niet aandoen. Weet je, Pieta is een beetje bang, nu de dood dichtbij komt. Ze vindt het eng.'

'En jij?'

'Ik heb het al een keer meegemaakt toen mijn moeder stierf. Maar dat was heel vredig, op het laatst. Ze had zo veel geleden, dat het einde als een bevrijding voelde, en ze wachtte erop.' Ze keek even peinzend voor zich uit. Toen haalde ze diep adem. 'Ik ben echt veel om de oude dame gaan geven, Rik, dat weet je. Ik ken haar tenslotte al zo ontzettend lang. Mijn moeder is hier op de hof gestorven, in ons appartement boven de garage. Ja, ik wil graag voor haar blijven zorgen tot het einde is gekomen, zeker nu er niemand anders is die haar even na staat. Van haar familie moet ze het tenslotte niet hebben, die hebben allemaal bijgedachten.'

'Dit gaat overduidelijk veel verder dan een gewone verstandhouding tussen werkgever en werkneemster, maar dat wist ik al.' Hij keek haar aan en de blik in zijn ogen bracht haar in de war.

'Het gaat erom wat zij wil, en ze geeft keer op keer aan dat ze mij graag om zich heen heeft, nu ze er zo aan toe is.'

'Dat begrijp ik best, maar dat neemt niet weg dat je dit mogelijk nog weken vol moet kunnen houden. Laten we ermee beginnen de thuiszorg uit te breiden. Dus 's morgens komt er al iemand om haar te wassen en te verzorgen, en 's avonds om haar klaar te maken voor de nacht en zo nodig naar bed te brengen. Ik zal doorgeven dat er ook 's middags iemand komt die haar helpt bij naar het toilet gaan en zo. Als ze dan haar middagdutje doet, probeer dan zo veel mogelijk nog even naar buiten te gaan. Dat ontlast jou iets.'

Ze knikte. 'Ik begrijp dat dit verstandig is.'

'Mooi. Verzet je er dus niet tegen en kijk niet alsof ik je iets dierbaars uit handen wil nemen.'

'Zo kijk ik niet,' schoot ze in de lach.

'Hè, gelukkig, je lacht weer. Als je al geen hele dag meer vrij wilt nemen, maak dan zo veel mogelijk die wandelingen met Karel. Beweging in de buitenlucht is zo ongeveer de beste remedie tegen spanningen die ik ken, en ook tegen oververmoeidheid die veroorzaakt wordt door de zorg die je verleent. Als de fysieke zorg voor mevrouw Ernsting door anderen wordt gedaan, raak jij in ieder geval niet lichamelijk uitgeput en moet die ruimte er zijn. Nog later, in het allerlaatste stadium, kun je die bakens eventueel weer verzetten. Bedenk dat mevrouw misschien nog wel een paar weken te leven heeft.'

Ze knikte en keek hem onderzoekend aan. 'Maar het kan evengoed een paar dagen zijn?'

'Dagen misschien niet, maar er kan altijd onverwacht weer iets gebeuren, zoals een nieuwe zware bloeding die te veel van haar krachten vergt. Een nieuwe ziekenhuisopname kan zich van de ene dag op de andere aandienen. Laat Pieta desnoods vaker komen om alles in huis te doen, laat de boodschappen bezorgen. Besteed jij je krachten zo veel mogelijk uitsluitend aan mevrouw Ernsting, om haar laatste levensfase zo aangenaam mogelijk te laten verlopen. Zorg dat bezoek wordt verdeeld en haar niet te veel wordt. Kook goed voor je vader en jezelf. Wat de oude dame nog eet, laat dat vers zijn. Als ze helemaal niets meer eet, kan het snel aflopen, maar dat begrijp je wel.'

Ze knikte. 'En dan daarna... Soms lig ik er wakker van, wat er daarna moet gebeuren.'

'Ik heb begrepen dat de notaris meteen alles zal gaan regelen en dat mevrouw bij hem heeft vastgelegd wat er moet gebeuren.'

Agnes knikte. 'Als het afloopt, stel ik hem op de hoogte. Hij regelt de begrafenis en alle andere zaken.' Even later ontspande ze zich en vertelde ze Rik met een kleur op haar wangen dat Evert zich niet alleen in huis had gedrongen, maar dat hij ook avances had gemaakt naar haar toe en dat ze hem samen met haar vader zo ongeveer letterlijk buiten de deur had gezet om van hem af te komen. Hij kon er wel om lachen, maar zijn ogen werden al snel weer ernstig.

'Ik heb alle details van mijn vervangster te horen gekregen. Het zou bovendien zo kunnen zijn dat zijn aandacht te maken had met de overweging dat het alleszins mogelijk is dat de hof aan jou wordt nagelaten.'

'Nee hoor,' grinnikte Agnes zonder de geringste aarzeling. 'Dat gebeurt echt niet en daar ben ik blij om. Tante Eugenie weet best dat ik een dergelijk duur huis nooit zal kunnen onderhouden. Dat doet ze dus echt niet omdat ik er alleen maar kopzorgen door zou krijgen.'

'Niemand weet het.'

'Nee Rik, niemand die het weet, en dat is maar goed ook! Ik denk er soms aan wat ik straks moet gaan doen als alles achter de rug is, maar zoals je zei, niemand weet hoelang het zal gaan duren.'

'Denk nog eens aan een plekje in mijn praktijk.'

Ze keek hem recht aan. 'Daar zou ik maar niet op rekenen als ik jou was. Ik wil weer in een verpleeghuis gaan werken en ordentelijke werktijden hebben met vastgelegde vrije tijd.'

Hij moest lachen en stond op. 'Vergeet niet me te bellen als er ook maar iets is waar je onzeker over bent of waar je je zorgen over maakt, Agnes.'

Ze lachte naar hem. 'Je weet niet half hoe mij dat geruststelt.'

Hij maakte een snelle beweging en plantte een zoentje op haar voorhoofd, waarna hij zich ongekend snel uit de voeten maakte en haar toch een tikje in verwarring gebracht achterliet.

Ze stond zich nog af te vragen wat ze hiervan moest denken, nadat ze zijn wagen de oprit af had zien rijden, toen een andere wagen de oprit op kwam. Ze herkende meteen de auto van Floris. Bezorgd keek ze bij de oude dame, die nog steeds aangekleed in haar oude vertrouwde leunstoel zat.

'Ik zie dat Floris eraan komt. Gaat het nog wel of wilt u liever weer in bed gaan liggen?'

'Ik ben weer aardig opgeknapt,' beweerde Eugenie. 'Fijn dat Floris mij zo vaak opzoekt. Ik vind hem een fijne kerel!' Ze keek Agnes aan op een onderzoekende manier, die bij het meisje het bloed naar de wangen joeg. 'Zou hij niets voor jou zijn?' viste Eugenie en in haar ogen lag meer leven dan er in vele dagen in geweest was.

'U wilt me toch niet aan hem gaan koppelen, hè?'

'Het zou leuk zijn,' bromde Eugenie geamuseerd en Agnes was blij dat ze zo veel sterker leek te zijn dan de afgelopen dagen het geval was geweest. 'Jammer dat hij geen Ernsting is.'

'Dag lieve tante. U ziet er goed uit,' begroette Floris haar even later, nadat Andries open had gedaan en hem in de salon had gelaten. Hij plantte zonder de geringste aarzeling een zoen op de wang van zijn tante en daarna evenmin zonder aarzeling op die van Agnes. 'Lieve, trouwe Agnes! Het is voor de familie een grote geruststelling dat jij zo liefdevol voor onze tante zorgt.'

Eugenie grinnikte opgewekt. 'Ik heb een slechte periode achter de rug, maar gelukkig gaat het nu weer een stuk beter,' vertelde ze haar neef terwijl ze hem liefdevol aankeek. Agnes wist niet wat ze daarvan denken moest. Ze voelde zich onzeker over Floris. Waarom vergat ze niet hoe zijn familie Eugenie alle kosten had laten betalen toen ze hen die eerste keer in Zierikzee had opgezocht en ze met de hele familie gegeten hadden? Floris had een goede baan en het restaurant waar ze toen gegeten hadden, was geen sterrenrestaurant geweest waar exorbitante rekeningen werden gepresenteerd. Floris besteedde de laatste tijd veel aandacht aan haar en ze dacht weer aan wat niet alleen Rik had gesuggereerd. Was Floris' aandacht welgemeend of had hij mogelijk dezelfde bijgedachten als Evert? Ach, zo wilde ze helemaal niet denken!

Ze liet neef en tante alleen en trok zich terug in de bibliotheek, waar ze verderging met lezen. Ze schoot al aardig op met haar onderzoek naar de oude brieven en dagboeken, maar veel schokkends of zelfs een nieuwe aanwijzing kwam ze niet tegen. Soms vroeg ze zich af of het raadsel van het portret ooit nog wel op te lossen was, en zo langzamerhand begon ze te beseffen dat haar dat waarschijnlijk niet meer zou lukken tijdens het leven van de oude vrouw. Ze zuchtte en pakte een nieuwe brief op van de raadselachtige Yvonne Ernsting, van wie ze nog altijd geen idee had of die nu op de hof had gewoond of juist niet. De brieven waren vanaf verschillende plaatsen geschreven, vaak uit Zwitserland, soms vanuit Domburg en ook vanuit Den Haag. Raadselachtig!

Lieve Juliëtte,

De herfst is ingetreden en ik heb mijn verblijf in Domburg beëindigd. De zeebaden hebben mij veel goedgedaan, al blijft het een heel vermoeiende toestand om je met de badkoets in zee te laten rijden, je kleding in de koets te verwisselen voor een speciaal badkostuum, en dan het meestal ijskoude water in te gaan om de zee haar heilzame werking te laten doen. Maar de huidaandoening waarvoor ik verlichting zocht, is door de baden aanmerkelijk verbeterd.

Na het zeebad wordt de koets door het paard weer op het strand getrokken en koud als je als badgast dan bent geworden, moet een mens weer behoorlijk worden aangekleed voor je de koets kunt verlaten. Er is weleens een heer in zijn badkostuum uit een huis het strand op gelopen om te gaan baden, maar dit werd toch gezien als schokkend, vooral na het zeebad, als het nat geworden badkostuum aan de huid plakte en niet veel te raden overliet over hetgeen daaronder verborgen diende te blijven. Ach, het zedelijk verval is momenteel overal te merken! Maar toch, lieve Juliëtte, misschien moet je er volgende zomer zelf eens heen gaan om zeebaden te nemen, want ik begrijp dat je het niet gemakkelijk hebt, nu je na de geboorte van Ernst al enkele jaren niet opnieuw zwanger bent geworden en David zo verlangt naar een tweede zoon.

Ach, David. Ook bij hem slaat het morele verval blijkbaar toe, als ik de geruchten mag geloven die ik heb gehoord. Zo hoorde ik geruchten over hem en Fietje. Heeft hij nu alweer zijn hart verloren? Arme Juliëtte, het moet verschrikkelijk voor je zijn, en je kunt er vanzelfsprekend niets tegen doen.

Naar ik heb begrepen is de kleine Ernst erg aan zijn kinderjuffrouw gehecht en peinst je man er niet over haar weg te sturen en een andere kindermeid te nemen.

Yvonne.

Agnes liet de brief zakken. Deze brief kwam uit Domburg, dat in die jaren een mondaine badplaats was. De schoonvader van tante Eugenie was blijkbaar al wel geboren, maar nog klein, en een tweede zwangerschap had zich niet aangediend. Achteraf wist Agnes dat die ook nooit meer zou komen, of als dat wel was gebeurd, er een miskraam moest zijn gevolgd, want van een doodgeboren kindje was in de boeken niets meer terug te vinden. Maar de naam Fietje had haar de wenkbrauwen doen fronsen, want die was ze niet eerder tegengekomen. Antonia wel, daar was David ook al verliefd op geweest, van Yvonne wist ze nog steeds niets, en nu werd er ineens een Fietje genoemd. Blijkbaar was deze David Ernsting een groot vrouwenliefhebber geweest, en had hij meerdere verliefdheden en mogelijk zelfs minnaressen gekend! Dat zou je niet zeggen als je keek naar de streng uitziende man met bakkebaarden die op zijn portret stond afgebeeld.

Ze schrok op toen Floris ineens bij haar kwam zitten. 'Mijn tante ziet er vandaag goed uit, maar heb ik het goed gezien en valt ze steeds meer af?'

Dus legde Agnes de intrigerende brief opzij en keek ze hem ernstig aan. 'Dat is al een poos gaande. Ze eet bijna niets meer en kan dat kleine beetje soms niet eens binnenhouden. De dokter is net nog geweest en maakt zich zorgen. We gaan in ieder geval een nog groter beroep doen op de thuiszorg. Voor de fysieke verzorging is hulp onmisbaar geworden.'

'Dat zal mijn tante niet prettig vinden, al die vreemden die haar wassen en zo.'

'Ja Floris, dat is waar, maar het kan niet anders, dat weet ze en ze accepteert het ook.'

'Misschien kan mijn moeder een poos in huis komen? Of misschien mijn zus Elly? Dat is tenslotte familie, en zij is verpleegkundige.'

'Als je al aan dergelijke dingen denkt, moet je dat niet met mij bespreken, maar met je tante.'

'Ik heb haar al gedag gezegd. Ik moet gaan.'

Ze stond op en legde de spannende brief opzij die ze net had zitten lezen. 'Het is fijn dat je zo veel aandacht voor haar hebt. Dat waardeert ze, Floris.'

Hij glimlachte en keek haar zo diep in de ogen dat ze er onzeker van werd. 'Ik kom hier graag, en niet alleen voor mijn tante.'

Voor de tweede keer die middag kreeg ze een zoen op de wang en keek ze een verdwijnende auto na.

Toen vermande ze zichzelf, pakte de brief op en las die even later aan Eugenie voor.

'Fietje,' peinsde die. 'Mijn man herinnerde zich een kindermeisje van zijn vader, dat Sofie heette. Dat moet dus Fietje wel zijn. Zou zijn grootvader werkelijk zo'n losbol zijn geweest, die de ene affaire na de andere had?'

'Dat was destijds niet ongewoon voor heren uit betere kringen,' waagde Agnes op te merken.

'Maar Fietje niet, een kindermeisje woonde toch in zijn huishouding, want zo ging dat. Arme Juliëtte, die moet van al die ontrouw van haar man geweten hebben. Zoek verder, Agnes. Het kan zijn dat het portret inderdaad van Fietje was, maar dan zou Ernst me dat toch wel hebben verteld, denk je niet? En we weten nog altijd niets van Yvonne, dus de kans dat zij het is, is groter.'

Agnes hief haar handen op. 'Geen idee. Raadsels, tante Eugenie, allemaal raadsels.'

De oude vrouw knikte. 'Ik ben er ontzettend moe van geworden. Wil je me weer naar bed helpen, Agnes?'

Een week later kwam er een nieuwe zware bloeding, die tot een volgende ziekenhuisopname leidde en het duurde een volle week eer Eugenie, nog magerder en tengerder geworden, weer naar huis mocht omdat het bloeden was gestopt en alle stolsels uit de blaas waren gespoeld. De ziekenhuisarts keek bezorgd bij het ontslag en repte iets over een hospice, waar Agnes noch Eugenie op in wilde gaan. Eugenie wist dat ze heel hard achteruitgegaan was. Ze at intussen nauwelijks nog iets en als ze dat al probeerde, kwam het er steeds vaker meteen weer uit. Zelfs de sondevoeding die ze in het ziekenhuis had gekregen, was er meestal weer uit gekomen. Ze had inmiddels een infuus gekregen.

Rik was bezorgd. Hij nam Agnes apart. 'We zien dit vaker, Agnes. Het lichaam is op, zullen we maar zeggen. Mevrouw wil misschien wel eten, maar ze houdt niets meer binnen, ook geen pakjes met versterkend drinken, geen vla, niets meer. Alleen drinkt ze. Het lichaam is het op aan het geven en dat betekent... Wel, je moet je er inmiddels op voorbereiden dat het einde erg nabij is gekomen. De nachtzuster zal weer komen, zodat er ook 's nachts iemand op haar let en jij ongestoord kunt slapen. En het is verstandig dat je dit aan de familie laat weten.'

Ze was ervan geschrokken, maar waardeerde zijn eerlijkheid. 'Ik zal het de familieleden laten weten,' knikte ze. 'Ik zal hun zeggen dat ze afscheid moeten komen nemen.'

Hij keek bezorgd. 'Zorg ervoor dat ze niet allemaal tegelijk komen, laat ze niet allemaal willen blijven eten, en laat niemand met de oude mevrouw alleen. Bescherm jezelf, Agnes, maar ook haar. Ik maak me eerlijk gezegd soms bijna net zo veel zorgen over jou als over mevrouw Ernsting.'

Ze keek hem recht in de ogen. 'Dat hoeft echt niet. Maar wat als het af gaat lopen en de familie wil hier blijven?'

'Dan logeren ze maar in een hotelletje of een bed & breakfast in de omgeving, zodat jij niet voor alles en iedereen hoeft te zorgen. Mevrouw moet dan zelf maar aangeven wie ze wel of niet aan haar bed wil hebben. Afgesproken?'

'Ik ga mijn best doen,' knikte ze.

'Ik kom voortaan elke dag aan het einde van mijn visiteronde langs,' besloot hij. 'Niet alleen voor mevrouw Ernsting, maar ook voor jou.'

Ze keek hem verlegen aan. 'Loop dan achterom. Zolang Evert uit de buurt is, is de keukendeur open. Pa werkt veel in de tuin. Nu het zomer is geworden, is daar veel werk te doen. Beschouw jezelf maar als huisvriend.'

In de dagen die volgden, kwamen ze stuk voor stuk langs. Agaath was er als eerste bij. Ze huilde overdreven dat ze haar tante zo zou gaan missen, maar het moest zelfs Eugenie opvallen hoe taxerend haar ogen alles in huis opnamen. Bets en Machiel kwamen met hun dochter, een tikje timide. 'We hadden zo graag gezien dat u ons appartement nog eens had kunnen zien,' lieten ze weten. David en Ian hadden hun trouwpakken aangetrokken en zelfs de gedroogde corsages weer opgespeld voor de gelegenheid. De laatsten waren Evert en Lieneke, en Agnes hield die avond de keukendeur voor alle zekerheid veilig op slot. Niemand van de familie had gevraagd of Agnes hulp nodig had. Niemand zei in de buurt te willen zijn als het af ging lopen. Wel werd er gevraagd naar de toekomst, maar een antwoord kregen ze niet en Eugenie deed net of ze de vragen niet hoorde. Floris kwam nog een keer met zijn broer Jos, die een tekening had meegenomen over de verbouwing van de zaak die ophanden was, nu zijn vader zich eruit zou terugtrekken. Jos begon onbeschaamd over de kosten. Floris was de enige die Agnes opzocht in de bibliotheek. 'Als het einde nadert, moet je ons waarschuwen, Agnes. Dan zal tante toch wel haar familie om zich heen willen hebben, net als met kerstavond misschien.'

'We moeten maar afwachten wat ze zelf aangeeft,' hield die de boot af. 'Maar nu is iedereen geweest om afscheid te nemen en dat is goed.'

Twee dagen na het bezoek van Floris merkte ze voor het eerst iets vreemds aan de ademhaling van tante Eugenie. Het was net of ze even ophield met ademen, maar even later volgde er een diepe ademteug en ging het weer gewoon verder. Gelukkig kwam Rik even later en ze vertelde hem wat haar was opgevallen.

Hij keek ernstig, legde zijn handen op haar schouders en keek haar indringend aan.

'Zulke ademstilstanden zien we vaker bij stervenden, Agnes. Het proces van sterven is begonnen. Laat dat tot je doordringen. Zelf merkt mevrouw Ernsting niets van die ademstilstanden, maar ze zullen vaker komen en langer gaan duren. Haar laatste dagen zijn aangebroken. Als ze wakker is, moet je haar eerlijk vragen wie ze erbij wil hebben nu ze bijna zover is.'

HOOFDSTUK 22

Het duurde nog vier dagen. Iets binnenhouden lukte niet meer. Zelfs water maakte Eugenie benauwd en kwam er na veel hoesten weer uit, zodat ze ermee opgehouden was te eten en te drinken. Om beurten waakten meestal Agnes en soms haar vader bij de stervende vrouw. Eugenie sliep veel en dan was het soms akelig om naar de ademhaling te luisteren die telkens stilviel, maar altijd weer op gang kwam. Tussendoor was Eugenie wakker en kon ze praten, zij het de laatste twee dagen met schorre stem omdat haar keel uitdroogde. Bij de apotheek haalde Agnes op voorschrift van Rik een soort grote wattenstaafjes, die ze dan in een glas water doopte om de mond en de lippen van Eugenie te bevochtigen. Eugenie probeerde toch nog een keer een slokje te drinken vanwege die tergende dorst, maar haar maag gooide het er meteen weer uit, na een vreselijke hoestbui die haar erg benauwd had gemaakt. Daarna bleef het bij bevochtigen.

Rik bracht een sterkere morfinepleister aan, want het verstervingsproces begon pijn te doen. Van hem hoorde Agnes dat sommige oude mensen bewust weigerden te eten en te drinken als ze niet langer wilden lijden aan het leven, en dat hij en de meeste andere artsen daar zelden tegen ingingen, maar andere keren was een menselichaam zo op, zoals nu gebeurde met tante Eugenie, dat het lichaam feitelijk geen eten en vocht meer op kon nemen. Er kwam opnieuw een nachtzuster, zodat vader en dochter 's nachts tenminste een paar uur konden slapen, maar tegelijkertijd besefte Agnes dat ze het niet prettig vond om de oude dame in deze allerlaatste fase aan een vreemde over te laten.

De vierde avond zat Rik nog om tien uur bij haar aan het bed. De ademstilstanden duurden al behoorlijk lang, soms meer dan een minuut. Het gezicht van Eugenie was gelig grauw geworden, bijna wasbleek. Agnes voelde zich vreemd. Op de een of andere manier besefte ze dat het niet lang meer duren zou en de onzekere toekomst die haar wachtte, daar dacht ze niet langer aan.

Haar vader kwam kijken. 'Ga even in de keuken koffiedrinken,' knikte hij. 'Blijft u, dokter?'

Rik knikte. 'Agnes belde dat mevrouw Ernsting pijn had. Toen ik hier kwam, was ze weer in slaap gesukkeld, maar als ze wakker wordt, kan ik haar zo nodig meer morfine geven dan er in die pleister zit.'

De twee jonge mensen stonden op en Agnes maakte twee bekers koffie. 'Nu gaat het aflopen, Rik. Ik heb er geen verstand van, maar ik voel het gewoon. Ik ga vannacht niet naar bed, want ik wil bij haar blijven tot het voorbij is. Misschien wordt ze nog even wakker, maar misschien ook niet.'

Hij keek haar onderzoekend aan. 'Tot nog toe verloopt het vredig en ik heb haar beloofd dat ze niet onnodig hoeft te lijden. Vind je het goed dat ik er ook nog een poosje bij blijf?'

Agnes knikte. 'Graag zelfs. Ik vind het prettig dat je er bent.'

Hij glimlachte. 'Mooi. Dan waken we samen. Als je nog een uurtje wilt slapen, moet je dat maar meteen doen. Ik waarschuw je wel als ik het herken dat het afloopt. Of blijf je liever op?'

Ze keek hem ernstig aan. 'Ja, dat ga ik proberen.'

'Je ziet er moe uit.'

'Ik ben ook moe,' gaf ze eerlijk toe. 'Vooral de laatste week heeft veel van me gevergd.'

Even sloeg hij een arm om haar heen. 'Je bent moedig. Je bent lief dat je dit voor haar doet.'

'Ik ben van haar gaan houden, bijna alsof ze echt mijn lievelings-tante is,' verzuchtte ze zoals ze al eerder had gedaan, maar zo onver-wacht dat ze er zelf door verrast werd, kwamen er tranen. 'Ach, ik moet er niet verdrietig om zijn. Het is een goed en lang leven geweest, ze is lang gezond gebleven. De hele familie is geweest om afscheid te nemen en ik heb zo goed als ik kon voor haar gezorgd. Maar het doet me pijn, Rik. Ondanks al haar rijkdom heeft ze fei-telijk een triest en vooral eenzaam leven geleid, maar ze heeft dat moedig gedragen. Ik zal haar verschrikkelijk missen.'

Hij stond op en liet de laatste slok koffie voor wat die was. Even later had hij zijn armen stevig om haar heen. 'Ik ben bij je en ik blijf bij je. We gaan er samen doorheen, als je dat wilt.'

'Maar morgenochtend wacht jou weer een bomvol spreekuur.'

'Het is wel vaker gebeurd dat ik na een slechte nachtrust toch een hele dag werkte. Maar eerlijk is eerlijk, dan gebeurt het ook dat ik de andere avond om zeven uur al in bed kruip om de gemiste nacht-rust in te halen.'

Ze veegde haar tranen weg en moest zelfs glimlachen. 'Ik stel me aan, maar je bent een dokter uit duizenden, en dat mag ook weleens worden gezegd.'

'Kom, we gaan terug. De nachtzuster zal zo wel komen.'

Toen ze de slaapkamer binnenkwamen, was Eugenie juist wakker geworden. 'Dorst,' prevelden haar lippen en haar stem was van schorheid nauwelijks nog te verstaan.

Agnes bevochtigde opnieuw haar lippen.

'Pijn.'

Rik boog zich voorover. 'U heeft pijn?'

Ze knikte. Haar handen zochten rusteloos op het dekbed. Agnes zette het water met het wattenstaafje weg en vatte de hand. Er kwam rust in de ogen van de stervende vrouw. Ze keek Agnes vol aan.

'Het is bijna zover. Ik houd van je, kind, en wat je voor mij hebt gedaan, dank je. Maar nu...' Ze was nauwelijks te verstaan.

'Ik blijf bij u,' beloofde Agnes daarom maar op goed geluk.

Eugenie knikte. Haar gezicht vertrok. Ze fluisterde nog iets. 'Pijn,' verstond Rik opnieuw en Agnes verstond even later 'psalm'.

Ze boog zich voorover. 'U wilt dat ik u psalm drieënveertig nog eens voorlees, het vierde vers?'

Er werd nadrukkelijk geknikt. 'Pijn,' herhaalde ze. Nu keek ze Rik aan.

Hij boog zich voorover. 'Ik kan u een prik geven tegen de pijn. Dat kan het proces versnellen. U kunt ervan in slaap vallen en niet meer wakker worden.'

'Dat is goed.'

Hij gaf haar een injectie en beide mensen zagen hoe het gezicht ontspande toen de pijn even later wegtrok. Agnes pakte het psalm-boek met het ouderwetse gouden slotje. Ze las het vers voor dat ze Eugenie al enkele keren eerder had voorgelezen, haar lievelings-psalm, haar houvast en leidraad in deze allerlaatste momenten van het leven.

Er verscheen een vage glimlach om de lippen van de oude vrouw. Het was prachtig als iemand zo kort voor de dood zo'n vertrouwen had in God, besefte Agnes. Ze las ook de andere verzen van de psalm voor. De ene hand van Eugenie lag in de hare, ze maakte een gebaar waaruit Agnes begreep dat ze last had van het licht van de lamp naast het bed. Ze draaide die lager, zonder de hand los te laten. Toen ze weer zat, keken de blauwe ogen van Eugenie haar nog één keer vol aan. De lippen bewogen, maar geluid kwam er niet meer uit. Met onverwachte kracht kneep de hand die ze vasthield echter in de hare. Het was een laatste, stil bedankje, een afscheid eveneens.

Agnes begreep het. 'Ik houd ook heel veel van u,' fluisterde ze schor toen de ogen al dichtvielen.

De nachtzuster keek om de hoek, maar werd met een stille knik door Andries naar de keuken meegenomen.

De ademstilstanden duurden lang. Soms haalde Eugenie een paar keer achter elkaar diep adem, hijgend klonk dat bijna uit de dor geworden keel, de tussenpozen werden heel lang. Rik voelde haar pols, waar de polsslag langzaam afnam tot die ten slotte nauwelijks nog voelbaar was. 'De bloedsomloop valt stil. De adem blijft het langst gaan,' fluisterde hij, alsof het oneerbiedig was te praten bij iemand die zo dicht bij de dood was gekomen.

Er kwam een zucht. Een hele lange stilte volgde. Net toen Agnes Rik vragend aankeek, kwam er nog een zwakke ademteug.

Daarna bleef het stil.

HOOFDSTUK 23

De begrafenis van Eugenie Ernsting vond plaats op een warme, zonnige zomerdag. De familie had zich in de hof verzameld, waar Eugenie in haar slaapkamer opgebaard had gelegen. De lijkwagen verscheen en de kist werd, beschenen door een stralend zonlicht, naar de auto gedragen. Eugenie had de hof voor de allerlaatste keer verlaten.

Iedereen verzamelde zich achter de auto om langzaam de afstand te lopen, dwars door het dorp, van de hof naar het rouwcentrum op de begraafplaats, waar een korte dienst werd gehouden in de kapel.

Het bleek dat Eugenie een eenvoudige uitvaart had gewild. De dominee hield de geliefde psalm die haar tot aan het allerlaatste moment zo veel steun en vertrouwen had gegeven aan als een leidraad, zoals ze graag had gewild. Na een korte dienst was een lange stoet mensen de dragers met de kist gevolgd naar het gedolven graf. De familie drong zich samen achter de dragers, pas daarachter liepen Agnes en haar vader. Ook Rik was gekomen en liep naast hen. De dominee sprak nog een gebed uit bij het graf, voor de begrafenisondernemer de kist een stukje liet zakken. Het voelde akelig om bij het nog open graf weg te lopen, vond Agnes.

De familie kreeg alweer praatjes tijdens de koffie en de broodjes in het rouwcentrum bij de begraafplaats. Veel dorpelingen waren gekomen om de overledene de laatste eer te bewijzen. Agnes en Andries stonden een beetje verloren terzijde in die drukte. Pieta kwam bij hen staan. Rik was meteen na de teraardebestelling weer vertrokken, zijn visiteronde moest nog worden afgemaakt. Agnes had hem slechts kort bedankt voor zijn komst, maar ze was ervan overtuigd dat het niet lang zou duren eer hij kwam kijken hoe het met haar ging.

Toen de meeste handen waren geschud en ze net een bruin broodje met brie uitkoos, stond Floris ineens vlak naast haar.

'Nu komt het grote moment,' grijnsde hij. De blik in zijn ogen kon ze met de beste wil van de wereld niet anders noemen dan verwachtingsvol. Bij geen van de familieleden was iets te bespeuren van oprecht verdriet, had Agnes al eerder opgemerkt. 'Wie zal de gelukkige zijn, denk je? Ik geloof er niets van dat ze tegen jou altijd haar mond gehouden heeft.'

Ze haalde slechts haar schouders op. 'Nou, dat heeft ze toch. De notaris heeft de laatste dagen alles geregeld en hij is de enige die alles weet. Niemand anders. Waarom ben je zo ongeduldig, Floris?'

Hij schokschouderde en keek rond. Agnes deed hetzelfde. Evert stond gewoon naast Lieneke en die had het over alweer een nieuwe operatie die ze binnenkort uit zou laten voeren. Ze was er blijkbaar van overtuigd dat haar man zometeen zou horen een niet onaanzienlijke erfenis te krijgen.

Agnes voelde een knoop in haar maag en werd er bijna misselijk van. Zo was het nog even doorgegaan, voor iedereen terug was gekeerd op de hof. De notaris had hun laten weten hen allemaal, Agnes en Andries incluis, om vier uur in de salon te verwachten. Daarna was hij zelf naar zijn kantoor verdwenen.

De mensen waren langzaam weggegaan. Agnes was nog eenmaal de begraafplaats op gelopen om alleen, in de schaduw van de ruisende machtige bomen boven haar, afscheid te nemen van Eugenie Ernsting. Dat waren, ondanks tranen die zich niet lieten tegenhouden, een paar mooie momenten geweest. Toen ze terugliep, zag ze dat haar vader op haar had gewacht. Samen liepen vader en dochter terug naar de hof. De familie was al binnengelaten door de aanwezige secretaresse van de notaris.

Stipt om vier uur kwam de notaris terug en mocht de familie, die in de tuin op hem had gewacht, de salon in. De man zelf ging aan het hoofd van de uitgetrokken eettafel zitten. De leunstoel van Eugenie bleef leeg, maar toen Evert erin wilde gaan zitten, werd hij door de notaris zelf tot de orde geroepen. Er waren stoelen bijgezet rond de tafel en uiteindelijk zat iedereen, sommigen verwachtingsvol, sommigen opgewonden. Agnes voelde zich vooral aangeslagen, en dat werd erger door de blikken die de anderen op de notaris richtten nu het grote moment waarop ze hadden gewacht, eindelijk was aangebroken.

Toen iedereen een stoel had gevonden, schraapte de notaris zijn keel en een diepe stilte daalde neer in de overvolle salon.

Agnes merkte ze dat ze tegen wil en dank werd aangestoken door de zenuwachtigheid die van iedereen bezit leek te nemen. Haar ogen zwierven opnieuw langs de gezichten. Evert keek zelfverzekerd en Lieneke gelukzalig en verwachtingsvol. David was zichtbaar aangeslagen. Dat sierde hem. Ian keek tamelijk onverschillig, maar dat kon ze zich wel voorstellen, want hij had de oude vrouw slechts een enkele keer ontmoet. Agaath beet gespannen op haar lippen en haar ogen waren strak op de notaris gericht. Hebberigheid, stelde Agnes in stilte vast. Al haar bedelbrieven hadden haar niets opgeleverd, ze was nerveus over wat er nu eindelijk in haar schoot geworpen zou worden. Machiel en Bets zaten hand in hand en keken ook verwachtingsvol. Jos en zijn zus Elly fluisterden nog even wat met elkaar. 'Wie krijgt nu de hoofdprijs,' meende Agnes te kunnen verstaan en haar maag keerde zich bijna om. Floris keek haar aan en knipoogde. De blik in zijn ogen was bijna olijk te noemen. Was ook hij er zeker van dat hem nu een aangename verrassing wachtte?

Ze keek weer naar de notaris. Ze schatte hem ergens begin vijftig, zijn haar was grijs en begon al aardig dun te worden. Hij vouwde een deftig uitziend geschept papier open.

'Eerst wil ik u allen een brief voorlezen, die mevrouw Ernsting mij enkele maanden geleden gegeven heeft met het verzoek dat op dit moment te doen.' Hij zweeg even en begon dan toch te lezen.

'Op kerstavond was voor het eerst in vele jaren onze familie weer als geheel bij elkaar. Op het moment dat dit opnieuw zal gebeuren, zal ik de enige zijn die daarbij ontbreekt, om de droeve reden dat ik er dan niet langer ben en dat jullie mij, met elkaar, hebben begraven volgens mijn wensen.

In mijn testament heb ik een week geleden mijn laatste wil opgetekend. In het bijgevoegde codicil staat de verdeling vermeld van een aantal van mijn bezittingen. Toegevoegd daaraan wil ik nog hebben, dat het geheimzinnige portret waarvan niemand op dit moment de herkomst nog kent, samen met de gevonden brieven en dagboeken, onder beheer blijft van Agnes Terdu, behalve wanneer inmiddels is achterhaald wie de jonge vrouw op het portret is geweest. Dan gaat het portret naar de dichtstbijzijnde familieleden van de op het portret afgebeelde jonge vrouw. Als die niet meer leven of te achterhalen zijn, kan Agnes zelf beslissen of ze het portret wil houden of wil wegschenken. De dagboeken en brieven kunnen onder de familie worden verdeeld, als ze niet langer van nut zijn voor het onderzoek. Als niemand er belangstelling voor heeft, kan Agnes beslissen wat ermee gaat gebeuren.'

De notaris keek op. Alle ogen waren nu gericht op de vuurrood geworden Agnes, die verlegen haar handen in haar schoot samenkneep en daarnaar staarde, omdat ze als eerste werd genoemd. Ze voelde de angst opvlammen onder de familie. Evert maakte een misplaatste opmerking over de bezittingen die toch niet buiten de familie konden vallen, maar met een scherp woord van de notaris werd hij tot de orde geroepen.

'Deze brief is later toegevoegd, omdat de zoektocht was begonnen naar wie de jonge vrouw is geweest op het portret. Juffrouw Terdu, als ik u kan adviseren in die kwestie, kunt u daarvoor altijd een beroep op mij doen. Mevrouw Ernsting heeft het zo geregeld dat mijn kantoor kosten die een eventueel advies hierover met zich mee brengt, binnen de verrekening van de erfenis meeneemt. Omdat ze mij heeft benoemd tot executeur ben ik daar tevens toe gerechtigd.' Hij las even in stilte verder.

'Mevrouw Ernsting laat haar hond Karel na aan Andries Terdu en zijn dochter, omdat zij toch al de dagelijkse zorg voor het dier hadden en aangegeven hebben die zorg ook daadwerkelijk op zich te willen nemen. Voor de katten moet waar mogelijk een nieuw thuis worden gezocht en waar dit niet mogelijk is, zal er via het dierenasiel een oplossing voor hen gezocht moeten worden.' De anderen vonden de dieren blijkbaar niet belangrijk, want niemand liet iets van zich horen. De notaris nam een slok water en keek weer in de papieren.

Hij ging verder met het lezen van het eigenlijke testament. Eerst de gebruikelijke formaliteiten. De benoeming van de notaris tot executeur-testamentair stond er vermeld. Daarna zweeg de notaris en met een strenge blik keek hij de familiekring rond. 'Dit betekent dus dat ik alle kosten zal betalen en de boekhouding afrond. Voor het afwikkelen van de gehele erfenis moet u toch rekenen op een afwikkelingstijd van al snel anderhalf jaar. Alle erfgenamen krijgen, zodra de daadwerkelijke verdeling plaatsvindt, daarvan een uitgebreid overzicht.'

'Op dat moment weten we dus ook wat tante allemaal bezat?' vroeg Agaath om uitleg.

'Inderdaad, mevrouw. Dan weet u allemaal tot op de cent precies wat er was en waar het naartoe gaat. Eerst moeten er successierechten worden betaald, voor alles wordt afgerond en uitgekeerd. Nog vragen voor ik verderga?'

Niemand liet wat van zich horen. Opnieuw schraapte de man plechtstatig zijn keel. Het leek wel, dacht Agnes, of hij het erom deed om indruk te maken, of om de hebberige erfgenamen tot het uiterste te tarten. Het leek bijna alsof hij in plaats van tante Eugenie de familie voor de laatste keer in wilde wrijven dat ze de oude dame te veel verwaarloosd hadden. Kijk ze hier nu zitten, dacht ze, de een nog verwachtingsvoller dan de ander, en niemand behalve zijzelf leek zich nog verdrietig te voelen over degene die ze nog maar een paar uur geleden naar haar laatste rustplaats hadden gebracht.

'Omdat er geen directe erfgenaam is die de naam Ernsting draagt, heb ik besloten dat Machiel, Agaath, Evert en David alle vier gelijke rechten hebben. Geen van hen kan echter de kosten van de hof langdurig dragen.' De notaris keek de kring rond. 'Daarom zal de hof worden verkocht.'

Een gemompel steeg op en het duurde nogal even eer het geroezemoes verstomde en hij zich weer verstaanbaar kon maken.

Er volgde een nieuwe schok toen de notaris uitlegde dat de kosten van de hof in de afgelopen vijftien jaar op sommige momenten van dure reparaties, zoals het vernieuwen van het dak, zo hoog waren geweest dat er inmiddels een gedeeltelijke hypotheek op de hof rustte. En nieuwe golf van verbijstering werd door alle familieleden gedeeld.

'Er is toch nog wel wat overgebleven?' ontsnapte het aan de lippen van Agaath. 'Nu snap ik waarom tante nooit een cent wilde afstaan als ik haar hulp vroeg omdat ik krap zat.'

De notaris bleef stoïcijns en deed net of hij het niet hoorde. 'Ik zal verdergaan,' legde hij met kalme stem uit. 'Als u zo vriendelijk zou willen zijn om mij zonder verdere onderbrekingen of commentaren aan te horen. Als ik alles heb voorgelezen en uitgelegd, is er ruim de tijd om eventuele vragen van uw kant te beantwoorden.'

Je kon op dat moment een speld horen vallen, nu er eindelijk duidelijkheid zou komen. De notaris keek iedereen om beurten aan.

'Geen van de vier genoemde familieleden is bovendien een wettige erfgenaam van Ernst Ernsting. Dus, zoals eerder gezegd, zal de hof te koop worden gezet. Naast de hof, al rust er een tamelijk geringe hypotheek op, zijn er nog aandelen en beleggingen. Ten tijde van de noodzakelijke dure herstelwerkzaamheden zijn die niet te gelde gemaakt, omdat de markt daarvoor op dat moment niet gunstig was. Gelukkig staat het er wat dat betreft inmiddels weer een stuk beter voor, zodat die zullen worden verkocht, en de opbrengst zal aan de nalatenschap worden toegevoegd.' De man keek weer naar het testament.

'De vier voornaamste erfgenamen...' De notaris keek op en wierp een strenge blik op Machiel, Agaath, Evert en David. De spanning was bij hen inmiddels te snijden en vooral Agaath leunde helemaal voorover op haar stoel om maar geen woord te missen, terwijl Lieneke aan haar gezicht zat te voelen alsof ze naar rimpeltjes zat te zoeken die ze kon laten verwijderen als het schip met geld straks binnen was gevaren. Agnes observeerde dat allemaal.

De notaris leek er wel plezier in te hebben om de spanning zodoende tot het uiterste op te voeren. Hij schraapte voor de zoveelste keer zijn keel. 'De vier erfgenamen krijgen elk de som uitgekeerd van vijfentwintigduizend euro.'

Het geroezemoes liet zich niet onderdrukken. Verontwaardiging en teleurstelling streden om voorrang, alleen David hield zich op de vlakte en smoesde wat met zijn man.

'Dat is uitgesloten,' kreet Evert, en daarbij werd hij fel ondersteund door Agaath. 'Ik stap naar de rechter!'

De notaris leunde achterover en Agnes meende in zijn ogen zelfs iets van vermaak te kunnen onderscheiden. Tante Eugenie zou zich eveneens verkneukeld hebben als ze erbij was geweest, besefte ze. Ze moest moeite doen om niet te grinniken. Haar vader gaf haar een knipoog. Floris keek boos, Jos diep teleurgesteld, en hij mompelde tegen zijn vader dat hij met Evert mee moest doen en naar de rechter moest stappen.

De notaris tikte met zijn vuist op tafel, omdat hij geen beschaafd hamertje bij de hand had om de rust en de orde aan tafel te herstellen. 'Ik ben nog niet klaar.'

Dat hielp. 'Krijgen we soms ook de aandelen?' vroeg Evert en op dat moment voelde Agnes weer het bekende gevoel van afkeer dat Evert haar al vele malen eerder had bezorgd.

'Stilte graag. Vragen komen later eventueel nog aan de orde. Zoals gezegd, ik ben nog lang niet klaar. Mevrouw Ernsting heeft veel te danken aan haar personeel, voornamelijk Andries Terdu en zijn dochter Agnes. Ze heeft bij testament geregeld dat beiden na haar overlijden nog twee hele jaren hun salaris krijgen doorbetaald, zodat er voldoende tijd is om ander passend werk te zoeken. Ze was er zich van bewust dat vooral voor mijnheer Terdu als man van ruim boven de vijftig, het niet eenvoudig zal zijn snel een andere baan te vinden. Juffrouw Terdu zal ongetwijfeld eerder een nieuwe werkkring vinden, maar heeft zo veel onbetaalde overuren gemaakt dat ze meer dan recht heeft op dit inkomen. Ik licht het maar toe, waarde familie, omdat u blijkbaar moeite heeft om de regelingen die mijn opdrachtgeefster heeft getroffen, te accepteren. Zolang de hof niet is verkocht, kunnen mijnheer en zijn dochter in hun appartement boven de garage blijven wonen en ondertussen vervangende woonruimte zoeken.

Pieta krijgt, na jarenlange trouwe dienst, drie maanden salaris doorbetaald. De kinderen van Machiel, Agaath en Evert zijn eveneens door de erflaatster bedacht' – Agnes zag Jos en Floris opveren, en even later weer teleurgesteld in elkaar zakken – 'elk met drieduizend euro.

De portretten van de voorvaderen gaan naar het Streekmuseum, samen met de officiële documenten van de hof. De andere schilderijen en bezittingen zullen onder de familie worden verdeeld, deels is deze verdeling vastgelegd in bijgevoegd codicil. U heeft morgen als familie de gehele dag de gelegenheid om op uw gemak rond te kijken. Bij mij kan een lijstje worden ingediend, welke stukken uit de inventaris van het huis er van uw gading zijn. De verdere verdeling zal zo plaatsvinden dat iedereen goederen ontvangt van een vergelijkbare waarde, en met onderlinge goedkeuring. De spullen waar de familie geen prijs op stelt, of waarover geen overeenkomst kan worden bereikt, zullen worden verkocht op een veiling. Het geld komt bij de uiteindelijke nalatenschap. Ik kan u zeggen dat er na deze verdelingen nog een behoorlijke som geld overblijft en zeker na verkoop van de hof komt er nog geld bij. Dat alles zal worden geschonken aan drie met name genoemde goede doelen.'

'Ook dat vechten we bij de rechter aan,' liet Evert luid weten. 'Lieve help, de oude heks scheept ons allemaal af met een schijntje! Nu, ik pik dat niet.'

Evert kreeg bijna algemene bijval. Alleen David zweeg, al was het duidelijk dat Ian toch wel een tikje teleurgesteld was. Van Floris kreeg Agnes niet goed hoogte. Zijn broer en zijn vader schroomden niet hun teleurstelling te laten blijken.

De notaris stond op. 'Zo heeft mevrouw Eugenie Louise Marie Amadee Ernsting, geboren Leeuwenburg, dit bij testament bepaald, en zo zal ik haar laatste wil tot uitvoering brengen.'

'Ik wil de juwelen,' liet Agaath meteen weten. 'Als dichtstbijzijnd vrouwelijk familielid heb ik daar recht op.' Agaath eiste die dus meteen op, hoewel de notaris nog maar net klaar was. Agnes stond op en vroeg of iemand nog koffie wilde.

'Liever een stevige borrel, om te bekomen van de schrik,' bitste Evert en zowaar, Jos viel hem bij. 'Ik kan me niet voorstellen dat de champagne gekoeld staat te wachten om een geweldige erfenis te vieren.'

Agnes stond bij de deur en keek nogmaals naar de gezichten. Eenmaal in de keuken kwamen de tranen. Waarom zei niemand dat ze tante Eugenie misten? Dat ze van haar gehouden hadden? Nee, als een stelletje hebzuchtige aasgieren stortten ze zich nu op alle mogelijke voorwerpen in de salon. Het claimen was meteen begonnen.

Ineens stond de notaris achter haar. 'Toch nog iemand die huilt,' stelde hij met een onderzoekende blik vast. 'Ik wil graag een glas water, het praten heeft mijn keel uitgedroogd. Ben jij ook teleurgesteld?'

'Helemaal niet. Juist niet, mijnheer! Het is fijn dat ik het portret, de brieven en de dagboeken voorlopig nog mag beheren. Ik hoop toch zo dat ik het raadsel van het portret alsnog op kan lossen.'

'Voorlopig zul je er tijd genoeg voor hebben. Ik weet dat mevrouw Ernsting de oplossing van het raadsel graag had willen kennen, maar nu dat niet zo heeft mogen zijn, is het ook goed.'

Agnes knikte. 'Ze is heel vredig ingeslapen. Ik ben dankbaar dat ik tot het laatst bij haar mocht zijn.'

'Dat is toch niet zo vanzelfsprekend voor iemand die nog zo jong is. Ze hield veel van je, Agnes.'

'Ik weet het,' knikte ze. 'Het voelde zelfs een beetje, heeft ze eens gezegd, alsof ik de dochter was die ze zelf nooit heeft mogen krijgen.'

'Bereid je morgen maar voor op een drukke dag. Laat kant-en-klaar belegde broodjes komen van een of andere zaak. De rekening kun je op mijn kantoor afgeven en ik zal ervoor zorgen dat die wordt betaald. Sloof jezelf niet uit voor de familie, zou ik zeggen. Heb je al enig idee wat je zelf wilt gaan doen?'

Ze knikte en legde uit dat ze als eerste wilde solliciteren in het verpleeghuis van hun eigen dorp, maar als ze daar niemand met haar opleiding nodig hadden, zou ze verder weg iets gaan zoeken. 'Het is wel geruststellend dat pa en ik niet meteen op straat staan,' liet ze weten terwijl haar handen ondertussen ijverig verdergingen. 'Bent u niet geschrokken van de reacties van de familieleden?' vroeg ze over haar schouder heen.

De notaris kreeg even een tamelijk cynische trek om de mond. 'Je bent jong en onschuldig, hoewel niet meer zozeer als vanmorgen,' antwoordde hij op bedachtzame toon. 'Maar je moest eens weten wat ik als notaris allemaal meemaak. Hebzucht is soms ongekend, meisje. Ik zou er boeken mee kunnen vullen, maar mis het talent dat sappig op te schrijven. Het zou beslist een bestseller worden als ik dat talent wel had gehad.'

Pieta kwam achterom de keuken binnen. 'Misschien kan ik ergens mee helpen?' vroeg ze aan Agnes. Niet veel later had iedereen koffie gekregen, negeerde de notaris een zuur bedoelde opmerking over de gierigheid van de overledene en meteen na de koffie zwierven de familieleden uit door het huis of door de tuin, en keken Evert en David schattend in de garage naar de auto van hun tante.

Andries kwam de keuken binnen met het portretje en de papieren. 'Die heb ik voor alle zekerheid en met goedkeuring van de notaris maar meteen veiliggesteld, Agnes. Ik breng ze naar je kamer.'

Ze knikte. 'Ze zullen het toch niet wagen om stiekem iets mee te nemen?'

Haar vader haalde zijn schouders op. 'Er zullen er zijn die bang zijn dat het portret onverwacht toch nog aardig wat geld waard zal zijn,' liet hij weten.

Ontluisterend, meende Agnes in stilte. De notaris kondigde in de salon aan dat de familie morgen de hele dag van tien tot vijf uur toegang had tot het huis, en dat een klerk van zijn kantoor er zou zijn om de lijstjes die de familieleden hadden samengesteld, in ontvangst te nemen en ook – hij keek nogal dreigend bij die woorden – om de vertrekkende familieleden te controleren of er niets werd meegenomen dat wederrechtelijk aan de verdeling van de erfenis werd onttrokken en de hof verliet zonder te zijn geregistreerd. Was dat het geval, dan zou er zonder pardon bij de politie aangifte worden gedaan van diefstal, en vervielen alle verdere rechten op de erfenis.

'Dat verzint hij maar,' hoorde Agnes plotseling vlak achter zich. Ze draaide zich om en keek recht in de ogen van Floris.

'Jij bent goed bedacht, Agnes,' zuchtte hij. 'Twee jaarinkomens, en je vader ook nog eens, dat is een hoop geld, veel meer dan wij krijgen! Wat verdien je eigenlijk per maand?'

Ze voelde niet de noodzaak hem dat te vertellen. 'Blijkbaar ben je teleurgesteld.'

'We hadden inderdaad gehoopt op meer, laat ik daar eerlijk over zijn. Mijn vader is tenslotte een wettige volle neef, terwijl de anderen het resultaat zijn van vroeger buitenechtelijk gerommel en in die zin nergens recht op hebben. Zo ging dat in die tijd, al kan het tegenwoordig blijkbaar anders en worden ze alsnog gelijkwaardig met wettige nazaten bedacht. Mijn vader en broer hoopten inderdaad op meer, Agnes, op veel meer. De verbouwing van de zaak heeft veel geld gekost, meer dan gedacht. We hebben het niet zo breed. Het zou bij ons goed terecht zijn gekomen.'

'Je hebt een goede baan, Floris, en ongetwijfeld een daarbij passend inkomen.'

'Drieduizend euro krijg ik, een schijntje,' zuchtte hij. 'Een mens kan er amper een nieuwe computer voor kopen, om maar een dwarsstraat te noemen. Er zullen nog wel successierechten af gaan ook, want erfenissen voor zulke verre familieleden stellen wat vrijstelling betreft vast ook niet veel voor.'

'Je klinkt bitter, Floris. Dat valt me van je tegen.'

Hij nam haar onderzoekend op. 'Waarom denk je dat? Ik maak me niet eens zorgen over mezelf, wel over mijn vader en broer. Terecht, denk ik.'

'Hadden ze werkelijk gedacht de hof te erven?'

'De hof misschien niet, maar dat er tonnen naar goede doelen gaan, jakkes, dat was toch nergens voor nodig geweest? We hebben zo ons best gedaan om haar aandacht te geven, de laatste maanden.'

'Inderdaad, de laatste maanden. Waarom niet daarvoor, Floris? Dat heb ik mij vaak afgevraagd.'

'De familie was niet hecht, na ruzies lang geleden,' reageerde hij schouderophalend.

'Ruzies kunnen immers worden bijgelegd.'

Hij keek haar aan. 'Dat zal wel. Het is niet gebeurd, en dat kan niet meer worden veranderd. Agnes, ik bel je binnenkort. Het betekent toch wel dat wij elkaar blijven zien?'

Ze wilde dat niet uitsluiten, maar evenmin stimuleren. 'Mogelijk,' reageerde ze daarom neutraal. 'Ik moet wat in gaan schenken en de notaris wil opstappen.'

'Iedereen kan morgen terugkomen,' verzekerde de notaris nogmaals en zijn stem klonk gedecideerd. 'Ik verlaat als laatste dit pand, op het personeel na dat aan het opruimen kan beginnen. Zoals eerder gezegd, u kunt allen morgen laten blijken wat u graag zou willen hebben.'

'Ik kan de winkel niet zomaar sluiten,' begon Jos. 'Geloof me, notaris, ik steek heus niets in mijn broekzak, hoor.'

'Morgen,' liet deze vastbesloten weten. 'Het is een lange en emotionele dag geweest.'

Hij kreeg na veel commentaar zijn zin.

Het was al zes uur geweest toen Andries met een zucht van verlichting de voordeur achter de notaris sloot en de stilte over het huis viel. Pieta haastte zich weg door de keukendeur. 'Bel me maar om op te ruimen na die kijkdag morgen,' bromde ze goedbedoelend. 'Ik hoef er echt geen geld meer voor te hebben.'

'Dat krijg je wel, de notaris is daarover duidelijk geweest.' Andries deed na haar vertrek de keukendeur op slot. Hij ging zitten en keek Agnes aan. 'Dat was het dan. Wat vind jij ervan, meisje?'

Ze keek haar vader aan. 'Twee hele jaarsalarissen, pa, dat is meer geld dan de neven en de nicht krijgen, dat bezorgt me toch een zeker schuldgevoel.'

Hij grinnikte. 'De oude dame heeft ze allemaal een mooie poets gebakken!' grijnsde hij. 'Ik hoop dat ze ergens, waar ze ook mag zijn, nog heeft meegekregen wat de uitwerking van deze middag is.'

Agnes schudde het hoofd. 'Ik heb trek gekregen,' zuchtte ze.

'Ik ga wel even langs de Chinees. Laten we maar thuis eten, Agnes, en niet meer zoals lange tijd het geval is geweest hier aan te keukentafel. Er is een tijdperk geëindigd en dat is voorgoed.'

Ze knikte en keek haar vader na toen hij op zijn fiets vertrok om wat te eten te halen. Hij floot, zag ze. De zon scheen uitbundig. Dat paste niet op een dag waarop je iemand had begraven van wie je veel gehouden had.

HOOFDSTUK 24

Het graf was gesloten, zag Agnes twee dagen later. Ze liep met een bos bloemen, die ze eigenhandig in de hof had afgeknipt, de stille begraafplaats op. Bij het inmiddels toegedekte graf lagen vele bloemen, ze verdorden snel in deze zomerhitte. Haar eigen geplukte bloemen legde ze erbovenop. Een paar minuten stond ze stil voor ze zich omkeerde. Het was goed zo, besefte ze ineens. Het lijden was voorbij. De drukte in huis ook.

De vorige dag had niemand van de familieleden verstek laten gaan en de ingeleverde lijsten waren lang en er zou nog het nodige gekrakeel volgen, voor iedereen het met de verdeling van de inventaris van de hof eens zou zijn. Vanmorgen was een makelaar foto's komen maken. Of het huis, dat toch in de duurdere prijsklasse viel, snel verkocht zou worden of niet, was op dit moment nog niet te zeggen. Met haar vader had ze tussen de middag een boterham gegeten. Warm eten deden ze nu weer gewoon 's avonds, omdat ze niet langer rekening hoefden te houden met de zwakke maag van tante Eugenie. Ze hadden overlegd hoe ze het moesten aanpakken om op zo kort mogelijke termijn een huurhuis toegewezen te krijgen. Pa wilde graag in het dorp blijven wonen. Agnes maakte het niet zo heel veel uit, ze had ook openlijk gezegd dat het tijdelijk zou zijn dat ze met hem mee ging. Ze was immers zevenentwintig en voor ze terug was gekomen op de hof, toen de gezondheid van Eugenie achteruit begon te gaan, had ze immers ook een eigen appartementje bewoond in de stad waar ze toen werkte. Dat wilde ze straks weer. Haar vader begreep dat. Eigenlijk had hij ook aan een appartement genoeg. Hij was zesenvijftig en zou daardoor in aanmerking kunnen komen voor een seniorenappartement. Gericht op de toekomst vond hij dat een verstandige keuze, maar misschien was een gewoon rijtjeshuis gemakkelijker toegewezen te krijgen? Vooralsnog moest hij maar beginnen met het insturen van woonbonnen. Stel dat de hof snel verkocht werd, en hij had dan nog geen ander huis? Dat zat hem toch niet helemaal lekker.

De notaris had laten weten het totaalbedrag van de twee jaarsalarissen die ze volgens het testament allebei te goed hadden, uit te rekenen en zo snel mogelijk op hun rekeningen over te maken. Feitelijk waren dit geen erfdelen en ze konden zeker in de komende maanden hun inkomen vanzelfsprekend niet missen.

Weer thuis keek Agnes even rond in het verstilde, grote huis. Het voelde onwerkelijk aan, leeg, nu tante Eugenie er niet meer was. Pieta schrobde en boende het huis tot het schoon was en ze spraken af dat ze eens in de twee weken de boel stofvrij zou blijven houden. Omdat het nog steeds aangenaam warm weer was, pakte Agnes later die middag de papieren bij elkaar en ging ze ermee in de tuin zitten. Ze had een foto van het portret gemaakt, die op haar computer uitvergroot en afgedrukt in kleur. Aandachtig keek ze in de bruine ogen die haar vanaf het portret aanstaarden.

Wie was dit toch geweest? Ze had niets bijzonders te doen en ze wilde zo graag het raadsel van de jonge vrouw op het portret alsnog oplossen, ook al kon ze dat dan niet meer met tante Eugenie delen. Was het Antonia geweest? Nee, ze dacht het niet, want Antonia zelf had maar een enkele brief achtergelaten, waarin ze aankondigde naar de stad te vertrekken om daar werk te gaan zoeken in verband met het aanstaande huwelijk van de man van wie ze blijkbaar oprecht hield. Antonia was ook nooit in dienst van David Ernsting geweest, had ze inmiddels uitgezocht op oude lijsten waar de namen en lonen van personeelsleden stonden vermeld, en er was geen concrete aanwijzing gevonden dat Antonia en David een verhouding met elkaar hadden gehad. Antonia bleek gediend te hebben in de ouderlijke woning van Juliëtte. Agnes had uitgezocht dat Juliëtte opgegroeid was op een grote boerderij in het deftigste dorp van het eiland, Mijnsheerenland, en inderdaad had ze in een archiefboek gevonden dat op die boerderij een Laurens de Bot als knecht werkzaam was geweest in de jaren vlak voordat Juliëtte met David was getrouwd, en dat hij vijf dochters had, waaronder ene Antonia. Nog weer later was ook Laurens met zijn gezin naar Rotterdam vertrokken, zoals zo veel landarbeiders in die jaren hadden gedaan, omdat er in de grote stad met zijn nieuwe en snelgroeiende havens altijd vraag was naar gezonde kerels die hard wilden werken, en die konden daar meer verdienen dan op het platteland. Waarschijnlijk was Antonia van ongeveer dezelfde leeftijd geweest als de dochter van de boer, Juliëtte, die ten slotte de grootmoeder was geworden van de man van tante Eugenie, Ernst.

Behalve de brieven van Yvonne Ernsting wist ze niets meer over haar en was het haar nog steeds een raadsel waar deze vrouw vandaan kwam, of ze mogelijk op de hof had gewoond, of er had gelogeerd, nergens was een bewijs voor te vinden. Ze had er zelfs geen idee van in welke verhouding ze tot David stond. Alleen de brieven maakten duidelijk dat ze elkaar kenden en schreven.

Dan bleef de naam van Sofie Schille hangen. Zij was inderdaad het kindermeisje geweest van de zoon van Juliëtte, Ernst, die weer de schoonvader van tante Eugenie was geweest. Vanaf het moment dat deze kleine Ernst twee jaar was geworden, moest ze ongeveer tien jaar in dienst van de familie Ernsting zijn geweest. Sofie. Fietje, het ventje had zich blijkbaar snel aan haar gehecht, want ze kon het niet helemaal nagaan, maar waarschijnlijk was Fietje in dienst van de familie gebleven tot de jongen op zijn twaalfde jaar naar de hbs was gestuurd.

Voor zover Agnes het kon bekijken was het al met al het meest waarschijnlijk geworden dat de op het portret afgebeelde jonge vrouw toch Yvonne Ernsting was geweest. Het intrigeerde haar dat deze naam nergens in officiële papieren en akten terug te vinden was. Zelfs speuren op internet had niet veel opgeleverd, zij het dan dat ze had ontdekt dat er nog een tak Ernsting leefde die verder terugging, nazaten van een oom van David. Ze vond de naam terug in Apeldoorn en Amsterdam, maar ook dat had tot nog toe geen enkel aanknopingspunt opgeleverd.

'Helemaal verdiept in de brieven van vroeger?'

Agnes schrok op. Rik keek haar grinnikend aan en trok een tuinstoel naar zich toe.

'Moet je geen visite rijden?' vroeg ze lachend. Haar hart maakte een verheugd sprongetje.

'In de zomer zijn er altijd minder zieken dan in de winter. Bovendien zijn gezinnen met kleine kinderen nu massaal op vakantie.'

'Jij niet?'

'Ik ben immers niet zo lang geleden weggeweest, en in september ga ik weer, dit keer fietsen met een oude studievriend van me. We gaan naar Schotland.'

'Wil je wat drinken?' vroeg ze haastig, weer op-en-top gastvrouw.

'Laat maar. Als ik alle koffie en limonade aan moet nemen die ik krijg aangeboden, komt het vocht me nog net niet de oren uit. Gaat het, Agnes? De verandering is wel heel groot. Red je het?'

Ze knikte.

Hij keek haar onderzoekend aan. 'Hoe is het afgelopen met de erfenis? Ik hoorde in het dorp al rondzingen dat de hof wordt verkocht. Er schijnen zich meteen meerdere geïnteresseerden te hebben gemeld bij de makelaar.'

'De notaris laat het huis deze week nog taxeren, geloof ik. Pa en ik hebben elk twee jaarsalarissen te goed, zodat we de tijd krijgen om ander werk te zoeken.'

'Vooral voor je vader is dat een hele geruststelling, neem ik aan.'

'Dat zeker!' Ze vertelde van de legaten en dat de nalatenschap grotendeels zou worden geschonken aan drie met name genoemde goede doelen.

'Dus niemand krijgt de grote erfenis waar ze allemaal, niemand uitgezonderd, op hoopten?'

'Het was ontluisterend om hun reacties op het testament mee te maken,' bekende ze hem. 'De dag na de begrafenis zijn ze allemaal geweest en ze hebben werkelijk geen kast overgeslagen om te kijken wat erin lag en of ze dat nog wilden hebben. De notaris zal er een hoop werk aan hebben om al die lijstjes eerlijk te verdelen, en dat met de zekerheid op de koop toe dat niemand zomaar tevreden zal zijn met de in zijn ogen eerlijke verdeling.'

'Arme mevrouw Ernsting. Zo rijk en toch zo arm.'

'Beslist,' gaf Agnes toe.

'Ga er zelf lekker tussenuit,' raadde hij aan terwijl hij alweer opstond. 'Nu kan het weer.'

'Misschien later. Eerst moet ik solliciteren. We voelen ons bovendien een soort nachtwaker, waar het de hof betreft. Mijn vader houdt de tuin bij. Pieta zorgt ervoor dat het huis niet stoffig wordt. Karel loopt verdwaasd rond en zoekt het vrouwtje. En ik, wel, ik lees het restant van de oude papieren door en schrijf tussendoor sollicitatiebrieven.'

'Maar zeker niet naar mijn praktijk?'

'Nee, Rik, niet naar jouw praktijk.'

'Jammer,' vond hij. 'Wel, ik besef dat het goed met je gaat. Tot ziens, zullen we maar zeggen.'

Was ze nu een beetje teleurgesteld, toen ze hem om de hoek zag verdwijnen? Voor tante Eugenie hoefde hij niet meer naar de hof te komen. Haar huisarts was hij niet. Over nog eens samen ertussenuit gaan, had hij geen woord meer gezegd.

Liep Rik nu niet alleen de tuin uit, maar ook haar leven? En waarom vond ze dat onverwacht zo verdrietig dat er tranen achter haar ogen prikten?

Het was heel stil in het grote huis.

Als Agnes door dat lege huis liep, voelde ze zich op een vreemde manier ontheemd. Nergens miste ze de oude dame zo erg als juist hier. Het was inmiddels twee weken na de begrafenis en na een paar regenachtige dagen keerden de zon en de warmte terug. Eigenlijk moest ze ervan genieten. Vanzelfsprekend zou ze nu best de tijd hebben om in haar eentje naar het strand te rijden, maar dat deed ze niet. Ze had een open sollicitatie verstuurd naar het verpleeghuis en was gebeld dat er momenteel geen vacature was, maar dat ze haar graag zouden benaderen als er wel een geschikte functie vrijkwam. Nu waren er alleen nog handen aan het bed nodig en daarvoor werden tegenwoordig meest ongeschoolde, dus de allergoedkoopste krachten aangenomen. Dergelijke beslissingen werden door weinig mensen toegejuicht, maar werden noodgedwongen genomen om maar met zo min mogelijk budget toch de zorg te kunnen leveren die strikt noodzakelijk was.

Kort gezegd, las Agnes zichzelf op een zonnige zaterdagmorgen de les, ze liep maar wat met haar ziel onder haar arm en erger nog, ze durfde nauwelijks nog eerlijk haar eigen gevoelens boven te laten komen.

Ze miste niet alleen de oude dame en haar zorg voor haar, want het had beslist veel voldoening gegeven om voor iemand te zorgen. Ze miste Rik misschien nog wel meer, en dat verraste haar nogal. Hij was er gewoon geweest, de laatste maanden. Die wandeling aan het strand, ze droomde er nog weleens van. Ze had zich toen zo gelukkig gevoeld, maar had niet begrepen dat ze bezig was geweest haar hart te verliezen aan de jonge dokter. Mogelijk zag of hoorde ze voorlopig niets meer van hem en dat deed haar verdriet. Nu moest ze zoeken naar een functie die haar geschikt leek en zoals dat momenteel ging, deed je dat niet meer in krantenadvertenties, maar via internet.

Ze zat opnieuw in de tuin toen er iemand om de hoek van het huis kwam.

'Goedemorgen. Ik tref het dat je thuis bent.'

Verrast keek ze hem aan. 'Floris! Moest je hier in de buurt zijn?'

Hij trok er een stoel bij. 'Dat niet. Ik wilde je graag zien. Heb je misschien koffie voor me?'

Ze knikte. 'Ik ga het maken.'

Ze liep niet langer het grote huis in, zoals nog maar kortgeleden. Nieuwsgierig volgde hij haar de trap op naar hun kleine keukentje in het appartement. Geïnteresseerd keek hij rond. 'Is er belangstelling voor het grote huis?'

Ze knikte. 'Er zijn al drie keer kijkers geweest, maar dat betekent nog niet dat die ook een bod uit gaan brengen. Als het om grote, dure huizen gaat, is er keus genoeg en mensen die een dergelijk huis willen kopen, zitten gewoonlijk niet op een schopstoel als ze op zoek zijn.'

'Maak je je zorgen dat het huis mogelijk snel verkocht wordt en dat jullie dan op straat komen te staan?'

'De makelaar heeft ons al gerustgesteld. Als dat inderdaad gebeurt, heeft hij een paar woningen die tijdelijk kunnen worden gehuurd. Het gebeurt namelijk regelmatig dat mensen eerst hun oude huis verkopen, er dan ook snel uit moeten, en daarna pas gaan rondkijken naar een ander huis, zodat ze zeker weten niet met een financiële kater te blijven zitten. Dus met dat op straat staan zal het wel loslopen.'

'Jammer dat mijn tante dit appartement niet aan je vader heeft nagelaten.'

'Dat kan niet. Hier beneden is een dubbele garage en die hoort bij het huis.'

'Vroeger was het zeker een koetshuis?'

'Zeker, met ruimte voor een koets en een span paarden. Toen woonde de koetsier met zijn gezin in deze ruimte. Dat was ook het leukste van het lezen van die oude brieven en dagboeken. Ik heb er een veel betere kijk op gekregen hoe het leven van toen eruit moet hebben gezien.'

'Wel, het ontbreekt jullie hier aan niets.'

'Nee, het hele gebouw is destijds grondig opgeknapt. Het is niet groot, maar het was altijd groot genoeg.'

'Je hebt geen broers of zussen?'

Ze schudde het hoofd. 'Dat heb ik weleens jammer gevonden. Maar goed, hoe is het bij jullie thuis? Je ouders leken me nogal teleurgesteld, toen het testament was voorgelezen.'

'Dat waren we allemaal, laten we daar geen doekjes om winden. Waarom moet het familiekapitaal naar allerlei goede doelen gaan? Ik ben het met mijn vader eens dat het onrechtvaardig is.'

Ze wist niet wat te zeggen. 'Je tante is het overgrote deel van haar leven erg eenzaam geweest. Pas in de laatste maanden van haar leven toonden jullie wat belangstelling voor haar. Het is geen verwijt, hoor, het lag zeker niet alleen aan jullie. De banden waren al jaren slecht en afstandelijk, heb ik begrepen.'

Hij knikte bedachtzaam. 'Ruzies uit een tijd die ik mij niet eens kan herinneren zorgden voor verwijdering. Ons is zeker het nodige te verwijten, maar mijn tante deed ook niet eerder een poging de verloren gegane band te herstellen. Dat deed ze pas afgelopen december en het moet worden gezegd, we zijn allemaal gekomen toen ze ons uitnodigde. Ze had dat ook eerder kunnen doen.'

'Daar heb je gelijk in. Misschien had ze er niet eerder behoefte aan, maar dacht ze er pas over na toen ze haar krachten voelde afnemen.'

'Dat kan zijn, we zullen het nooit weten. Er is nu niets meer aan te veranderen. Ik blijf het jammer vinden dat mijn tante het geld niet gewoon onder mijn vader, Agaath en beide neven heeft verdeeld.'

Er was te veel hebzucht, hield Agnes nog net binnen. 'Hebben ze er al een beetje vrede mee?'

'Het zal altijd een bittere nasmaak blijven houden, denk ik. Maar goed, Agnes, het hoofdstuk tante Eugenie is afgesloten, en jij bereidt je voor op de toekomst. Al een beetje succes met het vinden van een andere baan?'

Ze schonk de koffie in twee bekers. 'Zullen we weer naar buiten gaan?'

'Graag.'

Toen ze in de schaduw op het tuinstel zaten, keek ze hem recht aan. 'Nee, ik heb nog geen andere baan gevonden. Hier in het dorp lukt het voorlopig niet, dus nu ben ik verder aan het kijken.'

'Vergeet daarbij ons mooie eiland niet. Iemand als jij kunnen ze vast wel gebruiken.'

'Iemand als ik is voor veel werk in een zorgcentrum of verpleeghuis domweg te duur. Alles moet momenteel zo goedkoop mogelijk, en ik ben te goed opgeleid, lijkt het. Maar goed, Rotterdam is hier dichtbij en is groot, daar is vast wel wat te vinden.'

'Blijf je bij je vader wonen?'

'Voorlopig wel. Niet op langere termijn, veronderstel ik. Je weet dat ik vroeger ook al een eigen appartement had. Als ik eenmaal een vaste aanstelling heb, ga ik misschien zelf iets kopen. Huren is niet eenvoudig en vaak ook duur. Ik zie nog wel.'

Hij begon over de doos met oude brieven die hij had zien staan. 'Dan blijft er nog het raadsel dat moet worden opgelost. Heb je er nog steeds geen idee van wie de jonge vrouw op het portret moet zijn geweest?'

'Nee, geen zekerheid, maar inmiddels heb ik wel een paar ideeën, en dat wist je tante ook voor ze stierf. Er zijn een paar vermoedens naar voren gekomen in de afgelopen maanden. De papieren zijn inmiddels allemaal gelezen, maar ze geven geen uitsluitsel. Ik maak er volgende week fotokopieën van en dan breng ik dit oude materiaal naar de notaris. Die moet dan maar beslissen wat er verder mee gaat gebeuren.'

'Waarom wil je kopieën hebben?'

'Er staan leuke details in, en als ik later nog een nieuwe aanwijzing mocht vinden, kan ik het origineel teruglezen op die kopie. Je weet uiteindelijk nooit.'

Hij moest lachen. 'Jammer dat het nooit ontdekt is,' mompelde hij.

'Wil je met me gaan lunchen?'

Omdat ze Rik miste en toch niets bijzonders te doen had, knikte ze zonder aarzelen. Het was plezierig om afleiding te hebben. Ze probeerde het onaangename gevoel kwijt te raken dat ze had overgehouden aan de dag van het voorlezen van het testament. Hij was tenminste eerlijk over het feit dat de familie teleurgesteld was geweest toen het testament was voorgelezen.

Het was al halverwege de middag toen ze lachend weer de tuin in liepen, nadat ze Floris had beloofd aan het eind van de maand alsnog een keer met hem naar een concert te gaan, wat er in de afgelopen tijd bij ingeschoten was. Nu ze Rik zo miste, was het wel prettig zich een beetje te koesteren in de aandacht van een andere man. Haar leven was ineens zo leeg geworden, zonder werk, zonder de aanwezigheid van de oude Eugenie. En nu had ze de papieren ook al allemaal gelezen, wist ze nog niets en gaapte haar een doelloosheid aan die ze uiterst onplezierig vond.

De zon scheen nog heerlijk.

Floris vatte haar handen. 'Ik bel je snel, Agnes. Ik heb je gemist.'

Ze kon moeilijk zeggen dat ze hem ook had gemist, want dat was niet zo, maar misschien had ze hem verkeerd beoordeeld en verdiende hij een nieuwe kans? Ze had hem nagezwaaid en was daarna nadenkend de hoek van het huis om gelopen, toen er een goed verzorgde jonge vrouw opstond uit een van de tuinstoelen.

Vragend keek Agnes haar aan. De vrouw lachte en zei met een zwaar Amerikaans accent: 'Hallo, ik ben Yvonne Ernsting.'

HOOFDSTUK 25

Agnes hapte bijna naar adem. 'Yvonne Ernsting?' hakkelde ze met overslaande stem. 'Maar... Neem me niet kwalijk, maar u overvalt me nogal.' De vrouw, Agnes schatte haar ergens halverwege de veertig, zag er typisch Amerikaans uit. Geblondeerd en getoupeerd haar, zwaar opgemaakt, onnatuurlijk witte tanden en een overduidelijk met behulp van een chirurgische ingreep strakgetrokken gezicht. Ze sprak Nederlands, tenminste, min of meer, al waren haar zinnen doorspekt met Amerikaanse woorden, rauw uitgesproken en behoorlijk verschillend van het veel beschaafder klinkende Engels, maar Agnes kon haar ondanks dat goed verstaan en ze kon alleen maar hopen dat dit andersom ook het geval was.

'Ik ben op zoek naar verre familie,' liet Yvonne Ernsting weten.

'Kom binnen,' hakkelde Agnes. Ze keek van het grote huis naar de garage en wenste dat haar vader in de buurt was, maar hij was het dorp in gegaan om nieuwe schoenen te kopen nu ze afgeprijsd waren in de uitverkoop. Ze besloot de onverwachte gast maar in het grote huis te laten.

'U moet weten dat de mevrouw Ernsting die hier woonde nog maar een paar weken geleden is overleden.'

'Dat meent u niet! En haar kinderen? Wonen die ergens anders?'

'Die heeft ze nooit gekregen. Komt u verder. Ik denk dat we met elkaar moeten praten.'

'Kunnen we niet in de zon blijven zitten?'

Agnes knikte. 'Graag zelfs. Het voelt zo raar, om in het lege huis te gaan zitten met iemand van wie de naam mij heel erg bekend voorkomt. Ik heb een heleboel vragen voor u.'

'En ik voor jou. Zeg maar gewoon Yvonne, hoor, en jij heet?'

'Agnes Terdu. Ik heb voor mevrouw Ernsting gezorgd.'

Ze haalde wat te drinken. De onverwachte gast wilde bier, koel, Hollands bier. Daar hield ze erg van. Ze lachte hard, een tikje te hard. Toen Agnes eenmaal weer zat, keek ze de onverwachte gast nieuwsgierig aan. Haar hart klopte opgewonden in haar keel. 'Wie begint er, jij of ik?'

'Ik zal eerst uitleggen hoe ik hier terecht ben gekomen,' begon Yvonne. 'Mijn familie woont al generaties lang in Amerika. Mijn moeder is een Nederlandse, vandaar dat ik de taal redelijk spreek. Mijn vader is een echte Amerikaan, maar stamt wel van Nederlanders af. Zijn familie verhuisde al in 1852 naar de States. Nu ben ik op vakantie in het land waar mijn moeder is geboren en ik heb haar nog levende familieleden opgezocht. Ze heeft nog een oom en twee tantes die hier wonen, ik heb hen ontmoet. Via via ben ik op zoek gegaan of er nog mensen in het land wonen die dezelfde naam dragen als ik. Zo kwam ik hier terecht.'

Agnes knikte nadenkend. 'Er leven nog meer Ernstings, in Apeldoorn onder andere, maar die waren geen familie en dat bent u misschien evenmin. Er zijn enkele familieleden, maar die heten anders. Vooral in combinatie met uw voornaam, waarom u zo heet intrigeert mij overigens mateloos. Het kan bijna geen toeval zijn! Weet u iets van de familiegeschiedenis?'

'Niet zo heel veel, alleen wat schandaaltjes. Mijn vader weet veel meer. Maar u lijkt er bijzonder in geïnteresseerd te zijn?'

Dus begon Agnes te vertellen. Van het kleine portret, dat in het huis had gehangen. Van de nieuwsgierigheid wie dit was geweest, van de zoektocht, samen met de overleden Eugenie, die niets had opgeleverd. Maar ze had wel verschillende oude brieven gevonden van iemand die Yvonne Ernsting had geheten. Inderdaad, maar die brieven waren meer dan honderd jaar oud! Daarom had ze zo raar opgekeken toen Yvonne haar naam noemde. De brieven geschreven in de eerste tien jaar na de vorige eeuwwisseling, vanuit plaatsen als Den Haag en Domburg, maar ook helemaal vanuit Zwitserland. Nee, over Amerika was ze geen woord tegengekomen. Dat was toch raadselachtig? De geheimzinnige Yvonne had ze echter met geen mogelijkheid kunnen achterhalen. Wat er aan brieven van haar bekend was, liet daarover geen enkele aanwijzing achter.

'Ik wil dat portret erg graag zien,' lachte de huidige Yvonne, duidelijk nieuwsgierig geworden door het intrigerende verhaal dat ze zojuist te horen had gekregen. 'En als het niet te lastig is, zou ik ook graag in dit prachtige oude huis worden rondgeleid.'

'Kom maar mee. Het huis is momenteel nog helemaal intact. De verdeling van de inboedel heeft nog niet plaatsgevonden, want de erfgenamen zijn er nog niet uit wie wat toebedeeld krijgt. Meerdere mensen willen vooral dezelfde kostbare stukken hebben, en gelukkig is de portrettengalerij nog helemaal intact.'

'De laatste mevrouw Ernsting heette dus niet zo van zichzelf?'

'Nee, het was de naam van haar man. Die was enig kind en zij hadden tot haar grote verdriet geen kinderen gekregen. Wel zijn er foto's en portretten te zien, boven, in de galerij. Kom maar mee.' Ze liet de Amerikaanse het hele huis zien.

'Het boeit me, al die oude dingen hier in Holland. Wij in Amerika hebben toch niet zulke eeuwenoude tradities. Mijn moeder heeft veel heimwee gehad. Ze is nooit meer in haar vaderland terug geweest, bang als ze was het niet voor de tweede keer achter zich te kunnen laten. Als vijftienjarig meisje is ze met haar ouders mee gekomen, moet je weten. Ze trouwde al een paar jaar later met mijn vader en die werd een succesvol zakenman.'

'Dus hij leeft nog?'

'Zeker, dat wel. Dus er hangt hier geen portret van de voorouder naar wie ik blijkbaar ben genoemd?'

'Nee, het portretje waar het om gaat, ligt bij mij thuis omdat ik er onderzoek naar doe, nu de oude mevrouw is overleden. Met mijn vader woon ik boven de garage. Ik zal het straks laten zien. U zou familie kunnen zijn, maar dat weten we nog niet zeker.' Agnes moest ineens opgewonden lachen. 'Misschien kunnen wij straks samen het raadsel oplossen.'

'Weet je wat? Ik ga mijn vader bellen. Zelf ben ik slechts zijdelings geïnteresseerd geweest in mijn afstamming, eigenlijk meer naar mijn moeders kant, omdat er nog familie van haar leeft. Maar mijn vader is altijd een liefhebber van geschiedenis geweest, en sinds hij met pensioen is gegaan, heeft hij zich in de herkomst van zijn familie verdiept. Eens kijken, het is nu vier uur. Dan is het bij ons thuis tien uur in de morgen, dus hij is wakker. Zal ik hem bellen en vragen wat hij nog weet of kan opzoeken?'

Agnes wist niet hoe ze het had en werd warm en koud tegelijkertijd. Ze knikte. 'Dat zou geweldig zijn!'

Yvonne tikte een aantal toetsen in op haar mobiele telefoon. 'Pa, met Yvonne,' vertaalde Agnes even later in stilte voor zichzelf. 'Ik zit hier bij een prachtig oud huis, waar tot voor een paar weken een mevrouw Eugenie Ernsting woonde. Helaas is ze onlangs overleden. Ja, ik ga straks haar graf bezoeken en zal er een foto van maken, dat beloof ik je, en natuurlijk, ook van het huis. Maar luister eens, wilt u naar mijn mailadres de stamboom mailen, voornamelijk gaat het over het moment dat onze voorouders uit Holland naar Amerika zijn vertrokken. Er blijkt hier een portret te hangen van een jonge vrouw die Yvonne Ernsting heeft geheten. Ze is afgebeeld als jong meisje, een jaar of vijftig nadat onze familie uit Holland is vertrokken. Zou dat mogelijk toch familie kunnen zijn? Het is toch wel frappant dat ik precies zo heet. En mailt u ook wat oude foto's en zo? Er is hier een alleraardigste jonge vrouw, die dit allemaal uitzoekt. Ja, ik zal meteen een foto van dat portret maken, die mail ik

vanavond nog, als ik terug ben in mijn hotel in Amsterdam. Wilt u mij vandaag nog alles mailen? Dank u, dank u! Ja, Holland is prachtig. Volgende keer gaan we samen, hoor.'
'Zo,' lachte Yvonne even later. 'Mijn vader gaat vandaag meteen alle gegevens bij elkaar zoeken die hij nog heeft en morgen staan ze in mijn mailbox. Mijn laptop staat in mijn hotelkamer in Amsterdam. Zou je mij morgen op willen komen zoeken? Dan gaan we samen eten en de oude familieraadsels oplossen. Stel je voor dat we inderdaad familie van elkaar blijken te zijn! Ik zou het geweldig vinden!'
Agnes moest haar teleurstellen. 'Dat laatste is uitgesloten. Ik ben immers geen Ernsting, ik heb voor Eugenie Ernsting gewerkt en ik ben in en rond dit huis opgegroeid. Er zijn overigens ook nog oude brieven van de vroegere Yvonne. Ik zal ze opzoeken en morgen meenemen. Maak daar ook foto's van die je naar je vader mailt. Als hij van geschiedenis houdt, zal hij dat zeker leuk vinden.'
'Hij spreekt geen Nederlands en leest het dus al helemaal niet.'
Yvonne vertrok na een hartelijk afscheid met haar gehuurde auto. Agnes zat nog van alle commotie te bekomen, toen haar vader terugkwam en trots twee paar nieuwe schoenen liet zien, die hij voor een spotprijsje op de kop had getikt.

Na het avondeten zat Agnes opnieuw in de tuin. De avondlucht was zoel, de wind was gaan liggen. Het was een van die zeldzame Hollandse zomeravonden waarop mensen nog urenlang buiten konden zitten omdat het aangenaam warm bleef.
De commotie van de onverwachte ontmoeting van vanmiddag was wat gezakt. Haar vader had het verhaal met ongeloof aangehoord. 'Als die vroegere Yvonne als kind met haar ouders naar Amerika is geëmigreerd, of daar is geboren, zou ze het kunnen zijn,' peinsde hij.
'Het blijft speculeren, maar morgen hoop ik een stuk wijzer te worden, pa. Maar gek genoeg komen de brieven voornamelijk uit Den Haag, Domburg en Zwitserland. Ze kan ook aangetrouwd zijn

geweest, net als tante Eugenie, en... wel, laten we hopen dat we eindelijk uitsluitsel krijgen. Jammer dat tante Eugenie dit niet meer mee mag maken.'

Hij moest lachen. 'Ik vind het wel grappig dat je er zo door geïntrigeerd blijft, ook al is mevrouw er nu niet meer.'

Nadat ze buiten koffie hadden gedronken, verdween haar vader weer naar binnen om een of ander sportprogramma te gaan bekijken op de televisie. Agnes bleef alleen achter. Het was stil in de tuin. Er hipten twee merels over het gras, blijkbaar jonge vogels die pas uitgevlogen waren. Ze pikten naar wormen. Karel lag aan haar voeten oorverdovend te snurken, met alle vier zijn poten in de lucht. Ze aaide hem over de buik. Karel was pas vier jaar oud, ze zou dus hopelijk nog jaren voor hem mogen zorgen. Maar als ze weer ging werken, moest Karel bij haar vader blijven, dan kon ze niet naar behoren voor een hond zorgen, wist ze. Je kon geen dier nemen om dat dan hele dagen alleen te laten. Gelukkig hielden ze allebei veel van de hond, peinsde ze. Er was zo ineens toch een soort eenzaamheid in haar leven gekomen en ze was er verbaasd over hoe diep dat haar raakte. Ze miste Rik meer dan ze wilde toegeven nu hun contact door het overlijden van tante Eugenie voorbij leek te zijn. Zelfs een afspraakje met Floris veranderde daar niets aan. Ach, de laatste was haar toch maar mooi op komen zoeken, zelfs al leefde zijn tante nu niet meer en kon hij niet langer hopen op de erfenis! Ze zouden samen naar een concert gaan. Zijn belangstelling voor haar had dus niet alleen het mogelijke geld gegolden, en dat vond ze toch wel een plezierige gedachte. Maar wat ze voor Rik voelde, was heel anders, en dergelijke gevoelens zou ze voor Floris nooit hebben, daar was ze inmiddels wel zeker van. Rik maakte iets in haar los wat geen andere man los had kunnen maken, juist daarom miste ze hem zo. Ze was rusteloos geworden van die gedachten. Kom, ze moest gewoonweg iets ondernemen, er was zo veel gebeurd vandaag! Karel zou eraan moeten geloven en wakker moeten worden. Een wandeling was een goede remedie tegen dit soort verwarrende gevoelens. Rik had het haar zelf vaak genoeg onder de neus gewreven.

Hoe kwam het toch dat haar voeten haar vanavond als vanzelf het dorp in droegen, naar het huis waar hij woonde? Ze wist zijn adres, maar was er nooit naar wezen kijken hoe hij woonde. Ze vond zichzelf terug bij een twee-onder-een-kapwoning in een buitenwijk. Ach, ze leek wel gek! Ze moest zich niet aanstellen en omkeren. Dit loste immers ook niets op! Ze keerde zich om. Karel keek haar vragend aan, maar gehoorzaamde onmiddellijk.

Ze had nog geen twintig meter gelopen, of ze hoorde roepen. 'Agnes?'

Haar hart veerde op van die stem, maar ze voelde zich bibberig en onzeker toen ze terugliep en even later in een paar verbaasd kijkende bruine ogen keek. Ze kon natuurlijk niet de smoes gebruiken dat ze toevallig langsgelopen was, want je had niets in deze wijk te zoeken als je er niemand op ging zoeken. Winkels waren er niet.

'Wil je niet even binnenkomen?' Zijn ogen daagden haar uit op een manier die haar nog veel meer in verwarring bracht dan ze al was na de emotionele middag. 'Wilde je me misschien komen vertellen, toch de baan in mijn praktijk te willen hebben?'

'Kom mee, Karel,' beval ze de hond, die zich eenmaal binnen prompt liet verwennen met een plakje ham.

'Ga zitten. Ik schenk wat voor je in en dan ga jij mij eens vertellen hoe het met je gaat.'

'Ik liep met mijn ziel onder mijn arm,' bekende ze even later eerlijk. 'Ik heb vanmiddag zo'n vreemde en enerverende ontmoeting gehad.' Yvonne Ernsting zou tenminste een onderwerp zijn waar ze veilig over kon praten!

'Vertel.' Hij was oprecht geïnteresseerd. Hij luisterde zonder haar te onderbreken en zijn glimlach toonde zijn verrassing toen zijn ogen haar ten slotte onderzoekend aankeken. 'Dus eindelijk ben je de geheimzinnige Yvonne op het spoor, en als je geluk hebt, staar je morgen naar een foto uit Amerika, waarin je meteen de jonge vrouw op het portret herkent?'

Ze knikte getroffen. 'Het voelt zo raar. Zomaar ineens lijk ik dicht bij een oplossing te zijn en dat komt nog niet eens door mijn eigen speurwerk, maar door iemand die oorspronkelijk van Nederlanders afstamt, en die nu vakantie viert in ons land en zomaar op de bonnefooi naar de hof is gekomen omdat ze op zoek is gegaan naar haar afkomst.'

'Bijna te mooi om waar te zijn! Wil je me morgenavond laten weten of het inderdaad is afgelopen met je zoektocht, zoals je nu verwacht?'

'Graag. Ik wil me echter niet opdringen, Rik.'

'Je dringt je niet op. Je was er duidelijk over, de laatste keer dat ik je sprak, dat je niet voor mij wilde werken. Dan dring ik mij op mijn beurt evenmin op. Heb je ondertussen al een andere baan gevonden?'

Ze vertelde van haar pogingen. In hun eigen dorp was geen plaats vrij. Er was wel een vacature in Zierikzee, en de familie Leeuwenburg vond dat ze daarheen moest komen. Ze had de komende week bovendien een sollicitatiegesprek in Rotterdam waar ze veel van verwachtte, in een tehuis dat nog niet zo lang geleden op een negatieve manier in de publiciteit was geweest omdat er niets werd gedaan aan een stortvloed van klachten over de slechte verzorging. 'Er zijn daarna enkele ontslagen gevallen en het lijkt me wel een uitdaging erbij betrokken te worden daar de nodige verbeteringen door te voeren, zodat er het een en ander voor de bewoners gaat verbeteren.' Ze keek hem verlegen aan. 'Het was echter helemaal niet zo dat ik niet voor je wilde werken, Rik, als je dat soms mocht denken. Ik mag je graag, maar in een tehuis werken ligt me beter, denk ik. Ik wil graag iets voor mensen kunnen betekenen en jij hebt toch meer aan iemand met een andere opleiding.'

Zijn ogen keken onderzoekend. 'Ik dacht dat je het niet zag zitten mij elke dag rond je heen te zien draaien.'

'Die gedachte is werkelijk nooit in me opgekomen. Ik heb je juist gemist, nu je niet meer op de hof komt.' Dat laatste ging als vanzelf, de woorden waren uit haar mond ontsnapt voor ze daar goed en wel over na had kunnen denken. 'Het is ineens zo stil geworden. Zeker in de laatste maanden heeft de verzorging van tante Eugenie veel van me gevergd.'

'Dat probeerde ik je steeds duidelijk te maken.'

Ze glimlachte en ontspande zich eindelijk. 'Nu zie ik dat in, niet toen ik ermee bezig was. Ik mis tante Eugenie meer dan ik had gedacht. Op het laatst voelde ze inderdaad bijna als familie en die laatste nacht... Het was heel intiem om samen met jou bij haar te zitten terwijl ze stierf.'

'Dat zeker. Ik had je graag vaker op willen zoeken, maar je leek niet op me te zitten wachten.'

Karel zat Rik gebiologeerd aan te kijken, want hij lustte best nog zo'n lekker plakje ham. Ze knikte naar de hond, als bliksemafleider voor de spanning die ze onverwacht op voelde komen. 'Ik moet weer opstappen. Hij gedraagt zich niet zo netjes.'

'Ik zat uit verveling naar de televisie te kijken. Vind je het goed dat ik een stukje met je mee loop? En mag dat arme beest nog wat? Hij kijkt alsof hij in geen drie dagen heeft gegeten.'

Ze schoot in de lach. 'Geloof je het zelf? Voor deze keer dan, want feitelijk is het niet goed voor hem om tussendoor allerlei lekkers te eten. Een labrador neigt er toch al naar snel te zwaar te worden. Rik, ik ben zo blij dat je me zag. Ik wilde je graag nog eens zien, maar schrok ervoor terug om je zomaar op te bellen. Maar vanavond zat ik zo vol van de vreemde ontwikkeling van vanmiddag, dat ik mijn verhaal eenvoudig kwijt moest. Pa vindt het ook wel spannend, maar is nauwelijks bij de speurtocht betrokken geweest.'

Hij stond op. Even later liepen ze naast elkaar door de stil geworden straten. Het was goed te ruiken dat er in menige tuin werd gebarbecued op deze heerlijke zoele avond.

Rik liep helemaal mee naar de hof. 'Is het huis nog niet leeggehaald?'

'De familie is het nog niet eens geworden over de verdeling van de spullen.'

'Dat was te verwachten,' grinnikte hij. 'En hoe zit het met de verkoop? Zou daar al wat schot in zitten?'

'Er zijn al meerdere keren kijkers geweest, maar volgens de makelaar zitten daar ook mensen tussen die helemaal geen koopplannen hebben en alleen maar nieuwsgierig zijn. Wat dat betreft is het goed dat het huis nog niet is leeggehaald, want een kaal huis is altijd moeilijker verkoopbaar.'

Bij het huis bleef hij staan. 'Ik ga weer terug, maar mag ik je binnenkort een keer bellen, Agnes? Ik had er toch ook wel een vervelend gevoel bij dat ons contact ineens verbroken leek.'

'Graag,' knikte ze.

'En morgen hoor ik van je of het raadsel van het portret niet langer een raadsel is. Beloofd?'

Ze knikte. 'Beloofd.'

Toen hij even later met een armzwaai vertrok, voelde ze zich stukken beter. In ieder geval wist hij nu dat ze hem net zo graag zag als hij haar.

Maar zou dat genoeg zijn?

HOOFDSTUK 26

Al om negen uur in de morgen was ze op de trein gestapt, na een nacht waarin ze keer op keer wakker was geschrokken, soms een poosje had geslapen en vaker had liggen sluimeren tussen waken en slapen in. De vele gedachten in haar hoofd, zowel over het portret als over Rik, hadden haar te onrustig gemaakt om lekker te kunnen slapen.

Ze had voor deze gelegenheid de auto van tante Eugenie genomen, want haar vader en zijzelf hadden geen eigen wagen gehad, omdat dit overbodig was als er altijd een andere goede wagen beschikbaar was die ze konden gebruiken. Andries keek momenteel wel rond naar een gebruikte wagen, want zonder zo'n vervoermiddel kon een mens toch ook niet, als je in een dorp woonde. Treinen reden er niet op hun eiland, en met de bus en de metro naar het station gaan was ook een heleboel gedoe. Dus was ze met de auto naar de Rotterdamse wijk Lombardijen gereden, waar wel een station was, en daar had ze de auto op een bijna verlaten parkeerplaats vlak bij het station geparkeerd. Niettemin zou Agnes blij zijn als de wagen die haar zo vertrouwd was, vanavond weer veilig en onbeschadigd in de garage stond, want die behoorde voortaan immers tot de te verdelen erfenis.

Ze hoefde gelukkig niet over te stappen. Het was lang geleden dat ze met de trein had gereisd, maar het was plezierig een beetje naar buiten te staren en na te denken over wat haar te wachten stond. Agnes voelde zich prettig gespannen. Als het meezat, zou er vandaag immers een einde komen aan de zoektocht die haar nu al een halfjaar zo in de ban had gehouden en die vooral in de laatste weken onoplosbaar had geleken.

Eenmaal uitgestapt werd ze bevangen van de drukte rond het centraal station van de hoofdstad, maar ze had opgezocht hoe ze moest lopen naar het chique hotel aan een van de beroemde grachten in het centrum van de stad.

Bewonderend keek ze naar de eeuwenoude gevel van het pand. Yvonne moest aardig bij kas zitten, om in een dergelijk duur hotel te kunnen logeren! Tegen elf uur meldde ze zich bij de balie van het hotel, en even later kwam Yvonne met een brede lach en uitgestrekte armen op haar toe lopen, alsof ze dikke vriendinnen waren die elkaar in geen tijden hadden gezien. Ach, Amerikanen hielden blijkbaar van overdrijven!

Ze volgde de ander naar een ruime suite op de tweede etage, die uitkeek over de gracht. 'Mooi,' reageerde Agnes, een tikje overdonderd door alle luxe.

Yvonne stond bij het raam en keek naar beneden, waar de ene na de andere met toeristen afgeladen rondvaartboot voorbij kwam varen. 'Erg mooi,' grinnikte ze. 'Zo zien wij buitenlanders Nederland: de Amsterdamse grachten, en verder molens, klompen en tulpen. Ik heb al ontdekt dat dit slechts zeer ten dele waar is.'

De roomservice bracht koffie, thee, gebak en chocolade. Net zo overdreven als het enthousiasme van de Amerikaanse, dacht Agnes stilletjes, maar ze zou zich die lekkernijen niettemin goed laten smaken.

'Ik heb toen ik thuiskwam meteen de computer aangezet, en mijn vader heeft het een en ander gemaild. Het portret toont een jonge vrouw. De foto die mijn vader heeft gemaild toont inderdaad een Yvonne Ernsting, maar dan van middelbare leeftijd.'

Agnes moest goed opletten om de ander te verstaan, want haar relaas bleek doorspekt met Amerikaanse woorden, maar dat lukte prima. 'Kijk, dit is wat mijn vader heeft gestuurd. Zoals gezegd ging in 1852 een voorvader van mij naar Amerika en daar ben ik een nazaat van. Die voorvader heette Jozua en blijkt een broer te zijn geweest van een David Ernsting, die ook toen al in Oud-Beijerland woonde. Dus we zijn inderdaad verre familie van elkaar, Agnes.'

'Niet ik, maar de overleden mevrouw Ernsting,' herhaalde ze net als gisteren.

'O ja, natuurlijk. Maar goed. Die eerste voorvader in de States trouwde daar al kort na aankomst, reisde met een huifkar een stuk naar het zuiden, begon daar net buiten een dorp een boerderij, werkte soms als cowboy om wat bij te verdienen. Hij kreeg in 1855 een dochter genaamd Yvonne, genoemd naar de moeder van zijn vrouw. Deze eerdere Yvonne Ernsting trouwde op haar beurt eveneens en kreeg drie zoons. Ten tijde van het schilderij is ze dus ongeveer vijftig jaar oud en hier heb ik een foto van haar. Haar man was welgesteld. Haar zonen zetten het bedrijf voort, dat die man had opgericht. Ze hadden iets te maken met de aanleg van de spoorwegen. Haar man overleed vlak voor de eeuwwisseling. Ze was erg reislustig, en er zijn bij ons brieven bekend van twee langdurige reizen door Europa. Blijkbaar heeft ze brieven gestuurd naar de familie van haar grootvader en waarschijnlijk heeft ze hen ook opgezocht. Ze schreef vaak en lang aan haar zoons, ook wij hebben brieven gekregen uit Den Haag, waar ze blijkbaar langere tijd heeft gelogeerd, en uit Domburg waar ze zeebaden nam, maar ook uit Parijs en Berlijn. Dit is ze.'

Agnes keek in het gezicht van een gezette vrouw van middelbare leeftijd.

'Dat is ze niet,' zuchtte ze teleurgesteld. 'Ze lijkt niet in het minst op de jonge vrouw van het portret.'

'Dat dacht ik dus ook. Het kan ook niet een eerder geschilderd meisjesportret zijn. Ik vind het erg jammer. Ik ben echter wel aangenaam verrast dat een van mijn vroegere familieleden, die bovendien net zo heette als ik, zo'n flamboyante, onafhankelijke en zelfstandige dame is geweest.'

'Dat was nogal uitzonderlijk in die jaren,' knikte Agnes vriendelijk, maar haar teleurstelling overheerste. 'Jammer. Ze was dus een geëmigreerd familielid van de David aan wie ze haar brieven schreef en zal mogelijk op de hof hebben gelogeerd, maar ze is niet de vrouw naar wie ik op zoek ben. Het vreemde is dat de brieven die wij gevonden hebben, in onberispelijk Nederlands zijn geschreven. Ik heb geen seconde gedacht dat ze geschreven konden zijn door iemand die zo ver weg was geboren.'

'Haar vader was Nederlander. Mijn vader heeft ontdekt dat ze eveneens vloeiend Frans en Duits sprak. Ze was dus bijzonder goed ontwikkeld, zeker voor die tijd.'

Agnes vergat de verrukkelijke appeltaart met noten, waar ze net een paar hapjes van genomen had. Teleurgesteld leunde ze achterover. 'Ik was er vast van overtuigd dat ik het raadsel van het portret eindelijk had opgelost,' verzuchtte ze en ze moest even moeite doen om zich te hervatten. 'Maar nu weet ik uiteindelijk maar één ding! Yvonne Ernsting is met zekerheid niet de vrouw die op het portret is afgebeeld.'

'Jammer voor jou, dat begrijp ik, maar voor mij is het heel aardig om foto's te hebben van die oude brieven die jij gevonden hebt. Wij weten nu iets meer over deze vrouw en vooral mijn vader vindt dat geweldig. Zijn Nederlands is stukken slechter dan dat van mij. Ik zal de brieven voor hem moeten vertalen, voor hij ze kan lezen. Maar goed, onze Yvonne Ernsting is vierenzeventig jaar geworden en stierf in New York in het bijzijn van haar drie zoons, hun vrouwen en zeven kleinkinderen. Helaas is de bloeiende familiefirma ergens in het begin van de jaren dertig failliet gegaan, waarschijnlijk slachtoffer van de grote crisis.'

'Jammer,' knikte Agnes nogmaals en ze had even tijd nodig om haar teleurstelling te overwinnen. Maar Yvonne smulde onbekommerd van de appeltaart, vroeg toen of Agnes het leuk zou vinden om samen met haar een rondvaart door de grachten te maken en daarna samen te lunchen, voor ze weer terugging naar huis. Agnes accepteerde dat gretig, want al was ze wel enkele keren in de hoofdstad geweest, zo'n rondvaart had ze nooit gemaakt. Te duur en te druk, en echt iets voor buitenlanders, had ze altijd gedacht.

Ondanks de teleurstelling was het een onverwacht fijne dag geworden. Na de vaartocht met uitleg in meerdere talen over allerlei panden waar ze aan voorbijvoeren, hadden ze geweldig geluncht in het hotel, voor ze weer teruggegaan was om met de trein naar huis te gaan. Het was al bijna zes uur toen ze van het station naar huis reed en even later met toch een zucht van verlichting de wagen van tante Eugenie veilig en onbeschadigd weer in de garage parkeerde.

Boven keek haar vader haar grinnikend aan. 'Ik heb de aardappelen al opstaan. Vertel me maar eens wat jij vandaag allemaal hebt ontdekt.'

Een paar dagen later bleek de familie eindelijk tot een soort overeenkomst te zijn gekomen en de dag brak aan dat de hof zou worden ontruimd. In de afgelopen dagen waren er opnieuw twee bezichtigingen geweest met de makelaar. Agnes hoorde dat er een paar serieuze kandidaten waren en een van hen wilde eerst een bouwkundig rapport laten opstellen om te voorkomen dat hij een pand kocht waar al snel onverwachte en dure herstelwerkzaamheden aan zouden moeten worden uitgevoerd. Er was onder de kijkers ook iemand die hij ervan verdacht zwart geld te willen witwassen door meer dan honderdduizend euro contant te betalen, liet de makelaar weten. Daar zou hij echter nooit aan mee willen werken, maar hij hoopte niettemin dat het pand binnen afzienbare tijd verkocht zou worden. De zomer was doorgaans niet het beste seizoen voor de huizenmarkt.

De dag voordat de familie zich voor de laatste keer op de hof zou verzamelen, werden de portretten ingepakt en naar het museum vervoerd. Ze zouden te zijner tijd een plekje in de collectie krijgen, maar vooralsnog worden opgeslagen tot er geld was om ze schoon te laten maken. Uiteindelijk hadden ze jarenlang in de galerij gehangen.

Voor de drukte begon, was Agnes uit nostalgie nog eenmaal boven in de galerij wezen kijken, het lege gat waar het portret had gehangen was duidelijk te zien aan het kleurverschil in het behang. Nu is het tijdperk Ernsting echt voorbij, dacht ze. Beneden ging ze, even maar, in de leunstoel van tante Eugenie zitten. Voorbij, voorgoed verleden tijd. Ze voelde zich verdrietig, maar hervatte zich snel. Het leven ging nu eenmaal verder.

Andries hielp mee met het inpakken en naar beneden brengen van de portretten. Agnes zocht de brieven van Yvonne Ernsting bij elkaar. Ze zou deze originelen niet langer nodig hebben. Terwijl de andere portretten de hof verlieten, staarde ze naar de jonge vrouw, die ze nu al zo vaak met veel vragen in haar hart had aangekeken, maar ze was nog niets verder dan die eerste keer dat ze had gedacht: wie is dit geweest en waarom hing het portret van een onbekende jonge vrouw in de galerij van de hof?

De volgende dag kwam er een ware invasie op gang. Er reed een gehuurde bus voor met David en Ian. Evert kwam met een gehuurde vrachtwagen. Lieneke voerde het hoogste woord en zag er opgewonden uit. Kennelijk was het stel nog steeds samen, en dat bezorgde Agnes een nare smaak in de mond. Ze was er nu wel zeker van dat Evert valse voorwendselen had gebruikt om zich op de hof in te dringen, in een poging zijn tante te bewegen haar testament in zijn voordeel te laten wijzigen en haar daarna zo snel mogelijk over te halen een einde aan haar leven te maken door de pillen te slikken die hij voor haar 'geregeld' had. Ze huiverde nu ze eraan terugdacht, en herinnerde zich de angst van Eugenie dat die pillen ergens ongemerkt in zouden worden opgelost en aan haar zouden worden toegediend. Dat mensen die dat zelf wilden zo nodig hulp kregen bij euthanasie was één ding, maar het was een gegeven dat er ook misbruik van dergelijke regelingen gemaakt werd en dat andere mensen daar soms het slachtoffer van konden worden. Ach, ze wilde er niet langer over nadenken. Het was, gelukkig, niet gebeurd.

Machiel en Bets kwamen met de bestelbus van Jos. Floris reed voor met zijn eigen wagen en had zijn zus Elly bij zich. Agaath verscheen in een gloednieuwe wagen, mogelijk alvast gekocht nu haar toch een flink geldbedrag wachtte. Achter die wagen zag Agnes een forse boedelbak.

De notaris had een lijst en niets ging de deur uit zonder dat daarop werd nagekeken of het terecht was, en afgevinkt werd dat de spullen volgens afspraak werden verdeeld. Niettemin vielen er opgewonden woorden en hoorde Agnes hoe Evert en Agaath luidruchtig en ordinair ruziemaakten over kleinigheden zoals een asbak en flessen wijn uit de wijnkelder. Andries hielp de notaris en Agnes zorgde alleen voor iets te drinken, zo nu en dan.

De verdeling was in de morgen begonnen en het duurde tot halfvier in de middag eer blijkbaar alles was geregeld en opgeborgen in de diverse voertuigen. Wat achterbleef zou worden verkocht, maar veel kon het niet zijn, besefte Agnes, en waardevolle spullen waren er al helemaal niet achtergebleven. Omdat het droog was, zakten de familieleden daarna op het tuinstel neer. De notaris sloot het huis zorgvuldig af. Haar vader en zij mochten hun sleutel van het huis voorlopig nog houden. Stil voorzag ze de familie van koffie en verder hield ze zich op de achtergrond.

Het was David die het woord uiteindelijk nam. 'Waarschijnlijk is dit de laatste keer dat we als familie bij elkaar zijn,' begon hij, nadat hij de anderen eindelijk tot luisteren had gekregen. 'Ik zou voor willen stellen om met elkaar het graf van onze tante te gaan bezoeken, en daarna gezamenlijk nog van een maaltijd te genieten. We kunnen in het dorp wokken bij de Chinees. Dat is niet duur, ik heb al op voorhand een reservering gemaakt. Het lijkt me een aardige manier om onze tante nog één keer te gedenken en afscheid van elkaar te nemen met een etentje, net zoals onze kennismaking is begonnen met dat memorabele diner op kerstavond.'

Er werd gelachen, er werden herinneringen opgehaald aan die avond, toen ze allemaal, ieder voor zich, tamelijk overdonderd waren geweest door de ouderwetse grandeur van de hof.

'Nu heb ik het servies,' glom Agaath.

'En ik het tafelzilver,' deed Lieneke niet voor haar onder.

'Ga je mee, Agnes? Wil jij alsjeblieft foto's maken van de hele familie bij het graf?'

Ze wilde eigenlijk niet, maar voelde er zich min of meer toe verplicht, omwille van de nagedachtenis aan tante Eugenie. Er werd vandaag iets afgesloten en dat kon alleen maar goed zijn, besefte ze. Ze moest de anderen de weg wijzen op de begraafplaats. De steen was nog maar net geplaatst. Een bescheiden steen van marmer met goudkleurige letters. Er stond alleen een simpele tekst op: *Opgegaan tot Gods altaren. Eugenie Louise Marie Amadee Ernsting-Leeuwenburg*, met haar geboortedatum en sterfdatum.

De familie viel stil. Agnes kreeg meerdere fototoestellen aangereikt toen de groep rond het graf poseerde. Ze knipte en knipte maar, zodat iedereen meerdere foto's had.

Ze moest ook mee gaan wokken. Dat kwam van Floris af. De een beweerde tijdens het eten nog harder dan de ander dat ze toch echt contact met elkaar zouden onderhouden in de toekomst, maar eigenlijk wisten ze net als Agnes dat dit niet zou gebeuren. Ja, David en Evert, die waren tenslotte broers, al verschilden ze als dag en nacht van elkaar.

Keer op keer kwam Floris naast Agnes zitten. 'Wat denk je nu van ons?' vroeg hij op een gegeven moment.

Dat wil je niet weten, flitste het door haar brein, maar ze schudde slechts glimlachend het hoofd. 'Jullie zijn een stel druktemakers bij elkaar.'

Hij beaamde dat goedmoedig. 'Het ergst is de kant van Ernsting. Wij zijn familie van tante Eugenie, maar niet van dat stel daar.'

'Zijn je ouders hun teleurstelling al te boven?' informeerde ze voorzichtig.

'Jawel. Natuurlijk hadden ze gehoopt op meer en ik moet ze nageven, ze hadden het inderdaad goed kunnen gebruiken, maar het is niet anders. Mijn vader koopt een nieuwe auto als hij het bedrag van de erfenis krijgt overgemaakt. Ze hebben een paar mooie stukken antiek in de auto geladen, vandaag. Die krijgen een plaatsje in het nieuwe appartement.'

'Zijn ze al verhuisd?'

'Twee weken geleden. Jos en ik hebben hen geholpen. Ik heb door alle drukte nog geen kaarten geregeld voor het beloofde concert, maar dat ga ik snel doen. Ik wil graag contact met je houden, Agnes.'

Ze knikte. Ze wilde het contact niet meteen afkappen. Zo veel aandacht kreeg ze immers niet van mannen, en haar contact met Rik was ondertussen weliswaar hersteld, maar dat kon ze niet meer dan vriendschappelijk noemen, hoe graag ze dat ook anders had gezien.

'Eigenlijk ga ik net zo lief ergens wandelen als naar een concert,' liet ze weten. 'We kunnen toch ook een keer bij jou in de buurt afspreken?'

'Wandelen en daarna samen eten op een zomers warm terras? Prima! Dan doen we dat. Nu ga ik een toetje halen. Wil jij ook wat?'

'Alleen thee, als iedereen klaar is met het ijs en de slagroom. Ik zit vol.'

'Er is ook vers fruit.'

'Nee, dank je, echt niet,' wimpelde ze af. Hij stond op en prompt kwam zijn broer Jos naast haar zitten. 'Weet je zeker dat er niets stiekem achter is gehouden?' wilde deze weten.

Ze keek hem geschrokken aan. 'Wie zou zoiets nu doen?'

Hij keek naar Evert en Agnes begreep het. 'Ze hebben de kans niet gekregen, hoor. De notaris heeft alles uitstekend geregeld.'

'Ja, ik moet dat maar aannemen. Floris heeft het overigens nogal eens over je.'

'We zien elkaar nog weleens,' beloofde ze vaag en toen stond ze zelf op, hoofdzakelijk omdat ze genoeg had van dit gesprek. Ze haalde toch maar een paar stukjes vers fruit en ging daarmee naast Agaath zitten, die trots de prachtige parels van tante Eugenie om haar nek had gehangen. Agnes vond het een naar gezicht. Parels brachten tranen, had de oude dame altijd beweerd. Ze had ze van haar man gekregen toen ze vijfentwintig jaar getrouwd waren, en daarna was hun huwelijk slechter geweest dan ooit. Zelfs Lieneke scheen niet langer te mokken over de gering uitgevallen erfenis. Het zou ook geen zin gehad hebben.

Agnes verlangde naar de stilte van thuis, besefte ze. Eindelijk werd er koffie en thee besteld en niet veel later ontstond er gekibbel over de rekening, want Evert en Lieneke hadden wel erg veel gedronken en de anderen vonden het oneerlijk dat zij daarin moesten delen. Maar eindelijk werd de nota toch door het aantal eters gedeeld, en zou Evert de fooi betalen.

Nadat Agnes haar deel van de rekening had betaald aan Floris, die het geld verzamelde, stond ze op. 'Ik hoop dat jullie allemaal blij zijn met wat jullie vandaag uit de hof hebben mogen meenemen,' glimlachte ze met haar mond zonder dat haar ogen meededen. 'Ik hoop dat het jullie allemaal goed gaat.'

Ze stond als eerste buiten.

HOOFDSTUK 27

Ze las het dagboek van Juliëtte nogmaals door en zocht het verhaal van de kermis op, waarin Antonia werd genoemd. Als de jonge vrouw op het portret niet Yvonne Ernsting was, dan moest het bijna wel Antonia de Bot zijn geweest. Ze had een poosje geleden al ontdekt dat deze Antonia inderdaad dienstmeid op de boerderij van de ouders van deze Juliëtte was geweest, waar haar vader tevens knecht was geweest. Kort voor of na het huwelijk van de man van wie ze blijkbaar had gehouden, was ze naar haar broer in Rotterdam vertrokken en de rest van de familie was later gevolgd. Nu Yvonne Ernsting niet de afgebeelde jonge vrouw op het portret was, moest ze dus maar eens kijken of ze in de archieven van Rotterdam meer te weten kon komen over deze Antonia en haar familie.

Agnes begon haar zoektocht ditmaal op internet, maar drie dagen na het afscheidsetentje van de familie vertrok ze toch maar naar het archief van Rotterdam. Na uren zoeken en puzzelen, tot aan het nakijken van telefoonboeken toe, kwam ze ten slotte uit bij ene Peter Jan de Bot, een achterkleinzoon van de broer van Antonia. Afstammelingen van Antonia zelf had ze niet gevonden, een huwelijk evenmin. Zelfs geen overlijdensadvertentie, dus ze had er geen idee van wat er met het jonge meisje was gebeurd nadat ze haar geboortedorp had verlaten. Voor zover ze nu had ontdekt, hield ze van de man met wie Juliëtte trouwde en waren die gevoelens weder-kerig geweest. Waarschijnlijk was dat de voornaamste reden waar-om ze naar haar broer in de grote stad was vertrokken.

Stoutmoedig belde ze die avond het gevonden telefoonnummer. 'De Bot,' klonk het even later.

Ze probeerde uit te leggen waarom ze belde.

'U doet dus stamboomonderzoek,' kreeg ze het verraste antwoord. 'Wel, ik heb nog wel wat gegevens over mijn familie, en er zijn ook nog een paar oude foto's. Kunt u een keer bij mij langskomen?'

'Zeg maar wanneer,' stelde ze opgewonden voor. Waarschijnlijk zou ze nu toch een tipje van de sluier op kunnen lichten! Ditmaal zou het raadsel van het portret vast en zeker worden opgelost!

Ze had nog maar net opgehangen, na een afspraak te hebben gemaakt voor de aanstaande zaterdagmorgen, toen Rik belde. 'Ik ga een stuk wandelen langs de rivier. Heb je misschien zin om me gezelschap te houden?'

Zijn stem klonk aangeslagen, daar schrok Agnes van. 'Natuurlijk. Is er iets?'

'Dat vertel ik je straks wel. Ik kom je meteen ophalen.'

Niet veel later reed zijn auto voor. Ze voelde zich een tikje opge-wonden toen ze hem weer zag, maar zijn ogen stonden down en aangeslagen.

'Wat is er aan de hand?' was het eerste wat aan haar lippen ont-snapte.

'Er zijn momenten dat je als arts met lege handen staat,' zuchtte hij. 'Kom, eerst een stuk lopen. Ik ben blij dat je mee wilt gaan, Agnes. Ik voel me machteloos en diep aangeslagen.'

'Is het goed als ik Karel meeneem?'

Hij knikte zwijgend.

De stilte duurde, terwijl hij naar een parkeerplaats vlak bij het water reed. Ze was van hem geschrokken, maar durfde niets te zeggen tot hij uit eigen beweging zou beginnen over een gebeurtenis die hem kennelijk tot in het diepst van zijn ziel had geraakt. De stilte duurde nog steeds voort toen ze naast elkaar gingen lopen. In een bocht bleef hij boven op de dijk staan. Over het water voeren schepen voorbij. Verderop zwom een groepje ganzen in het water. Eenden snaterden.

Rik haalde diep adem. 'Vandaag heb ik een patiënt verloren, veel te jong en misschien onnodig als ik eerder alert was geweest.'

Hij zweeg weer, ze had de indruk dat hij tegen zijn tranen vocht. Zou hij zichzelf verwijten maken? schoot het door haar hoofd. Kennelijk deed hij dat.

Ze wachtte tot hij uit zichzelf verderging. 'Laten we even gaan zitten.' Hij trok zijn vest uit en spreidde dat op het gras uit, maar wel nadat hij eerst grondig had gekeken of er geen verdwaalde hondendrol lag. Karel rende uitgelaten om hen heen, maar Rik lette vandaag niet op hem. 'Een maand of negen geleden kwam een jong stel met hun dochtertje bij me. Ze waren ongerust omdat het kind altijd moe en lusteloos was. Ik heb hen gerustgesteld. Het meisje had het helemaal niet naar haar zin op school. Ze werd gepest. Op mijn aanraden zijn ze op school gaan praten. Maar een tijdje later kwamen ze terug. Het bleek dat ik de klacht serieus had moeten nemen. Toen we erachter kwamen dat er meer aan de hand was, bleek het al te laat. Ze is behandeld, dat wel. Chemokuren enzovoorts, maar het mocht niet meer baten. Het kind is vandaag overleden, nog geen acht jaar oud. Het was net een blond engeltje. Ik voel me verschrikkelijk schuldig.'

'Nemen de ouders het jou kwalijk?'

'Welnee. De eerste klachten waren helemaal niet zo vreemd. Moe, lusteloos, en dan dat pesten op school. Je denkt dan niet meteen dat er een zeldzame en fatale andere kwaal in het spel is. Maar ik blijf het mezelf verwijten, ik had het moeten zien.'

'Een arts, ook de allerbeste, is maar een mens, Rik, en in de toekomst kijken kan niemand.'

'Ik weet het, maar toch! Mijn verstand zegt het een, maar mijn gevoel zegt iets heel anders en daar voel ik me zo rot onder.'

'Je hebt tijd nodig om het een plekje te geven. Ik weet niet of het de eerste keer is dat je een verkeerde diagnose hebt gesteld, maar één ding weet ik wel zeker: het zal zeker niet de laatste keer zijn. Artsen zijn feilbaar, net als ieder ander mens. Juist het hardnekkig ontkennen van gemaakte fouten veroorzaakt vaak zo veel deining en meningsverschil. Ieder weldenkend mens weet dat er zo nu en dan iets verkeerd gaat, ook in de zorg, ook bij het stellen van diagnoses of bij behandelingen.'

'Zoals ik zei, mijn verstand is het daar helemaal mee eens, maar mijn gevoel doet er niet aan mee.' Karel kwam eens even snuffelen waarom ze niet verdergingen, maar in de verte kwam een andere hond aan en daar stoof hij dus maar op af om er een potje mee te ravotten.

Rik haalde diep adem. 'Dank je dat je naar me luistert. Je moet wel denken dat ik net een sentimenteel oud wijf ben.'

'Als oudere vrouwen emotioneel zijn, kijk ik daar ook niet op neer. Toe, kop op! Wees die ouders tot steun bij hun verschrikkelijke verlies, dat is het beste wat je kunt doen. Zeg openlijk dat je erg graag de tijd had willen terugdraaien en dat het dan misschien mogelijk was geweest hun dochter te redden. Zoals gezegd, met het toegeven van je eigen feilbaarheid kom je ten slotte het verst.'

Hij knikte. 'Mag ik je even vasthouden?'

Ze leunde tegen hem aan. Hij sloeg direct een arm om haar heen en ze legde haar hoofd vertrouwelijk op zijn schouder. Zijn kin rustte op haar haren. Het voelde veilig, dacht ze. Ze werd er helemaal niet onrustig van om zo dicht tegen hem aan te zitten. Ze voelde zijn ademhaling rustiger worden.

Hij zweeg een hele tijd, tot Karel weer om hen heen rende, alsof hij kwam kijken wat voor gekkigheid hier nu weer aan de gang was. Hij hijgde van het opgewonden rondrennen met een teckel die net zo graag wilde spelen als hijzelf. Rik liet haar los, stond op en stak zijn hand uit om haar overeind te helpen.

'O, goedenavond, dokter,' knikte de bazin van de speelse teckel en

Agnes moest Karel roepen omdat hij anders met zijn kersverse speelkameraadje mee terug zou rennen naar de parkeerplaats.

'Kom,' stimuleerde ze Rik. 'Laten we nog een stuk doorlopen. Het zal je goeddoen.'

Ze zwegen opnieuw bijna de hele tijd, maar dat deerde niet. Ergens was het zelfs een prettige stilte te noemen, meende Agnes. Het werd al schemerig toen ze eindelijk met de hijgende Karel bij de auto terug waren gekomen.

'Die krijgt een bak vers water en hoor ik niet meer tot morgenochtend,' glimlachte Agnes, terwijl ze de hond over zijn kop aaide. 'Ik ben blij dat wij hem mogen houden. Tante Eugenie heeft altijd een hond om zich heen gehad. Als kind speelde ik al graag met ze.'

'Het dier zal eraan moeten wennen om straks niet meer de hele grote tuin van het huis tot zijn beschikking te hebben.'

Weer terug bij het oude huis keek hij haar dankbaar aan. 'Fijn dat je mee bent gegaan, Agnes.'

'Je hart luchten helpt altijd. Ik ga nog wat drinken. Wil je ook wat? Wijn misschien?'

'Nee, dan ga ik spontaan jodelen. Ik heb vanavond nauwelijks kunnen eten omdat ik me zo aangeslagen voelde, moet je weten.'

'Dan krijg je een sapje en zal ik een tosti voor je maken of zo. Als je wilt tenminste.'

'Lekker. Nu lust ik wel wat.'

Een kwartiertje later zaten ze op de bank in de tuin, waar het inmiddels al bijna helemaal donker was geworden.

'Gaan we zaterdag weer? Overdag doe ik dienst op de huisartsenpost, maar als ik klaar ben, wil ik wel graag ergens heen.'

Ze bloosde ervan. 'Dan heb ik al afgesproken met Floris Leeuwenburg.'

Hij keek haar geschrokken aan, tenminste, ze dacht een soort schrik in zijn ogen te lezen. 'Floris? De neef van mevrouw Ernsting? Zien jullie elkaar nog steeds?'

Ze knikte aarzelend. 'Floris lijkt… wel, hij heeft duidelijk belangstelling voor me.'

Hij schoof bij haar vandaan, misschien merkte hij het zelf niet eens, maar zij bemerkte het terdege.

'Het stelt niets voor, Rik. Het leidt tot niets, dat weet ik nu al. Maar het was wel gezellig en ach, jonge vrouwen hebben de vervelende neiging om zich zo nu en dan een beetje te willen koesteren in de aandacht van een man.'

'Wilde hij niet dat je bij mij kwam werken?' vroeg Rik achterdochtig.

'Lieve help, stel je niet aan alsof je jaloers bent! Dat heb ik zelfs nooit met hem besproken! Het was mijn eigen beslissing, omdat het me niet verstandig leek dat jij en ik elkaar dagelijks voor de voeten zouden lopen. Rik, er is niets anders aan de hand dan dat ik de laatste tijd erg intensief voor tante Eugenie heb gezorgd, en dat er toen weinig ruimte over was voor dingen die jonge vrouwen van mijn leeftijd nu eenmaal graag doen. Jij hebt me daar keer op keer op gewezen, herinner je je nog? Bovendien ben ik niet zo'n uitgaanstype en zoek ik weinig feesten en partijen op. Ik wilde de achterliggende motieven van de familie beter doorgronden toen tante Eugenie nog leefde. En Floris ziet dat mogelijk anders, maar ik wilde alleen wat gezelschap en gezelligheid. Meer was het niet. Daarvoor hoef ik jou overigens geen verantwoording af te leggen.'

Hij knikte. 'Dat is waar. Wel,' ineens lachte hij. 'Ik moet zeggen dat ik een tikje jaloers werd toen ik het hoorde, maar het heeft mijn gedachten wel afgeleid van mijn zorgen. De tosti was lekker, en ik hoop dat ik vannacht een beetje kan slapen. Wel, ben ik een andere keer aan de beurt voor een uitje, ga je daarmee akkoord?'

'Heel graag zelfs. Ik vind je een kerel uit duizenden.'

Ze had graag gehoord dat hij dat niet genoeg vond, maar hij reageerde er niet op, stak zijn handen in zijn broekzakken en na een kort 'tot ziens' liep hij om het huis heen naar zijn wagen.

Ze voelde zich teleurgesteld dat hij haar zelfs niet een heel vluchtig afscheidszoentje had gegeven.

Een goedlachse, roodharige kerel stak op vrijdagavond lachend zijn hand naar haar uit. Hij lachte een hele rij tanden bloot. 'Peter Jan de Bot. Kom binnen. Mijn vrouw is ook erg nieuwsgierig om te horen waarom je geïnteresseerd bent in onze familiegeschiedenis.'
Ze woonden in een gezellig ingerichte galerijwoning in het noorden van Rotterdam. Agnes voelde zich een tikje onwennig, ging zitten, en accepteerde dankbaar de aangeboden koffie, voor ze begon uit te leggen wat ze kwam doen.
Het paar toonde veel belangstelling toen ze vertelde van het geheimzinnige portret dat het begin van haar zoektocht was geworden.
Binnen een kwartier bogen ze zich over de familiegeschiedenis van Peter Jan. 'Dit zijn mijn ouders,' toonde hij foto's. 'Ze leven nog. Ik heb mijn vader gebeld om navraag te doen, en hij vertelde me een verhaal dat ik zo zal doen. Dit is een foto van mijn overgrootouders. Mijn vader was de derde zoon van mijn betovergrootvader, die dus als landarbeider in de Hoeksche Waard werkte en met een zus van hem naar de stad trok. Die zus is de door jou gezochte Antonia. Mijn overgrootouders waren ongelooflijk arm. Mijn betovergrootmoeder kreeg niet minder dan zestien kinderen, en dan begrijp je wel dat het armoe troef was bij een losse arbeider bij een rijke boer. Zijn zoon vertrok daarom als eerste naar de haven om er werk te vinden. Dat lukte hem snel, in het groeiende havengebied van de stad konden ze altijd een paar handen gebruiken van sterke, gezonde kerels.
In die tijd werden schepen meestal nog gelost met kruiwagens. Kijk, dit is mijn overgrootvader aan het werk. Hij was oud voor zijn jaren! Van alle kinderen van mijn betovergrootouders zijn er vijf dood geboren of al heel jong gestorven, en nog eens drie overleden voor hun ouders. Een triest leven, niet?'

Ze knikte stom. 'Helaas kwam dat toen maar al te vaak voor.'

'En dit is ze dan, Antonia.' Hij toonde een foto van een magere jonge vrouw, maar opnieuw heel iemand anders dan de jonge vrouw van het portret. Agnes dacht dat haar hart stilstond van de schrik.

'Deze Antonia de Bot is evenmin de jonge vrouw van het portret!' Ze kon haar teleurstelling niet verbergen. 'Ik snap er niets meer van! Ik was er zo zeker van dat ik haar eindelijk gevonden had.'

Peter Jan leunde achterover. 'Jammer voor jou. Ik zal je de oude geschiedenis toch maar vertellen. Antonia werkte als dienstmeid. Haar vader, dus mijn betovergrootvader die zestien kinderen kreeg, was knecht op die boerderij. Volgens de overlevering was Antonia best slim, maar naar school gaan was er in die tijd nauwelijks bij, zeker niet voor arme mensen. Als de hulp van arbeiderskinderen nodig was, werden ze met het grootste gemak thuis gehouden van school. Niemand die zich daar druk om maakte, want wat moest een werkman of een vrouw met boekenwijsheid? Niemand die erom maalde als zo iemand nauwelijks lezen of schrijven kon, en evenmin als ze amper konden rekenen, want dan konden ze gemakkelijk bedrogen worden met het uitbetalen van het loon. Maar goed, het toeval wilde dat de verloofde van Juliëtte, de dochter van de boer voor wie mijn betovergrootvader werkte, nogal een charmante jongeheer moet zijn geweest met zeker in zijn jonge jaren een meer dan open oog voor vrouwelijk schoon. Hij maakte Antonia het hoofd op hol. Ze schijnt echter oprecht van die kerel gehouden te hebben, en haar ouders stuurden haar ijlings naar haar broer in de stad, om te voorkomen dat er ongehoorde dingen gebeurden. Als een ongetrouwd meisje in die jaren zwanger werd, was dat een ongekende schande, maar welgestelde jongeheren kwamen er altijd mee weg. Niettemin kreeg Antonia, toen ze in de stad woonde, toch nog brieven van hem. Het schijnt dat hij een tijdje werkelijk verliefd op haar was, maar toch trouwde hij naar de gebruiken van die tijd verstandig en dat was Juliëtte. Een huwelijk was in die jaren voor altijd en onomkeerbaar. Antonia heeft later nooit een ander willen hebben en hielp haar broer en zijn vrouw in hun overvolle huishouden, waar ze in een hoekje op zolder haar eigen bed had. Dat was alles. Ze is maar vijfenveertig jaar geworden, en ongetrouwd en kinderloos gestorven aan tuberculose.'

'Wat triest,' zuchtte Agnes teleurgesteld.

'Ja, in die tijd waren er veel trieste levens,' reageerde de vrouw van Peter Jan. 'Sommige mensen zeggen dat het leven vroeger zo mooi was, maar vergeet dat maar! De armoede was verschrikkelijk en de mensen in ons land die momenteel praten over armoede, weten werkelijk niet dat deze tijd en de toestanden toen in geen enkel opzicht met elkaar te vergelijken zijn.'

Agnes pakte de foto van Antonia de Bot en probeerde te bevatten dat het raadsel van het portret mogelijk nooit zou worden opgelost. 'Er zijn twee brieven van David aan Antonia bewaard gebleven, de eerste heb ik hier en is geschreven ongeveer vier jaar nadat ze het eiland verlaten had. Wil je die lezen?'

'Graag,' reageerde Agnes aangeslagen. Ze was toch blij hier hartelijk te zijn ontvangen en tenslotte wist ze nu weer iets meer zeker.

Lieve Antonia,

Ik ben blij dat ik zo heel nu en dan iets van mij mag laten horen. Al zou ik willen dat je niet langer om mij treurde en een goede man vond om een gezin van jezelf te hebben.

Mijn huwelijk met Juliëtte is draaglijk, maar meer ook niet. Ik weet dat ik geen oprechte liefde heb verdiend, zeker niet die van jou, maar mij gaat het inmiddels redelijk goed. Ik heb mij neergelegd bij het onvermijdelijke en mijn zoon Ernst is daarbij mijn grote troost. Van harte hopen we op meer kinderen.

Inmiddels heeft Ernst een kindermeisje dat heel lief is en goed voor hem zorgt. Nee, ik ben niet verliefd op haar geworden, al denk je dat misschien omdat ik wel vaker mijn hart heb verloren.

Het is jammer dat je mij niet terug kunt schrijven, maar Juliëtte zou daar zeer boos om worden. Ze weet dat ik mijn hart aan jou verloren heb, maar ik heb haar ervan weten te overtuigen dat het de zoveelste voorbijgaande bevlieging was. Nu weet ik dat dit niet waar is. Lieve Antonia, word alsjeblieft gelukkig, niemand die je dat meer gunt dan ik.

David.

'Ontroerend,' verzuchtte Agnes tegen wil en dank aangedaan. 'Dat was dus een trieste liefde, maar het maakt tevens duidelijk waarom Juliëtte nooit ofte nimmer een schilderij van Antonia in haar eigen huis zou hebben geduld.'

'Jammer dat we je niet verder kunnen helpen. We hebben alleen nog dit korte berichtje dat David een paar jaar later aan Antonia heeft gestuurd.'

Lieve Antonia,

Ik weet dat het niet verstandig is opnieuw iets van mij te laten horen. Van je zuster heb ik vernomen dat je nog steeds niet bent getrouwd en dat je je broer en schoonzus helpt in hun gezin, nu ze twee vreselijke verliezen hebben geleden. Via jouw familie probeer ik toch een beetje op de hoogte te blijven van jouw welzijn en de brief neemt zij voor mij mee, als ze een bezoek brengt aan de stad.

Zelf heb ik ook een enorme schok te verwerken gekregen. Onze kleine Ernst viel een week geleden in de vijver in de tuin en is toen bijna verdronken. Gelukkig redde Fietje hem nog net op tijd, en kreeg hij geen longontsteking of andere nare gevolgen. Je begrijpt dat ik daar heel erg dankbaar voor ben. Als dank heb ik de kerk een grote gift voor de armen gedaan.

Ik blijf hopen dat het ook met jou goed komt. Als altijd bewaar ik je in mijn hart.

David.

Ze was zo ontroerd over deze gevoelens uit lang vervlogen tijden, dat ze haar neus moest snuiten. Peter Jan knikte. 'Ontroerend, hè? Volgens mijn vader stuurde hij altijd wat geld mee met zijn brieven, geld dat heel goed kon worden gebruikt, dat Antonia altijd aan mijn broer gaf, zodat er wat extra te eten kon worden gekocht. Nooit besteedde ze dat aan zichzelf.'

'Ze zou inderdaad een portret hebben verdiend,' snifte Agnes.

Niet veel later stond ze op om met een aangeslagen gevoel de terugreis te beginnen. De vrouw van Peter Jan keek haar onderzoekend aan. 'In die laatste brief wordt ene Fietje genoemd. Ik heb de naam weleens eerder gehoord, maar ik herinner me niet precies meer in welk verband. Misschien moet je daar nu onderzoek naar gaan doen.' Ze keek peinzend voor zich uit. 'Ze was het kindermeisje in huis bij David en Juliëtte. Dat moet terug te vinden zijn. Wel, succes ermee, Agnes, het was prettig je te ontmoeten.'

Toen ze de volgende middag bij een parkeerplaats in de duinen wachtte, was ze moe. Ze had slecht geslapen en had er eigenlijk niet veel zin meer in om met Floris te eten, maar ze had dit nu eenmaal afgesproken en het was niet netjes om hem zomaar af te bellen en hem daarna niet meer te willen zien. Dus ze moest het maar ondergaan, had ze besloten, en de gedachte onderdrukken dat ze anders vanavond mogelijk met Rik uit eten had kunnen gaan, wat ze vanzelfsprekend heel wat liever had gedaan. Ze besloot dat dit de laatste keer was dat ze in de auto van tante Eugenie zou rijden.

Floris had echter niet in het minst last van neerslachtige gevoelens, merkte ze al snel. Hij kletste er lustig op los, blij als hij was met een onverwachte promotie, al betekende het wel dat hij niet vaak meer naar Rotterdam zou hoeven gaan voor zijn werk, en dat hij dus ook niet zomaar spontaan even langs kon gaan op de hof. Dat Agnes dat niet erg vond, hield ze maar liever voor zich. Ze merkte dat hij zo nu en dan haar hand pakte of even een arm om haar schouders sloeg. Ze hadden nog geen kwartier gelopen, toen ze besefte dat ze hem duidelijk moest maken dat hij waarschijnlijk andere verwachtingen had van het voortzetten van hun contacten in de toekomst dan zij.

Haar gedachten keerden steeds opnieuw terug naar Rik. Ze was verliefd op hem geworden, het drong hier aan het strand sterker door dan ze thuis had willen toelaten. Hoe anders had ze zich in maart gevoeld, toen ze hier in de buurt met Rik wandelde! Ze had het ooit tegen hem gezegd, nu moest ze het zelf ervaren: verstand en gevoel liepen bij een mens soms uit de pas en dan moest je eerlijk zijn en nadenken wat voor jou het belangrijkste was. Zij was een gevoelsmens, al betekende dat heus niet dat ze labiel was, wat anderen misschien zouden denken. Dat ze van Rik hield, was op dit moment misschien nog een te groot woord, daarvoor kende ze hem niet goed genoeg. Maar ze had nu bij hem kunnen zijn en het voelde domweg niet goed dat ze naar de materiële toekomstplannen van Floris Leeuwenburg liep te luisteren.

'Nu ik die promotie heb gemaakt, kan ik een mooi huis in Goes kopen,' drongen de woorden van Floris tot haar door. 'Als ik zo mooi woon, kom je toch zeker wel vaak bij me langs, Agnes? Zeg, wat ben je afwezig. Zit je soms iets dwars?'

Ze stond stokstijf stil. 'Ja, er is inderdaad iets.' Midden op het strand nam ze de beslissing. 'Floris, ik wil terug. Het voelt gewoon niet goed.'

Zijn verbijstering was oprecht.

'Maar...?'

'Ik heb de afgelopen tijd ontdekt van iemand anders te houden. Ik wilde maar... Floris, het spijt me. Ik wil liever naar huis gaan.'

Zijn verbazing sloeg zichtbaar om in boosheid, besefte ze. Vaak had ze gedacht dat zijn belangstelling mogelijk gefingeerd was, zoals met Evert was gebeurd. Dat hij niet alleen haar zag, maar voor alles vermoedde dat ze een grote erfenis zou krijgen. Daarmee had ze hem, achteraf gezien, onrecht aangedaan. Nu ze geen van beiden die erfenis hadden gekregen, bleef hij belangstelling voor haar houden.

'Kom, we lopen terug,' hakkelde ze.

'Ik denk wel dat je mij uitleg verschuldigd bent.' Het klonk bits.

Ze bloosde ervan en zelden had ze zich zo ongemakkelijk gevoeld als op dat moment. Het beste was om zo snel mogelijk bij haar eigen auto terug te komen. 'Ja, je hebt gelijk en ik had verstandiger moeten zijn en moeten bellen dat ik bij nader inzien liever niet mee wilde.'

Hij was kwaad en waarschijnlijk ook teleurgesteld, ze zag het, en feitelijk kon ze hem dat niet kwalijk nemen. Ze ondervond op dat moment aan den lijve hoe ongemakkelijk het soms kon zijn om eerlijk te zijn. Dus probeerde ze hem zo veel mogelijk te sparen. Ondertussen liep ze wel flink door en er restte hem niet veel anders dan om haar te volgen.

'Je bent een leuke, aardige kerel en daar is niets mis mee. Ik mag je graag, echt. Ik vond je na kerstavond een van de weinige familieleden die het werkelijk goed met tante Eugenie meenden als ze haar opzochten. Jij en David, maar de anderen... Neem me niet kwalijk dat ik het zeg, maar ze dachten er allemaal aan dat ze er mogelijk wijzer van zouden kunnen worden. Ze vroegen zich stuk voor stuk af wie de hof zou erven, die ze dan lucratief konden verkopen, en zodoende flink de eigen zak konden spekken.'

'Je bent veel te bitter. Mijn ouders, inderdaad, ze hebben het erover gehad, maar ze hadden het goed kunnen gebruiken en het is voor hen een bijzonder bittere pil dat ze zo slecht bedacht zijn en dat het familiekapitaal naar goede doelen gaat. Dat de notaris mijn tante er niet op gewezen heeft dat dergelijke goede doelen zo goed als allemaal directeuren in dienst hebben die onbeschoft hoge topsalarissen verdienen, die wel betaald worden door de donateurs. Wie laat er dan zo veel geld aan zo'n stichting na? Dat is wel heel erg zuur voor de familie, Agnes. Je stelt me teleur dat je daar geen begrip voor hebt.'

Ze had het verdiend, begreep ze. Maar het was het verstandigste hierover niet te gaan argumenteren, zeker niet op dit moment.

Ze keek hem aan. 'Ik begrijp jullie standpunt best wel.'

'En jijzelf dan?' Zijn ogen daagden haar uit en er lag nu helemaal geen warme gloed meer in. Ze besefte dat ze hem diep teleurgesteld had en dat hij haar aanviel om dat te verbergen. Ze moest het maar over zich heen laten gaan. Over een kwartiertje zat ze veilig in haar eigen auto, dan kon ze de bittere nasmaak die deze momenten bij haar nalieten, achter zich laten.

'Ik heb veel van je tante gehouden, Floris. Ik kende haar bijna mijn hele leven. Ik ben op de hof opgegroeid en mijn moeder is er overleden. Evert en Agaath waren het ergst. Ik ga je niet vertellen wat er allemaal is gebeurd. En als jullie boos zijn, begrijp ik dat wel, maar waarom hebben jullie dan in de afgelopen jaren nooit uit jezelf een beetje belangstelling getoond voor een eenzame oude vrouw?'

'Daar kan ik niets op antwoorden. Het was gewoon zo. Er zijn vroeger dingen gebeurd die voor verwijdering zorgden en dat is nooit hersteld. Dat valt mijn ouders mogelijk niet meer te verwijten dan mijn tante.'

Ze knikte. Ze waren inmiddels weer bijna bij de duinovergang. Ze was er moe van geworden, want ze had snel doorgelopen toen ze eenmaal besloten had dat het niets zou worden vanavond. 'Dat is waar. Floris, het is zo gelopen en het is voorbij. Het spijt me dat ik je niet eerder heb gezegd dat ik vanavond liever bij iemand anders door zou brengen, nu heb ik je meer gekwetst dan nodig was. Dat was fout van me.'

Zijn gezicht stond gesloten. 'Je hebt me diep teleurgesteld.'

'Dat weet ik. Sorry.' Ze was inmiddels vlak bij haar auto. Hij keerde zich om en liep zonder nog een woord te zeggen weg. 'Het beste dan maar,' riep ze hem nog na, onzeker en verward.

In de auto gaf ze gas en ze reed snel weg, maar ze moest ergens anders stoppen om een flink potje te huilen.

Maar nadat ze haar tranen weer had gedroogd, wist ze wel wat ze doen moest.

HOOFDSTUK 28

Ze kocht bij een kraampje een patatje om het misgelopen diner te vervangen en at dat bijna gedachteloos op. Daarna reed ze misschien net wat te snel terug naar Oud-Beijerland. Toen de auto weer in de garage stond, streek ze er even over. Ook dit was voorbij.

'Wat kom jij nu doen?' vroeg Rik stomverbaasd, toen ze rond kwart over zeven nog steeds met een blos van opwinding op haar wangen bij hem aanbelde. 'Ik dacht...'

'Dat dacht ik ook, maar het ging niet. Dus heb ik Floris laten staan en ben ik teruggereden, maar ik heb er een akelige nasmaak aan overgehouden. Zo van: vandaag doe ik alles verkeerd.'

Hij liet haar binnen. Hij was bezig een biefstukje en wat aardappelen te bakken. 'Zullen we het samen delen?' stelde hij voor.

Ze lachte schamper. 'Ik heb een krap uurtje geleden een veel te grote zak patat opgegeten met een enorme dot mayonaise erop, en ben er zelfs een beetje misselijk van geworden. Wat een vette hap!'

Hij grinnikte. Zijn ogen namen haar onderzoekend op, maar vooralsnog zei hij niets. 'Dan eet ik het zelf op,' bromde hij goedmoedig. 'Ik heb trek. Het was vandaag razend druk op de huisartsenpost. Er was nauwelijks tijd om te eten en ik moest het doen met een enkel klef broodje kaas.'

'Nare gevallen?'

Hij schudde het hoofd. 'Eerder ergernissen over mensen die de weekenddokter opzoeken met klachten die op het gewone spreekuur thuishoren.'

'Als mensen werken en ze vrij moeten nemen om naar de dokter te gaan, komt dat soms slecht uit. Wat jullie als misbruik van de service zien, komt voor anderen soms gewoon goed uit.'

Hij grinnikte. 'Jaja, lees mij de les maar!'

'Wel Rik, laten we eerlijk zijn, veel te weinig artsen hebben ten behoeve van werkende mensen een avondspreekuur, eens in de week of zo. Zo zouden ook apotheken volgens mij de gelegenheid moeten bieden dat mensen eens in de week 's avonds hun poeders en pillen op kunnen halen. De maatschappij verandert, en dergelijke dingen veranderen maar moeizaam mee.'

'Dat is waar, zij het dat de meeste artsen zo hard werken dat ze ook nog niet een avond op willen offeren.'

'Dan moeten ze die tijd overdag compenseren.'

'Daar krijg je ook weer boze patiënten van! Willen ze een afspraak maken en is de dokter er weer niet.'

'Dat gebeurt nu ook, omdat jullie je regelmatig moeten laten bijscholen en dergelijke.'

'Oké, jij gelijk. Wel, door dit aangename gekibbel over mijn werktijden zie jij er al heel wat minder opgefokt uit,' lachte hij.

'Ik voel me echt vervelend. Het was niet eerlijk van me naar Floris toe.'

'Het is goed dat je geen illusies bij hem hebt gewekt die je blijkbaar niet waar kunt maken.'

Ze knikte. Hij at zijn bord leeg, maakte thee omdat hij overdag al meer dan genoeg koffie had gekregen en niet veel later kroop hij naast haar op de bank. 'En na al die commotie kwam je meteen naar mij toe.'

Ze durfde hem niet eens aan te kijken en deed dat pas toen zijn arm om haar schouders was gekropen. 'Daar ben ik blij om, Agnes.'

'Ik ook. Ik voel me desondanks mateloos opgelaten.'

'Dat hoeft niet. Bij mij kun je jezelf zijn. Laten we niet te hard van stapel lopen, meisjelief. We leren elkaar in de komende tijd beter kennen. Goed? Als het gaat zoals ik denk... hoop... Wel, dan kunnen we samen verder en als de hof verkocht wordt en je kunt nergens heen, is er in mijn huis en zeker in mijn bed meer dan ruimte genoeg.'

Toen hij haar tegen zich aan trok, sputterde ze in het geheel niet tegen. Zijn kus was warm, onderzoekend en vol ingehouden hartstocht. Daar werd ze helemaal warm van.

Het was al heel laat eer ze die avond thuiskwam. Karel was nergens te zien, die lag waarschijnlijk weer bij pa op het voeteneinde lekker te snurken! Agnes ging niet meteen naar binnen en slenterde wat rond door de tuin. Rik had haar gezoend, hij deelde de gevoelens die zij voor hem had opgevat en nu was ze zijn vriendin, maar hij had gelijk toen hij had gezegd dat ze elkaar beter moesten leren kennen voor ze verdere plannen maakten. Maar nooit eerder had het leven er zo beloftevol uitgezien, en ze wilde dat ze het tante Eugenie nog had kunnen vertellen.

De hof werd toch nog snel verkocht. Anderhalve week later was de koop gesloten en de notaris liet weten dat het niet waarschijnlijk was dat er gedoe zou ontstaan met de bank over een hypotheek, maar pas als dit allemaal rond was zou het bekende bordje 'verkocht' in de tuin verschijnen.

Andries schrok er behoorlijk van. 'Wat moeten we nu?' vroeg hij van zijn stuk gebracht aan Agnes. 'Het huis staat leeg. Zodra de koop officieel is, moeten wij eruit. Agnes, we hebben nog geen ander huis. We laten geen huurhuis achter, het duurt misschien een hele tijd voor we iets toegewezen krijgen.'

'U weet wat de makelaar zei. Hij heeft tijdelijke woningen tot zijn beschikking, we zullen heus niet op straat komen te staan.'

Een week later kwam er een man bij hen langs en gelukkig voor Agnes was ze thuis, want ze was opnieuw in de doos met oude papieren gedoken om uit te zoeken of ze toch nog wat meer gegevens kon vinden over Fietje. Ze zat op de tuinbank te lezen. Andries ving de onverwachte gast op, want hij was in de tuin aan het werk geweest. De zomer was alweer bijna voorbij. De eerste blaadjes werden al geel. Het gras moest regelmatig worden gemaaid, anders maakte de tuin een verwaarloosde indruk en dat kwam het huis niet ten goede.

De man stelde zich voor als Erik Bruins Slot en de naam kwam Agnes bekend voor. Het bleek de nieuwe eigenaar te zijn. Al snel zaten ze alle drie in de schaduw van de lindeboom en Erik – hij stond erop zo genoemd te worden – had iets te drinken geaccepteerd. Hij begon uit te leggen wat hij van plan was. Het huis zou zijn kantoor worden, en zelf ging hij wonen in hun appartement boven de garage. Ja, hij zat er toch wel mee in zijn maag dat zij daar nog woonden. De verkoopakte zou op de eerste oktober bij de notaris passeren en er werden inmiddels plannen gemaakt om de hof te renoveren en geschikt te maken als kantoorruimte. De bibliotheek wilde hij grotendeels in de huidige staat houden als ontvangstruimte. De salon werd zijn kantoor en tevens vergaderruimte. In de vroegere slaapkamer van de oude vrouw kwamen zijn twee secretaresses te zitten. Boven zouden de vroegere slaapkamers tot kantoren worden omgetoverd. Hij rolde papieren uit om de plannen te laten zien.

'Het ziet er allemaal mooi uit,' moest Agnes toegeven.

'Mijn familie heeft wortels in de streek. Vroeger waren wij niet rijk en mijn moeder keek altijd met ontzag naar een deftige bedoening als de hof. Mijn vader is het bedrijf begonnen en ik heb het uitgebouwd tot wat het nu is. Ik ben er trots op, dat geef ik eerlijk toe, in een dergelijk mooi pand mijn zaak te kunnen gaan vestigen, in plaats van in een van de nieuwe en onpersoonlijke kantoorpanden die elders zijn gebouwd.' Hij lachte. 'Ik ben onlangs gescheiden, en een groot huis hoef ik niet voor mezelf. Maar ik hoorde van de makelaar dat u hier nog woont en dat u, mijnheer Terdu, hier erg lang heeft gewerkt. Ik zag u net nog bezig in de tuin.'

Andries knikte. 'Ik deed alle voorkomende werkzaamheden voor de oude mevrouw. De tuin onderhouden, in de zomermaanden vroeg dat altijd veel tijd, maar ook moest er zo nu en dan wat aan het huis worden opgeknapt. Mevrouw Ernsting wilde regelmatig ergens heen gereden worden, want ze had nooit een rijbewijs gehaald. Al moet ik zeggen dat mijn dochter Agnes dat het laatste jaar meestal deed, toen ze hier terug was gekomen om voltijds voor mevrouw Ernsting te zorgen.'

'Al ander werk gevonden?' vroeg Erik daarna met oprechte interesse aan Agnes.

Even vroeg ze zich af waar de onbekende zich mee bemoeide. 'Komende week heb ik een tweede sollicitatiegesprek waar ik veel van verwacht. Voor mij is de woningnood niet zo urgent, ik kan bij mijn vriend terecht.' Wat klonk dat fijn: mijn vriend. Ze werd er helemaal warm van vanbinnen.

'Goed.' Erik keek de veel oudere Andries aan. 'Ik heb van de makelaar goede berichten over u gehoord, en ik zou willen vragen of u als tuin- en klusjesman in dienst zou willen blijven, waarschijnlijk parttime. Bovendien moet er tijdens de verbouwing iemand hier aanwezig zijn om toezicht te houden. U zou een tijdelijk kantoortje kunnen krijgen in de keuken. Die wordt als laatste verbouwd. Het appartement boven de garage als eerste, want ik woon sinds de scheiding tijdelijk weer in bij mijn ouders en hoewel het prima gaat, moet zo'n regeling liever niet te lang duren. Kunt u ergens heen, mijnheer Terdu? De makelaar vertelde mij dat hij u zo nodig tijdelijk ergens anders kan huisvesten. Hij schijnt per direct een huurappartement beschikbaar te hebben in Barendrecht.'

'Daar sta ik voor open. Als u mij in dienst neemt, zou dat een hele opluchting voor mij betekenen. Ik ben zesenvijftig en dan valt het niet mee om nog iets anders te vinden, zeker niet iets wat bij je past.'

Erik knikte. 'Het moet dan wel via een uitzendbureau lopen, als u ermee in wilt stemmen. Ik zal zorgen dat u voorlopig hele dagen kunt werken, zolang de verbouwing duurt. Het is de bedoeling dat rond februari het nieuwe kantoor geopend wordt. Zelf ben ik regelmatig in het buitenland en kan dus niet goed toezicht houden, terwijl u alles weet van het gebouw.' Het bleek zelfs geen probleem dat haar vader Karel mee wilde nemen als hij overdag hier was.

Drie dagen later vertelde Agnes dit alles aan Rik. 'Ik heb een idioot enerverende week achter de rug,' vertrouwde ze hem toe. 'Ik heb de baan aangeboden gekregen, en daar ben ik erg blij mee. Ik kan op de eerste oktober beginnen, dus is het wel verstandig er eerst nog even op uit te gaan.'

'Zullen we samen een weekje op vakantie gaan?' stelde hij voor. 'In september kan ik ook wel even weg, zeker in de tweede helft.'

Ze voelde zich verrast en overrompeld. 'Graag.' Natuurlijk moest daar even stevig over worden geknuffeld.

Maar ze had nog meer te vertellen. 'Morgen ga ik naar ene Christine Schille, die meer schijnt te weten over Fietje. Ze heeft een foto van haar en een medaillon, en ook nog twee brieven.'

'Fietje? Fietje, o wacht eens, dat was de kindermeid die voor de vader van mijnheer Ernsting zorgde toen hij klein was, als ik het goed onthouden heb.'

Ze knikte enthousiast. 'Ik heb in de oude boeken over bedienden en lonen gevonden dat het kindermeisje Sofie Schille heette, dat ze tien jaar lang de kindermeid van Ernst is geweest, voor hij naar de hbs ging en ze ergens anders ging werken. Sofie, Fietje, dus dat zal wel kloppen. Ze heeft een keer het leven van de kleine jongen gered, dat ben ik eveneens te weten gekomen. Morgen ben je toch vrij? Ga je met me mee, Rik? Ik vind het zo spannend, want als deze Fietje ook niet de vrouw op het portret is, zal ik dat geheim nooit meer op kunnen lossen. Na alle onderzoek dat ik heb gedaan, heb ik maar drie namen gevonden, waarvan twee het niet bleken te zijn.'

Hij lachte. 'Natuurlijk ga ik met je mee. Nee, ren nu niet meteen weg. Kom, ik heb dagenlang last gehad van lege armen.'

Zijn kus was hartstochtelijk en zijn handen onderzoekend. Het hield een belofte in voor de toekomst die haar bijna de adem benam.

Ze was gespannen toen ze bij het huis in Strijen aanbelde. Het was een oud huis midden in het dorp, de vrouw die ze nu opzocht woonde boven een winkel.

'Ik ben blij dat je met me mee bent gegaan,' liet ze Rik weten. Hij glimlachte goedmoedig. 'Natuurlijk doe ik dat. Voortaan delen we immers vreugde en verdriet samen?'

Ze moesten een lange, smalle trap op. Boven wachtte hun een oudere vrouw, Agnes schatte haar ergens rond de zestig. Ze stak haar hand uit. 'Christine Schille. Ik ben geboeid door het verhaal dat u mij door de telefoon vertelde en ik kan er nog het een en ander aan toevoegen. Kom maar verder.'

Even later hadden ze wat te drinken geaccepteerd en gekregen, en Agnes zat bijna te wiebelen van ongeduld op het puntje van haar stoel. 'Zoals ik u al vertelde, bestaat er een oud portret waarvan het onbekend is wie daarop is afgebeeld. Na veel speurwerk ben ik drie mogelijke namen tegengekomen, maar twee meer waarschijnlijke opties zijn al afgevallen.'

'Je vertelde mij dat het portret hing op de hof van mevrouw Ernsting. Wel, dat kan kloppen.'

'Bent u een afstammeling van Sofie Schille?'

'Dat niet. Ze is nooit getrouwd geweest.'

'O,' reageerde Agnes beteuterd. 'Dat wist ik niet.'

'Ik zal u vertellen wat ik weet. De grootvader van mijn overleden man was een neef van haar. Hier heb ik een foto, want u leek er erg op gebrand te zijn die te zien.'

De hand van Agnes trilde van ingehouden opwinding. 'Ze is het!' juichte ze even later tegen Rik, die haar grinnikend met een klinkende zoen op de wang feliciteerde. 'Ze is het echt! Eindelijk, eindelijk heb ik het raadsel van het portret op kunnen lossen! Wat jammer dat ik het tante Eugenie niet meer kan vertellen.'

Christine Schille keek het jonge stel geamuseerd aan. 'Nu wil ik op mijn beurt graag een foto van het portret zien.'

Agnes dook in haar tas.

'Inderdaad, ze is het, maar hier op het portret is ze veel mooier dan op de foto's die ik van haar heb. Ach, het was een triest leven dat ze leidde. Ik zal u vertellen wat wij in de familie nog weten.

Sofie kwam in dienst van mijnheer en mevrouw Ernsting na de geboorte van hun oudste, en naar later zou blijken hun enige kind. Ook wij kennen het verhaal van het jongetje dat op een dag bijna in de vijver in de tuin van het huis verdronk. Sofie zag het gebeuren en trok razendsnel haar kleren uit. In haar ondergoed stapte ze die grote vijver in om het knulletje eruit te halen. Het water was diep, ze kon niet zwemmen. Het kind brulde alles bij elkaar toen het weer veilig op de kant stond en de mijnheer zelf moest de druipnatte kinderjuffrouw uit het water trekken. Of het dankbaarheid was of dat hij zo gecharmeerd was door het natte ondergoed dat weinig te raden moet hebben overgelaten, weten we niet. Maar wel weten we dat ze haar broer later bekende dat ze een verhouding met David Ernsting was begonnen, al voelde ze zich daar ongemakkelijk onder, schuldig zelfs. Maar het huwelijk van haar werkgevers was bijzonder ongelukkig en David Ernsting schijnt werkelijk van haar gehouden te hebben. Hij heeft altijd voor haar gezorgd.'

'De man moet een hart gehad hebben dat licht ontvlambaar was, want eerder hield hij van een dienstmeid met de naam Antonia. Daarom dacht ik eerder dat zij op het portret moest staan afgebeeld.'

'Het was volgens de overlevering echte liefde, maar beiden wisten dat het nooit meer kon worden. Toen de jongen naar de hbs ging, was haar taak als kindermeisje afgelopen en kwam ze bij haar broer inwonen. Ik weet dat er destijds gesproken is over een scheiding en een huwelijk van David en Sofie, maar die schande zou te groot zijn geweest en dat is dus nooit doorgegaan. Vele jaren later veronge-lukte Sofie, nadat ze uit een op hol geslagen rijtuig was geslingerd bij de laatste werkgever die ze had gevonden, hier vlakbij in Mook-hoek. Ze werd nog met zware verwondingen naar het huis van haar broer gebracht, maar stierf drie dagen daarna.'

'Dat is inderdaad een trieste geschiedenis,' beaamde Agnes. 'Ik zal met de notaris overleggen of het portret terug kan naar de familie.'

'Dat zou fijn zijn,' knikte Christine. 'Niets is romantischer dan trieste liefdesgeschiedenissen waar jaren en generaties later de men-sen nog van weten!'

Agnes schoot in de lach. 'Ik geloof meer in gelukkige liefdesge-schiedenissen,' lachte ze en Rik gaf haar een knipoog.

'Ik bel maandag meteen de notaris,' beloofde Agnes toen ze even later afscheid namen. Van Christine had ze kopieën meegekregen om aan te tonen dat deze inderdaad afstamde van de op het portret afgebeelde Sofie Schille, en ook kopieën van de oude foto's om aan te tonen dat het daadwerkelijk ging om een en dezelfde vrouw.

De dag voor ze met Rik zou vertrekken voor een wandelvakantie in Zweden, zocht Agnes Christine opnieuw op. Onder haar arm droeg ze een zorgvuldig ingepakt pak, toen ze voor de tweede en de laat-ste keer de smalle trap op ging.

'Hier is het dan,' lachte ze, toen ze het pak even later aan Christine overhandigde.

Nu was het de beurt aan de oudere vrouw om trillende handen te hebben. Even later keek ze in de ogen die Agnes al zo vaak met dui-zend vragen in haar hoofd hadden aangekeken. 'Wat ziet ze er lief en jong uit, en stralend, dat ook.'

'Het blijft vreemd dat Juliëtte Ernsting een dergelijk portret in haar huis heeft willen dulden,' meende Agnes. 'Dat is voor mij een raad-sel dat ik niet heb kunnen oplossen.'

'Misschien hield haar man het voor haar verborgen,' opperde Christine, 'of ze accepteerde de aanwezigheid van het schilderij omdat Sofie het leven van haar zoon had gered. Maar dat blijft iets wat we nooit meer zullen kunnen achterhalen. In ieder geval, ik weet niet hoe ik je moet bedanken, Agnes. Ik ben heel blij met het portret.'

Agnes lachte. 'Het is mooi dat ik ten slotte toch nog het raadsel op heb kunnen lossen. Het is fijn dat het portret hier nu een plaatsje krijgt. Voor mijn gevoel is Sofie Schille nu weer thuis.'